淡去的炊烟

太湖溇港古村落纪实散文集

◇主编 陆铖伟
◇执编 徐世尧 沈林江

农村读物出版社
CHINA RURAL READING PRESS
中国农业出版社

《淡去的炊烟》编辑委员会

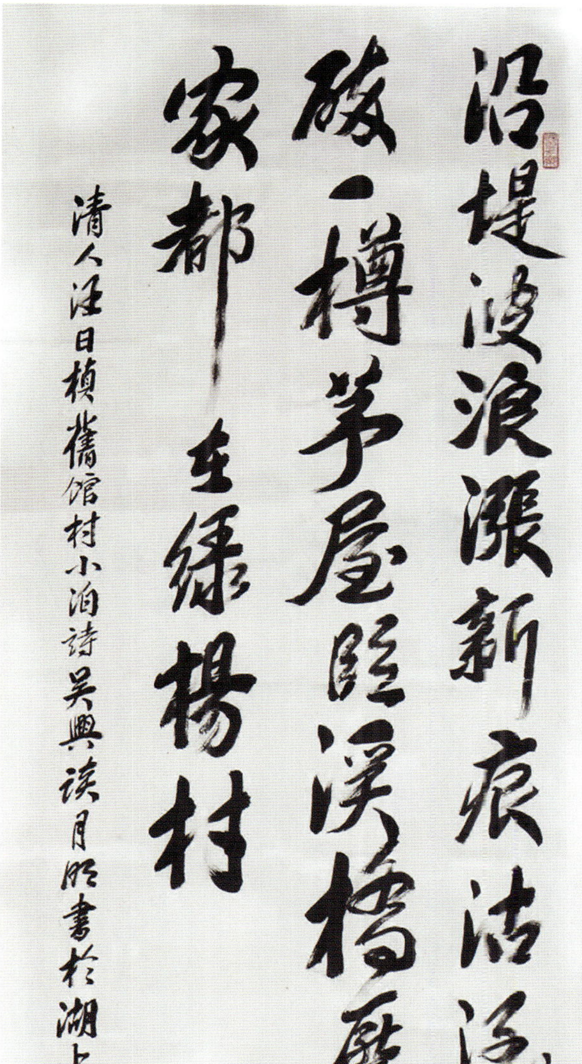

清人汪曰桢诗《旧馆村小泊》 谈月明 书法

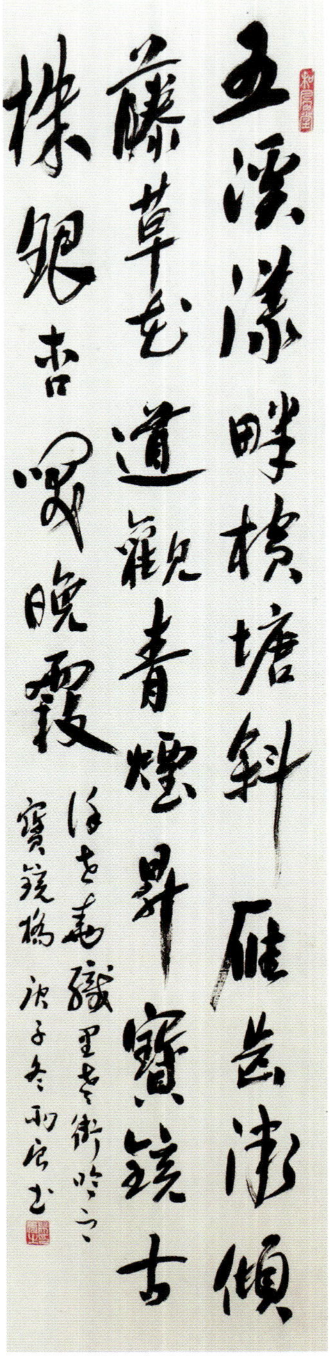

《织里老街吟》 吴 震 书法

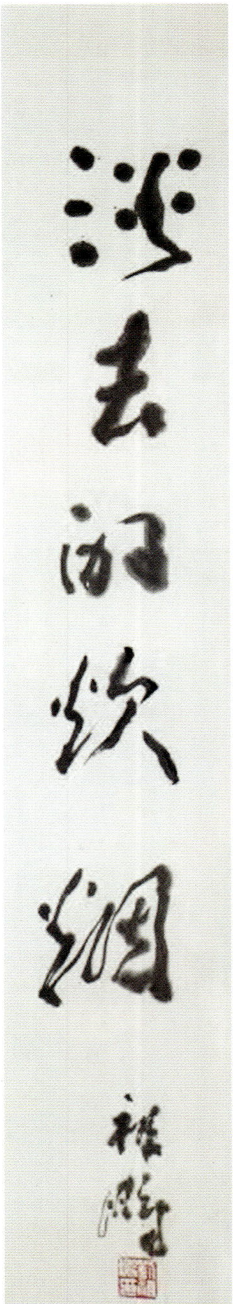

刘祖鹏题写《淡去的炊烟》书名

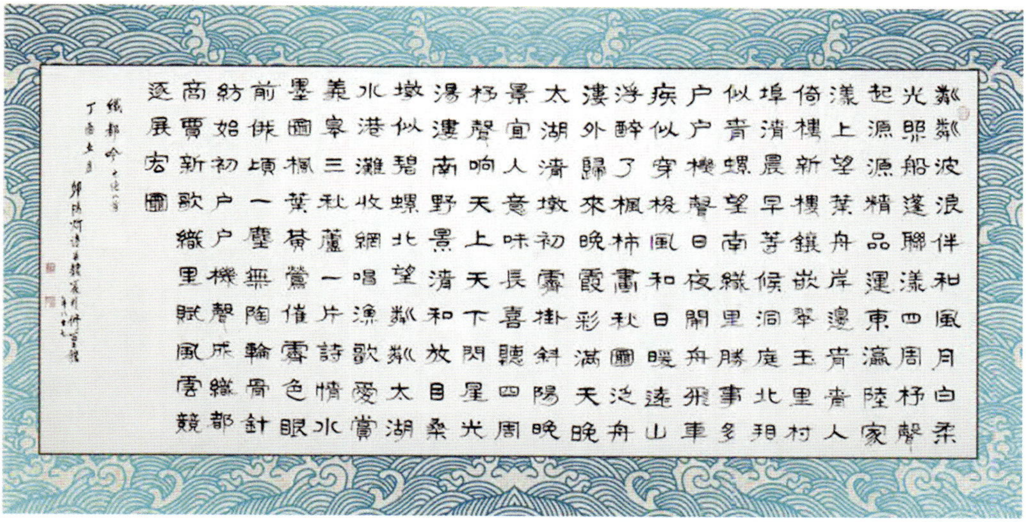

《织都吟》八首　湖州市博物馆首任馆长邱鸿炉诗并书

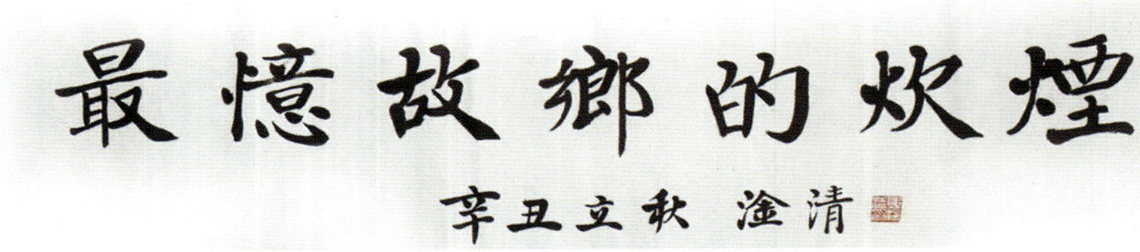

民营企业家邱淦清 题赠

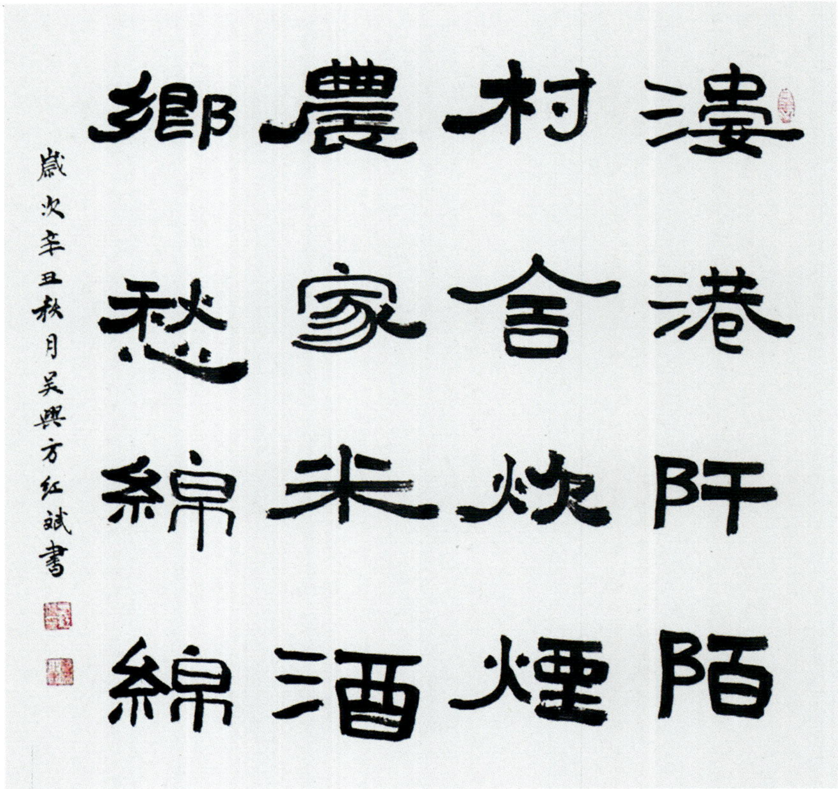

方红斌 题赠

南太湖晨曦　张　栋 摄影

陆家湾集镇　张　栋 摄影

庙兜村景色　张　栋 摄影

伍浦村渔耕文化园　李云丹 供图

伍浦村史馆　李云丹 摄影

旧时溇港　沈　琪 1980年摄影

潘溇名医祖宅慎德堂　谢占强 摄影

义皋尚义桥　谢占强 摄影

溇港古桥

陈溇塘桥

白龙塘桥　世　尧 摄影

太平塘桥　雨　人 供图

旧馆荻塘碑亭　晓　诗　摄影

晟舍龙门塘桥

晟舍文昌阁（清道光年建）

利济禅寺（清光绪年建） 释常进 供图

渔舟蝶影（织里老街虹桥）　沈　琪　1980年摄影

织里老街河埠　沈　琪 摄影

织里老街茧站　陈功范 摄影

织里老街廊屋　沈　琪 摄影

老街西市河埠　陈功范 摄影

织里民间舞蹈
《采桑舞》剧照

20世纪70年代织里民间文艺
团队演出《湖边姐妹》
姚金星 供图

乡村古桥　叶金泉 供图

水乡民俗　张　栋 供图

上林村新梅园　邱　丽 摄影

秧宅村旧景

航拍盘殊漾　张　栋 摄影

航拍轧村　张　栋 摄影

骥村古村落
庆　庆 摄影

序一 · 悄然淡去的炊烟

辛丑牛年春夏之交、草长莺飞时季，徐先生请我为记述本镇人文历史、民间佚事的散文集《淡去的炊烟》写个序言，作为这方土地上的主政官员，应当为传承地方文化多作职责所及之事。于是，非常高兴地应允。

漫长的农耕岁月里，淡蓝色的炊烟总是伴随太阳行走，总是在太湖南岸的村舍上空飘悠。春播、夏耘、秋收、冬藏，是溇港区域先民用辛勤与智慧编绘成的一幅乡村生活画卷。

时代在发展，城市化进程向前疾行。当古老的村落被美丽乡村取代，当村子里的幼童用纯正国语与祖辈对话时，我们蓦然发现，曾经的农家炊烟悄悄淡去了。沧海桑田，人们在感叹声中依然记忆巷子里的往事，左邻右舍的情感，田埂上的露珠，桑园里的歌声，依然留恋村路板桥、临河人家、雨里鸡鸣的意境。于是，凝厚的乡村文化积淀成一缕浓浓乡愁。

2019 年 5 月，《织里镇志》编纂工程启动。收集到许多与古镇老街相关的文献资料，修志老师走访调查中获得了许多古村落的历史与人文故事。限于地方志体例，有多位专家建议，镇志中不能详细记述的，散失了特别惋惜，而且今后再难找到，可以搞个副产品，编成一本书，留住那些珍贵的乡村记忆。

“问渠哪得清如许，为有源头活水来。”2020 年 8 月，镇政府公众号特别推出“记忆乡愁”栏目，文稿定位“记忆织里故事”，乡村佚事、传统村落、老街集镇、民风民俗、人物故事等内容，每周发布1～2期。此栏目很受读者的欢迎，每期皆有许多留言，或评论，或感慨。譬如《织里中学，我的母校》一文发布后，很快引起读者的共鸣，阅读量陡然增加。尤其是客居他乡的织里人，特别关注故乡，喜欢阅读家乡的文章，织里籍海军王森泰中将打电话询问织溪与“老四中”情况，五溪漾（乌鸡漾）现在怎么样了。北京湖州商会青创会的邱中安先生向乡友推荐：“这个公众号里有许多织里的老故事，值得关注。”

《淡去的炊烟》文稿大多源自“记忆乡愁”栏目。其发布的历史故事《姚勇忱烈士雕像落成记》《郎玉麟舌战“红枪会”》《剿匪英烈秦家书》，重新燃起人们对革命英烈的缅怀记忆；《一本书与一座城》《十年爱心铸丰碑》《2008，她在汶川地震现场》，记述了织里乡贤的时代担当和社会责任；《乡村腊月“吹年糕”》《稻米“圆子”的民俗乡愁》《西大众食堂的味道》《野火饭——春天的味道》《太湖百合宴》《乡村杀年猪》等文章，留住了织里人的怅然与失落；《晟舍街上老茶馆》《当年，有本油印刊物〈溇港〉》《依稀刀声》《织里老街“洋龙会”》，读者留言说这些文字让时光倒流半个多世纪，重温了那个年月那种情景；“老街古村落”系列文章，简要记述嵌于人们心中的老集镇繁华兴衰沧桑变迁；《敢吃“螃蟹”的轧村人》《伍浦渔家》等纪实散文则是织里绣花童装发源及改革开放的翔实史料，有专家说这类文章可以存档存史。而《春赋上林》从南宋高宗皇帝串联至今天，是记述美丽乡村的佳作，获得了吴兴区“遇见新乡村全国征文大赛”一等奖。所有这个栏目的文章，我几乎每期必读，感觉字里行间尽是满满的乡愁。

读着这些文字，似乎又回归到乡村的旧时岁月。夏天的傍晚，村中那座明代筑建的石拱桥上坐满纳凉的老汉，他们摇着破旧蒲扇，潮烟管里冒着悠悠的青烟，有滋有味地听老翁演说“乡下大书”《薛仁贵征东》，观看两岸萤火虫在草丛中闪烁；冬日洒满暖阳的廊檐下，男人边搓草绳边谋划来年的春耕大事，女人们边纳鞋底边议论东家之长西家之短，品味自酿米酒飘来的阵阵清香。

读着这些文字，我的思绪被牵动着游走。曾几何时，外界有人说织里经济发展是高地，而文化建设却是块荒漠。其实，织里的人文底蕴非常的深厚，仅晟舍的闵、凌家族就足以耀人眼球，足以让世人惊叹。而散落在民间的旧闻佚事，正在补充完善着织里文化大镇的内涵。

《淡去的炊烟》散文集由本土 30 余位作者撰文，包含“春暖溇港”作家采风的原创作品，共选编了 61 篇文章，其中不少佳作乃本市国家级作家撰写。散文集分为“沧桑老街”“村落炊烟”“街巷旧事”“人物春秋”“民俗风味”等专辑。内容出自织里镇境，时空跨越千年，是继《人文织里》《织里民间文化》《乡的愁》之后又一本记述人文史实、乡村文化的读物。她的出版面世，是织里人民文化生活中的一件喜事，是留给后人的精神财富，也是新织里人深入了解织里历史文化的最佳途径。期待受到广大读者的欢迎。

2020 年 5 月，由南太湖社会治理研究院编著的《织里之治——全面小康后社会治理密码》一书出版，著名社会学家周谷平教授在序言中指出：织里的社会治理经验和探索，弘扬历史传统，厚植文化积淀，符合中国国情，对“后小康时代”的基层社会治理具有重要参考价值。基于此，这些年来织里镇在发展文化方面是舍得投入的，比如投入巨大资金建造功能齐全的文体中心，投入人力物力、组织专家团队编纂《织里镇志》，收到了良好的社会效果。

物华天宝，人杰地灵。写完这篇文字，我感慨良多。首先感恩大自然赐予这片美丽肥润的土地；感谢勤奋智慧的先贤留给后人这许多珍贵的人文资源；同时感谢本书作者付出的辛勤劳动，在织里的文化园圃里植下了又一株绿苗。

祝贺《淡去的炊烟》散文集成功出版。

谨此为序！

陈勇杰

2021年夏日

（作者系浙江省湖州市吴兴区织里镇党委副书记、镇长）

序 二

家乡的领导、师长要我为《淡去的炊烟——太湖溇港古村落纪实散文集》写个序，我深感荣幸。

2018 年末，我陪学长王森泰中将，专程去探访母校织里中学旧址，浏览了镇容镇貌。街道车水马龙，熙熙攘攘；两旁高楼林立，灯火辉煌。而此时已是晚上十时，这样的繁华，是很多县城都不及的。

沧海桑田，令人感慨。1978 年，我从轧村中学初中毕业考入织里中学，那是我第一次到织里。当时的织里只是一个小集镇，只有一条街，比轧村大不了多少。班里同学来自织里、轧村、漾西、太湖、晟舍和戴山六个公社，生活都很艰苦，没有自行车，上下学全靠步行，家远的同学要走三个多小时。我从轧村到织里中学，也要走一个多小时，如果是雨雪天，路面泥泞，费时更多。遇上雨雪霏霏，途中我们就到路边农舍躲避，主人都很热情，拿出干毛巾给我们用，热水热茶给我们喝。周六下午回家，远远看到村里的炊烟，心情很激动，也不觉得累。周日下午返校，还要背上够吃一两个星期的大米和咸菜。有一个下雨天，我脚下一滑摔倒了，装咸菜的玻璃瓶摔碎了，咸菜散落在泥泞中，再也拣不起来，令我心痛不已。食堂五分钱一碗蔬菜，一毛钱的菜有肉丝，我们都很少买，基本上只吃从家里带来的咸菜；也有些同学从家里带了马铃薯、萝卜等，与大米一起放在饭盒里蒸，蘸点酱油，就是一顿饭。日本电影《望乡》在织里电影院放映，万人空巷，我们都没去，一方面是班主任金汝宗老师要求特别严格，另一方面是舍不得花钱买电影票。我在织里中学读高中期间，没去过织里电影院，班里绝大多数同学也都没有去过。现在，织里镇是中国童装名镇、全国百强镇，几乎家家都有小汽车了，巨大的变化仅仅发生在短短的四十年间！

织里镇还获得了很多的荣誉。2016 年，经国家发展改革委、中央编办、公安部、民政部、财政部、农业部等 11 个部委联合评审，织里镇被列为国家新型城镇化综合试点地区。2019 年，中央农村工作领导小组办公室、农业农村部、中央宣传部、民政部、司法部认定了首批"全国乡村治理示范乡镇"，织里镇榜上有名。

赶上了好时代，我们这代人是幸运的，但我们也有责任。

我国农业已有一万多年的历史了，经历了刀耕火种的原始农业、牛耕铁犁的传统农业，现在正迈向现代农业。从夏商时期开始，我国进入传统农业时代。传统农业存在了几千年，其间虽然也在精耕细作方面不断发展，但牛耕铁犁的特征始终没变，人的一生中基本上看不到什么变化。唐代大诗人贺知章"少小离家老大回"，家乡浙江五十年没什么变化，变的只是"儿童相见不相识"。我们这代人既经历了传统农业，又目睹了现代农业的蓬勃兴起，躬逢千年之变，这是我们的幸运。

现代化的过程就是非农产业逐步增加、农村人口逐步减少的过程，农村富余劳动力向非农产业和城镇转移是工业化和现代化的必然趋势，也是客观规律。但在现代化的进程中，保护和传承本民族的农耕文化，是我们义不容辞的责任。

习近平总书记指出：**"中华文明根植于农耕文明"，"乡村文明是中华民族文明史的主体，村庄是这种文明的载体，耕读文明是我们的软实力"，"农耕文化是我国农业的宝贵财富，是中华文化的重要组成部分，不仅不能丢，而且要不断发扬光大"**。

"文化"的英文和法文为"culture"，其原形是动词，有耕种、栽培等义。十六七世纪后，其词义逐渐由"耕种"引申为对树木禾苗的培育，进而指对人类心灵、知识、情操、风尚的培养。而"农业"的英文、法文"agriculture"，就是"culture"加上前缀"agri"（田野、土地），这正说明了文化源于农业。

农业对于人类的生存和发展具有决定性作用，以至历史学家把人类定义为食物采集者、食物生产者。种植的作物不同、饲养的家畜不同，生产工具、食物原料、生活方式自然也就不同，以至习俗礼仪、文化也都不同了。

美国历史学家认为，“亚洲文明就是在以手工为主的劳动集约型耕种，加上适宜的灌溉体系所生产的剩余农产品基础上发展起来的”（《亚洲史》，罗兹·墨菲著，黄磷译，海南出版社、人民出版社，2010年）。“中国文明不但是最古老的，也是最独特的。第一个独特之处就是养蚕和将纤细的蚕丝织成精美的丝织品；而另一个特点则是中国人不普遍食用动物的乳汁”（《全球通史》第7版，斯塔夫里阿诺斯著，董书慧等译，北京大学出版社，2005年）。

诚如斯，我国独特的农业，孕育了独特的中华传统文化。

中国传统文化在数千年中一直领先于世界，这是国际史学界所公认的。“在近代以前时期的所有文明中，没有一个国家的文明比中国文明更发达、更先进。……灿烂的文化，特别肥沃的土壤……使外国来访者羡慕不已”（《大国的兴衰》，保罗·肯尼迪著，王保存等译，中信出版社，2018年）。

而太湖溇港文化，更是我国农耕文化之瑰宝。2016年，太湖溇港成功入选“世界灌溉工程遗产”名录；2019年，太湖溇港被国务院列为第八批全国重点文物保护单位。

太湖堤和溇港的兴建，构成了节制太湖蓄泄的水利体系，在潮起潮落的滩涂上诞生了河渠、农田、乡村和城镇，是我国传统水利工程的光辉典范，是人水和谐的成功实践，是生态、经济、交通、文化、社会协调发展的杰出代表。溇港孕育出富庶之区，太湖平原成为中国古代主要粮食产区和纺织品生产基地，更有耕读世家人才辈出，对我国经济、政治、文化、社会、生态文明贡献良多，在中华文明史、农业史和水利史上，具有十分重要的地位。

溇港的历史至迟始于春秋时期的吴国（约公元前6世纪），北宋时（10世纪）形成了完善的溇港工程体系。织里镇是太湖流域溇港及溇港圩田系统发端最早、体系最完善、特征最鲜明和唯一完整留存的乡镇。太湖溇港文化展示馆就设在织里镇义皋古村。

织里镇党委、政府十分重视农耕文化保护和乡村文化振兴，先后组织出版了《人文织里》《织里民间文化》《乡的愁》《拍案惊奇——凌濛初传》，组织专家对清同治年间的《晟舍镇志》进行点校、出版，并于 2019 年启动了《织里镇志》的编撰工作。

令我钦佩的是，家乡还有一大批文化人潜心传承农耕文化，有研究古村古桥古建筑的专家，有精通民俗文化、民间艺术的学者，亦有书画篆刻大家。这大概也是得益于历史的传承，织里毕竟是明代著名文学家凌濛初的故乡，以及多色套印雕版印刷的发扬地。凌濛初不仅是中国小说史上著名的"三言二拍"之"二拍"（《初刻拍案惊奇》《二刻拍案惊奇》）的作者，而且为我国传统文化传承做出了巨大贡献。凌濛初家族与晟舍闵家用套版印刷的方法印制了大量书籍，经由一艘艘书船，穿过荻塘、溇港，"南至钱塘，东抵松江，北达京口"。明清时的晟舍镇可以说是出版名镇、全国出版中心，几乎家家户户都有人从事出版业。如果没有凌、闵两家，很多古籍可能已经失传了。

《淡去的炊烟——太湖溇港古村落纪实散文集》的出版，使溇港及溇港文化蕴含的思想观念、人文精神、道德规范以书籍的形式保存下来，也使后辈可以从中了解先民的生产、生活，了解并传承溇港文化。

唯书籍不朽。

是为序。

胡乐鸣

2022 年 2 月

（作者系中国农业出版社、农村读物出版社总编辑，乡村文化研究院院长，《世界农业》杂志主编，高级编辑、编审，享受国务院政府特殊津贴专家）

目·录

第三辑·街巷旧事

第四辑 · 人物春秋

第五辑 · 民俗风味

第一辑·沧桑老街

织里老街再记

徐世尧

“五溪漾畔横塘斜，雁齿微倾藤草花。”织里老街拆建工程已启动数年。庚子初冬，漫步老街五溪漾边，织溪依旧，而北岸人迹难觅，满目荒凉。也许这就是黎明前的阵痛。缘于难解的老街情结，感慨近年的资料积累，补充修正一篇关于织里老街的旧文。

织里街距湖州府城东三十华里，在清末为乌程县管辖，属十一区一百十四庄。民国 24 年（1935）建镇，首任镇长是织里人顾国民先生。抗日战争前，辛亥革命英烈姚勇忱之堂弟姚韵笙亦任过织里镇镇长。后来有吴秀峰（郑港村人）、王铸时（晓河村人）、凌泽民（老街人）继任镇长。民国时期最后一任镇长，是重兴港（现大港村）人杨公逵，他是抗日战争胜利后的民选镇长。新中国成立后，织里区、乡、公社、镇的行政机关皆驻地在织里街。上世纪 80 年代中期，晟织公路通车，人民路新街建成。不久，织里镇被列为经济开放区，自北向南筑就新市区，并连绵发展。此后，织里街便被称为“老街”。

织里老街形成的历史悠久。据文献考查，“职里”之名最早出自牟巘撰写的《朱雪崖朝奉墓志铭》(《陵阳集》卷二十四)，载朱雪崖“以乙巳正月廿六日癸酉，葬于东职里余庆之原”。牟巘和朱雪崖均为宋末元初之人。牟巘（1227—1311），人称陵阳先生，井研（今属四川）人，徙居湖州。以父荫入仕，曾为浙东提刑。朱嗣发（1234—1304）字士荣，号雪崖，其先祖在宋建炎、绍兴之际，避兵乌程常乐乡（今吴兴织里）。元刊本《释氏稽古略》卷四有“乌程职里宝相比丘释觉岸（宝洲编集再治）”的记述，宝相寺在织里老街西市，民国《吴兴晟舍镇利济寺斋田碑记》有相关记载。清乾隆《湖州府志》记载：“宝华院，在织里，僧元初循宋遗址重建。”“职”与“织”通用，上述文献可以佐证，织里的地名至晚在宋末元初就有，到明代初期已形成繁华集镇。凌、闵两氏的雕版套印书籍在织里街设铺列市，种桑育蚕、缫丝织绵是织里农民的主要产业。产品湖丝、棉兜、绵绸、棉纱带皆上市交易，“户户皆绣机，遍闻机杼声”是当时织里乡村的真实写照。“小湖，织里业造船”，明清时代，织里街不仅是水阁廊棚，店铺相连的水乡集镇，更以造船业、丝绸业、贩书业而闻名遐迩。

清灵的织溪是东苕霅溪的延伸，自西向东约二华里长，尽是粉墙黛瓦，小桥流水人家。民国年间至解放初期，老街共有大小桥梁十一座。其中五座南北向竖跨织溪，六座东西向横贯老街。宝镜桥因宋代宝华院而名，为西市第一桥，单孔拱形，条石垒砌，宽二米余，石阶十余级，桥壁古藤攀缘，青苔印痕。因桥坐向有些倾斜，人们称其为“斜桥”。过宝镜桥即有一汪水漾，曰“五溪漾”，五条小溪自东西南北淌出，形似乌龟的四足与尾巴，人们又称其为“乌龟漾”。离五溪漾百来米，有三孔石梁桥，名“妙音桥”，又称妙桥。织里镇西市，一座木柱、木梁、木板构造的桥梁横空出世，宽仅米余，踏上桥板吱吱作响，有摇摇欲坠之感，这便是记忆中最为深刻的木桥。小木桥是南浔庞裕泰先生私人建造的桥梁，为便利通向南岸酱园制作坊而架设。桥两边辅以木栏杆，桥顶架设木棚，让行人遮阳挡雨。木桥北堍有一棵皂角古树，盘根错节，苍老遒劲。春夏季节，枝繁叶茂，蝉声如雨，鸟鸣悠婉。睦嘉桥位于老街中市，为三孔石梁桥，四只石狮分守两堍。望柱、桥耳饰有十二只小狮子，或雌或雄，或坐或卧，雕凿精湛，栩栩如生，故又名“狮子桥”。桥两边石帮岸为“冰糖石”叠砌，棱角分明。沿市河东移，秋稼塘桥三孔石梁跨架南北，桥南的自然村亦名秋家塘。虹桥是老街东端的一座拱形石桥，东西向形似长虹，横跨浒泾港，水流南吞荻塘，东接吴江，西连苕雪，汇聚向北流入太湖。老街上还有六条东西向的小桥，名“玉杆”“金锁”“丰乐”“铁板”等，极富诗情画意和地域色彩。桥下流水潺潺，橹声欸乃。老街十一桥今天尚有五座，均改成水泥钢筋构架，古典气息荡然无存，所幸流散在民间的四只石狮子近年被送回，守护在狮子桥两堍，点激起人们对古桥的思忆。

织里老街是典型的江南水乡小镇。荡舟五溪漾，听小鸟啁啾，观鹅鸭嬉游，任绿萍漂游，不亦快哉。登宝镜桥远眺，渔夫撒网，白帆悠悠，田埂上老水牛踱步，此种景色，令人神怡心旷。老街的店铺临织溪而建，皆水阁廊棚，鳞次栉比。据几位老人回忆，民国年间至解放初期，小小扁担街上有各类店铺一百四十余家。米行、鱼行、丝绸行、酱杂店、旧货店、当铺、铁匠铺、茶馆、客栈、纸马店、饭馆紧挨相连。老字号有同泰布店，为本镇郑氏所开；一达南货店，乃石淙望族陈氏所创；裕泰园酱盐店、四茂春茶馆福泰昌、翠凤阁茶馆、霞光照相馆等，人们耳熟能详。天生堂药店里，冬虫夏草，各种中药材齐全。其木雕门楼，饰以飞禽走兽、神话故事图案，雕琢精湛。老街在抗日战争前有两家典当行，同泰典当行是南浔大户张氏于清同治九年（1870）开设，背景深远，资金浓厚，被称为“老当”。在老当典押财物，赎取期有三年六个月之久，较其他典当长一年余，且典押价高于新当，经营有方，安全工作周密，享誉较高，生意兴旺。老当在抗日战火中焚毁，解放后老当遗址建造了织里茧站。

清末至抗日战争前，织里老街一直是方圆数十里的商贸集镇。街道人流如织，市河舟楫云集。中市丰乐桥边，设有航船停泊码头，大钱、义皋、东迁、轧村、旧馆、晟舍等地，每天上午有小航船载客而来，进行商贸活动，下午载客归去。1949 年起，青浦建业联营轮船行开办震泽至湖州的小轮船“大通号”“大利号”，也在织里街设停靠站载客。1963年，嘉兴地区船运局客运所增设湖州至织里航线，“织里班”小轮船一天往返两次，在窄窄的河道奔跑了二十多年，给织里人留下了一串思念，一串乡愁。

人们至今还津津乐道的，是老街上成立于民国后期的民间消防组织——洋龙会。所谓“洋龙”，是一台进口的消防灭火机械设备，基本上靠人工操作。洋龙会的常设地址是老街医院西侧的半间小屋，面积仅六平方米，门面朝东，一半是铁栅栏，从外向里看：“洋龙”一部，一只长长的供桌，一副挑水的担桶，朝东的墙上挂着威武的龙王神像，神位两边放红色木柄的消防用斧头。因为这里太狭小，其他救火用的器材就放在负责人蒋阿文家的楼上。每年农历六月初，洋龙会皆举行隆重的祭祀仪式，一是祭拜龙王神，二是进行“洋龙”喷水表演。那天几乎全镇总动员，四乡八里的小伙子不约而同到来，场地就在医院和茧站中间的位置上。场上的消防人员穿戴十八世纪的铜质盔衣，似旧时武士，他们整齐地站在摆满供品的桌子前，虔诚祈求龙王神保佑四季平安，永无火灾隐患。酉时一到，听得一声令下，所有人都去抢占“洋龙”两侧的位置，因为“洋龙”喷水，是靠人力揿压而喷射的，左右两边各需三四人，大家齐心尽力，用力越猛喷出的水量越大，喷射的水柱可达十几米高，足以够上当年的民房高度。“洋龙”旁围观的群众个个都是“消防员”，他们摩拳擦掌．随时上阵。水龙头很快喷出水来，水柱直冲云霄，犹如二龙交腾漫天飞舞，水柱冲高后又化为霏霏细雨，四散飘洒在围观者的身上。不一会出现彩虹横跨天空．人群发出了尖叫声，祭拜仪式达到高潮。几十年间，“洋龙会”扑救了老街及附近村庄一次次火灾，一代代义务消防员谱写了可歌可泣的感人故事。

水乡古镇，民风淳朴。织里人大多信仰宗教，供奉神灵。宝镜桥北堍，有座总管堂，乃宋之宝华院遗址所建。黄色围墙上书有“织溪屏藩”四个黑色大字，笔力苍劲，乃老中医吴酉声先生所书。庙内有古银杏树，高达数丈，浓荫华盖。据专家评测，树龄在四百年以上。古银杏树在历史风雨中伫立，黎明，默默数点农家屋顶的袅袅炊烟，聆听村舍传来的第一声鸡鸣；黄昏，静观闪烁老街的千家灯火，俯视村野的无际桑园。总管堂供奉总管老爷、观音菩萨等神像，终日梵音悦耳，香烟缭绕，信徒虔诚膜拜，祈求风调雨顺，一方平安。解放后，总管堂改为织里区中心小学，后为镇中心幼儿园。2000年，经湖州市民族宗教事务局批准，总管堂得以修复为开放道观，命名为“宝镜观”。新建宝镜观由里人集资，规模恢宏，香火旺盛。旧时邻总管堂东有三官堂，五开间，泥塑三官神像；堂前有放生池，雕栏石砌，池水清澈。妙音桥北堍有土地庙、财神堂，西市有和尚庙（据说明清时期称宝相寺，曾经出过高僧）。虹桥东堍有祖师堂，大小建筑二十余间，供奉纯阳祖师和道教神像，解放后被改为织里粮管所仓库。2007年里人集资重建，冠名“万云观虹桥庙”。基督教在民国初期由美国人传入织里，老街西市建有耶稣堂，创始人为织里乡绅李心水。耶稣堂北侧为人民广场，四周筑以围墙，放电影、演戏及人民公社的重大活动都在此举行。老街东市为渔民聚居地，每日捕鱼归来，在河滩晒网，到街市卖鱼，晚上停泊过夜，黎明摇橹而出，开始新一天的收捕。

清末，织里老街私塾棋布，学龄儿童大多在私塾念书。穿长袍戴花镜的老先生摇头晃脑吟哦“之乎者也”，抑扬顿挫。小孩子把《三字经》《百家姓》《神童诗》读得倒背如流。民国年间创办了“吴兴县第二区中心小学”，老街才有了一所正规学校。校舍借用总管堂偏房，辟教室三间，分“智”“诚”“勇”三个复式班，课程设语文、算术、图画等。全校师生一百余人，校长叶文华，主持校务达八九年之久。解放初期改为织里完小，1956年在五溪漾东岸创建了吴兴县第四初级中学。

徐振华先生（小名阿毛），是名闻浙北地区的老中医，祖居太湖潘溇，三代行医，积累了丰富的临床经验。徐氏留有家训，以医德为重，以治患者之痛为己任。徐振华15岁师从湖城名医潘春林先生，三载寒暑，勤奋刻苦；18岁始走村串户行医。他口问心记，不厌其烦，岁月流逝，积沙成塔，刚过而立之年便名闻乡里，医德更是众口皆碑。凡贫困之家，不收诊费，对症开方，以中草药为主，非不得已，绝不开贵重药方。1951年，振华先生发起创建织里联合诊所（今织里医院），绘图纸，购建材，事必躬亲。步入中年后医术炉火纯青，江苏吴江、宜兴、常熟及上海、安徽等地的患者慕名求医，有求必应。因对疑难杂症有独到疗法，故被誉为“毛仙人”。徐振华退休后，被医院返聘开设专家门诊，患者趋之若鹜，休假日也门庭若市。一代名医，里人莫不敬仰。

老街步履蹒跚，走过了岁月的风风雨雨，战火风烟。世事兴衰，老街依然默默静卧，附着时代的脉搏，载着历史的重负。今天，织里已成为经济强镇，中国童装名镇。与新镇区的高楼大厦相比，老街没有自惭形秽，因为新街的繁荣与发展，乳源于老街。老街依然有着旺盛的生命力，有其独特的风采。曾几何时，传统的铁匠店、磨刀铺、寿衣店、竹器店，应有尽有。传统的点心，如青圆子、小馄饨、汤包、阳春面，依然香味四溢，令人垂涎。

老街是一根不锈的链条，链接历史，链接未来。2017 年，织里老街拆建改造工程启动。顺应民意，保留老街茧站、名医故居、老影剧院、百年民宅、轮船码头。为了留住老街的灵动水韵，留住人们心中熟悉的老街，地方政府多次征求老街人的意见，一次次修正老街的重建蓝图。

“道观青烟升宝镜，古树银杏笑晚霞。”半壶浊酒，一缕乡愁。虔诚期盼织里老街早日新生……

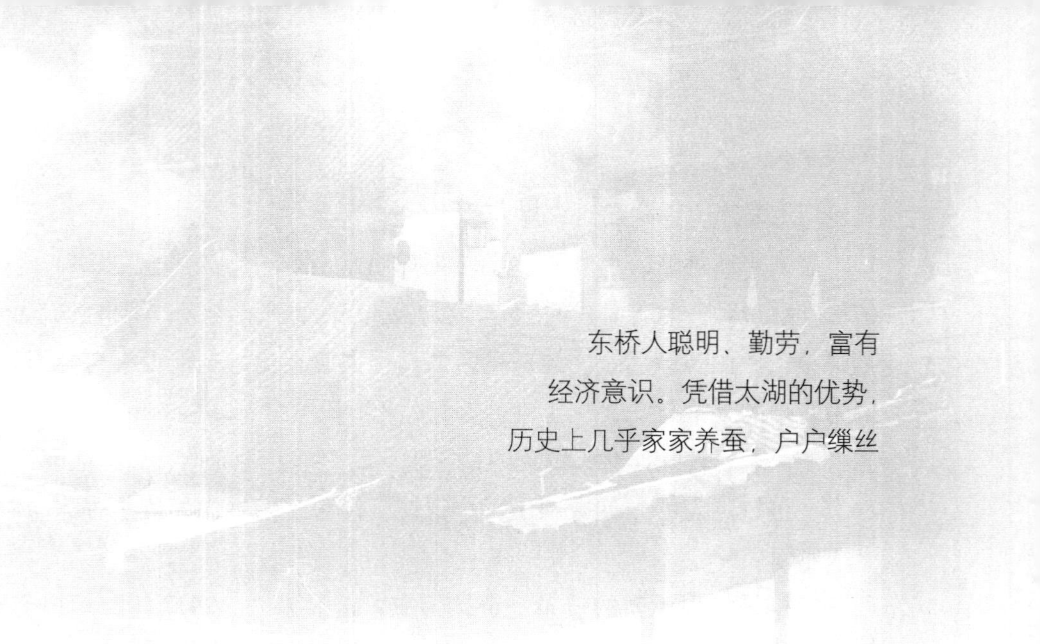

东桥人聪明、勤劳，富有
经济意识。凭借太湖的优势，
历史上几乎家家养蚕，户户缫丝

东桥集镇　滨湖商埠

| 叶再明 |

东桥老街位于湖州市东北约十五公里的太湖南岸，由罗溇、安港（溇）两古溇口聚落而成。唐五代有聚落，宋以前兴市廛。以境内古桥“东桥”命名。

清代，东桥是座大木桥。1934 年乡绅叶鉴人、陈士铨、邹云梅等发起改建为石梁桥。桥上有楹联：“古称东桥地跨中塘通两浙，名传市井水流太湖接三山；藉村拟桥名水汇罗安分两脉，建乡城市业地通吴越共九州”。同年建造街北浮霞桥、街西的季家桥，还在前浜村南建了三孔石梁桥“盛稼桥”。而北塘河上南北跨向的九孔石梁桥“霓影桥”（俗称“红亭子桥”），长约六十余米，是北塘河上一座标志性的古桥，可惜在上世纪八十年代拆除。

頔塘、北塘河之水穿过东桥村，分罗溇、安港（溇）流入太湖。旧时，集镇上有开往织里、湖州的航船，早摇出，晚归来。直到上世纪七十年代中期才有了小轮船。1990 年代湖薛公路太湖段接上织太公路，湖滨连通了外界。

东桥村历来占据溇港区域的重要地理位置。1938 年 3 月，湖州第一支由中共领导的“吴兴抗日游击大队”大队长郎玉麟等，曾在东桥村牌楼前广场舌战“红枪会”，宣传团结抗日，并取得成功。抗日战争至解放前夕，东桥村就是国民政府乡公所驻地。解放后，是东桥乡人民政府所在地。

集镇上有东桥村街，街道有东昌路、中正路、北平路、南安路。东昌路、南安路是龙背形铺设，路中间直铺长条石，两侧铺设鹅卵石，上述路名为民国 19 年（1930）冠名，路边立有石制路牌。

东桥东有陈士铨新厅屋，桥西有陈氏宗祠、叶氏宗祠、刘氏“师善厅”、刘氏“树滋堂”、叶氏“萼辉堂”、刘氏“攸宁堂”、刘氏宗祠，叶氏“怡和堂”、刘氏“庆远堂”等。叶氏宗祠南有“圣旨”二字的“忠孝节义”石牌坊，牌楼前有广场。

抗日战争前，东桥村街上有诸多老字号商店。有陈（老）泰森等五家粮油杂货店，叶氏春生堂及张世荣等开设的五爿中药店；有隆泰面食店、张恒泰鲜肉店、张阿东的羊肉熟食店；有沈顺昌、春阿婆的茶馆店、沈阿叙面馆、徐阿祥茶食店。还有洋货店、豆腐店、鲜鱼行、寿材店、剃头店，以及竹匠、铜匠、木匠、皮匠等各类店铺数十家，其中不乏鸦片馆和赌馆。1953 年成立了东桥供销合作社，下设棉百部、副食部、生产部、收购部等。1956 年小商贩合并为酱什合作商店。东桥街上有农村信用合作社、卫生院、食品站（负责生猪收购和肉类供应）等单位。1968 年新建了东桥茧站。

到东桥街赶集者除了本乡十个行政村外，还有塘甸乡的崔家桥、仁塘湾、拔超里等多个村庄以及戴山、织里乡村的百姓。太湖里的渔船帮习惯到东桥街上喝早茶，赶早市和进行贸易活动。

东桥村历来有良好的教育基础。民国年间有私塾，解放后有东桥完小、初中，方便少年儿童就近上学。

民国年间，东桥村有农村“小戏班”。1950 年代村里成立了“东桥文工团”，演出越剧《梁山伯与祝英台》；1960 年代办起了三个“毛泽东思想文艺宣传队”，排练革命样板戏《智取威虎山》和《沙家浜》等剧目，应邀到织里、漾西、戴山、塘甸、环诸和长兴县有关公社演出。

集镇上有张降庙、总管庙、东桥新庙和三官庙等庙宇。旧时总管庙西侧还有一座南房和尚庙，抗战时期连同一棵千年银杏被毁。东桥新庙中植有树龄 200 年的银杏，曾是太湖南岸航空标志之一。东桥的民俗活动丰富多彩，农历正月和九月都有庙会，做“庙戏”；春节元宵节期间舞龙灯，调狮子，走马灯；清明时节组织全乡庙会，游行队伍前面是“点臂香”“调大人”，紧跟着是各自然村装扮的“台阁”；七月三十晚上“放水灯”，几十条农船组成“拜香船”“锣鼓船”“念佛船”和“放水灯船”，绕村中的河道转一圈，水上岸上五彩缤纷；牌楼前和白果坟头广场常有剧团来演出杂技、跑马戏、露台戏、放映电影等。

东桥人聪明、勤劳，富有经济意识。凭借太湖的优势，历史上几乎家家养蚕，户户缫丝。田地里种的是稻、麦、桑、黄麻、络麻、山药、百合、老姜、山茄、湖葱、大蒜、萝卜、青菜等。黄麻、络麻织成麻布、叉袋上市。夏季，村里男女老少都穿麻布衫、麻布裙，轻松凉快。太湖是一个天然大鱼荡，盛产白鱼、银鱼、白虾，古称“太湖三宝”。捕捞季节，大批的鲜鱼就从东桥村河埠推向市场。党的十一届三中全会后，村民纷纷进城经商办企业，现在大多农户经营童装产业，同时养殖、种植并举，适应大市场的需求。

2017 年，浙江省人民政府批准东桥村为省级传统村落。

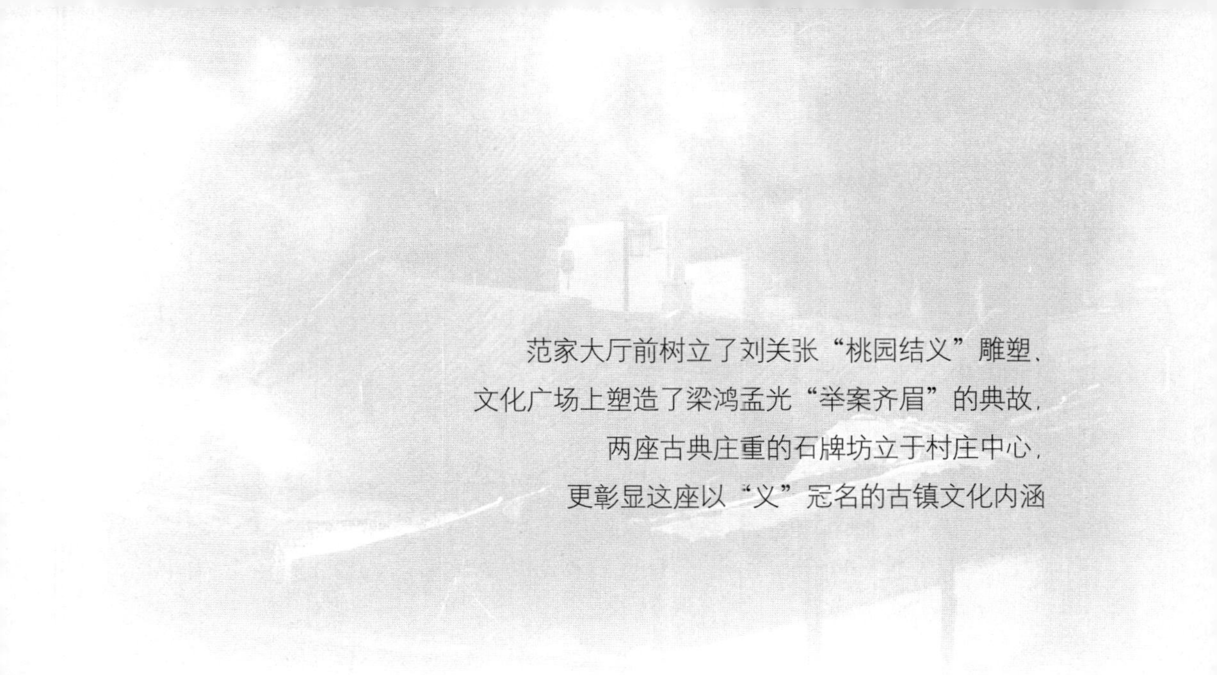

范家大厅前树立了刘关张“桃园结义”雕塑，
文化广场上塑造了梁鸿孟光“举案齐眉”的典故，
两座古典庄重的石牌坊立于村庄中心，
更彰显这座以“义”冠名的古镇文化内涵

义皋老街　溇港明珠

| 雨　人 |

汉元始时期，太湖水患严重，沿岸地势低洼，菰草弥望，村庄常常被倒灌的湖水淹没，庄稼歉收，百姓流离失所。为治理水害，苏州有位叫皋伯通的豪士，心怀慈悲，发动民众筑塘修堤以阻挡水害。后人为纪念皋伯通，在太湖南岸留下了许多以“皋”冠名的地方，诸如皋塘、南皋桥、北皋桥等，义皋也在其中。宋嘉泰《吴兴志》、湖州府县志有相关记载。

太湖溇港于2016年成功申报为世界灌溉工程遗产，纪录片《溇港》在央视四套播出。作为溇港的核心区域，义皋被列入浙江省传统古村落保护行列，溇港文化馆、古代铜镜馆、溇港书报馆等展馆相继在义皋建立。

随之，多家国家级部门、机构和相关院校在此设立教育研究基地，义皋已声名远扬。

然而，义皋老街依然在老百姓心中嵌得很深，沧海桑田抹不去他们对老街的敬畏和思恋。在紧傍太湖的义皋村委会议室里，几位世代居住湖滨的老人，滔滔不绝地聊起了老街的前世今生。

义皋老街呈东西走向，只要步行几分钟，即可走到烟波浩渺的南太湖大堤，陈溇、义皋两条溇港穿过古老的水闸，悠悠连结三万六千顷的波涛。老街长度200多米，街道宽约2米，以义皋标志古建筑尚义桥为中心，民国后期至解放初有各类店铺60余家。

慢慢呷了口茶，悠悠地吸着烟，老人们仿佛踏入了六七十年前的老街。尚义桥西堍的鱼行，每天清晨总是非常闹猛，窄小的溇港里停满了各类渔船。渔民们把刚捕获的鲜活鱼虾过秤给鱼行，然后就到茶馆店喝茶聊天。不长的街面上当铺、米行、铁匠铺等商店应有尽有，老字号店铺有许氏开设的人和堂药铺、张思贤茶馆店，而沈炳泉老百坦软糕、徐桂生野鸭店、蔡跃亭豆腐浆、杨顺金小馄饨、王巧英茴香豆等糕点熟菜。那些旧时的味道，燃起了人们久违的食欲。

自民国以来，义皋老街就是乡镇政府驻地，有财税、信用社、邮电所、医院、招待所等各类机构，老街上的人们相互熟悉，相互帮衬，办事非常方便。老人们还记得供销社的大众食堂内开了个照相馆，一位叫朱连根的办事员，每天背着一个小箱子，步行于义皋至织里的乡间小路上，传递供销社的信件文书和零小物品。老街上还设有民间消防队，附近村域凡发生火灾，志愿者即全力以赴扑救，而对受灾人家，街坊邻居纷纷送粮食，送衣被，开展爱心救助。1974年，太湖人民公社机关从义皋迁移至幻溇，相关单位也随后迁走，但老街的商市依然兴旺。

古桥、老宅、寺庙，是构成义皋老街的重要历史元素。兴善寺始建于吴越国时期，陈溇庙、朱家祠堂均有历史年份。“王路聿新遵礼义，君恩浩荡及江皋”，常胜塘桥与朱元璋部将常遇春的传说有关，尚义桥东侧曾有元末遗存的一块石碑，传说常遇春当年背负这块石头逃避元朝追兵，雨点般飞来的箭矢，都被此石挡落。而义皋南侧的太平塘桥，是北塘河上现存唯一的清代五孔石梁桥。

义皋村民中有“陈家牌楼范家厅，朱家祠堂三进深”的顺口溜。范家厅建于清道光咸丰年间，属于范氏私宅，现已改为“崇义堂”展馆，是湖州市重点文物保护单位，其渊源可追溯到北宋名臣范仲淹及其子嗣。“慎修思永”“型仁讲让”的砖雕门楼，常常让众多游客驻足凝思。陈氏石牌坊“文革”时期尚存，为朝廷赐予陈氏家族的贞节牌坊。老街上还有保存完好的明太祖部将开挖的运粮河，犹如一根练带横穿古村全境。

义皋为太湖溇港区域的重要集镇。旧时，到义皋赶集者的范围东至新浦村，西至金溇，南到陈家兜。老街上有开往南浔、湖州的航船，途中摇橹要三个小时。1971 年，义皋生产大队购买了开往湖州的小轮船，人们到城里购物、售卖农副产品更加方便。1995 年太湖边的乡村公路通了汽车，此后老街上的航船、轮船结束了自己的历史使命。

义皋古镇饱经岁月沧桑。历史上，无数次的洪涝干旱侵扰湖滨，兵荒战乱殃及这座水乡小镇。抗战期间，日军飞机在集镇扔下多枚炸弹，炸死、打死无辜群众十多人。老人们还记得，有一村民被日寇诬陷通抗日组织，鬼子让其自掘土坑，然后逼迫其跳入坑中，用泥土活埋而死，惨无人道。为控制老百姓的自由行走，日军还在尚义桥上修筑了炮楼，随时盘查过往行人的良民证，稍有怀疑，即扣押拷问。人们难于忘却亡国奴的耻辱。

老街的民众历来重视教育。民国时期，在范家大厅内开设私塾，聘请谢溇村的董礼泉老先生教授国学知识，受教学生有数十人。1950 年办起了义皋完小，同时还有成年人扫除文盲教育的夜校。1970 年办起了义皋中学（初中），许晓婷、李坤荣、邓延超、章伦山等老师任教并主持校务，为古镇培养了一批批人才。

“村以溇名，自古乡民崇礼义”。溇港成功申遗后的义皋老街，地方政府投入了大量资金予以修缮保护，吴氏周氏等老宅修旧如旧，义皋书场古色古香，缓缓流动的溇港水更加清灵。范家大厅前树立了刘关张“桃园结义”雕塑、文化广场上塑造了梁鸿孟光“举案齐眉”的典故，两座古典庄重的石牌坊立于村庄中心，更彰显这座以“义”冠名的古镇文化内涵。

赠书，剪纸，写春联。2017 年以来，溇港民俗文化节成功地举办了三届，打年糕、爆米花，民间文化的艺术气息，浓浓地感染着溇区村民和四方宾客。古色古香的游客中心已建成投入使用，义皋老街已成为人们旅游观光、专家学者考察研究溇港文化的胜地。

“数声鸿雁雨初歇，七十二峰青自然。”义皋犹如一颗古老明珠，在太湖溇港的皇冠上熠熠生辉。

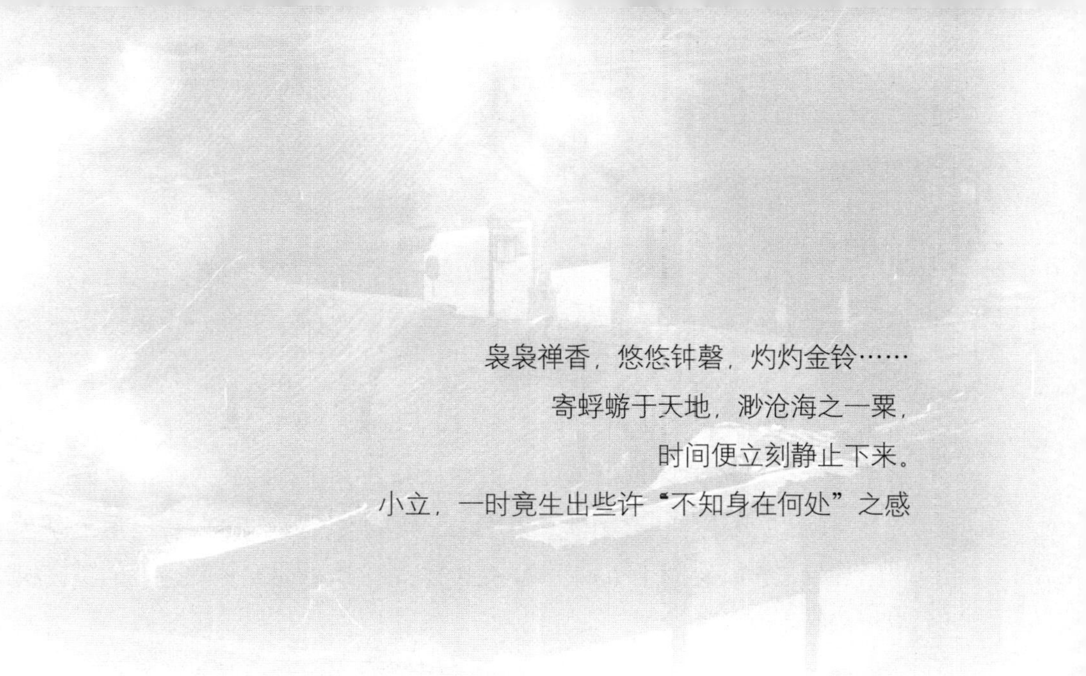

了脱①，轧村！

| 施国琴 |

“轧村位于本市东北，东南界东迁，南隔运河，与旧馆塘南相望，西南连晟舍，西接织里，北至太湖，东北界溇西。”

“轧村境域形成历史久远，分水墩遗址考古发现，早在商周时期这块土地上就有人类聚居。”……

半年来，我因为参与编写《织里镇志》，从文史专家那里了解到轧村不只有“布艺小镇”一张名片。于是趁着假期，邀上好友开始了一场探访之旅。

---

① 了脱，轧村方言。这里的意思是了不起、不得了。——作者注。

涂世尧：轧村的名字，很有来头

带着疑问翻开《织里民间文化》，看到了这样一个故事：相传宋高宗南渡到此地的那天夜晚，听到此起彼伏的“轧轧”声，疑问侍从，得知声音出自当地村民的织棉机。高宗又问侍从村名，侍从不知。于是，高宗沉思了一会，说道：“不必打听了，既然这片地方都有轧轧之声，我们就叫它轧村吧。”就这样，之前的“王家庄”就被改名为“轧村”，沿用至今。

轧轧之声，穿越千年！夜晚响起的轧轧之音，是当地织造业的世代相承、兴旺不衰的密码吧。

地名，由皇帝所赐，不多见；以拟声词命名，也不多见：轧村，这个小镇的独特，从这里可见一斑。

当地一村民：听老辈人讲，东明寺要比利济禅寺的创建时间还早

疑惑间，来到东明寺，远远看到寺外立着一块牌子，上书：原名法忍院，该寺创建于五代后梁吴越钱氏（907），僧：悟空开山，号善庆院，又作当时的看经院。经北宋治平二年（1065）改赐法忍院。明洪武年间重建，清末时毁。1993 年重建，改名东明寺。

而《利济禅寺志》明确记载，该寺始建于南朝宋元嘉年间（425—453），法瑶禅师开创山门，曰慧明寺。看来，“东明寺比利济禅寺的创建时间还早”的说法，是出自当地百姓“自家宝”的心理。

南太湖网友：靖难之变后，建文帝曾暂避轧村

如果属实，那么轧村就曾有过两个皇帝来把它当作驻跸之地。

翻开明《七修类稿》，里面记载：“今钱塘东明寺，土人相传建文曾居于此，至今其厮如楼，非常人家所造。后自川历滇，故沐春之传云：常使人护卫，往来于西平侯弟晟之家。时朝廷差湖州尚书严震直往交趾，相见于晟家。严思不言，恐祸及身；言之不义也，一夕自缢死。明日，建文逃焉。”

文中虽然提到钱塘东明寺，但是这段话中“严震直”“晟家”等信息皆指向如今的轧村、晟舍两地，人物和地址均相匹配，并且严尚书家正好

在晟舍和东明寺的中间，我们有理由怀疑此东明寺，非钱塘余杭东明寺，而是轧村东明寺。

看来，对于建文帝曾避轧村一事其说法，也有些道理。

南太湖论坛上还有网友留言，有人在轧村村民家中发现明初宫廷金铜佛像等文物。如果信息属实的话，我们可以进一步推断，建文帝出亡余杭东明寺之前，可能在轧村东明寺隐居过一段时间。

冷风时作，大寒已近，东明寺院墙角，一大株色彩艳丽的金铃花静静地开着，花朵如同一个个悬挂在树梢上的小风铃。伫立侧耳，似乎能听到清脆的声音：金铃，金陵，声声清响，莫不是在呼唤着“金陵”？

袅袅禅香，悠悠钟磬，灼灼金铃……寄蜉蝣于天地，渺沧海之一粟，时间便立刻静止下来。小立，一时竟生出些许“不知身在何处”之感。

沈林江：分水墩遗址是目前知道的最靠近我们这个地方的古人类聚落遗址

《人文织里》记载着：分水墩遗址属商周时期，呈三角地带的高地，面积约2000平方米。遗址地面为桑田，墩下保存较好，沿河、沿漾靠近水线，可见到文化层。文化层距地表深40～60厘米，厚30～60厘米。已采集到的遗物以印纹陶为主，有少量黑色混质陶，印纹陶饰有方格、回字、曲折纹、绳纹等纹饰。炊具发现有鼎饰绳纹。

这些发现证明，早在3500多年前的商周时期，轧村这块土地上就有人类聚居，开展农耕、渔牧、桑蚕等生产活动，繁衍生息。

天光云影，芳草萋萋，分水墩遗址像一位长者，跟相继陪伴他的东明寺、广济桥两位小友在述说着分水墩之名的由来，以及数千年来的历史变迁。

夏华：听说轧村老早以前就是个商铺林立、贸易繁忙的小集镇

是日，轧村办事处会议室里来了几位八九十岁的老先生。他们你一言我一语，向我们讲述了一些轧村往事，饶有兴致。

轧村老街的商铺与民居呈南北向，傍市河而筑。当地坊间有“四里曹家簖，三里范村港”的顺口溜，虽然有夸张成分，但是其繁华毋庸置疑。

当时最有特色的是三家茶馆店。“太平楼”茶馆的顾客多为太湖的渔民，他们劳作之余，在此喝茶聊天，驱除疲劳；“家乐园”茶馆是乡绅及社会上层人士的活动场所，带有政治色彩；而“凤阳楼”茶馆三开间门面，楼上楼下开设书场，是江湖人士聚会之所，不乏强盗土匪之流。

此外，明成化《湖州府志》和弘治《湖州府志》记载，南宋庆元年间，各县及镇市开设酒库、酒坊，乌程县共十五处，轧村就设一处。

轧村作为湖州府东门外的农村集镇，濒临荻塘运河与沿塘官道，水陆交通便利。可以想象，多年前的轧村，商贾云集，众多老字号密布市河两岸。

时间如筛，许多店铺已消逝不见。今日的轧村，已以新的面貌出现在世人面前。

涂振华：轧村出人才，一个“严家里”就十分了得

的确，翻阅《人文织里》的古今人物篇，除耀人眼球的凌、闵家族外，另一个夺目的姓氏就是严氏。

第一位是明代工部尚书严震直。《明史》记录了他的卓著功勋，其中影响较大的是洪武二十八年（1395），他主持修复广西兴安县灵渠，亲率民工，审度地势高低，导引湘、漓二江之水，疏浚渠道5000余丈，筑溪潭及龙母祠土堤150余丈，又增高中江石堤，建陡闸36个，凿平滩石以利舟楫往来，受到当地百姓的称赞。

清代，轧村还出过两位藏书大家，分别是严可均、严元照。严可均还是我国著名的考据学家。史书记载，他在《唐石经校文》的撰写过程中，凡石经有磨改的、且与今本异的，都一一录出，加以注释。以至今天的学者认为，严可均的《唐石经校文》是天地间经本最完善的。严可均一生藏书2万余册，虽不能称富，但都是精本。严元照性情倜傥，不乐市井，不流世俗。他创建芳椒堂，藏书数万卷，且多宋元版本。晚年移居德清，闭门读书。著有《尔雅匡名》20卷、《娱亲雅言》8卷等。

此外，严家还出过一位辛亥革命志士严浚宣，他与双林人李子九友好，对推翻满清政府志同道合。李子九曾组建了一支装备精良的反清武装，作为李子九的好友、助手，严浚宣献言献策，不畏死生。

为探访轧村严氏遗存，我与友人，一路行行止止。到骥村的时候，偶遇几位长者在廊前的暖阳下闲聊，知道我们来意后，其中一位长者就起身表示要做我们的向导，带我们参观昔日市河、古桥、古寺等。问其姓氏，曰：姓严，我们整个村坊几乎都姓严。对答豪迈。

余秋雨在《文化苦旅》写道：江南小镇历来有卧虎藏龙的本事。踏足轧村宝地，不虚此行。从分水墩遗址、轧村之名由来、东明寺传说，到人才辈出的严家，无不一一宣告着，这是一方人文底蕴深厚的土地！用我学到的第一个轧村方言词汇来形容吧，那就是——了脱，轧村！

冬日的暖阳，照耀着古老的石桥，
让陆家湾有了种古朴而沉静的气质

漾色湖光陆家湾

| 夏　华 |

陆家湾老街位于织里镇的东北端，北滨太湖，与苏州市吴江区毗邻，春秋时期是吴越两国的交接地带，被称为吴头越尾。因境内陆家漾（原名绿葭漾）而名，湖光旖旎，漾色潋滟，是典型的江南水乡。

因参与编修《织里镇志》，初冬时分，我随镇志专家组去调查陆家湾老街资料。到达陆家漾时，晨光初起，水面开阔，举目远望，水天茫然相接，据说这是湖州最大的河漾之一，水面积一千三百亩。让人好奇的是，漾面上有一块百余亩面积的小岛屿属于江苏。村书记介绍说，当年土地划界时，河漾权属陆家湾村，而漾中小岛划归吴江某村。早先岛上曾种过庄稼，这些年开挖成鱼荡，养殖螃蟹与鱼类，因为水质好，螃蟹的味道甚是鲜美。

镇村干部安排了场所和采访的长者。说起老街，土生土长、曾经做过校长的张连晨老人如数家珍：民国时期，老街上曾有南货店数家，石灰行、砖瓦行、大木店、油坊、古董店、蒲鞋店、剃头店，另有药店三家、茶馆两爿、渔行两家，大小店铺计有一百七十余家，老街东西走向，长六百余米。周边村镇甚至毗邻江苏七都的村民都来交易，作为湖滨的重要商埠，陆家湾老街繁荣如同市镇。

陆家湾民俗内涵丰富。各个节日都有不同的活动，元宵节庙会的迎神会上，有人们喜闻乐见的抬阁；农历七月，有祈求丰收的青苗会；还有每年三次的观音会等。这些别具一格的民间文化活动，让老街散发着迷人的魅力。

各具姿态的古桥，给老街带来了厚重的历史感。从明清到民国，街上先后修建了五座老桥，有日明桥、月明桥、丰登桥、五谷桥，以及“静涵朝旭，腾射夕霞”（此处桥联）的迎晖桥。“日明”和“月明”，“五谷”与“丰登”相呼应，这些寓意美好的桥名，寄托了陆家湾人祈盼生活平安美好、田桑丰收的愿景。现存的老桥尚有造型精美的迎珲桥、一字平梁的丰登桥，至今仍静静地卧在老街的市河上。冬日的暖阳，照耀着古老的石桥，让陆家湾有了种古朴而沉静的气质。

有街的地方就有医有药。这其中就有湖州名医杨咏仙的弟子俞甘新在当地设馆行医。他医术精湛，名动一时。陆家湾老字号药店有三家：天一堂、贝家堂、泰山堂。泰山堂的主人便是同治光绪时期的名医徐香泉。据《湖州市卫生志》记载：徐香泉诊断病症，精明灵妙、别具巧思。四方求诊者络绎不绝，其家门前河道帆船鳞次栉比，也因此而带动当地生意兴隆。徐香泉曾两次被巢湖匪徒绑架，皆因其遇难镇定、处险若夷，均得安然而归。徐香泉医名藉藉，名满三吴，从游之士，四方来归，其著名弟子有吴翰臣、朱古愚。

老街上还有一座保存较好、价值较高的清代建筑——沈氏思慎堂。正厅面阔三间，前后二进，中有大天井，后有小庭院。据了解，思慎堂为下昂竹墩望族沈氏，为方便在太湖边生意来往，便在陆家湾修建宅院，定居下来，因思念家乡故宅“慎余堂”，便取宅名“思慎堂”。其屋内外梁柱上悬挂着多幅名人题词楹联，思慎堂后天井砖雕门楼刻着“入孝出悌”四个大字，砖雕门楼文化内涵厚重，是湖州市重点文物保护点。

出身于此地的青帮大亨陆连奎曾让故乡风光了一回，使这个湖滨村庄平添了些许民国的味道。途中听徐老师说，旧上海滩公共租界督察长陆连奎就是陆家湾人，我嘴上虽然应答了一声“哦”，却没有把这个集镇和旧上海滩联系起来。而在座谈中得知，清光绪年间，15 岁的陆连奎离开家乡独身闯荡上海滩，投在青帮头子黄金荣门下。因其生性豪侠，极讲义气，深得青帮的器重，一步步攀升，最终成为上海滩公共租界握有捕杀权力的人物。陆连奎在上海滩办有百货公司、大陆游泳池、中央饭店、中央大旅社等实业。陆氏发迹后，在家乡陆家漾畔建造了太君庙和陆氏祠堂。其中陆氏祠堂面积有千余平方米，祠堂落成时，摆了几百桌酒席，请来上海名家戏班演出三天三夜，当时的国民政府要员也来祝贺捧场，真是耀祖光宗了。陆连奎为家乡做的最大好事是造了一所学校。1934 年，他购置土地建造校舍，创办了私立义务小学。先后聘请了 35 位教师，开设了英语、算术、唱歌、体育、图画、自然等课程，学生有一百多人。老师薪水由其发放，学生一律免费入学，学习用品免费发送。学校还设有图书室、俱乐部，建立了“童子军”“巡视队”等学生自治组织。学校有早操晨会、周会，还办了小农场。1938 年陆氏去世后，其子继续办学。人们对陆连奎兴办学校的善举，至今仍津津乐道。

新中国成立后，陆家湾老街也发生了天翻地覆的变化。街上先后建起了信用社、供销社、合作商店、大众食堂，又办起了学校、文化站、卫生院等。集体化年代，建起了宣传队，自排自演的《沙家浜》《智取威虎山》很受群众欢迎。

陆家湾村是著名的工业乡村，现有个私企业七十余家，主要产品有铝合金、电线电缆、塑料等，其中还有上市的企业。

为打造美丽乡村，近年来政府投入巨资进行示范村建设，将街道、河漾进行了全面清理改造。今日的陆家湾，街道石板铺地，新民居傍湖而筑，整齐有序。陆家湾已跨入省级小康示范村行列。

陆家湾老街承载了人们太多的记忆和故事。如今，陆家湾仍深情地依偎在陆家漾旁。陆家漾，在岁月轮回中，默默见证着陆家湾的发展与变迁，清波烟霞映照着陆家湾腾飞的翅膀……

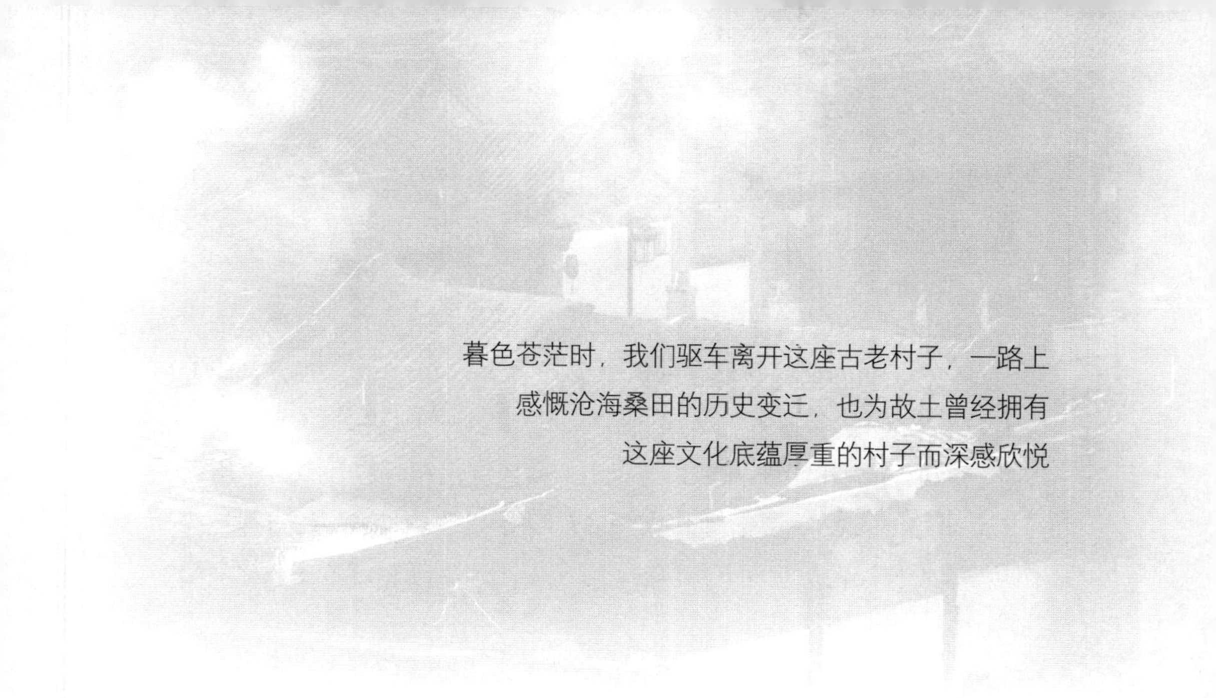

暮色苍茫时，我们驱车离开这座古老村子，一路上感慨沧海桑田的历史变迁，也为故土曾经拥有这座文化底蕴厚重的村子而深感欣悦

骥村——繁华消退遗韵在

| 世　尧 |

再次踏进骥村，对这个古老又带些神秘的村落实地走访，已是己亥岁末。

骥村集镇南傍荻塘运河，形成年代已很久远。宋嘉泰《吴兴志》有记载，村内的寂照禅寺，始建于唐代光启年间。明代有官府设立的驿站（快递铺），清末民初的湖州地图上，被堂而皇之地标注为“骥村市”。

骥村是个较大的水乡村落，民国 24 年曾置骥村乡，老街是国民政府吴兴县骥村乡驻地，乡公所里有乡丁数名，备有枪支。抗战胜利后设置洽济乡，新中国成立后也设有乡镇机构编制。严姓是骥村的大姓，明朝洪武年，骥村人严震直从一位乡村粮长，累官至朝廷的工部尚书，这位农民出身的乡友具备了跻身官场的智慧和从政的能力及胆识，为官多年，颇有政绩，青史留名。

道路宽畅，屋舍整洁。我们一行人走进村庄，得知我们寻访老街，村里的长者说，真正的老骥村已不复存在了，抗战前的老街，那才真叫古朴和大户人家气派。在一位严姓老人的向导下，我们很快找到了当年寂照寺旧址。寺址占地 2000 平方米，与青山的常照寺遥相呼应，寺名来历据说与宋高宗题词“寂而常照，照而常寂”有关。这座颇具名声的古寺虽然没有重建，但村民还是筑起了围墙，建了简易房子，逢年过节在旧址上烧香礼拜。

不久后的一个上午，在村部与几位严姓老人座谈聊天中，我们更多地了解了民国年间的骥村老街。街道的走向，店铺的排列，这个历史文化名村的教育与人文。尤其是严氏的老宅，严氏祠堂的状况，因为编修《织里镇志》需要这方面的资料。骥村老街呈十字形状。旧时，以塔影桥为中心点，东西走向的街道约 400 余米，南北走向街铺有 200 多米。当铺、茶馆、饭店、鱼行肉铺、南北杂货店一应俱全。有顾氏茶馆、严氏酒坊等老字号商铺，民国初期相当繁华热闹。

1937 年 11 月，日寇自南浔沿塘路西进，旧馆、晟舍被烧成灰烬，轧村、骥村等附近村坊也未幸免。老人们回忆，骥村共有三百余间民房被焚毁，十多位村民被枪杀和烧死，随后的日子里，人们纷纷摇着木船避难他乡。骥村集镇此后败落萧条了很长的一段岁月，直到新中国成立后的人民公社年代才有所复苏。

对于骥村老街的古迹，老人们如数家珍。老街上有古石桥 7 座，分别是塔影桥、南板桥、西石桥、后城桥、圣堂桥（单孔拱桥）、胡家坝桥，还有跨架于荻塘纤道上的凤林塘桥。虽然经历了岁月风雨，上述桥梁至今尚存，有的完好，有的残损。老街上曾有圣堂庙、土地庙、南庙、寂照寺等多座庙宇，均颇具规模，香火旺盛。

我们走到村子中心，市河贯穿南北，碧流清波。古老的圣堂桥跨架河面，桥墩和桥板上横斜长出许多藤蔓树枝，平添几分古意。桥堍下的圣堂禅寺，人们正举办佛事活动。毛先生当天已步行了不少路程，他想在庙中稍微坐坐，没想到刚刚跨入，即被认出，大家围着老先生七嘴八舌，讲述老底子骥村如何繁华，还有人绘声绘色讲起了毛先生当年为村民看病时的情景。

沿市河南行，隐约望见人们所说的塔影桥，这座颇显老态的三孔石梁桥应是清代建筑，有村民在桥栏杆上晾晒了衣被，被寒风吹得哗哗作响。桥西埯的几间沿河民居开着超市，还有一家门窗半闭，好像是点心店。这里应是当年的繁华街区，人民公社化年代的供销社、布店、食堂、诊所大约都在这地段，老街上还有开往双林、南浔的航船。离塔影桥不远处，一座上世纪60年代风格的建筑犹抱琵琶半遮面，一打听，果然是建造于1964年的骥村大队大礼堂。20米阔的门面，30余米进深，伞形顶，上端塑有呈立体状的五角红星，墙壁已很斑驳，大门的台阶较高，极显气派。当年的社员大会、宣传队演出样板戏、公社电影队下乡放映电影，都在这个礼堂进行。

寻访严氏祠堂旧迹，是我此行的目的之一。虽然在不久前的座谈会上，几位老人已做了详细描绘，对古祠堂已有了大致的印象。上世纪60年代前，祠堂是严氏族人祭拜祖先和议事的场所。大厅正中供奉严震直塑像，两旁是其四子一女的蓝底金字木质牌位。厅前的庭院内植有香樟树和古柏，三人合抱，树荫参天，树龄均有数百年了。院外有石牌坊、旗杆石，严氏祠堂于1958年“大跃进”时被拆除。有位严氏后人说，1402年，严震直病亡于巡视山西任上，后归葬于西塞山，现今吴兴区龙溪街道辖区内仍有严家坟自然村，还有庙宇，早年曾去祭祀过。听说笔者寻找严氏祠堂故址，一位中年村民放下手中的家务活说：“过桥不远处便是。我领你过去看看。”走过塔影桥，中年汉子指着前面的一棵大树，说这是严家新祠堂旧址，小路东侧是老祠堂遗址。我举目望去，是一片菜园，种满了菠菜、蚕豆、油菜，哪里有什么古祠遗迹？我来回走了两遍，寻寻觅觅，找不到片砖块瓦，大失所望。冬阳西斜，几只鸦雀在樟树上凄切，我在寒风中伫立凝思。遥想严氏家族当年之显赫，感叹岁月之无情。真是“旧时王谢堂前燕，飞入寻常百姓家”啊。

骥村历史上出过多位文化名人，许多古建筑要不是毁于日寇的战火，今天也许早就评上了历史文化名村。清代著名藏书家、文学家严可均，有多部著作传世，他花费27年时间辑成的《全上古三代秦汉三国六朝文》741 卷，更是功高盖世。近年有学者把严氏与凌濛初并誉为“织里文化史上的双璧”，这一点也不为过。清代诗人严遂成，工于咏物，诗史诗尤隽，自负为咏古第一。毛泽东主席曾手书他的《三垂冈》诗。辛亥革命志士严浚宣等也都是骥村人。我们为骥村昔日的荣耀而赞扬，为它后来的萧条而遗憾。

暮色苍茫时，我们驱车离开这座古老村子，一路上感慨沧海桑田的历史变迁，也为故土曾经拥有这座文化底蕴厚重的村子而深感欣悦。

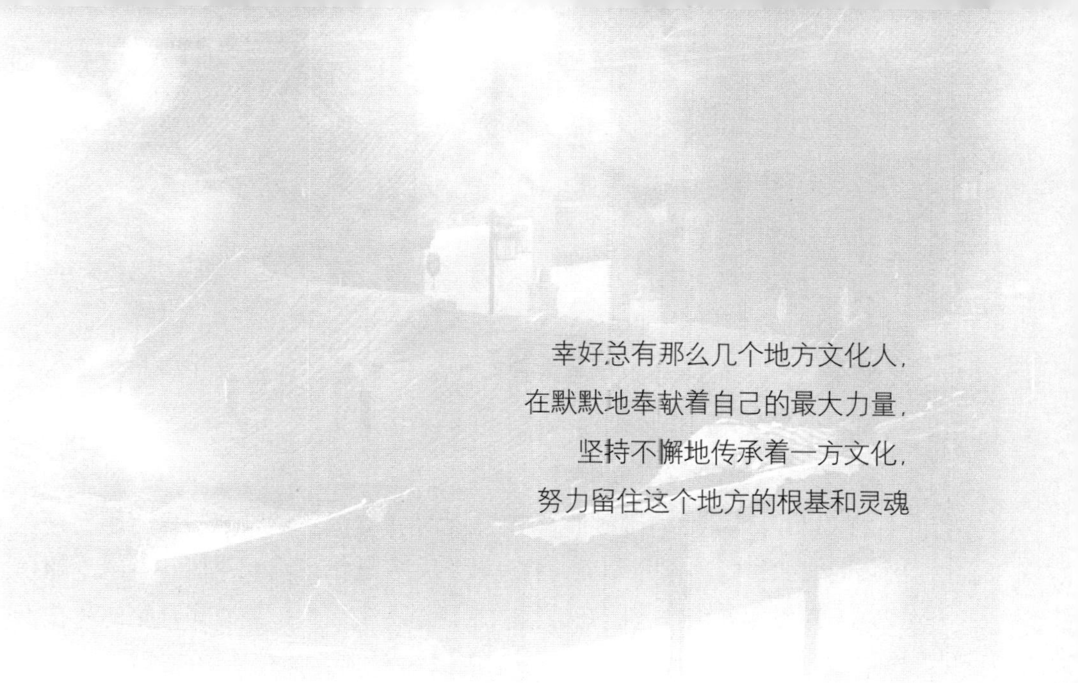

幸好总有那么几个地方文化人，
在默默地奉献着自己的最大力量，
坚持不懈地传承着一方文化，
努力留住这个地方的根基和灵魂

东迁故县　荻塘旧馆

| 施国琴 |

“陆为荻塘，水通运河”，再添一条国道傍村而过吧。倘若一个地方拥有这样的地理条件，你的脑海里是否会出现“繁荣”“富庶”一类的词呢？

腊月里的一个午后，我们一行人在织里文化学者徐世尧先生的带领下走访故镇旧馆。寒风凛冽，尘土在几户低矮的平房前飞扬低旋。目之所及，是一幅幅萧索、落寞画面，全然不同于想象。

然史书记载，旧馆这块形如笏板之地，曾经繁华过，因为它是一个县治所在地。街上近百米长的“故县弄”、附近杨家寺自然村东侧前的“故县桥”都在默默地告诉人们那段历史。

那么，旧馆是哪个县的县治？

据清乾隆《乌程县志》载，晋武帝太康三年（282）乌程县分东西乡，西乡地置长城县（今长兴），东乡地置东迁县。东迁县治就设在旧馆村，此地也就成了东迁县的政治、经济、文化中心。直到隋开皇九年（589）被并入乌程县，旧馆才结束三百余年的县治历史。

旧馆，顾名思义，还有一个新馆？

据史料载，唐开元年间，湖州刺史张景遵在东迁县故治设太湖馆。大历年间，颜真卿为湖州刺史，将其改名为东迁馆。贞元年间，刺史于頔在城东十八里建升山馆，因升山馆和东迁馆距离太近，便将东迁馆东移二十里至严村，严村遂改称“东迁馆”。原东迁馆所在便称为“旧馆”。

一个存在三百多年的县治，昔日的繁华不言而喻。不过，它那得天独厚的地理位置给它带来的可不仅仅是繁华。

元末，张士诚与朱元璋战于湖州。张士诚调派援军驻旧馆防守，被朱元璋部将徐达攻破。清朝末年，太平军晟舍保卫战，旧馆与晟舍毗连而殃及池鱼，列入前方战场。1937 年 11 月，日军沿湖嘉公路（今 318 国道）西进，一路烧杀抢掠，旧馆全镇民房被焚殆尽，沦为焦土。从此，元气大伤，便沉寂下来了。

幸而文字是不朽的，如今我们可以在前人吟诵荻塘的诗篇里找寻到旧馆昔日的荣光。“日出烟消春昼迟，柳条无力万丝垂。韶光新染鹅黄色，偏爱东风款款吹。”这是宋代孙锐所作的《荻塘柳影》。全诗洋溢着诗人游经旧馆、领略荻塘胜景的欣喜。相传，被誉为“吴兴十景”之一的“荻塘帆影”就脱胎于此意境。

荻塘，据史册载，是由晋永和年间吴兴太守殷康所建，自湖州东至南浔，全长 33 公里。唐贞元年间，湖州刺史于頔率领民众重修，民颂其德，故又名“頔塘”。明清两代也都进行了整修。1923 年，荻塘大修，历时五年竣工。翌年刻《重修吴兴城东荻塘记》碑，以述其事。

天色阴沉，瘦削的树枝伸向苍茫的天空。我们穿过小巷，七拐八拐到了碑亭遗址前。“頔塘在吴兴城东，故亦称东塘，即府县志所谓荻塘也，其始沿岸皆荻，晋太殷康所开，遂名荻塘。其后唐刺史于頔重筑，又曰頔塘。因其关系田庐，历朝牧令叠修之，惟屡修屡塌，迄无宁日……”

《重建吴兴城东頔塘记》详细记载了頔塘之患、工程之难等始末曲折。枝节清晰，言辞恳切，无华丽之辞，但拳拳之心溢于言表。作者许文浚，湖州小西街宝树堂人，弃政从商后，为家乡做了许多慈善事业。湖州第一所设施完备的西式医院——福音医院，就是由他和好友捐献地皮并修建的。

頔塘碑亭，江宁邓邦述书并篆额，吴县周梅谷刻字。碑亭前柱和后柱都刻着楹联，前柱是：頔与荻同音，一字特因遗爱易；塘由唐始筑，千年又庆巨功成。后柱是：何处寻碑，老树斜阳临旧馆；有人试马，白沙浅草骋新堤。前者巧妙，后者诗意，令人叫绝！

碑亭不远处有三间平房，上世纪六七十年代所建，门额上有“旧馆客运码头”六个大字。徐先生说，从湖州开往上海的“布谷鸟号”，开往苏州的“苏班”都在这个码头停靠，方圆十数里的人们也在此坐船往返上海、苏州，或游玩购物，或走亲访友。

码头东面有一座东西向的单孔石拱桥，叫东塘桥。名字由頔塘的另一个名字——东塘而来。这座桥光绪元年重建，东塘桥北侧保存了一副楹联。湖州桥文化的研究者谢占强先生曾抄录下来：南来青水，殿跨降龙禧林佛寺；北去白漾，庙骑伏虎脊境灵山。楹联描述了东塘桥四周的环境和风物，南来青水，指荻塘对面的青水河港；北去白漾，指旧馆村后的白漾湾；殿说的是禧寺殿。

姜夔诗云“吴兴号水晶宫”，水多，桥也多。旧馆几经沦为战场，留存最多也还是桥。除东塘桥、故县桥，此外还有两座桥，在旧馆西面，晟舍交界处，分别是黄闵桥、龙门桥。它们至今清辉在风雅的古诗与故事里。

“乌程市里新蒭酒，黄闵桥边旧钓蓑。”这是明代刑部尚书闵珪留下的诗句。“黄闵桥，在荻塘。平石一拱，东跨谦五圩，西跨谦四圩……”清代闵宝梁编纂的《晟舍镇志》清楚地记载了黄闵桥的位置，以及在乾隆、嘉庆年间的修建情况。

黄闵桥，以两姓氏作为桥名，难道跟黄、闵两家有关？

史料记载这样一个故事：南宋嘉定年间，时任监察御史的福建望族后人黄和浦，钦命巡按浙江，迁居浙江乌程之晟舍。黄是黄庭坚的曾侄孙，也是朱熹的外孙。妻子萧氏，只生一女，并无子嗣。黄和浦在晟舍结识了一位运粮官——闵和平。闵是山东望族闵氏后人，受皇命来到浙江运粮。闵和平让长子闵仁心入赘黄家为婿。仁心改姓黄，延续了黄氏后代。黄、闵两家分居于晟溪东西两岸，中间相通的那座桥，称为黄闵桥。

黄仁心之子黄天衍，生有五个孩子，一家子孙满堂。而弟弟闵仁则虽有一子，却无孙儿。黄天衍便按照族规，让他的第五个儿子黄应逊复了闵姓，更名为闵应逊，以传承晟舍闵氏香火。闵姓从此又兴旺起来，人才辈出，入仕途者颇多。后人闵珪，官至刑部尚书。

黄闵桥见证一段由友情到姻亲，最后融于亲情的特殊缘分。它是黄、闵两家后人珍贵的纪念，它的故事成为当地百姓的一段佳话。

“浩浩龙门古渡头，东来红旭影横流。”诗句出自凌介禧《龙门晓渡》。黄闵桥西行百米，有一座东西向的桥，它便是龙门桥。宋嘉泰《吴兴志》载：塘桥，一名“龙门”，环石一拱。在荻塘，东跨谦四圩，西跨谦一圩。相传“龙门晓渡”，也是吴兴盛景之一。

天寒地冻，风浪不小，徐先生却兴味盎然，在桥上来回走了两遍。中间的方形石头叫什么？这座桥为什么没有栏杆？自问自答间，像老朋友久别重逢一般。

旧馆故镇之地，自新中国成立后，归属晟舍乡。先前街上有供销社、医院、茶馆、肉店、食堂、鞋服社等 20 余家店铺。人民公社年代旧馆办有“红旗中学”。

如今，旧馆老街已列入地方政府的改造拆建规划。

凌濛初研究者赵红娟教授在《乡的愁》序言中所说：能彰显地方文化底蕴和特点的东西正在逐渐消失，地方文化的灵魂常气若游丝，难以捕捉。幸好总有那么几个地方文化人，在默默地奉献着自己的最大力量，坚持不懈地传承着一方文化，努力留住这个地方的根基和灵魂。

旧馆乡贤名医唐家华就是一位典范。唐先生虽因出身问题，曾被打入另册，但一片桑梓赤诚从未改变。多年来，他细心地收录如頔塘碑亭、观音桥等古迹的情况。“大丈夫驷马高车，隆名由此振；旧主人适馆就餐，友谊至今存”“卅里望菰城，远近橹声驰水面；两岸依蓼草，东西帆影落江心”，这是曾经跨越荻塘的观音塘桥楹联，如今桥已被拆除，是唐先生及时地把它记录保存下来。

文化是血脉相通的。跟随专家们探访古迹的过程中，那些一度被漠视、忽略的东西，突然变得鲜活起来。脑海里冒出一串串惊叹号的同时，一个个问号也随后跳出。想必这就是文史专家们的乐趣所在吧。

晚来风色紧，吹起荻花飞。回望旧馆，期待这个曾是县治又多沦战场的地方，在“拆”后，展现出新的风采！

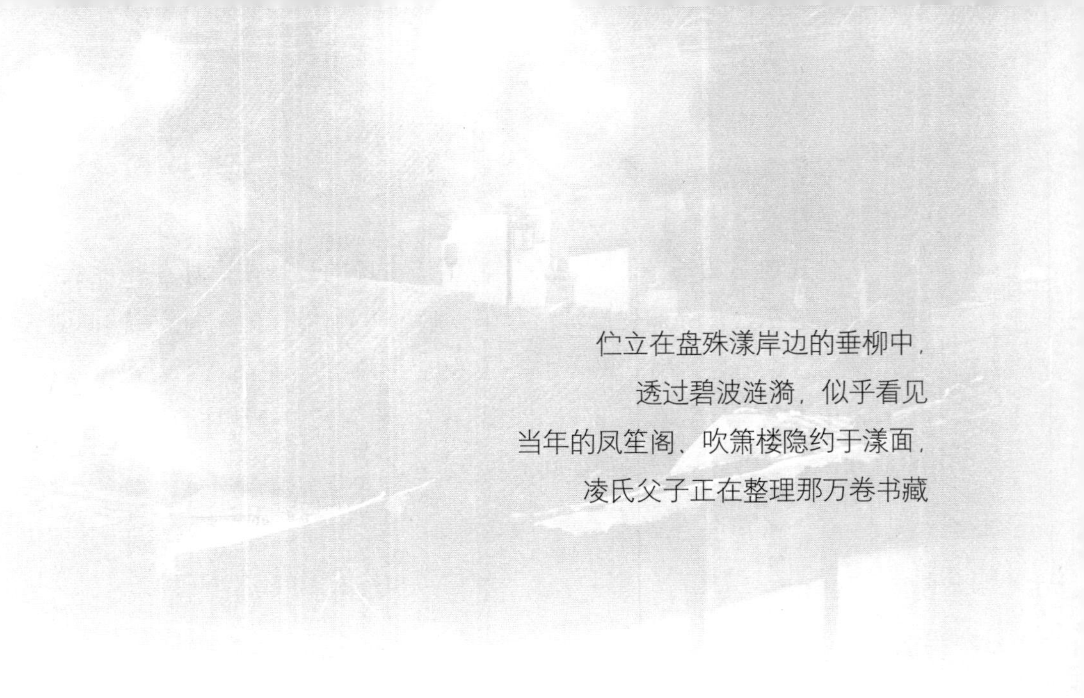

伫立在盘殊漾岸边的垂柳中，
透过碧波涟漪，似乎看见
当年的凤笙阁、吹箫楼隐约于漾面，
凌氏父子正在整理那万卷书藏

走进晟舍老街

| 正　觉 |

自西而东，荻塘踩着古老的脚步，从晋代踉跄走来。它在一块状如龙形的地方打了个喷嚏，一条细小的溪流突然窜出，毫无拘束地沿着坑洼泥沼，曲曲弯弯奔到了南太湖。

到了唐代，传说有位叫李晟的将军，带着他的军队在这里住了一宿，人们就把这地方叫作“晟舍”，那条小溪也被称为“晟溪”。

南宋嘉定（1208—1224）年间，福建一位姓黄的监察官奉旨巡按浙江，看中了晟舍的风水和地理，在此筑室定居。不久，他结识了来自山东的运粮官闵将仕郎，两家结为姻亲，世代繁衍，此后黄、闵就成了晟舍的大姓。“帆开黄闵桥边去，酒泛乌程馆里春”，在现今梦园大酒店南侧的荻塘岸边，有一座很不引人注意的小桥就是黄闵桥，佐证了闵氏家族的历史渊源。

到了明代，资本经济在江南萌芽，晟舍商贸繁荣，成为湖州城东第一镇。闵氏家族冠簪继绳，满门进士，祖孙之间出了四位尚书。而凌敷从练市入赘晟舍闵氏后，才有了载入史册的凌闵雕版印刷基地；才有了郑港谈港的村民摇着书船“南至钱塘，北达京口”，穿梭于士大夫府第“一棹烟波贩图史”；才有了且适园、凤笙楼这些藏书数万卷的私家园林；才有了凌濛初的“二刻拍案惊奇”。然而历经太平天国和抗日战争两次重大战火，古晟舍镇的官宦府第和众多园林荡然无存。

1990 年代新街建造后，童装市场、梦园酒店拔地而起，晟溪西岸便被人们称为“晟舍老街”。

今年晚秋时季，一个暖阳似春的上午，风光秀丽的盘殊漾北岸。在新落成的晟舍村委办公大楼会议室里，几位耄耋老人兴致正浓，笔者有幸聆听他们回忆晟舍街上的旧事。他们对闵家的几位尚书和凌氏的版刻著述，讲得有些模糊甚至结巴，但对晟舍老街的旧貌与往事，却如数家珍。

晟舍老街为南北走向，全长五百多米，一百多户民居。老人们清晰地记得，清粼的晟溪上有横跨东西的四座石桥，自南往北依次为龙门桥、卖鱼桥、花凤桥（晟舍桥）、油车桥，还有南北走向的笋店桥（先锋桥）。

晟舍老街范围曾有九座寺庙，分别是利济禅寺、祖师堂、三官堂、观音堂、太君堂、关帝庙、总管堂、大仙庙、土地庙。利济寺的书橱上刻有“御赐龙藏”字样，大殿拆下的椽子可以当梁头。清末民初，晟舍街上曾有七座石牌坊，至 1960 年代尚存三座，后来全被拆除，用于盖公家房屋铺排石脚，用于建造机埠。抗战前晟舍老街有私塾（河西村嘉宝先生任教，抗战胜利后有冯仲明先生为塾师）、当铺、南货店等。清末至民国，所产鸟腊为一郡之最，冬春米更是远近闻名。

民国年间至解放初期，晟舍街上交通很便利。有开到双林的航船，老板是北圣堂人；开往湖州的航船，老板为下水湾人，坊间有“乡下大好佬开航船，城里大好佬开茶馆”的民谣。后来还有震泽方向开来晟舍的小轮船，在街上停靠载客。荻塘口有龙门渡，先是木材打造的拉渡船，后来改成铁皮渡船，渡翁多是塘南渔船坝人。而老人们念念不忘的，是花园潭的凌氏名石美人峰。他们说1966年春被拉走的那天，先是用粗绳索拉倒美人石，用盘索机把石头滚到铺垫湖葱的跳板上，再慢慢滚到两条绑扎在一起的大船上。岸上围满了晟舍人，他们用泪水和目光送美人峰缓缓地离开了家乡。

晟舍街上还留下许多故事和传说。比如刘伯温到晟舍破风水，花园潭处有“九缸十三甏”财宝，东洋人造反时烧光了民宅，塘南的强盗结伙挖盗闵尚书的坟墓，佳雪集团建造时在地下挖出了许多银圆等。几位老人说得有鼻子有眼。

曾经饱受战火之伤，背井离乡之苦，家毁亲亡之恨，晟舍人至今仍然刻骨铭心。抗战胜利后至1950年代前，晟舍街的商铺多是茅草为顶，黄土代砖。新中国成立后，晟舍街渐渐复苏。晟舍供销社建立后，有棉布、百货、大众食堂、茶馆店、食品站、豆腐店、鲜鱼行、缝纫店、水果行等商店。有邮局、医院、小学、中学、收茧站等单位，还有新老粮站二处。晟溪东岸为历届晟舍乡镇政府的驻地，直至1993年合并入织里镇。

许多上了年岁的晟舍人还会记得，老街上曾有个奇人闵阿春，是望族闵氏后人。农村集体化年代，他曾教过书，图画画得很好，独身，蓄长发，人们都叫其“野人阿春”。他常年居住在乡政府后面地里的墓穴，说是为了守护自己的祖产。

晟舍老街，保留着祖先代代传承下来的文化和习俗，如大年初五接财神、三月三烧野火饭、四月初八吃乌麻团、六月六食馄饨、七月七青苗会、腊月廿三送灶神等。还有“猫啊来，狗啊来，蚕花娘子到伢府上来”的歌声，这是除夕夜小孩提着状元灯笼串巷走户时唱的童谣。

已亥冬日，浴一缕阳光，骑一辆欧派，沿荻塘寻觅古晟舍印迹。循着古地图提示，找到了八百年沧桑的黄闵桥，还有晟溪和龙门古渡。伫立在盘殊漾岸边的垂柳中，透过碧波涟漪，似乎看见当年的凤笙阁、吹箫楼隐约于漾面，凌氏父子正在整理那万卷书藏。

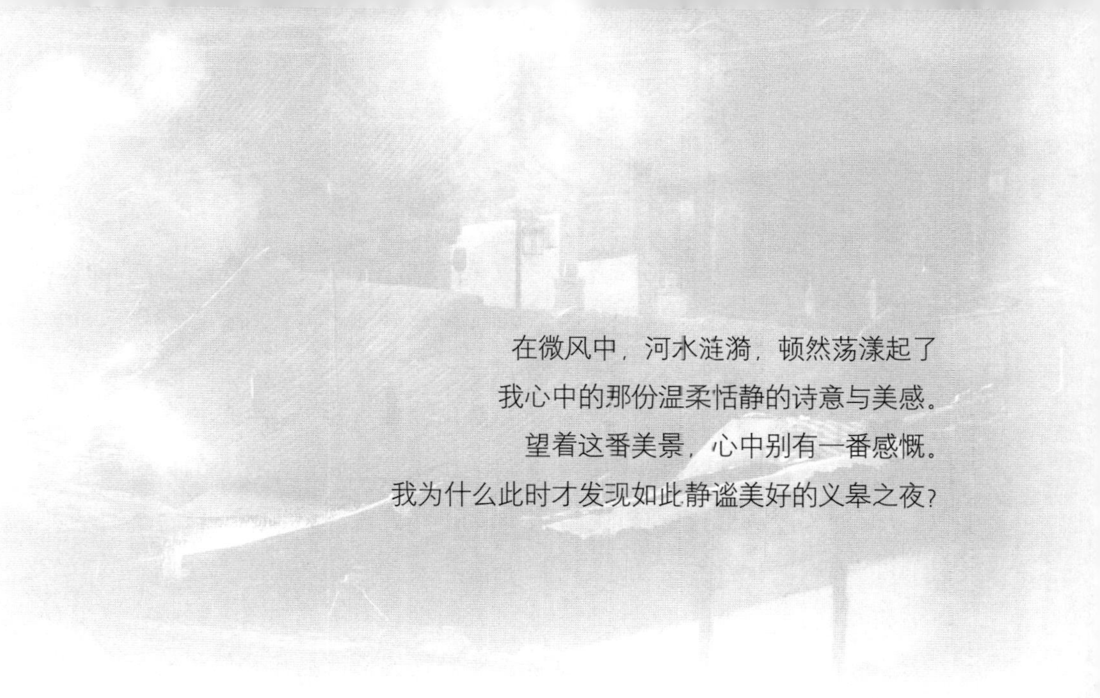

在微风中，河水涟漪，顿然荡漾起了
我心中的那份温柔恬静的诗意与美感。
望着这番美景，心中别有一番感慨。
我为什么此时才发现如此静谧美好的义皋之夜？

义皋，这边风景独好

| 李　全 |

许多人，一生都在苦苦寻找最美的风景，特别是现在生活条件提高了，很多人都想在休息时候去一处安静舒适的地方，纾解因生活、工作带来的压力。在苦苦寻觅之后才发现，世上最美的风景却在我们的眼前。

初到义皋，是几年前的那个春天，为当时的市旅游局写一篇关于义皋的散文。因为初到义皋，在一片陌生的古村落里行走，微风扑面。田野里有几个农民正干着农活，他们悠闲自在的样子，勾起了我一种特别想了解义皋的冲动。随着导游的边走边介绍，我才猛然发现这个“因溇而生，因港而兴”的古村落与我有着不同寻常的感情。直到这个古村落跃现在我眼前时，我又有了“众里寻他千百度。蓦然回首，那人却在，灯火阑珊处”

的感觉。这不就是我一直要寻找的最美风景吗？

沿着义皋古村的河岸一路行走，斑驳的青石长巷，古色古香的建筑，又仿佛让我进入了一个时光通道，抑或是穿越到了古代的某个时候，身穿一袭长衣，漫步在田野，让思绪随风飘扬。

突然，从一旁的桑树地里传来一阵银铃般清脆悦耳的笑声，那是乡村妇女在采摘桑叶的同时，倾诉着美好的未来。她们无忧无虑的样子和那爽朗开心的笑声，把我从时光隧道中惊醒过来。猛然想起，这就是我们一直向往的地方。

再到义皋，再次感受这个早在五代时期就有了的村落。漫步在这个有着近千年历史的古村落里，只能闭上眼睛，慢慢地品味它悠久的历史，想象我们的先祖是如何沿太湖，建造成七十二溇港古代水利工程，它不但与都江堰齐名，更是先祖们智慧的体现。

总有人感慨江南美景如画，但动人的画景从没出现过，大有“闲来思去两茫茫，再叹江南一段秋”！殊不知，我们一直寻找的美景就在身边。在义皋古村落，你不再彷徨，行走在铺满青石板的街巷里，触摸那古老而又令人眼前一亮的石头，尚义桥，古宅，你会留恋这里，缱绻在青瓦墨色里慢慢变老。

在清代民居范家大厅里，你会感觉到一曲袅袅的古筝声从远处传来，每一个音符都跳动着曾经的旋律，如泣如诉，时而轰声如雷，时而呢喃细语，时而惊涛骇浪，如“柔丝奏天籁，轻音余绕梁”。

在清代民居范家大厅里，你会思绪万千：是谁写出这段历史，是谁在点缀这义皋古村？透着古铜色的窗户往外看，宛在其中，不能自拔，你会感觉人生太短，这么有历史底蕴的美景，岂能在短短的时间领略完？

在太湖边上，你可以静静地站在那里看雨听雨，柔雨淅淅沥沥，浸浸漫漫，使原本烟波浩渺的太湖变得如仙如画。看雨听雨是一种享受，更是一种自我陶醉。因为在江南，烟雨总是朦胧地出现在你的视野里，假如这时，再回到义皋古村，站在屋檐下，或亭子里，或在古宅的窗户里，你会在这烟雨中半醉半醒，或想沽一瓶酒，找人对饮，或者翩翩起舞，或者吟诗一首……

夜晚，沿岸彩灯，漫步在义皋古村落里，慢慢体会这里夜色的静谧与韵味。仰望天空，那钻石般耀眼的繁星和月亮安稳地映入眼帘，它们在天幕中是那样安详，那样神秘，想让我有一探究竟的欲望。天空中的月亮和星星与河岸的彩灯相互映衬成趣。在如烟般袅袅的月光下，河岸的彩灯又让人仿佛走进了变幻的人间仙境。漫步在河岸，如一道如丝般轻盈，人影倒映在河里，构成了一道立体影子。

在微风中，河水涟漪，顿然荡漾起了我心中的那份温柔恬静的诗意与美感。望着这番美景，心中别有一番感慨。我为什么此时才发现如此静谧美好的义皋之夜？

突然，一块小石块划水而过，打破这宁静的夜晚，那石块如同指尖在纸笺上划过，心里总会微微颤动一下。这就是义皋的夜晚，原来它是这般的美，美得让人心疼，美得让人怜惜。

或许，这就是义皋的独特魅力。

其实，我也曾多少次在梦里追寻着这样的景色，哪怕是梦醒来，都会回味无穷，只是没想到，这样的美景竟然在身边，一直没有发现。

义皋古村，这个江南胜景，鱼米之乡；这个“因溇而生，因港而兴”的古村落，千百年来，未曾改变。走过，不要错过……

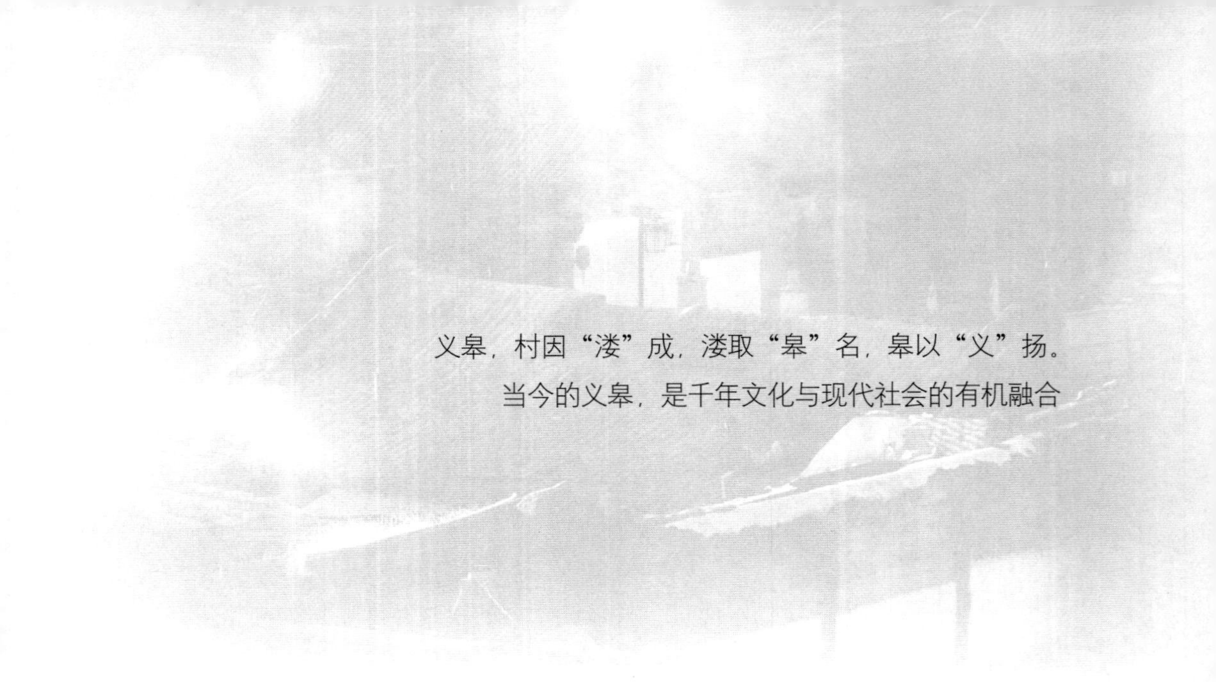

义皋，村因“溇”成，溇取“皋”名，皋以“义”扬。
当今的义皋，是千年文化与现代社会的有机融合

黎明前的义皋

陈毓青

义皋，太湖南岸溇港文化带里的明珠，形成于五代时期，一个具有一千多年历史的古老集镇。作为一个千年古村，不仅历史悠久，更是沿太湖七十二溇港古代水利工程中的关节点，也是湖州地区的重要产粮区和农产品集中地。义皋溇是太湖南岸地区最重要的河道之一，离太湖只有三百多米，这条河曾经是江苏、安徽来浙来湖的主要水上通道，战略位置非常重要，为历代兵家必争之地。

清同治《湖州府志》记载：“汉元始二年，吴人皋伯通筑塘以障太湖。”皋伯通被称为义士、高人，且义皋一直“民有淳风”，崇尚仁义，遂以“义皋”为名。

漫步古街，随处都能感受到“崇德尚义”的传统气息。街中心是一座建于明朝、清代乾隆年间重修的尚义桥。位于范家大厅的崇义堂，“桃园三结义”高挂于厅堂之上，是范家召开尚义会的主要场所。

在这方崇德尚义的土地上，产生同样明大义、讲担当、一心为民的共产党人，那是最自然不过的事了。

湖州位于我国东南沿海杭嘉湖平原，是一个经济发展条件较好的地区，又是国民党中央委员的主要产生地和国民政府财政的重要来源地。抗日战争胜利后，遵照党中央的指示，新四军苏浙军区和湖州地区党政干部、地方武装自 1945 年 9 月下旬开始分批从浙西抗日根据地北撤，只派少量军队和干部留守，成立了苏浙皖边区特委和浙西等四个下属工委。但在新四军主力北撤后，国民党反动派即对我留守人员实行了大规模的“清剿”。由于敌我力量悬殊等原因，1945 年 11 月上旬，浙西工委被破坏。1948 年初，为了适应解放战争形势发展的需要，在中共上海局外县工委的努力下，成立了中共杭嘉湖工委和吴嘉工委，同时确定了“一是搞武装，搞游击战争扰乱敌人后方；二是在一些点线发展党组织、积蓄力量，以迎接大军解放”的工作方针。中共杭嘉湖工委和吴嘉工委的建立，扩大了党在这一地区的影响，鼓舞了坚持隐蔽斗争的湖州地下党员的信心。

义皋地处湖州太湖南岸江浙交汇腹地，北靠太湖，靠南离主要公路又很远，交通极不方便，得天独厚的地理环境，十分有利于革命活动和地下党秘密工作的开展。为此，1949 年初，上级派胡国钧、秦家书两位中共地下党员来到义皋开展工作。不久，就发展时任国民政府义和乡（即义皋镇和五和乡合并后的乡名，乡政府在义皋）乡长徐人杰加入中国共产党。

徐人杰（1914—1981），现漾西东阁兜村人，与清同治九年（1870）带头发起集资筹建太湖南岸五湖书院的乡绅徐有珂是同村同族，作为徐氏后人，深受东阁兜耕读文化影响。据徐人杰女儿徐玲玲及义皋村老干部吴根才等介绍，徐人杰为人正派，讲情义，虽为国民政府乡长，从没做过鱼肉百姓、欺压穷苦大众的事，还充分利用乡长身份，传承东阁兜徐氏良好家风，一心为民做实事。当胡国钧找他做工作时，一开始还是有顾虑的。当时还是国民党统治时期，大家都知道黎明前的黑夜会更残酷，考虑到家人、自己的前途，徐人杰的拒绝是可以理解的。但胡国钧等并不气馁，坚持反复做思想工作，宣传共产党的统战政策，徐人杰慢慢从同情共产党到理解共产党，经过深思熟虑，觉得共产党的信仰、做法跟自己做人的原则还是相通的，他终下决心，义无反顾地投入到共产党的怀抱，为和平解放湖州及义皋地方政权的顺利交接做出不可磨灭的贡献。

不久，徐人杰又主动动员发展自己的东阁兜老乡，时任义和乡乡公所总干事、自卫队副中队长的程鹏，义皋古街杂货店的店员徐省三入党。当时义皋老街上有很多外乡人在这里开店铺，主要来自漾西、轧村及塘北那边，这些人中很多都对共产党的政策持同情态度，也有少数进步店员就直接加入革命组织，徐省三就是其中之一。

1949 年 3 月，胡国均看到党组织在不断扩大，经向上级报告同意，成立义和支部。胡国钧为总负责人，主要职责是召开党支部会议、传达部署上级工作任务。义和支部在湖州、义皋解放前主要做了两项工作：一是宣传党的政策，传播胜利消息。带领大家学习“七大党章”以及《目前形势与我们的任务》《土地法大纲》《华东解放战场的形势分析》等文件材料，传阅《展望》、香港《文汇报》等进步刊物。胡国钧又从上海带来一架五灯收音机，经常在深夜收听延安电台，听录革命形势胜利发展的讯息，并组织塘北（织里）地区的地下党员学习，广泛宣传，鼓舞大家的斗志。徐人杰等同志还刻印传单，宣传我军渡江南下在即，号召各界人士不受反动当局的欺骗，统一行动起来，保护好人民的财产，迎接人民解放军解放江南。在传单上还明确指明反动头目的唯一出路是弃暗投明、率部起义，为人民做点好事，立功者受奖，违抗者必惩等内容。还派人去湖州开明戏院散发、传播，起到了鼓舞民心、瓦解敌人的作用。二是策反和控制国民党地方武装——乡镇自卫队、策动国民党乡镇政权起义。根据塘北各乡地方势力割据的特点，地下党同志利用各自的社会地位和熟悉的人脉关系，基本控制了塘北国民党地方武装。

1949 年三四月份，徐人杰、程鹏等根据杭嘉湖工委和吴嘉工委嘉兴会议部署，带领武装力量出色完成以下任务：一是在解放军渡江以前，打击北从太湖水路、南从陆路退下来的国民党残部败兵；二是保护当地仓库、档案，不让敌人带走；三是维持地方秩序，保卫人民的财产和生命安全；四是对于借机骚扰的土匪坚决予以肃清。在此过程中，共收缴义和镇国民党地方武装步枪50支、短枪20支、机枪2挺、掷弹筒1架，动员起义人员300余人。义和支部为解放战争的最后胜利、为和平解放湖州做出了不朽功勋，湖州人民、义皋百姓不会忘记他们的功绩。

义皋这方土地，不仅滋养了大批共产党人，还为国家、军队输送多名优秀儿女。

据义皋村的老干部、老村民介绍，上世纪80年代，在湖州地区赫赫有名的抗日英雄郎玉麟先生专程赶到义皋，请当时的太湖乡政府干部吴根才老人找寻名为张登高的革命前辈。据郎老讲，张登高是他在太湖一带带兵打仗时，发展的一名地下党员。后经多方查访，了解到张登高在广州军区任职，直至退休。他的弟弟张宏英在哥哥的影响下也投身革命，并参加新四军，可惜的是在一次抗日战斗中英勇牺牲，年仅24岁。现葬在湖州烈士陵园，每年清明都接受湖州社会各界的祭奠。当郎老听到这个不幸消息，深深凝望着北窗，面向太湖，陷入沉思中。郎老的思绪已经回到那个烽火连天、誓死抗日的年代，想起与张氏兄弟穿行于芦苇荡，与日军周旋、战斗的艰苦岁月，心情久久不能平静。

庙兜村老人秦森林，是20世纪30年代义皋地区解放前浙江省委发展的第一位地下共产党员，曾担任庙兜党支部负责人和义皋乡支部书记。秦森林老人为庙兜村后来成为红色乡村，起到了带头引领作用，也为后来在抗战期间发生的“塘北事件”和“抗日反汪军”的发展壮大打下了良好的群众基础。

义皋，村因“溇”成，溇取“皋”名，皋以“义”扬。当今的义皋，是千年文化与现代社会的有机融合。义皋百姓在建设新农村、全面完成小康社会的征途上，始终秉持优秀文化传统，始终传承先辈红色基因，齐心协力描绘乡村振兴的最美画卷。

（感谢徐世尧、施国琴等老师提供有关史料）

第二辑·村落炊烟

岁月流逝，朝代更替，
织里的地名村名
在时间的河流里不断沿变

古村之名：记得住的乡愁

| 雨　人 |

村落是我们祖先最主要的聚居形式，承载着漫长的农耕岁月。当今古村落在不断地消逝，人们能留住她的名字吗？能把尚存的村落名字，纳入湖州市地名遗产名录吗？

织里镇目前有46个行政村（含高新区）、427个自然村，分布在荻塘以北太湖之阴。近日整理镇志资料，将其粗略分类，发觉这些古老的自然村，其所冠村名极有意思，不仅通俗易记，更有厚重的人文内涵，足见先民的智慧。细数这些自然村名，多数以所处地理环境命名，或圩浜，或河漾，或圩田；也有以桥梁、村庄、族姓、堂号命名。

太湖的形成和演化，目前学术界尚有多种说法。而太湖南岸应是冲积平原，形成年代久远。自人类社会第一次大分工后，分散的乡村聚落逐渐出现。轧村分水墩、织里谈港等遗址的出土陶片证明，商周时期就有先民在这块土地上生活、生产，繁衍生息。江南独有的水利工程塘浦圩田始于春秋时期，可见那时形形色色的村落，已分布于菰草弥望、泥泞沼泽旁的高土墩地上。

一方水土养一方人。织里的村落就是“土”和“水”做成的。

笔者粗略统计，以土字偏旁组合命名的，带有𡋀、塘、墩、坝、圩、埭等文字的自然村172个，占村庄总数40.2%；由三点水偏旁组合命名的自然村共89个，湾、港、汇、漾、荡、河、滩、溇、浦等文字是其特征，占村庄总数的20.8%；第三类由桥、田、庄、村、里、巷、堂等族姓、堂名和乡里村等命名组合，约占村庄总数39%。

古代村落选址的基本要素是：逐水而聚，择田而聚，缘路而聚，崇安而聚。

𡋀浜是江南地带最多最普遍的地理形态，是河港水流到底的地方，被称为“瞒𡋀浜”。织里先民沿𡋀浜筑室而居，便于生活和劳动，因此以“𡋀”（“𡋀”为湖州地方用字，音dōu，通“兜”）命名的村落有116个，占全部自然村分类之首，其中许多“𡋀”以族姓冠名，如织里的金家𡋀、傅家𡋀，晟舍的严家𡋀、姚家𡋀，轧村的阮家𡋀、范家𡋀，太湖的蒋家𡋀、宋家𡋀，漾西的钱家𡋀、董家𡋀等。大港村就有9个自然村以“𡋀”命名，分别是郑家𡋀、强家𡋀、大潘𡋀、南车𡋀、东陈家𡋀、磨坊𡋀、西陈家𡋀、蒋家𡋀、北耀𡋀等。其他自然村“𡋀”的冠名或以形状，或以历史故事、文化传承，也有冠以吉祥名字。

村落地名，尽显水乡特点。

水乡地带，村以水命名，最是常见。有“大河”，也有“小河”。江南河流又多称作“港”，于是村落有了秦家港、王家港、重兴港、大河港。

“湾”是指水流弯曲的地方，先民择湾而居，认为是风水之地，织里镇域内有30个村落以湾而名。水网密布，河流多湾。“湾”有形容曲折的廿五湾，表明方位的下水湾，还有聚族而居的郁家湾、陶家湾。其中大河行政村就有陶家湾、沈家湾、念五湾、施家湾、东念五湾、毛家湾等6个带“湾”字的自然村。

河滩地亦可以做地名，比如“陈家滩”，《晟舍镇志》说原本叫“澄鉴滩”，文绉绉的，笔画太多，人们喜欢以俗名称之。

“溇”字，汉语词典有三种解释。“溇，雨溇溇也”，“溇溇，犹溇溇不绝之貌”。第二种解释是水名，其三释为水沟。在湖州，“溇”字的解释应为后者，是太湖的溇港和紧傍溇港的村庄。“大白诸沈安，罗大新泾潘”的地名歌谣中，自大钱溇以东，有36个自然村以溇命名。诸如紧傍南太湖的大溇、潘溇、义皋溇、伍浦溇，一直到江苏的吴溇，织里境内有20个村庄冠以溇字。2016年冬，太湖溇港成功申报世界灌溉遗产后，这个“溇”字更是扬名天下了。太湖溇港，塘浦圩田是特色。圩做地名的就更多了。“圩”在织里读半边白字，发“于”的音。自古有之的谦四圩、音四圩，也有河荡圩、林圩、增圩、陈家圩、官田圩、西塍圩。

织里是水网地带，静静躺卧于宽窄河流上的桥梁，架通了四乡八里的村落。水乡也是桥乡，石桥、木桥、竹桥、砖桥应有尽有，拱桥、石梁桥形态各异，水上多桥，桥名也可以拿来做村名，有“大石桥”这样简朴明了的，也有“药王桥”这样悠久传说的。

因“桥”而名的自然村有31个。凌家汇村有以木桥、砖桥命名的村庄，大溇、潘塘桥村各有3个自然村以“桥”命名。民国时期的“东桥乡”，也是以村内石桥冠以乡名的。好多古桥有民间故事流传，如元通塘桥有明太祖朱元璋部将的传说，白龙桥有古代高僧智惑朝廷钦差的故事，郑港打子桥有浪子回头的凄美传说，凌家汇的砖桥留有纪念抗战英烈的“安农桥碑记”。今天许多古桥消失了，但与之有关的自然村名字依然存在。

织里的许多村庄名字与历史人物相关联。“汉元始二年，吴人皋伯通筑塘以障太湖”，于是有了“义皋”这个地名。晟舍因“唐将李晟驻扎”而名，轧村的村名来历更是“了脱”，民间传说是宋高宗皇帝金口所赐。还有上林村、晒甲圩、东阁圩、隐读村等，都有历史传奇。“谈降”“后降”的自然村名，传说与元末张士诚部将关联，这里曾为金戈铁马、杀声震天的古代战场。

织里境域内无山。而自然村中有两个带“山”字的村子，旧馆村有“庙岐山”，常乐村有“港北山”。为何称“山”，有待智者考证解“谜”。

岁月流逝，朝代更替，织里的地名村名在时间的河流里不断沿变。

查阅地方志与古地图，对照今天的地名，多处地名有令人生奇的变化。今天的义皋村，在宋嘉泰《吴兴志》中记载为“义高溇”；联漾村的瑞祥圩，清光绪《乌程县志》里记为“石匠圩”。而让人不解的是南横塘北岸的秧宅村，同治《湖州府志》记为“淤泽村”，光绪《乌程县志》则改为“秧石村”，1984 年大队改行政村后又变成今天的“秧宅村”。要弄清上述原因，年代蒙尘，绝非易事。而在 20 世纪 60 年代中期，晟舍的“晟”改为“仁”，漾西的“漾”改为“洋”，查其原因，一是为了书写简便，也有说法是“破四旧”的年代使然。同在这个年代，约有 80%的生产大队，自发改为时代色彩浓烈的名称。如东方红、朝阳、红旗、东风、卫东、曙光、先锋等，织里地域出现了不少重名的大队，大�与晟舍同为“先锋”大队，李家坝与旧馆同名“红旗”大队，太湖与织里公社都有“向阳”大队，弄得许多外地来办事的人不知适从。好在 1982 年开展的地名普查，把人们不喜欢的地名村名，恢复了原来的名称。

“青山留不住，毕竟东流去。”新世纪伊始，城市化进程加速，时代带给人们一叠惊或喜。

“清水（圩）”“莲花（圩）”，推土机日夜轰鸣，一条条河港刹那间消失，一处处河漾默默地瘦身；“文昌阁”“婚对桥”，挖掘机舒展巨臂，百年老宅古桥被拆散肢体，连同它们的名字，荡然无影。

留住古村落的名字和故事，是乡愁，更是历史赋予乡村干部的责任。

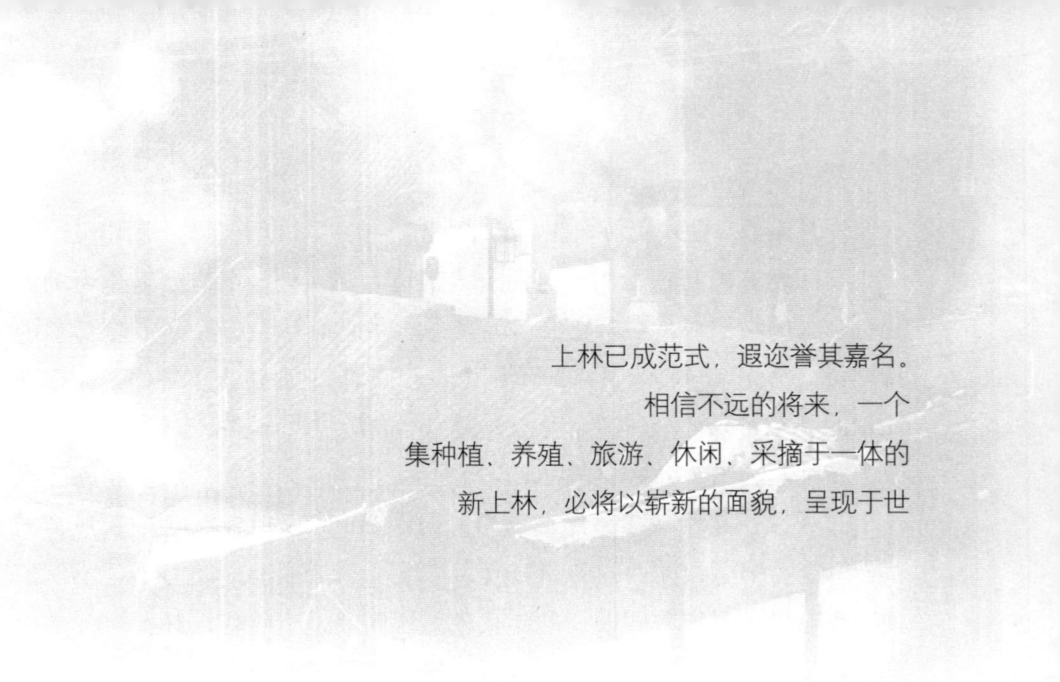

上林已成范式，遐迩誉其嘉名。
相信不远的将来，一个
集种植、养殖、旅游、休闲、采摘于一体的
新上林，必将以崭新的面貌，呈现于世

春赋上林

| 晓　诗 |

一

天青云淡，杏白桃粉，柳条轻舒。临水人家的小庭院外，一畦畦菜蔬吸饱了春光雨露，赛着劲儿长大。墙角那有名与无名的花卉，尽显妍态。藏在密密丛丛藤蔓间的豌豆花，缀着朝露，正悄悄地爬向篱笆。这一切是那么清新素雅。而当你转向田野，另一种美正铺天盖地席卷而来——大片大片的油菜花，黄澄澄，金灿灿，花天相接，美得摄人心魄。

初入上林，眼前所见的景儿渐渐幻化成秦少游的诗句拂到嘴边：

树绕村庄，水满陂塘。倚东风，豪兴徜徉。小园几许，收尽春光。有桃花红，李花白，菜花黄……

如此胜境，怎不惹得莺儿啼，燕儿舞，蝶儿忙？秦少游，不愧为婉约派一代词宗，此时此景，最最恰切的莫过于他的这首《行香子·树绕村庄》。数日来，因久居寓所而堆积的幽仄，此刻变得澄澈见底了无痕。

好一个清丽之地啊！

二

想去上林走走的念头，由来已久。早先听闻徐世尧先生讲起：唐五代时，上林村即为繁华之地。清乾隆《乌程县志》载："上林村一作上临，本名梅林"。南宋，高宗南渡之时曾驻跸此地。《方氏园记》还记载："昔村之大姓董氏有梅树柯叶，蔽十数人，其下可坐百人，宋都临安时，天子尝幸其地，赐群臣宴花下，因名上林。"地名的渊源，让它附着了一股天子贵气。如今的南北梅潭、圣驾桥、回銮桥、凤仪桥等历史遗迹，无不一一述说那段堙尘往事。

宋嘉泰《吴兴志》载："梅生江南，湖郡尤盛。"《吴兴记》云："乌程有梅墟、梅林、梅亭。"乌程梅林，便是此地。村境遍植梅树，其最为董氏梅林。"梅开时，贵游之士来观者相望于道。村人不胜其烦，乃阴伐其树以绝踪。"当年董家梅姿已成传说，赏梅之盛难以想象。

南宋庆元中，官府还在上林村设酒坊，名"上林坊"。料想当年疏影横斜，对酒以歌，笛声天明，流月无声，真是快意呵！

不仅如此，"上——林——"二字的音韵也给人以辽阔，久久回响之感。

上林，一个多么好的地名，怎不令人心向往之？

三

"听老辈们讲，我们上林村的文化氛围一直是相当浓厚的。"村委会接待室里，邱瑞祥先生回忆当年自编自演的样板戏，慷慨激昂；张小娥女士谈起过去《红堤风云》《捉妖记》，更是如数家珍。两位文艺骨干，因他队演出的《女队长》一戏拔得头筹，至今叹惋。"风声雨声读书声，一生歌舞欢乐行。虽是闲空白衣人，却也快活在意中。"访谈中，兴之所至，邱先生吟诵一首小诗，有陶氏之风。

一丛梅粉褪残妆，涂抹新红上海棠。走进吴月松先生的小院，门口的两株海棠早已探出头来迎接，两侧的红豆杉、金钱松、六月杏、黄芪、红梅、香兰等诸多盆景亦是盛意相迎。吴先生同样是一位爱好文艺者，“那天，一个朋友给我送来了一幅挂历，印的是吴中才子唐伯虎的山水画。看着看着，我就想试着临摹……”偶然间结缘，便成了吴先生一辈子的痴迷。盆景、书法、绘画亦复如是，自得其乐，从此无关岁月。

吴寿谷先生，当代画坛上杰出的画虎名家之一，生于斯，长于斯。谢稚柳先生评说他“眼前有虎，胸中有虎，笔下有虎，所作虎画栩栩如生”。秦瘦鸥先生赞其“善画山君百态，堪光画史千年”。吴先生的画作多次被国家领导人作为国礼赠给外国元首政要。1994 年，吴先生的名字相继入选第 11 届英国剑桥世界人物传记中心出版的《世界名人录》和美国国际名人协会出版的第五届《世界名人录》；美国国际名人协会评选其为东方艺术杰出人物。

吴寿谷之子吴妙德先生，如今也入耄耋之年。因从小受父亲的耳濡目染，也喜爱画花鸟、虎兽，其作品多次参加过湖州书画展。他听说我们的到来，放下手中侍弄的花草，邀我们一同欣赏其父题写的“振宜堂”匾额、虎作，以及自己的作品。参观画室后，吴先生饶有兴趣地讲起他父亲的故事：吴寿谷先生曾赠予里根总统一幅《五虎图》，此图画的是一个温馨的虎之家，蕴含了连猛虎都需要和平安宁的生活环境之意。里根总统读懂后，亲笔致信表示感谢，并说“能够欣赏、分享您的艺术作品感到十分愉快和荣幸”。还有一件事，那是在 1998 年的除夕夜，吴寿谷先生为创作出“四寅虎”竟通宵未睡。“四寅”（1998 年 2 月 12 日凌晨 3−5 时，即寅年寅月寅日寅时）相逢之时，一头焕发出一往无前的大无畏气概的猛虎，跃现在宣纸之上。耄耋老人，如此精气神，难怪笔下之虎总有一股王者气象。听着吴先生的讲述，振宜堂内同座宾客，无不对这位独步江南的画虎艺术家心生敬仰。

一方水土一方人，文艺之花遍地开，不禁让人感叹上林村蔚蔚然的崇文重艺之风。

四

“十里不同俗”，座谈会上，张小娥女士跟我们讲起，不知从哪辈起，上林村流传了这样的习俗：正月十二蚕花节，二月二要吃撑腰糕，二月十二到蚕花堂敬香……腊月里过“杀虫节”，年尾流行“羊汤饭”……

一系列民俗活动，独具特色的村庄文化，映射了过去上林人的生活、生产的方方面面。上林村有着悠久的蚕种孵化销售的历史。邱瑞祥先生向我们介绍说，自古以来村民副业以制蚕种为要，养殖业主要以湖羊为主。《吴兴蚕书》载：“蚕自小至老，须刻刻防其疾病。俗称蚕为忧虫，受一分病则歉收一分。”孵化蚕种，因工艺难度较大，一般为中农程度以上家庭所养。制种约二三十张，多则几十张。蚕种销往江苏及长兴、嘉兴一带。邱先生还记得父亲外出卖蚕种险些被日本人掳走的故事，那是在 1942 年春，他父亲及其他六位村民去外地卖蚕种回来的路上，被日本鬼子抓住，幸得熟人经过看到，并从中斡旋，捡回性命。

自古以来，上林村民都相信冥冥之中有神灵在掌管蚕事。每年到了二月十二，便相约到蚕花堂敬香，虔诚地祈祷蚕神。盖新房打灶头时，主人大多请匠工写上“田蚕茂盛”四个字。婚嫁时，男方向女方包的红包里要有个蚕花包，也是最沉甸甸的红包，别称是“蚕花翻倍”。

上林悠久的养蚕历史，形成了诸多民俗活动，孕育了特殊的蚕事习俗，渗透到了生活生产的角角落落。

五

上林，自建村以来，几遭时局动荡。盗贼流寇猖獗，百姓流离失所，民舍良田遭毁，文物古迹尽失。上林，曾一度封闭了，褪色了。

如今，星移斗转，盛世清明。耕读为生、崇尚孝德、不忘发展的上林人又重燃希望。教育复苏，让知识重进学堂。1955 年，上林村曾借大户宅院创办过小学。1963 年春，轧村人民公社为培养技术人才在上林村创办了农业中学，这也是轧村历史上第一所初级中学。

乡村振兴，产业兴旺是根本。发家致富，创业何惧艰辛？昔日“上班族”当起了“卖鱼郎”。“渔大哥”吴荣峰四闯鱼市的故事，家喻户晓。吴先生的管理理念是：养殖托科技“引擎”，经营靠抱团取暖。“织里渔大哥水产养殖专业合作社”的成立，是一位农民在水产养殖路上的一座里程碑，也是上林人拥抱新时代的一个美丽见证。

集干群之智慧，凝乡贤之助力，如今的上林，众志成城，建设美丽乡村；协力同心，发展绿色农业。2019 年的 6 月，新华社盛赞美丽上林，配图文展其宜居风貌。

上林已成范式，遐迩誉其嘉名。相信不远的将来，一个集种植、养殖、旅游、休闲、采摘于一体的新上林，必将以崭新的面貌，呈现于世。

不禁赞曰：

丰田作榻，曲水和弦，人与天和，将无数灰砖黛瓦，排成几里清明画。

培根立本，移风易俗，民因礼睦，仗千年重艺崇文，写就一村祥盛篇。

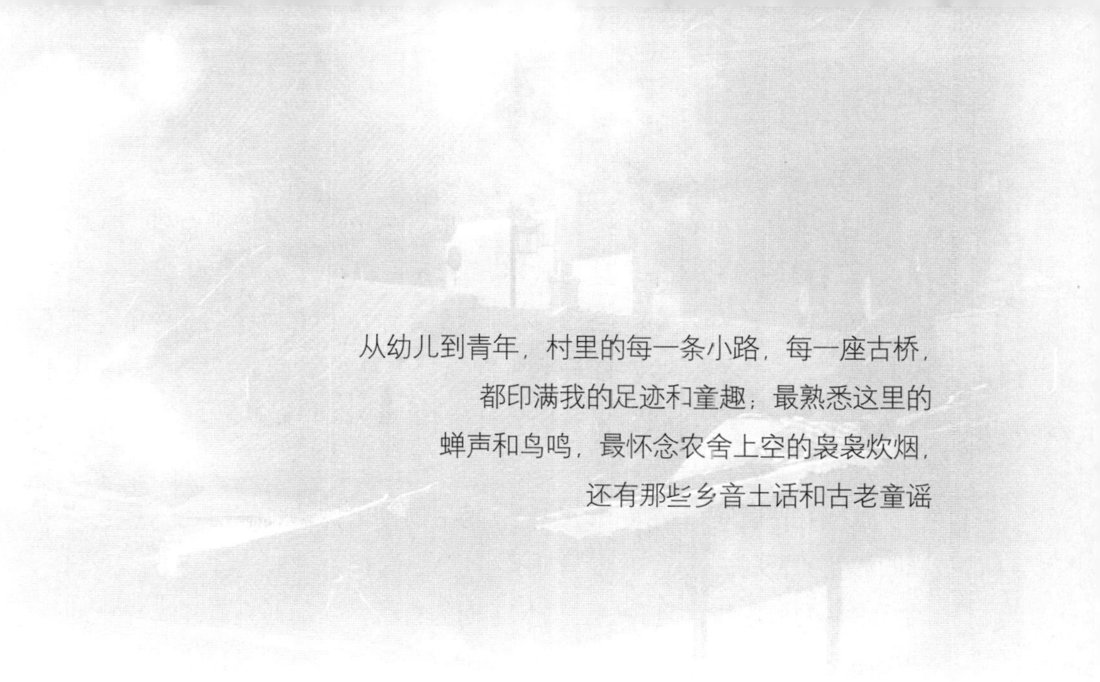

从幼儿到青年，村里的每一条小路，每一座古桥，
都印满我的足迹和童趣；最熟悉这里的
蝉声和鸟鸣，最怀念农舍上空的袅袅炊烟，
还有那些乡音土话和古老童谣

滨湖四泽秧宅村

徐世尧

十多年前，有人说江南有“四里”，其中包含织里。一查阅，此说真实不虚，分别为吴江的同里、黎里、古里与湖州的织里。去年，同村一位异姓兄弟找到我，说旧时乌程有“四泽”，分别是盛泽、金泽、震泽、淤泽。听说老家的村子秧宅村也有来历，我就来了劲，找出方志旧籍翻阅起来。

乌程县在明清时境域宽广，东至吴江的平望，北至太湖中的东西洞庭山。现秧宅村的名字历史上有多次变易。清乾隆年的《乌程县志》记有“秧泽村，在县东四十五里三十三都”；同治《湖州府志》上记载：“淤泽村，与诸沈、南潘村同属乌程县十二区一百三十四庄。”

再往后查，光绪年的湖州地图上，未知何故又改名为秧石村。民国年间及解放初期属吴兴县戴林乡管辖。1956 年农村成立合作化组织，冠名为中心高级社，当年吴兴县行政区划调整，以白龙港为界划分乡镇，秧宅因此被划入织里乡。1958 年并入太湖人民公社，属织里管理区。1961 年建立中心生产大队，属织里人民公社管辖。1984 年撤队建村时改名为秧宅行政村至今。

忙碌好些时间，结果很是失望，地方志加上网络，竟查不到有关“乌程四泽”的资料。

古老的秧宅村，是我生于斯长于斯的村庄。从幼儿到青年，村里的每一条小路，每一座古桥，都印满我的足迹和童趣；最熟悉这里的蝉声和鸟鸣，最怀念农舍上空的袅袅炊烟，还有那些乡音土话和古老童谣。

2016 年，与大多拆迁村一样，在隆隆的推土机声中，秧宅村很快被碾为平地。老祖宗留下的祖屋老宅，在一片叹息声中，刹那间灰飞烟灭。今天，村民们正在期盼搬入不远处南横塘畔的新居。

为了给人们留下念想，给后人留些许乡愁，笔者写下此文，记述秧宅村的旧闻佚事、前世今生。

秧宅村最早形成于何时，有待查阅方志资料考证。而在我的记忆里，她是一个规模很小的行政村，农家百余户，人口六七百，田地不足千亩。南隔横塘与大河诸村为邻，西界白龙港与南潘、后林几个村庄为界，东与谈港，北与三家村、蒋家兜毗连。西北隔一条河港与求三圩相望，求三圩原是一片圩田，大多荒芜，无人居住。民国年间，有几户章姓绍兴人在此筑庐定居，开垦荒田，春耕秋收，繁衍生息，遂形成村落。

以村落中心三角漾为界，秧宅村分为南村和北村，又包含漾潭、叶家湾、二亩潭几个小自然村。村民世代务农桑，印象中并无富商巨贾。村民姓氏不过十多个，分别是胡、周、徐、陈、沈、郑、侯、叶、许、倪、王、朱等。但小村庄也有家族堂名，徐氏有山界堂、周氏有怀德堂等。查阅文献资料，秧宅村历史上并无官宦名人。据说周氏曾有先人清末在云南省任布政使官职，我们小时候玩捉迷藏时也在周家老宅的箱子中，翻出了清代官帽和服饰，但不知是何官阶。如能查到周氏布政使的确实资料，倒是一个不小官职，差不多是三品官员，足可为小村庄带来荣耀。当代人物有陈锡林先生，浙江中医药大学教授，曾被选为浙江省政协委员，毕生从事中草药研究，编著有《浙江大盘山药材志》等书籍。陈先生将入选正在编纂中的《织里镇志》人物名录。

秧宅村曾有四座古桥，并有民间传说。

明崇祯《乌程县志》记述有白龙塘桥，清同治版府志记载有淤泽桥、湖板桥，还有太平桥（叶小桥）。民国 19 年（1930）重建的白龙桥气势恢宏，民间称其为湖州城北第一大桥，现为湖州市重点文物保护单位。白龙桥始建时还留下一个“南通大河，北通太湖”的家喻户晓的传说，赞扬一位老僧为建桥募款与朝廷钦差大臣周旋的智慧。

淤泽桥跨守南横塘上，抗战初期被日机炸垮后，村民打造了一只木质拉渡船摆渡几十年。“文化大革命”初期（1967）在淤泽桥原址不远处建造了红旗大桥，三孔水泥架构，方便了南来北往的行人。红旗大桥由于材质较差，存在了近半个世纪后坍塌。据村上老者言，叶小桥即太平桥原在叶家湾处，民国年间搬迁至现址，并有一个美丽而幽默的迁移故事。

淤泽村有湖板桥，而同治府志误记湖板桥在谈港，应予以纠正。湖板桥为木质架构桥梁，原址在北村头三角漾口，后失修坍塌。民国 38 年（1949），村民集资易址建造了三孔石梁桥——见龙堘桥。本村耄耋老人胡应财说，“见龙塘桥”楷书桥额为本村老中医徐杏荪先生（本文作者的先祖父）书写，村人习惯地称此桥为“新桥”。

秧宅村有三座庙宇，都有传说故事。

一座是土地庙，现在秧宅南村头，始建年代失考，拆除后已易址重建，恢复清末“土古禅寺”名，新建寺庙庄严恢宏。传说土地神是本村一侯姓村民，某日在白龙港躲避阵雨时，恰逢乌白两龙戏斗，侯氏喝了龙的唾沫，力气大增。不久去京城考得武职官员，带兵打仗时立下战功，被朝廷封为将军。后遭奸臣谗陷，愤而辞官回家。侯将军为家乡和百姓做了不少好事，死后被乡民尊为土地神（详见《织里民间文化》）。每逢农历二月初二，秧宅村民众都要隆重举行土地会纪念，做法事功德，抬神游村，摆素宴几十桌，这个习俗传承至今。

二为白龙观，在白龙桥西岸，清同治《湖州府志》记载为“白龙庵”。原先的白龙庙应重建于清末，三开间三进深，院内有高大的古银杏树，大殿供奉北堂神像，管辖一方生灵，据说极为灵验。白龙庙和银杏树在人民公社年代毁除。现在的白龙观，经湖州市宗教管理部门批准，2000年由信众集资重建，第一期工程建造了大殿和偏殿，“白龙观”匾额为著名书法家李英先生题写。第二期建造了后殿，其中有“杨公殿”，是为纪念清代同治年湖州知府杨荣绪而设置。杨大人生前为官清廉，爱民如子，政绩卓然，子民曾立“使君活我”碑颂扬这位贤守。而供奉于白龙庙中的杨大人，威严更甚于阳间，扬善惩恶，赏罚分明。旧时，凡有客船在白龙桥下摇过，乘客们都屏息忍声，非常敬畏这位地方官化身的神灵。

三是五圣堂，在村庄北端与凌家汇行政村交界处。曾是三开间二进深建筑，供奉“五圣神像”。庙前有古银杏树，与织里总管堂、不远处的白龙桥古银杏遥相呼应，形成一道三足鼎立的风景。庙东有两口池塘，庙前小路是交通要道。与其他庙宇不同的是，五圣堂偏殿悬挂一艘木船，帆橹皆备，传说是五圣神风急浪高时驾船夜巡太湖，救人危难所用，因而成为民间美谈。五圣堂在20世纪60年代被拆除建造集体公房，古银杏树同时砍伐，很是可惜。二十年前，村民在原址建了一座很小的五圣堂，每逢过年过节，香火很是旺盛。现移址于新建土古寺前侧。

沿五圣堂小路往东一里许，有一条窄小的兜浜，状若人的耳朵，人们称之为“魙（音儿，鬼的意思）耳兜”。河岸长满苇草，小路极窄且陡，岸上尽是坟墓和骨墩，北岸还有几处安葬僧人遗骸的荷花缸。春夏季的闷热天气，晚间常有磷火飘游，各种鸟类和小动物发出怪叫声，让人毛骨悚然。关于“魙耳兜”，附近村庄上有些年岁的村民，都能讲出许多关于“鬼”的故事，有的还流传到较远的地方。于是，人们对这个地名充满了恐怖。小时候，我们听得较多的传说是民国初年，有一个颇有名气的戏班子，被人以丰厚酬金请到“魙耳兜”演了一整夜京戏，生旦净末丑俱上，台下观众喝彩声不绝，而到东方发白时，发现台下观众渐渐隐去，舞台变成了坟堂。班主拿出收取的酬金，一看全是纸钱。他们知道遇上了鬼神，赶紧收拾道具行头，惊恐地离开了“魙耳兜”。还有一个做小生意走村串巷的货郎，那天生意做得很不好，天黑后又迷了路，懵懂间走到了一个小集镇。镇上的人们热情招待酒菜并安排其住宿，又掏出银子将货物购之一空。货郎很是高兴，酣睡至天明时，忽觉身上寒冷，一看吓了一跳，原来自己睡在一个墓穴之中，赶紧爬起，发现货郎担被扔于河滩，货物都散落在坟墓旁边，糖块粘在茅草地上。货郎失魂落魄地逃离了“魕耳兜”，逢人便说自己遇上了鬼。还有许多诸如某人被“棚卷魕”卷住，被“溺死魕”拉到河中的可怖传说。

笔者平生没有遇见过鬼怪，却有一次“夜走魕耳兜”的经历。大约在上世纪60年代初某一天的晚饭后，与几位小伙伴（都是十一二岁的大孩子）在织里老街的人民广场看露天电影《古刹钟声》。电影放到大半部，天际隐隐响起雷声，随即乌云翻滚，一场大雨将临。我随人们挤出电影场，却一个熟人也没有看见，天空正飘来阵阵雨点。我独自奔跑起来，跑过白云桥和东霅桥，又奔过了观音桥（青山桥），猛然想起前面是个漫长的独断圩，回家必须走过“魕耳兜”。阵雨越下越大，我咬着牙，往前狂奔，大约十分钟，我已走在“魕耳兜”的陡峭河滩上，借着天空中的闪电，我看见墓地上的树影摇晃得很厉害，有的真像传说中的鬼怪影子。小河里的水汹涌着，似乎要蹿上岸来。我心中非常害怕，为了给自己壮胆，大声地唱起歌来。在闪电光中，我走到西边的亭子旁，刚松了口气，忽然脚下一滑，踩空滚落在河水中，我想完了，很快要被“溺死魕”拉去了。我死命地抓住了一根柳枝，慢慢爬上岸滩，庆幸自己死里逃生，几分钟后奔回家中，已是浑身湿透，祖母赶紧做了姜糖汤让我驱寒。“魕耳兜”在2000年后填为平地，那些鬼怪故事正在人们的传说中淡去，这个让人害怕的地名也将消失。

去年在湖州的地方网络上，忽然聊到了“黄莲头”的话题。殊不知黄莲头正是秧宅村当年的特色副业。很难追溯制作“黄莲头”之源，而在民国至公元2000年前，秧宅村大约七成以上农户有采摘、腌制、售卖黄莲头的历史。黄莲头是清凉消暑的饮料，夏秋时季，很受江南乡镇居民的青睐。每年清明时分，村民结伴去长兴煤山、牛头山采摘鲜嫩的黄莲头，用食盐腌制上甏，农闲时去菱湖、桐乡、湖州、嘉兴等小城镇叫卖，每户都可得到一笔不小的副业收入。“双抢”结束，开甏后的黄莲头颜色金黄闪亮，香味扑鼻。人们用棉纱线扎成小绞，装入一特制扁圆形状的竹篮，盖上潮湿的毛巾，售卖人手敲两块竹板，口内吆喊着“卖黄莲头喽”，一分钱一绞，生意很好，一般人每天可卖到两元钱以上。秧宅村最后一位卖黄莲头的人是大块头胡顺珠，大约在 2000 年，这位毕生勤劳的女人死于一场车祸，秧宅村卖黄莲头的副业从此成为了历史。

秧宅村有很多可以记忆的往事。比如民国年间的私塾，新中国成立后的“中心大队小学”，在小学教过书的庄老师、薄老师、邹老师、赵老师、陈老师、郑老师。还有祖先传承的每年春秋两次的“火羊会”，三月三孩子们在有鸟窝的树荫下烧“野火饭”“拜小弟兄”，“六月六吃馄饨”的民俗。夏天在三角漾和白龙港里游泳捉鱼虾摸河蚌，晚上在新桥上乘凉听阿庆伯伯说“罗通扫北”和“大唐郭子仪”的大书。还有诸多老人的故事，我的笔尖已难尽言。

沧海桑田，而小村庄的故事是无法抹去的记忆。三角漾填平了，南横塘还在；旧的村落消失了，记忆中的那缕炊烟还在……

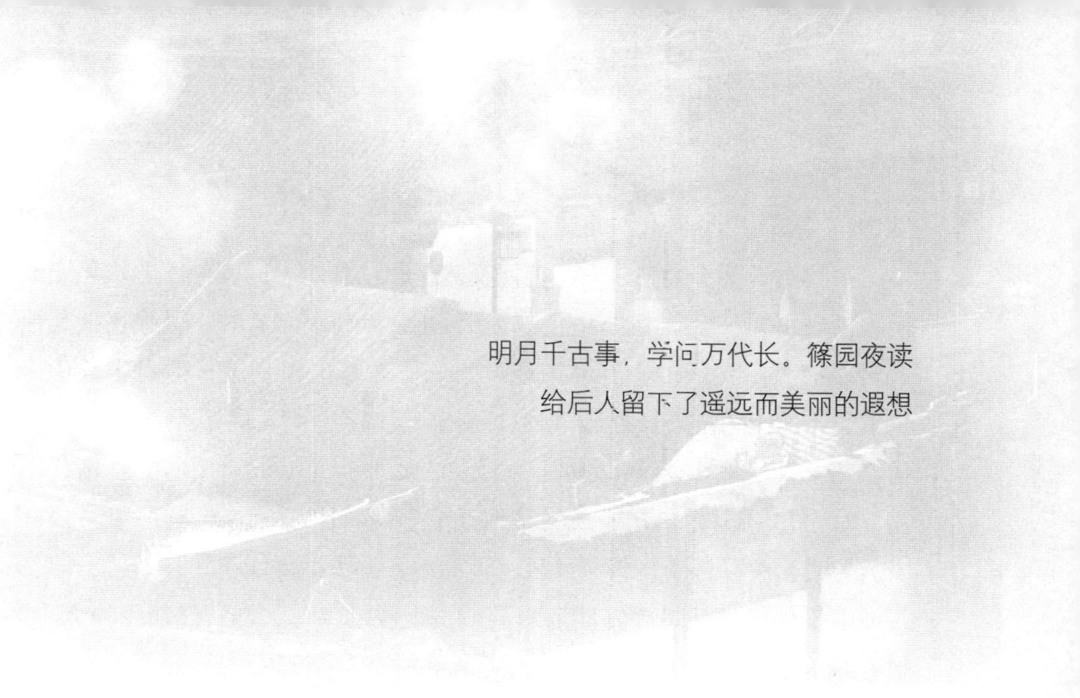

篠[①]园夜读书香浓

夏 华

东阁兜位于湖州市织里镇东北 7.5 公里，古名东郭兜。一说东郭为复姓；另一说因坐落河东，又有郭姓，称东郭兜，于清末习称东阁兜。村中有一条河流自西而东，把东阁兜分为南北两岸，河水沿村西蜿蜒北向太湖而去，港南港北各有四十余户人家。2000 年后因行政村规模调整，现归属于常乐行政村，曾获得省级美丽宜居示范村等荣誉称号。

东阁兜起于何时，未曾查考。徐凤衔记载：“徐澜，明中叶，举乡饮大宾，始籍乌程，世居乌程湖滨东阁兜，遂为‘东阁兜徐氏’。徐澜为

① 篠（xiǎo），同“筱”，小竹也。——作者注。

‘东阁兜徐氏’始迁祖。”至少在明中叶，便有东阁兜。

东阁兜坐落于太湖之滨，港河交流，相错如绣，因其深厚的文化底蕴而为世人所知。徐氏为东阁兜大姓，曾出过几位著名人物，其代表便是徐有珂、徐凤衔父子。徐有珂为地方水利、教育出谋划策，躬身实践，得到了吴云的大力支持。吴云（1811—1883），字少甫，晚年号退楼、愉庭。祖籍归安（湖州），后居住乌程（湖州）太湖钱溇（今属织里镇）。清代名宦，官至镇江、苏州知府。又是清代金石家、书画家。徐有珂小吴云九岁，与吴云关系密切，曾与吴云一道为地方办了两件实事。

第一件实事就是兴修溇港水利。由于溇港年久失修，浚修工程繁重，地方政府也是一筹莫展。徐有珂写信给时任苏州知府的吴云，提出《重浚三十六溇港议》，在信中他提出：“其一立水则。其二估土方。其三权民力。其四乘天时。其五申官禁。其六筹工费。”从六个方面详述疏浚溇港的对策。吴云与他一拍即合，以《重浚三十六溇议》为基础，由候补知府史书青执笔起草了《溇港岁修章程》上报，得到浙江省巡抚、湖州地方政府支持。同治十年（1871）冬，徐有珂与史书青、绅士钮福共同督浚三十六溇，至光绪元年（1875）完工。“先开小梅以东九港、大钱以东二港”，“筑杨渎桥石塘、土塘，修建石闸十一座”，“仍同史太守续开大钱以东安港至乔溇三十二港”。完工后由徐有珂亲撰“重浚三十六溇碑”文，立于陈溇。后碑佚，碑文载于徐有珂《小不其山房集》。当年大水，湖州灾情独轻，受朝廷褒奖，徐有珂封中书科中书衔。

太湖区域的溇港始筑于晋代，至宋代渐臻完善，是太湖流域著名的古代水利工程。千百年来，溇港一直是湖州东部水乡平原排水的重要通道。溇港生溇港长的徐有珂，为治理太湖水患、化害为利，殚精竭虑、鞠躬尽瘁。2016 年，太湖溇港工程成功申报为世界灌溉工程遗产，那是历代太湖子民和先贤共同创造农耕文化的层层积淀，更是他们聪明才智的光辉结晶。

第二件实事是创办五湖书院。自北宋胡瑗先生应邀教授湖州州学，首设经义、治事二斋，创办了富有特色的湖学后，各地纷纷到湖州取经，成为风行一时的湖学。但是，离湖州郡治不远的太湖三十六溇区域，一直没有自己的学校。同治九年，徐有珂就湖滨建立书院一事写信与苏州知府吴云商议，谈起自己和陈根培、张尧淦等人创建书院的想法，想听听他的意见。吴云看后当即表态："这是我一直以来的愿望。"并带头捐助，经湖州知府宗源翰批准创建。

五湖书院创办于陈溇，聘徐有珂担任主讲，在"制艺"外，兼授经、史及农田水利课。《创建五湖书院碑记》记叙了这件事，碑记由吴云撰文并书，徐凤衔篆额。1997年8月，此碑在织里义皋村出土，碑文20行，共600余字，现保存在义皋村。五湖书院是织里历史上第一所正规学校，《五湖书院碑记》成为研究织里地方文化不可多得的珍贵实物。

徐有珂（1820—1878），字韵雪，号小豁，居东郭兜。五岁知训诂、四声，十岁能文。童年丧父，清同治六年（1867），恩贡乡试中举，因孝事母亲而绝意仕途。他学识深厚，懂水利，专教育，不但有经世之才，又勤于个人著述。其辅佐知府宗源瀚修纂同治《湖州府志》；光绪四年（1887），佐修《乌程县志》，未成书而逝，时年59岁。

《湖阴汗简》是徐有珂编著的湖州地方志。古称"水北为阳，水南为阴"，湖州，在太湖之南，湖阴即指湖州。汗简：古人写字在竹简上，先用水炙竹简令出汗，干则易写，又不受虫蛀，引申为记述、著作、典册、史册诸义。此书专记湖州之事，故名《湖阴汗简》。其首卷《世纪》记述沿湖村镇之沿革；末卷《地纪》记述沿湖自西至东之古迹、桥梁，中有《世家》与《述古》等篇。有旧抄本，现藏上海图书馆，为国内存量极少的善本图书，是记录湖州地方不可多得的珍贵史料。说到这里，记得文史学者徐世尧先生提起过，他曾多次赴上海查阅织里地方相关资料，极为不便。笔者借此呼吁一下，学者多数是查阅，自己购置价值昂贵的书籍既不现实，利用率又不高，如有湖州相关单位来征集（或复印）湖州志书"回家"，让本地学者能就地查阅，善莫大焉。

《湖阴诗徵》，徐有珂编。这部诗集反映了湖州地区民俗风情，具有明显的时代性和地方特色。如文中记录有徐自然的东阁十二景：东郭春耕、西溪晚渡、篠园夜读、花坞新晴、草荡渔灯、蒋湾钓艇、里河秋月、乌港归航、荷墓松风、板桥晓市、卧云夕照、报福晨钟。并有当时诗人十二景诗词唱和之作。

据陶承欢先生阅读笔记所写，《湖阴诗徵》记录的东阁文人士子有：

徐德元，字达三，号芷堂，乾隆丁卯举人。官四川宁远知府。著有《吟树轩诗钞》。

徐焕，字拙子，乌程诸生，著有《艳雪楼诗》。

吴梦龙，字蠡洋，号厚亭，又号瘦人。乌程诸生。其乾隆辛亥年作《东郭杂事诗》颇有趣，如东郭兜著姓有屠、潘、周、朱、吴。村里有报福寺，乃屠姓吏部之墓所在，又王姓为村里最富，故为赤脚张三劫财，遂衰败。

吴丙荣，字康民，号春泉。困于小试，擅书，耽吟咏。

徐林春，字新孚，号梦圆。嘉庆戊寅恩科举人，道光己丑进士。官至江苏赣榆县知县。

徐自然，字耳黄，号豁人，徐有珂之父。郡廪生。著有《半亩园诗文集》，另有《诗集》未梓。道光甲申年，仿吴梦龙作《东郭杂事诗续》，称东郭兜有东郭十二景并绘成图。

乡邦文化研究者陶成欢先生认为“今若研究织里文学史，此著（指《湖阴诗徵》）可谓硕果仅存也不为过”。

徐有珂的儿子徐凤衔（1849—？），谱名人元，字体文，号篆香。湖州府乌程县学优行增广生，肄业江苏紫阳、正谊两书院，光绪二年（1876）丙子举人。工书法，擅诗文，著有《乌程县志》《清代稿钞本》等，《清代稿钞本》收录有徐凤衔《思敬室稿本偶存》。

徐凤衔所作篆书，圆润流畅。其相关资料散存于国内各地，因缺少对徐氏研究，湖州目前所见不多。东阁兜村南有座老桥名凤凰桥，为清代三孔石梁桥。据村民说，“凤凰桥”三字为徐凤衔所题，因年久失修，现桥面改为水泥面板，桥上存有老望柱、抱鼓石，原桥额已不存。

东阁兜还流传着“徐十房的银子，省心堂的牌子”的童谣，说的是徐氏家族出人才，既有行医、开药房、开米店，生意做到湖州潘公桥头和米行街的，也有外出去做官的。我在东阁兜走访时，一位徐姓爷爷还拿出“省心堂”“徐凤藻”的印章给我看，他说这是祖上的旧物。徐爷爷只记得祖上有人做官去了广东。经查资料得知，徐凤衔做过广东知县；徐凤藻，谱名人恺，徐有珣之子，为徐凤衔堂弟，邑庠生，业儒。

据《徐凤衔硃卷》统计：东阁兜徐氏有进士（含武进士）2人，举人

3人，贡生6人，国（太）学生20人；庠（廪）生20人，从九品4人，乡饮大宾1人，职官11人，封赠（男性）2人。主要人物：徐德恕，雍正壬子（武）举人，武进士；徐德元、徐林春祖孙登科第，祖为举人，孙为进士；徐有珂、徐凤衔父子举人。家谱研究专家龚肇智先生评价“其家族文风之盛，为溇、港旧族罕有其匹”。在织里可与凌氏、闵氏、严氏家族相媲美的，当数东阁徐氏家族。多数学者只关注织里凌、闵、严氏家族的研究，盖因东阁徐氏一向低调，少有人关注，不能不说是织里人文研究的空白。

东阁徐氏奉为始祖的便是历史上著名的徐稚徐孺子。徐稚（97—168），又名徐穉，字孺子，东汉时期豫章（今南昌）人，南州高士，布衣学者。“穉，汉桓帝时屡征不起，世称南州高士。”相传豫章太守陈蕃极为敬重徐稚人品而特为其专设一榻，去则悬之。于是在王勃的名篇《滕王阁序》中便有了“人杰地灵，徐孺下陈蕃之榻”的名句，千古传为佳话。

在湖州东部八里店镇有座义山，山下供有孺子祠，现称孺峰寺。宋谈钥嘉泰《吴兴志》卷四记载：“后汉徐孺子哭友人姚元起于此。”这么说来，徐稚到过湖州。今孺峰寺内供奉的祭文，是徐孺子第五十九代孙、织里医院院长徐建中抄录、湖州市书协副主席胡迪权题额、市书协主席范斌题跋的《后汉书·徐稚传》。

在清同光年间，东阁兜有间著名的泰山堂药房，泰山堂的主人便是名医徐香泉。徐香泉与东阁兜徐氏血脉相连，他也是徐孺子后裔。先住曹家簖，后迁入东阁兜。徐香泉诊断病症，精明灵妙，别具巧思。四方来求诊者门庭若市，其家门前河道帆船鳞次栉比，也因此而带动当地生意兴隆。徐香泉医名藉藉，名满三吴，从游之士，四方来归，其著名弟子有吴翰臣、朱古愚。

徐香泉的泰山堂药房传其孙徐辅人。徐辅人有《徐氏医案》传世，医案共列312只方剂，几乎涵盖所有中医外科范畴。此书由名医徐振华（毛仙人）保存，后又将其赠予自己的关门弟子、徐香泉五世孙徐建中。徐建中医师任织里镇卫生院院长多年，擅长中西医结合外科治疗，其夫人、女儿、女婿都从事医疗卫生事业。徐医师从医院退休后，重开泰山堂，也是续其祖志，仁心妙手，服务社会。

当代画家李大震，名庸，号青莲居士。20世纪50年代拜画家褚乐三为师，又是老画家潘天寿先生的入室弟子。所作写意花鸟，运用传统技法又富于自然情趣。在浙江省展览馆举办过作品展，出版有《李大震画集》等作品，湖州中学设有李大震艺术院。画家现居杭州，每年清明回村扫墓。其旧居成为东阁兜现存的唯一老宅。

20世纪60年代生人的王宗耀，是土生土长的东阁兜人。他养过鱼，做过生意。中年后，他潜心修道，每有心得，记录成文，终成《湖州金盖山古梅花观志》一书。张志和，号玄真子，隐居湖州时所作的“西塞山前白鹭飞，桃花流水鳜鱼肥”诗词流播海外。王宗耀对张志和的研究自成一家，创作了《张志和与西塞山》一书。这两本书成为道教史和文学史上不可多得的资料。

东阁十二景无非是写农事（渔事）、读书事，却映射出浓浓的耕读传家的文化气息。东阁十二景，自然，质朴，又诗意盎然，它是千百年来中国耕读传家最真实的写照。从中可一窥历史中灿烈如火的身影和荣光，这也许就是中华文化不绝如缕、绵延千年的魅力吧！

春耕犹在，渔灯未熄。篠园夜读从古至今，未曾变换过姿势，只不过时代不同，地点不同，书香依旧浓。篠园夜读俨然成为东阁耕读文化乃至中国文化形象的坐标。明月千古事，学问万代长。篠园夜读给后人留下了遥远而美丽的遐想。

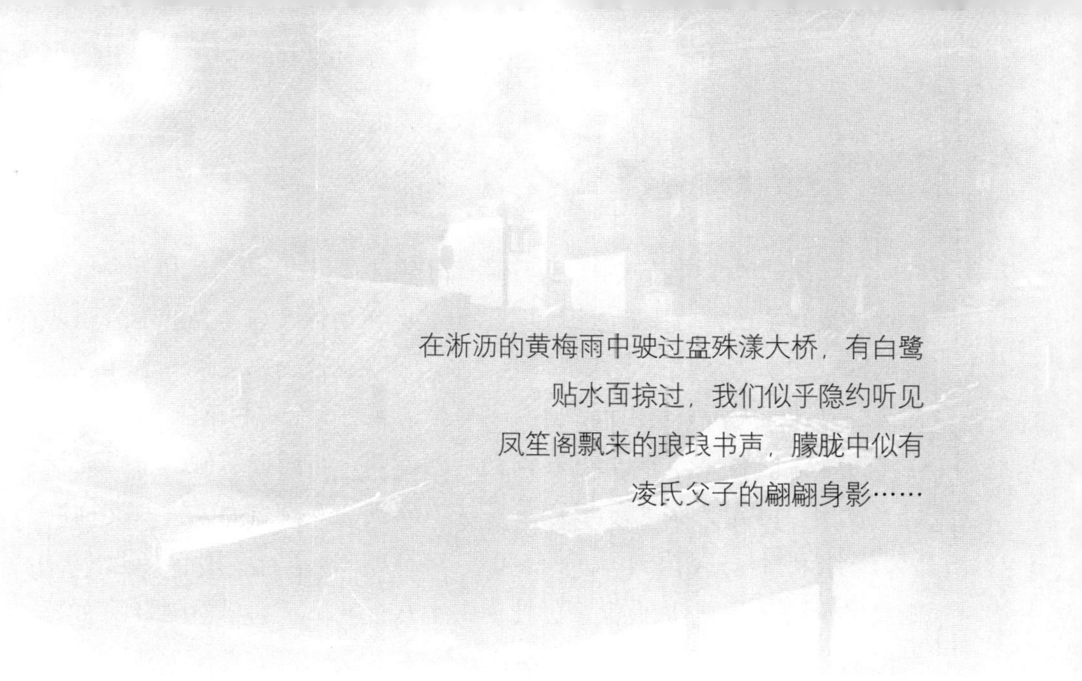

在淅沥的黄梅雨中驶过盘殊漾大桥，有白鹭贴水面掠过，我们似乎隐约听见凤笙阁飘来的琅琅书声，朦胧中似有凌氏父子的翩翩身影……

双漾镶缀河西村

| 世 尧 |

一条空翠烟可带，几点浮红雨落花。

织里镇河西村，位于晟舍市河之西而得名。东濒盘殊漾，南连万谦漾，双漾镶缀，算得上是人文底蕴厚重的传统古村落。

翻阅清同治《晟舍镇志》，盘殊漾畔曾是凌氏望族的栖居地，明代大文豪凌濛初出生于此。沿岸有南社基、白耕楼、吹箫楼、水霞楼、盟鸥馆、晚香居等名胜古迹。东岸一条长长的火鱼埂，延伸至水漾中央有凤笙阁，是明代刑部员外郎凌约言归田后所筑，凭栏挹翠，藏书数万卷，是文人雅士饮酒读书处。凌介禧称之“嫏嬛福地”，云帝藏书之所。有诗赞曰：“荡漾盘珠印月明，波心旧与白鸥盟。家声馆阁藏书富，遗韵曾传入风筌。”

盘珠漾的风光可以入画，凌鸣喈作有《盘渚归钓图》，仁和（今杭州）凌铨、嘉兴丁庆霄、阳湖（今常州武进）孙星衍等文人，为其题诗题词。凌迪知（濛初之父）三十八岁告老还乡，就在这里著书立说，著作等身。而今的盘殊漾大桥横空出世，连接了晟舍与河西两个古村落。

万谦漾旧名“万千漾”，在河西村西南隅，四面皆翠柳，青桑环绕，风光优美，因此又称“万青漾”。早先有水面360亩，为闵氏西支祠产，因兴修水利得益。明永乐年间（1403—1424），“夏忠宣奉诏治太湖水，凡低窪田筑堤之”，形成此漾后，使周围十八个圩田“大旱不随群溪而涸，大涝不偕众港而溢”。村上长者说，万谦漾是内河，“农业学大寨”年代，村民曾填漾造田，水漾面积已缩小了三成。

笔者的姑母家在河西严家兜，幼年随父亲多次往来，马兰桥为必经之路。这是座筑建于清代的石梁桥，《晟舍镇志》记为“平石三拱”。桥南堍有座破败古庙，本地僧人住持，老和尚与村民浑熟。走过马兰桥一片田畈，便到严家兜，姑母家住兜底港北第一家，老实巴交的农户。那时农村普遍穷困，农家的一碗囫囵蛋，要招待客人到正月半。我从小不爱食肉类，特别喜吃鸡蛋鸭蛋，做客人更不懂许多规矩，坐上饭桌伸筷夹了一个，三嚼就吞入肚中，接着又夹了第二个。父亲连连瞪眼，我还想吃，根本不予理睬，随手又夹了第三只。父亲生气了，当场用手“叮”了我一记，说不再带我出来做客人了。我很委屈，泪水噙在眼眶，姑母却把一只蛋夹碎在我碗里，冲着父亲说：“跟小孩子发什么火，喜欢吃就让他吃，吃完了再烧一碗。又不是花钱买的，我家三只老母鸡天天都生蛋。”孩提时的趣事，至今记忆犹新。

严家兜往西是泥坝村，东边是下水湾，南行数百米便是万谦漾。正月里在姑母家做客，我曾几次独自往南走，一直走到漾滩上，隔岸远远地望见塘路（318国道），看见开来开去的长途汽车，回家就可以向小伙伴炫耀见到汽车的情景。环万谦漾的岸边都是桑园，这个季节桑叶都枯萎脱落了，农民把桑枝修剪得很干净，老桑树整齐地站在地里，整齐地举着桑拳，任凭寒风怒号，任由霜雪压身，它们与漾里的碧波默然约定，等待荻塘上吹来的第一缕春风。

太平禅寺始建年代难以考证，其旧址遗存的古银杏树，虽挺拔却有些龙钟，岁数已然不小，从政府部门的古树木保护标志牌上，得知已有517年树龄，据此推算，应是明代弘治年间种植。而寺庙经历几百年的历史风雨，不知有了多少次的毁与建。河西村民的宗教信仰不改，向善之心世代传承。2002年太平禅寺易址在万谦漾北岸，村民巧妙地将佛道两教融合一体，把人们视为忠义化身的关公、岳飞，还有南宋时期为拯救湖州饥民不惜抗旨成仁的解粮官，泥塑金身供奉于前殿，与如来佛祖、观音大士同享人间香火。

河西村有个自然村名叫万禄堂（又名万绿堂），面向水光潋滟的万谦漾，明末名士闵广隐居于此。闵志涌有诗："春风碧水涨前溪，溪边长堤柳色齐。细雨飞花新燕舞，轻烟笼月晓莺啼。绝怜少妇同腰瘦，辜负征人系马嘶。陶令宅边风景似，参差浓云倚门低。"诗情画意地描绘了这里的风光。万禄堂在民国开办乡村私塾，有老先生教授四书五经，传播国学文化。至新中国建立之初，万禄堂仍具相当规模，大厅7间相连，房屋共30余间。村办小学也设在堂内，有三个年级的复式班，石建文老师任教。1965年，因集体搞基建，有人打了万禄堂的主意，古建筑被全部拆除，小学迁至太平庙。作为历史遗迹，今天有自然村仍以万绿堂命名。

盘殊漾水流传文脉，万谦漾的波浪滚动灵气。小小河西村，二十年间，走出了多位政府官员，科级的、处级的、厅级的。而让古村落足以荣耀的是，21世纪的世界数学界，跳出了一个烁耀人眼的名字——郁国梁。笔者在湖州中学走访时，湖中老校长吴维平先生不无骄傲地说："2006年在西班牙召开的第25届世界数学大会上，浙江湖州籍数学家郁国梁（1982年毕业于浙师大数学系），应邀做了45分钟的学术报告，这是绝对少有的啊！"郁国梁1964年出生在河西村的郁家湾，虽是寒门，从小好学，孜孜不倦，终于攀上高峰。现担任美国得克萨斯农工大学鲍威尔数学首席教授、复旦大学讲座教授。有业内人士说，目前郁国梁可排在世界数学领域前十名内，真是"了脱旦"。

河西村紧邻中国童装城，地理位置得天独厚。旧村城镇化改造之后，童装、商业、人居皆宜。村民住宅整洁，道路宽敞，花木芬芳。村里老年活动中心、文化礼堂设施完备，活动频繁。外来客商络绎进驻，“电商村”“淘宝村”之名美不胜收，可谓地灵人杰。

在淅沥的黄梅雨中驶过盘殊漾大桥，有白鹭贴水面掠过，我们似乎隐约听见凤笙阁飘来的琅琅书声，朦胧中似有凌氏父子的翩翩身影……

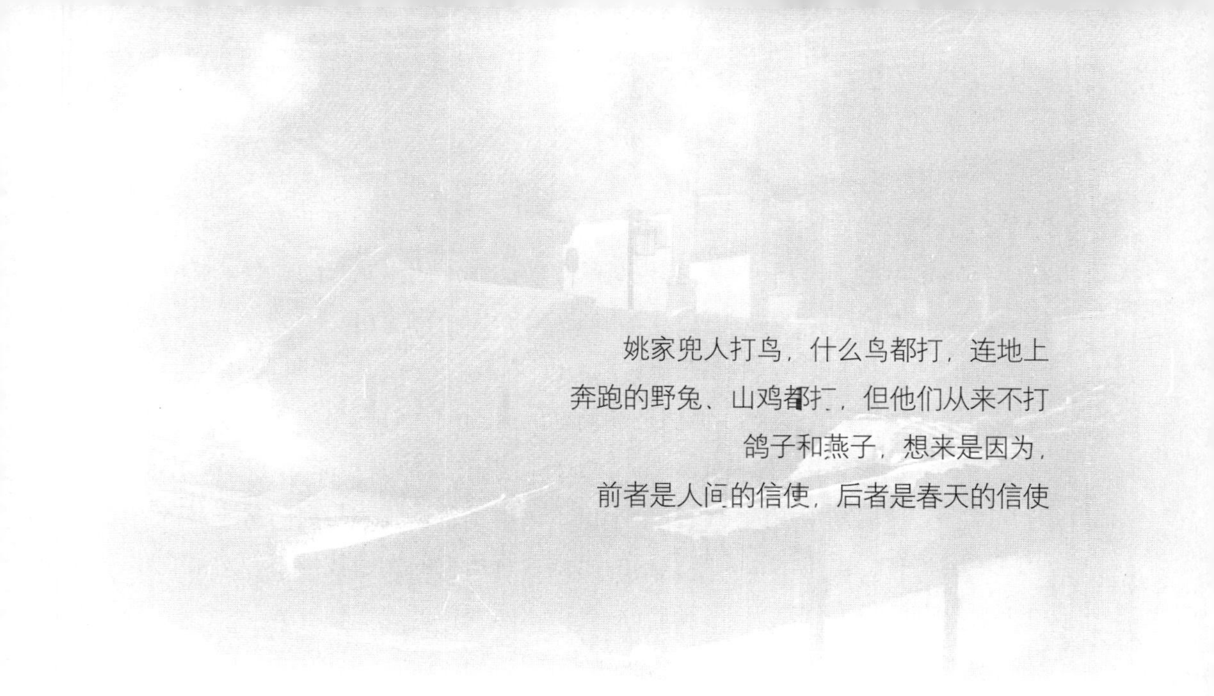

姚家兜人打鸟，什么鸟都打，连地上
奔跑的野兔、山鸡都打，但他们从来不打
鸽子和燕子，想来是因为，
前者是人间的信使，后者是春天的信使

云村，旧时打鸟的村庄

| 沈文泉 |

从前，吴兴织里镇有个打鸟村，六十户人家的村子，只有三户人家不打鸟，几乎家家都打鸟。

这个村是一个自然村，叫姚家兜，属于织里镇云村行政村，现在的云村社区。

民国至解放初期，姚家兜人打鸟，什么鸟都打，连地上奔跑的野兔、山鸡都打，但他们从来不打鸽子和燕子，想来是因为，前者是人间的信使，后者是春天的信使。

姚家兜人打鸟用的鸟枪是从苏州甘露买来的，大的枪有十几斤重，能打五六十米开外的猎物，一把子弹打出去，圆桌面这么大，杀伤力也不容小觑；小的枪七斤，也能打三十米以外的猎物，但杀伤力不大，不过，打死一只鸟是足够了。鸟枪的子弹也是从苏州的锅子店里买来的，是浇铸铁锅时产生的铁砂，大的如黄豆，小的似芝麻，大小都能用。

那时的鸟枪是靠点燃火药击发的，也叫铳。火药是姚家兜人用木炭、硫黄和硝酸钾自己配制的。他们把配制好的火药装在竹筒里，用塞子密封好，存放在家里，出门打鸟的时候，将竹筒里的火药倒一部分在牛角里，背在身上。他们在牛角的角尖开个小口子，用木塞塞住，将火药从牛角的大口子倒进去，也用木塞塞牢；用的时候，将角尖的木塞拔出来，对准鸟枪上装火药的地方倒点出来，倒好后再用木塞塞住。

因为人多田少，姚家兜人只能世世代代靠打鸟来补贴生活，就像邻村——东兜村靠鱼鹰捕鱼补贴家用一样。他们家家都有带篷的木船和猎犬，条件好点的人家有两条船。姚家兜人的这种木船被人们称为“枪船”，就像织里历史上的“书船”，俨然是一个游动的家，里面烧的、吃的、睡的、用的，一应俱全。猎犬的作用是叼回主人打获的猎物，特别是当猎物掉落到水面时，更需要猎犬泅水叼回来。因为农闲时分，往往是天气寒冷的季节，带上猎犬，猎户就可以不用脱光了衣服下到寒冷的水里，去打捞掉落在船只无法到达的水域里面的猎物了。

每到农闲的时候，姚家兜人就会摇着枪船，带着鸟枪、子弹、火药和猎犬四处打鸟，名重浙北、苏南。

姚家兜人用打获的鸟做成鸟腊，成为餐桌上的美食和远近闻名的特产。清闵宝梁编写的《晟舍镇志》就有这样的记载：“鸟腊，《湖录》云：‘南浔、菱湖俱有之，而南浔尤佳。’殊不知，南浔、菱湖之物，远逊于晟舍。否则，何彼处纷纷来购也。且市肆所售者，其味不佳，须芸村生姜坝。乡人晨起，携篮负篰，结队而来。著名者不过四五家。相传，有秘制法。其味以麻雀、花春、白头翁为最；野凫、山鸡稍次之；斑鸠、鹌鹑、鶗鴂（即百舌）又次之。至鸺鹠（即猫头鹰）、青鷉、鹭鸶，则腥而无味矣。远近数百里驰名。新正时，里中各家，藉以为送礼物。自冬令卖起，至春三月遂止。”

为了生存，为了保卫家园，姚家兜人还用鸟枪打过人——日本鬼子。四代打鸟、时年七十七岁的沈阿大和八十九岁的姚仁才、八十四岁的沈林法就向笔者讲述了姚家兜人用鸟枪打日本鬼子的真实故事。

1937 年 11 月 20 日，日军第六师团从南浔至湖州公路和荻塘水陆并进，向湖州进攻，一路烧杀掳掠，无恶不作。为了配合国军抗击日军，吴兴县政府进行了广泛的民众动员，人们响应政府的号召，有的连夜挖泥挑泥，填堵太湖溇港，阻滞日军舟桥部队沿太湖溇港进攻湖州，有的拆了自家的门板，帮助守军构筑防御工事，有十九个勇敢的青年拿起鸟枪，当然是大的鸟枪，配合国军 62 师（应该是 170 师）一部在三济桥伏击了一艘日军的木质机动船，消灭了船上的几十个日本鬼子。接着，姚家兜和旧馆、晟舍都被鬼子一把火烧了个光，来不及逃走的村民也惨遭杀害。听说在烧姚家兜的民房时，村民们存放在家里的火药竹筒纷纷爆炸，不明就里的日本鬼子还以为遭到了中国军队的炮击。

所幸的是，大部分姚家兜人在日军报复“扫荡”前，摇着枪船逃走了。村子被烧毁以后，幸存下来的村民无家可归，被迫背井离乡，依靠枪船流浪在河港纵横交错、湖漾星罗棋布的江南水乡。因为他们手里有枪，在那个兵荒马乱的乱世，多少能够起到些看家护院的作用，因此受到不少地方的欢迎和善待。

抗日青年中的幸存者范大毛，一直活到了本世纪初。

姚家兜人打鬼子的故事，还被著名作家徐迟写成了一部中篇小说《武装的农村》，于 1938 年 3 月由上海开明书局出版发行。徐迟还特别说明，这是一部“事实小说”，是他根据“听到的连一句话也不到的”故事创作而成的。小说写了“我”听从医生的劝告，到湖州晟舍一带休养，小镇纯朴、恬淡，具有原始的生命力，这里的人们快乐、健康、诙谐，是治疗“城市病”的好地方。休养中认识了那里的猎户，并和他们一起打猎。这些猎户原本是农民，只是在农闲时打猎，女人们以缫丝为副业。战争爆发了，日本鬼子来了，打破了这里平静的生活。在一位钱姓朋友的指挥下，“我”与猎户们一起和日本鬼子打了几仗，取得几次胜利之后撤退到太湖里去了。小说通过对“世外桃源”般环境和生活的描写，反映了战争的残酷。普通民众保卫家园、抗击侵略的决心和勇气成为这温柔水乡的一记强音。

后来，姚家兜人和邻近地区的村民为了食盐又和日本鬼子干了一仗。

日军为了加强对占领区的控制，打击和封锁抗日武装，对民生最关键、素被称为“百味之首”的食盐实行统制，为此在姚家兜附近的月影桥（如今改建后叫弋行桥）设立了一个检查站，日军的巡逻艇也在荻塘上游弋巡逻、游动检查，给民众的生活造成了很大的困难。

有一天夜里，以姚家兜人为骨干的云村鸟枪队，联络邻近东兜、清水兜、旧馆等地的志愿者，共一百零五条船，三四百人，带着鸟枪和两支散落民间的军用步枪，啸聚升山南面的义夹漾，准备袭击驻旧馆日伪军设在月影桥上的检查站。因为当时的月影桥是湖浔公路上只有一个桥孔的平桥，是从荻塘进入晟舍一带的唯一水上通道。他们挑选了十条船、五十个人作为突击队，每条船五个人，一人摇橹，其余四人分成两个组，在前后舱持枪应战。大队船只作为机动力量，见机行事。

突击队刚刚从义夹漾进入荻塘，就遇上了一艘由东向西巡逻的日军巡逻艇。本来，他们是可以躲一下的，但可能是队员们太紧张，或者太激动，有人率先开枪，打灭了巡逻艇上的探照灯，于是，双方在漆黑的夜里爆发了激烈的枪战。日军虽有机枪，火力强大，但这边也不弱，除了五十名突击队员，其他人和船也很快迎上来投入战斗，三百来条枪同时迎战，枪声大作，场面十分壮观。有人弃船登岸，从荻塘两岸夹击日军。日军不敢出船应战，只好驾驶弹痕累累的巡逻艇向湖州方向逃跑。

村民们没有追击落荒而逃的日军巡逻艇，转而去围攻月影桥上的日伪检查站。他们除了驾船在水上发起攻击外，还组织部分力量冲上公路，从桥的东西两端夹击。二十多个日伪守军在这黑乎乎的夜里哪里经得起三四百有枪的村民的三路进攻，死的死，伤的伤，没死的带着伤的逃回了旧馆。月影桥战斗在天亮以前就胜利结束了。

关于义夹漾和月影桥的战斗，曾经是云村村干部、今年已经八十岁的程炳龙根据他三爷爷的讲述和自己的调查，在一篇《历史上的云村人打过日本鬼子传说不假》的文章里有比较详细的记述。

根据湖州地方文史的记载，在八年抗战中，湖州织里等地民众各种形式的抗日活动和抗日斗争从来没有停止过。

1949 年以后的三四十年，姚家兜人的日子还是不怎么好过，所以延续了祖上传下来的行当，继续打鸟。据沈阿大等人回忆，上世纪六七十年代的鸟枪还是从苏州买来的，甚至苏州甘露的做枪师傅四生、阿二、阿小三兄弟还摇着船到姚家兜现场做枪。那时候的鸟枪已经不用火药点燃放铳，而是改用扳机，类似于“汉阳造”，大的枪百元左右一把，小的枪六十元左右。

那个时候，姚家兜人最喜欢到菱湖去打鸟，因为那里有很多野鸬鹚，个大肉多，打起来也容易。

鸬鹚又叫鱼鹰、水老鸦，湖州人也叫牧鸭。在江南水乡，鸬鹚是捕鱼的能手，渔民们在它们的脖子上系上一根绳子，将它们放到河里，然后不停地发出“哦——呵呵”的吆喝声，激发它们捕鱼的欲望和斗志，每次放牧，总有不小的收获。

然而，在著名的渔乡菱湖，渔民们最头疼的是野鸬鹚，它们是养鱼人的天敌，就像麻雀对于种粮的农民，因此，菱湖的渔民很欢迎姚家兜人去那里打野鸬鹚，当地政府还对打野鸬鹚的人给予奖励。所以，在很长的时间里，菱湖是姚家兜打鸟人最常去也最乐意去的地方。

上个世纪九十年代，随着生态环境保护、动物保护这些新潮思想的出现，随着国家对枪支管理的强化，姚家兜人逐渐放弃了打鸟的老行当，他们的鸟枪被公安局收缴后，投入了湖州钢铁厂的炼钢炉。程炳龙说，曾有四五个村民因为舍不得上缴鸟枪，违反了枪支管理条例而被捕判刑，都是缓刑。沈阿大也说，当时村里有人因为在湖州北门外的岕山打白鹭，也被判了（缓）刑。

如今的姚家兜人早就不打鸟了，他们依靠出租房屋、做童装生意、进厂里上班，过上了幸福的小康生活。

云村社区幸福舞台背景墙上白底红字的两句话，是姚家兜打鸟人家过去和现在生活的真实写照：“昔日打鸟沙子枪，今日财源聚满堂。”

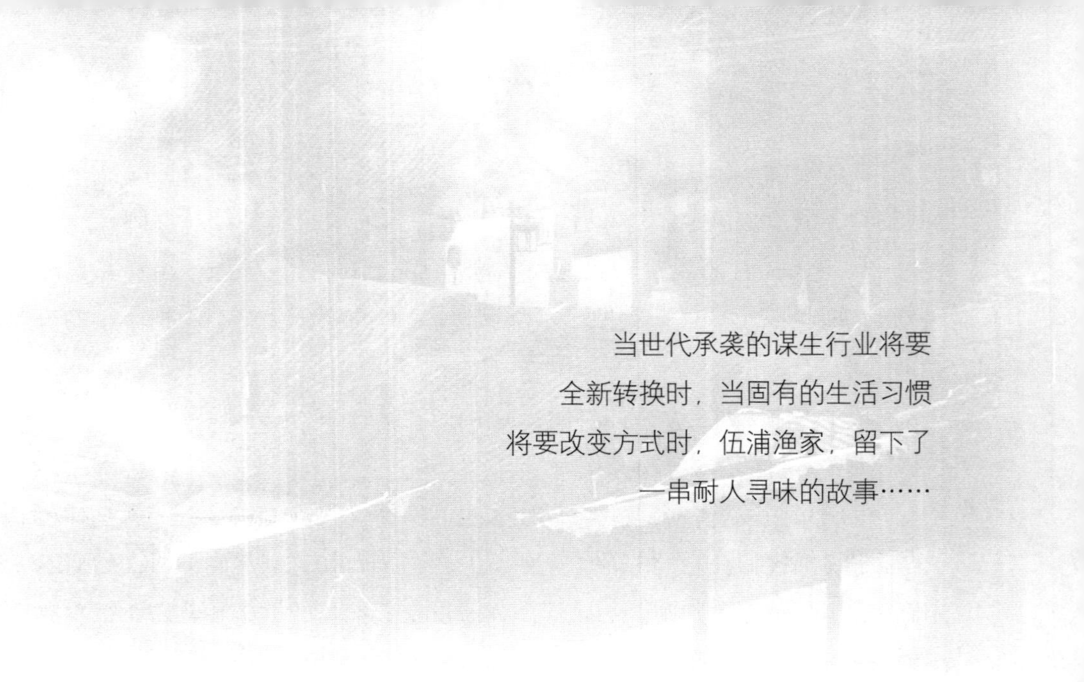

当世代承袭的谋生行业将要
全新转换时，当固有的生活习惯
将要改变方式时，伍浦渔家，留下了
一串耐人寻味的故事……

伍浦渔家

沈林江

辛丑二月，春意盎然。有幸参加了由织里镇政府和湖州文学院组织的“春暖溇港”作家采风活动。一踏入伍浦村，一股渔耕文化特有的芬芳扑面而来。

村西侧陈溇的渔耕文化园里渔味浓郁。草坪上一艘艘渔船，像在波光粼粼的太湖里划动；一条条鱼形灯罩，像惬意的鱼儿在栖息休眠；一个个硕大的鱼篓，似装满了太湖“三宝”。“帆影浮天际，波光碧水蒙”，一派渔乐丰收图景。濮溇两侧房屋建筑皆为鱼儿的装饰。村里的文化礼堂，由灯光组成的太湖，仿佛使人处于浩渺烟波之中，渔人捕鱼动作千姿百态，鱼儿标本栩栩如生。

原来，伍浦却是半个渔村。

一村四溇 半个渔村

伍浦村，位于太湖溇港的核心地段，村坊规模不大，却拥有太湖湖岸线长达2200米，从东到西有四条溇港，分别为薵溇、伍浦溇、濮溇、陈溇，是吴兴区拥有溇港最多的行政村之一。

溇港是太湖渔民的栖息之地。自其开挖形成以来，生活在太湖边的渔民，捕鱼之后都要将渔船停在溇港里，既可避风，又可休养、补给。溇港也是太湖渔民与渔民、渔民与陆上居民的联系交流之处，渔民间的信息传递、关系协调、活动交往都在避风港里进行。溇港又是太湖与流域内各水系的水利枢纽和水上交通要道。自古以来，每条溇港的口子上都设有一个闸门，以控制溇的排水和引水。“清明开闸，重阳关闸”，水闸的开启与关闭，是根据季节和旱涝水情决定的。渔民要出湖捕鱼，或进港避风，必须经过这些闸门。所以溇港水闸与渔民的生产和生活息息相关。

太湖形成后，便成为一个大鱼仓，最早来此生活的应当是渔民。浙江省和江苏省以太湖为界，分别位于太湖的南北两岸。而由于历史的原因，新中国成立时，将太湖划归江苏管理，太湖里捕鱼的渔民自然都是江苏籍户口。而南太湖渔业资源很丰富，太湖各溇港、河漾中的水产品也很多，却没有专业的渔民。来自太湖东山、西山、洪埠山的太湖渔民纷纷来这里避风、捕鱼。异地捕捞、跨省避风，这给资源的利用和太湖渔民的生产生活带来极大的困难。1961年，江苏省和浙江省通过协商，将部分太湖渔民的户籍迁入浙江，成立湖州渔业联社，并设立19个水产专业村，其中内河捕捞村16个、太湖捕捞村3个。从事太湖捕捞的太湖水产村，渔船以陈溇为中心停泊，村部设立在义皋。

先前，太湖各溇港分布较均匀，大小也均衡。后来，太湖溇港中拓宽了4条骨干溇港，慢慢替代其他溇港的部分功能。濮溇港就是其中的一条。1965年，濮溇港向南延伸并拓宽，太湖、漾西、轧村的上万名民工参与开挖。那时没有机械，全凭肩膀挑土，港面宽度开拓到80米。原本濮溇通过横塘与南边的水系连通，这次濮溇经过轧村乡，一直开挖到10公里以外，直接与晋朝殷康开挖的頔塘相连接；同时建起了大型的濮溇水闸，配备专人 24 小时管理。

“运漕南北接京杭，溢彩流光艳水乡。”濮溇拓宽之后，直接与繁华的頔塘连通。太湖与黄金水道连接，顷刻间各类船只都从濮溇进太湖，太湖里的船只也从濮溇开往嘉兴等地，濮溇成为交通要道。宽阔的濮溇也成为一条理想的渔港，一下子集聚了众多渔民前来避风，最多时有 180 多位渔民。随后太湖水产村的村部又搬迁到濮溇水闸的东侧。至 2020 年，仍有 20 多户 100 多渔民，拥有各类渔船 60 多条，这些渔民的户籍关系虽然不属伍浦村，但其生产生活与伍浦已难以分开。

热爱太湖　敬畏自然

太湖是渔民赖以生存的基础，靠太湖养育的渔民自然热爱太湖，热爱捕捞事业，他们从来没有产生离开太湖、放弃捕捞的想法。祖祖辈辈捕鱼，几乎没有从事过其他职业。老渔民们都不知道自己的祖先，是什么时候开始从事捕捞这个行当的。87 岁的张阿毛大伯回忆说，在 2020 年以前，一家人都从事太湖捕捞，只听祖辈们讲起世代皆捕捞。张大伯出生时，自家的渔船停靠在太湖的洪埠山，但居住的地方并不固定，捕捞到哪儿，渔船就在哪儿的河岸边停泊。1958 年，他们来到濮溇、伍浦溇、陈溇等溇港避风。1961 年，根据政府的要求将户口迁入到太湖水产村。1969 年濮溇拓宽后白天出湖捕鱼，晚上就固定来濮溇港避风，已有 50 多年了。

渔民与太湖休戚相关，他们均视太湖为生命，希望太湖的水质适合鱼儿的生长，太湖的环境适合自己的发展。先前，太湖捕鱼是不受限制的，无论何时何地都可捕捞。后来政府规定了休渔期，他们都积极响应，因为渔民们知道必须给鱼儿有个繁衍生息的空间。

太湖捕鱼，受天气因素限制比较大。在长期没有天气预报的岁月里，渔民积累了丰富的观测经验，掌握了太湖天气变化的规律，能从云层、气压、温度、湿度中感受到天气的变化趋势。“今天去哪里捕鱼”“用什么渔具捕鱼”，渔民们只需稍稍抬头望天，便可做出全天的安排。岸上的村民都视太湖渔民为“气象专家”，伍浦村民要出太湖，都会向当地的渔民请教。

渔民们大多信奉宗教，心中都有一个“老爷菩萨”。逢年过节或太湖开捕之时，他们都在自家的船上供上猪头三牲，焚香烧纸，求神庇佑。村内有陈溇庙、白莲庙、本觉禅寺等宗教建筑，每逢观音菩萨生日以及青苗会、三官会等庙会，渔民同伍浦村民一起请僧人到各寺庙诵经做法事、烧香塔，抬神巡视田间庄稼稻苗，祈求风调雨顺，一方平安。村内传承下来的传统习俗，如三月三烧野火饭、小弟兄结义、立夏秤人、端午节送老虎衣帽、六月六食馄饨、农历腊月廿三送灶神，还有民间的互助消防组织“火羊会”，渔民们也积极参与。所有这一切，都是出于对自然的敬畏和感恩。

捕鱼有法　各显神通

太湖与其南岸的溇港河漾中，淡水鱼品种繁多，品质鲜美，繁殖迅速。据《太湖鱼类志》记载，太湖共有107种鱼类，分属于14目25科74属。由于各种原因，近几年经济鱼类资源减少到20余种，主要是花鲢、白鲢、草鱼、青鱼、白鱼、鲚鱼、银鱼、鲤、鲫、团头鲂、鳙鱼、鳗鱼、鲶鱼、鳜鱼及白虾等。

偌大的太湖，早就被各种簖网、地笼分成无数个小区域了，适合大网大船捕捞的地方十分有限，所以伍浦的渔民都选择小规模作业。

浴着朝霞，大大小小的渔船出湖捕鱼。渔民张阿毛全家5口人，2020年有5条渔船，其中2条大船、3条小船，以张大簖为主。一个簖长有几百米，每年最辛苦的事情是选择地点将簖安放下去，既要将簖网固定，经得起太湖的大风大浪，又要使鱼儿能自觉地游进来。大簖捕到的鱼主要是一些体形较大的鲢鱼，数量较多，但单价不高。

近几年，太湖的鱼儿越来越少，太湖螃蟹、甲鱼等几乎绝种，但是水产品的价格不断攀升，收入却能逐年递增。每个家庭年收入一般在15万元左右。渔民宋洪宝，主要是张地笼，捕捞一些河虾等，产量不高，但价格较高，年收入也有13万元左右，平均每人收入有4万多元。

银鱼是“太湖三宝”之首，但捕捞银鱼需要在特定的时间、特定的地点，还要有特定的渔具。渔具小而密，简直像一布匹。渔民王小根是捕捞银鱼的高手，祖祖辈辈传承了捕捞银鱼的经验，漫无边际的湖面虽是白茫茫一片，但哪里有银鱼，他火眼金睛，了如指掌，张网下去，定会收获满网。

渔民张小毛出生于1950年，从懂事起就在伍浦避风，小时候只听爸爸说以前在东山捕鱼。家人们的捕鱼方式从未固定，什么方法都用，什么渔具都备，什么地方都去，但一般不会去三山以北的北太湖捕捞，因为路上时间太长。他的大船上装满了各类渔具，有丝网、银鱼网、地笼、小钓、沉水笼子（花篮）、扳网、鱼叉、赶网、虾笼、盘罾网、扎网、钓钩、拉网等，船开到太湖某一地方后固定，然后用小船捕鱼。

“霞飞彤色染，浪涌夕阳红”，鱼儿满仓，渔民的脸上洋溢着丰收的喜悦，而岸上的鱼贩已早早等候着他们归来。这些专业销售人员一般在太湖的捕捞地点直接将渔民们捕到的鱼全部收购，然后销往苏州、上海等大城市，也会批发给南浔等附近的小镇，一天一次，第二天付清上日的货款。此外，渔民们偶尔也将少量的杂鱼卖给当地人，有时特意为村里的乡亲留点鱼。据说，伍浦鱼市在民国年间形成，方圆数里内的老百姓前来赶市，一直沿承。前几年，又专门建造了一个鱼市场，是太湖水产品的集散中心之一。

洗脚上岸　生活无虞

伍浦村的渔民祖祖辈辈生活在船上，捕鱼到太湖，但是船上的生活总会受到各种限制。近年来，太湖的水产资源受到严峻的挑战，渔民们的发展空间日益萎缩。当代的渔民不再像他们的先辈一样一辈子不离太湖，而是一步步向岸上靠拢，不断融入岸上人的生活。

1989年，在伍浦村的大力支持下，渔民在濮溇港东侧的太湖边上，建造了20余间房屋，每户住半间，安排了40多户渔民居住。从此，这些渔民家的老人不再在船上漂泊，移到岸上定居。尔后渔民更加向往岸上人的居住条件，陆续有人在伍浦村建造房屋，陆上定居。2001年太湖水产村并入了幻溇村，从此水产村不再是独立的行政村，这样又加强了渔民和陆上村民的联系，加快了陆上定居的步伐。

2021年1月1日，是伍浦渔民重要转折点。太湖渔业管理部门实行太湖退捕10年，除只保留一二个渔业村外，其余的捕捞证全部收回。伍浦村的渔民自然是在被收回的范围，全部转业上岸。

不再是渔民了，这些“末代渔民”有许多不舍，一时的失落、忧伤甚至彷徨在所难免。但这是国家生态建设的大计，伍浦渔民很快便理解并支持配合，所有的捕捞证全部按时上缴，所有渔船、渔具全部按照要求销毁处理。

渔民们得到一些安置费、渔船渔具补偿费后，所有人参加了社会保险。幻溇村为渔民建造了安置小区，解决了他们在陆上定居的难题。居有定所，老有社保，渔民们期待着新的职业。

经过一段彷徨期后，渔民杨小根很快适应了新的生活。他参加了村里的美丽乡村建设，上班既方便又灵活；他的妻子在鱼市场摆摊卖鱼。从渔民到鱼贩，也算轻车熟路，还是没有离开鱼，全家的收入也不比捕鱼差。

今年52岁的渔民宋夏根，被附近的义皋景区聘请为保安，几个月下来他非常适应并喜欢这份工作。他的妻子也没闲着，参加了村里的垃圾分类工作。儿子和儿媳妇去湖州开了家饭店，凭着独特的烹鱼厨艺，生意十分红火，宋夏根对未来充满了信心。

渔民张德兴的儿子在村里承包鱼塘，从捕鱼人转变为养鱼人。而心灵手巧的渔家姑娘们，找工作则更加容易，织里镇庞大的童装产业，需要大量的机工，这些小姑娘很快成了童装企业的新宠。短时间内，上岸的渔民几乎都找到了他们合适的工作。

老渔民们看到子女都有了新的工作，悬着的心终于放下了，不再为子女的事操心了。他们每月至少可以领到1000多元的养老金，能够支付喝茶聊天、喝点小酒的开销，这些老人安享着洗脚上岸后的天伦之乐，感到很是幸福。

当世代承袭的谋生行业将要全新转换时，当固有的生活习惯将要改变方式时，伍浦渔家，留下了一串耐人寻味的故事……

从麒麟古镇到美丽新农村，清丽的小河
穿越了漫长岁月，见证了
古村落发生的沧桑巨变……

麒麟古镇晓河村

| 雨　人 |

《织里镇志》编纂办公室设在晓河村委会大楼，宽敞、明亮。我们常在此碰头、查资料、议事。

去年中秋时节的某天上午，我正在办公室查阅资料，忽然进来一位上了年纪的男子。我让他坐下，问有事吗？他指了指自己的喉咙做了个手势，我先是愣了一下，随即明白了，原来他不能说话。

男子拿起桌子上的自来水笔，在纸上写了：“你是写镇志的徐老师吗？我是晓河村的，姓王。因喉咙开过刀，不能说话多年了。”于是，我们开始一场笔谈。

王先生说晓河是个古村落，村名来历有个美丽传说。从前这里称为小湖村，古代有位大臣的夫人坐船经过，此时天刚刚亮。她坐在船舱里，透过前面三座石桥的桥孔望去，河水清澈，两岸民舍粉墙黛瓦，一轮旭日在桥洞里冉冉升起。夫人大悦，脱口赞叹道："拂晓的河流真美丽啊！"于是，人们又称它为晓河村。

晓河村村名在历史上有多次沿变。清光绪《乌程县志》卷四"村镇"记载："小湖村，一作小河。"民国年间曾为麒麟乡，老百姓都称之为麒麟镇。20 世纪 70 年代改为朝阳生产大队，1984 年撤队建村时改为晓河行政村。

清康熙《乌程县志》载："小湖、织里业造船。"所造之船有坐船、兵船、仙船、航船、驳船、农船、渔船、书船、罛船、罾棚船等多种，可见这里在明清时期是规模很大的造船基地。所造船只尤以书船最为著名，盛行于织里集镇、郑港谈港等村庄，被称为"书船之乡"。

麒麟古镇，人文渊源深厚。王氏是村内著姓，清光绪《乌程县志》载："王中立居小湖、织里。"王中立是明末清初名医，其先祖谢贵（太湖谢溇人）在明朝开国洪武年因军功授河南卫指挥佥事，加广威将军。建文帝即位后，谢贵为北平都指挥使，奉密旨监视燕王，后事败身亡。朱棣登位后，谢贵遭灭族厄运，唯季子谢公权因赘于小湖王氏，得以幸免，故谢贵留下的血脉是小湖王氏。王中立精于妇科、小儿科。据地方史志记载，王氏诊所前人们每天排队候诊、撮药，门庭若市。晓河村曾有药王桥，还有叫郎中湾、葫芦井的自然村。民间传说药王神化成老乞丐到王氏府中，少年王中立以礼相待，供奉饭菜，得到了药王赐予的医书。他以仁慈之心行医，凡穷困的人上门看病，免诊费、赠草药。患者还自带水桶在葫芦井舀水回家煎熬草药，疗效神奇。王中立的后代继承祖业，大多在湖郡县乡行医，救死扶伤。其曾孙王元吉因医术高超，被清廷召入太医院为皇家治病。王氏后人善于总结自己的医疗经验，结合传统医疗理论，著有《幼科类萃》《或问》等医书，流传后世。

古桥与古村落相互彰映，晓河村曾有多座形态各异的古石桥，厚重了村落的人文内涵。架于南横塘的严慈桥，是晓河诸村落到织里老街的必经桥梁，也是织里通往轧村的主要水路。福绥桥于清同治壬申年重建，桥上有吞水兽，是神话中"龙生九子"之一。通济桥上的金刚墙用武康石，始建年代应在晚明，石上锲刻荷叶莲花印堂，可以感受佛教禅意。东庆桥是造型古朴的单孔石拱桥，老百姓称其为环桥。一条清悠的小河东西向流淌，拱桥倒映水中宛如一面圆镜，这里就是“晓河”一名来历中那位夫人发出感叹的地方。村内还有太平桥、鸾章桥，旧时都是人们南来北往的交通要道。因为城镇化建设，这些古桥有的留存，有的已拆除殆尽。村内还有始建于明代的普安寺，重建后改名为普安宫，殿宇恢宏，神像庄严。

晓河村村民历来耕读并重。民国年间有私塾，聘请德高望重的老先生为孩子教授国文知识。新中国成立后办起了晓河完全小学，按国家规定设置课程，首任校长是织里老街的郑之慎先生。这位文化程度不高的乡下汉子，凭着热情和社会关系，把晓河完小办得有声有色。郑校长调走后，完小依然兴旺，附近村庄的孩子都来这里读书，教师力量逐年加强。到20世纪70年代，还开设了初中班，让本村的孩子就近进入中学。晓河完小走出了许多有出息的学生，也为国家培养了优秀人才。累官至浙江省城乡与住房建设厅厅长的谈月明先生，就在晓河完小读书，高中毕业后回村教过书。不久后从最基层的公社团委干起，公社书记、县长、县委书记、常务副市长到厅长，一步一脚印，勤奋踏实，官至高位。尤其让人敬佩的是，谈先生在浙江省支援青川地震恢复重建中，做出了重大奉献，青川人民塑浮雕纪念，为家乡赢得了极大荣誉。2008年5月，汶川发生特大地震，刚调任省建设厅不久的谈先生临危受命，毅然出任浙江省援川恢复重建指挥部指挥长。我与他通过电话，问在青川的情况。老谈说：“穿迷彩服，住活动板房，时有蓝光闪过，板房瑟瑟抖动，手机24小时开机。既然省领导让我来了，就要努力做好。”短短数语，境界升华。

编写《织里镇志》，必须寻找方方面面的历史资料，走访知情者。95岁的郑志高老人对我说，织里供销社的创办人是晓河村人，织里信用社最早也在晓河村发起的。这真是一条难得的信息啊。

阳春三月，在晓河村顺山书记、青青主任的安排下，我们开展了一次调查座谈。王金春先生时年八十四岁高龄，回忆往事时兴致勃勃：“我很小的时候，听老人们说村子原名麒麟镇，老庙里还挖出了一块写有麒麟镇字样的铜牌。解放后，办初级农业生产合作社时，由小学校长郑之慎牵头，本村王政文、沈聚福、金茂顺、邱金惠等人发起，成立了麒麟供销社。”王先生说，供销社开始设在晓河村部的老屋里，王松樵、王阿伍当营业员，主要卖些生活用品等小物件。麒麟供销社实行股份制，发动村民入股，每股本金一元，还发了股金证，年终分红发些棉纱线之类的东西。后来供销社逐步扩大，搬到了织里老街东面的严慈桥庙里，改名“六乡供销社”。庙宇很大，五开间二进深，商品有棉布、副食、农用物资，晟舍闵大春、名医毛先生夫人顾丽蓉都在社里工作，王政文为负责人。麒麟供销社就是后来织里区供销社的前身。关于织里信用社的缘起，王金春先生说：大约 1954 年，钱柳毛（后任织里镇人武部部长）等人在晓河村动员村民入社，买信用社股金，发股金证。社址在老街虹桥，租用一间民房开展业务，名织里乡信用合作社，钱柳毛先生当主任。

从麒麟古镇到美丽新农村，清丽的小河穿越了漫长岁月，见证了古村落发生的沧桑巨变……

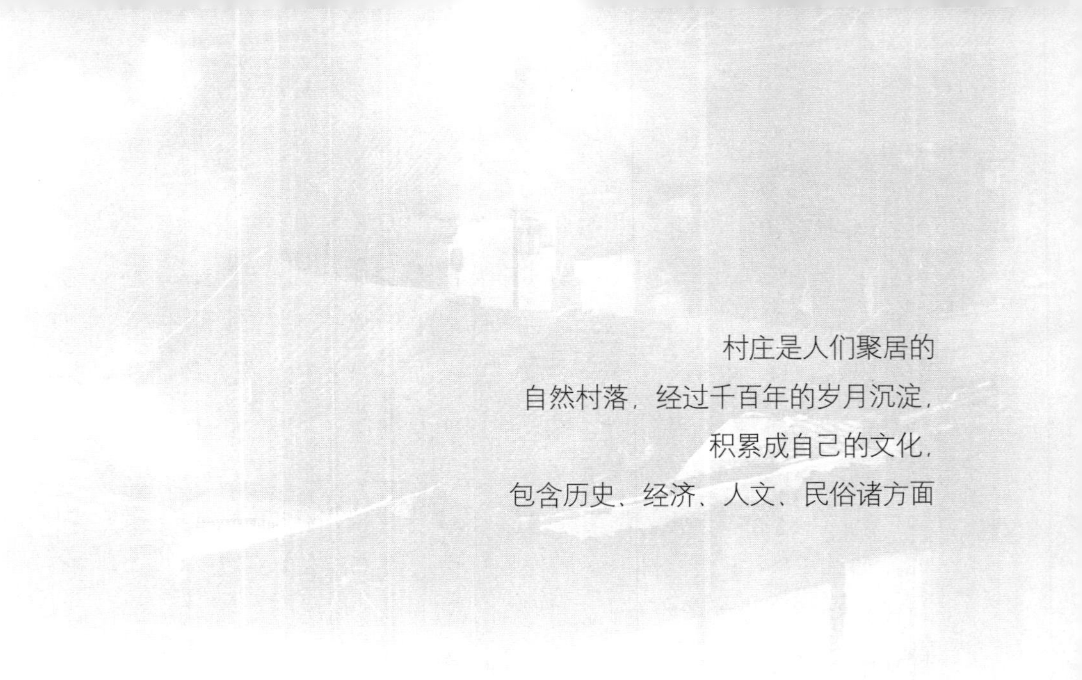

村庄是人们聚居的
自然村落，经过千百年的岁月沉淀，
积累成自己的文化，
包含历史、经济、人文、民俗诸方面

北塘河畔庙兜村

| 潘连江 |

晒甲漾、婚对桥，天蓝、水绿、花繁、人悦。虽是初秋时季，漫步在村内的沿河小路上，让生于斯长于斯的我，蓦然发现，我们的村庄真美。

都说庙兜是个传统古村落。人生走过了一个甲子，我的企业也长期办在这个村子里，平时却不大关注，自从建成美丽乡村后，兴趣开始倾向村庄的历史人文。

政府指导和大力投入，村民共同打造，村子已变得田园诗般美丽，而农耕岁月的印痕在我心中永远存在。庙兜村南濒清墩漾，北傍北塘河，义皋、陈溇两条溇港悄悄地穿越村庄，连接了烟波浩渺的南太湖。村内河汊纵横，还天然布局着张家漾等几处水漾。村子里的自然村带着

“兜”“湾”“港”等文字，让人记忆起遥远的“塘浦圩田”时代。

“王路聿新遵礼义，君恩浩荡及江皋。”几年前，我随几位研究本土文史的朋友考察本村的常胜塘桥。让我惊奇的是桥上的一副楹联，竟然蕴含着这么多历史知识，而且联末还嵌藏着“义皋”的地名。此后，我也开始留心村里的石头、庙庵、水漾，还有散落于河岸边的陶罐碎片。有一次，在常胜庵旁的一块很古老的石头上发现刻有文字，但字迹很模糊，我就用手机拍照传给朋友，经仔细辨认，原来石头上是“圣旨”两字。受友人之托，我向村里老人走访调查这块石头的来历，原来是从老底子的石牌坊上拆下来的，是清代本村潘家一位寡妇的贞节牌坊，背后有着凄美故事。

走访调查常有收获，村内长者告知，常胜塘桥和晒甲漾名字的来历，与明太祖朱元璋部将常遇春有关，老人们可以把“元通桥”“竹马漾”“太平塘桥”“晒甲漾”串成一条“民间传说链”。不久前，我与村民又发现一凿为二的桥板，石头上有“婚对塘桥　光绪二十二年重建”的阳刻文字。好家伙，名闻一方的古桥桥额竟然流落在此。婚对塘桥是三孔石梁桥，跨架于织里至义皋的必经之道上，始建于晚明，清同治《湖州府志》有记载，此桥在织里及太湖溇港区域人们的心中记忆极深。同时还发现了半副桥联，于是，大致可以推测婚对塘桥历史与旧时的婚姻有关。此为下联，艺术家许羽说，如能寻访到上联，说不定又有一个美丽的民间故事。

近日，我有幸参加了《织里镇志》专家团队来庙兜村的座谈调研活动，与会前辈和专家讲述了许多鲜为人知的陈年旧事。由此，我对村落历史有了深一步的了解，同时也产生了感慨，或者说是加重了作为老村民的承担。我认为，了解和传承村庄的历史，是对后人的一种责任。

庙兜村是有红色历史传统的村落。早在20世纪30年代，村民秦森林就参加了中共地下党组织，是织里地区最早的党员之一，曾担任庙兜党支部的负责人。湖州解放前夕，义皋、庙兜地下党组织根据上级指示，参加策反织里范围国民政府乡镇公所的自卫队，收缴武器弹药，为和平解放作出了贡献。1953年6月，织里区第一个乡镇党组织义皋乡支部成立，秦森林为首任书记。

湖州党史记载，发生在抗日战争期间的“塘北事件”及“抗日反汪军”，与庙兜村密切关联。抗战初期，日寇在太湖溇港区域犯下了不可饶恕的罪行。座谈会上沈水宝等老人讲述，日寇在伍浦一次就枪杀了在鱼塘边的 15 个无辜农民。1940 年初，由中共塘北（织里）区委领导和指挥的抗日反汪军成立，队长郑至平，指导员贺友辂，驻地庙兜村，受浙西特委与吴兴县委双重领导。抗日反汪军坚持抗日，捣毁日伪市陌路警察所，镇压汉奸恶霸地主，作战勇敢，纪律良好，生活艰苦，当地百姓称他们为新四军。不久，队长郑至平遭土匪袭击牺牲，上级派熊飞继任队长。1940 年 7 月中旬，抗日反汪军得到情报，近日将有双林丝商将一船土丝运往敌占区。于是设下了埋伏，在荻塘扣留船只，得土丝 3000 市斤，出售后所得的款项，一部分上交浙西特委，一部分充作军费。

而丝商老板依仗背景，要求吴兴县政府严办此案。吴兴县府即令县自卫大队二中队开往织里，查办所谓的“异党案件”。结果，抗日反汪军继任队长、中共党员熊飞在织里老街虹桥港里牺牲，驻扎在大塘兜的抗日反汪军队部被包围，武器被收缴，指导员贺友辂等三名中共党员在大塘兜被捕。据秦森林孙子口述，贺友辂等三人先是关在他家，严刑拷打，随后被送至天目山国民党浙西行署拘押。国民党顽固派破坏团结抗战的行径，引起湖州各界的强烈抗议，迫于民愤，国民党浙西行署释放了被押的中共党员。

庙兜村还是闻名的“武术之村”，民国年间村民练拳习武，形成风气，解放初期还有红缨枪表演队。“文化大革命”中办过漾湾大队文艺宣传队，排演京剧样板戏《沙家浜》，很受欢迎。村里的九旬老人秦金锐，幼年随父习武，寒暑不懈，后来遇到“武当太乙五行擒扑二十三式”正宗拳术大师金子弢，拜其为师，受到真传。他用心领会，多次参加全国各级武术大赛，常获奖项。1986 年参加全国武术大赛，获“雄狮奖”（第三名）。1991 年浙江省举行民间武术表演赛，秦金锐作为特邀代表出席了开幕式，他手持“护手大连刀”上台表演，身手敏捷，获得优胜奖状，“护手大连刀”被业界称为第十九般兵器。多年来，秦金锐将武术传授给本村青年人，言传身教，希望武术之村后继有人。

村庄是人们聚居的自然村落，经过千百年的岁月沉淀，积累成自己的文化，包含历史、经济、人文、民俗诸方面。美丽的家乡庙兜村，让我们用一腔热情，赞美之、呵护之、守望之。

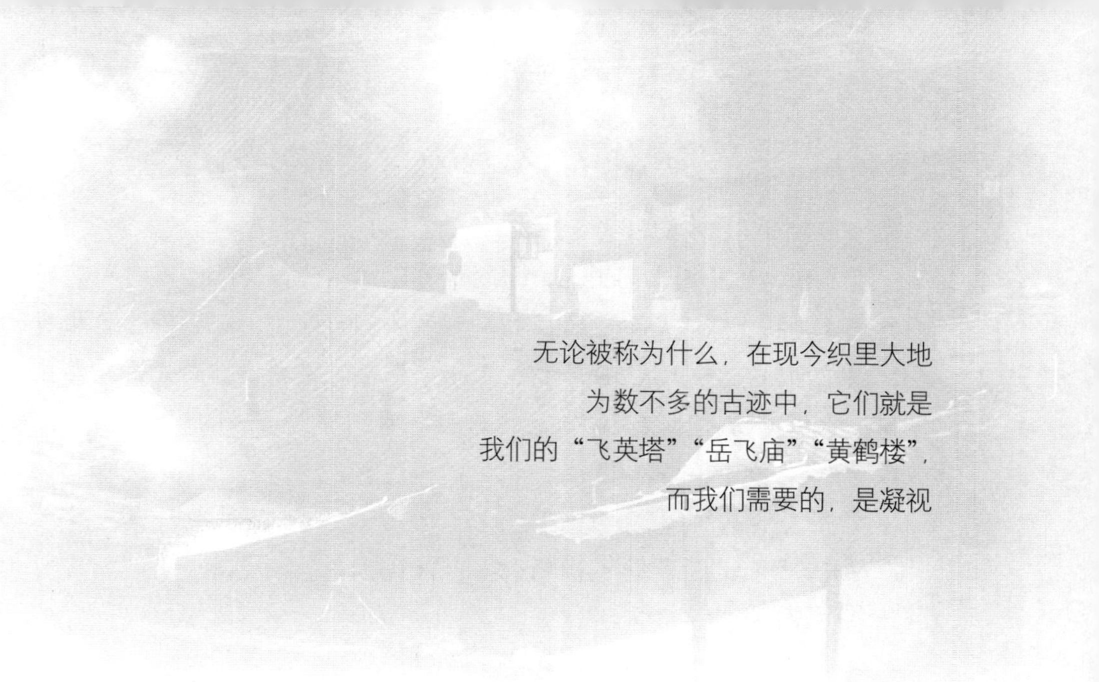

无论被称为什么，在现今织里大地
为数不多的古迹中，它们就是
我们的“飞英塔”“岳飞庙”“黄鹤楼”，
而我们需要的，是凝视

古桥楹联　水乡文脉

施国琴

湖州市著名的桥文化专家谢占强先生曾在《留住岁月的痕迹》一文中写道：无论是时间，还是年岁都是抽象的，它需要通过物质的显现才能被我们所观察，由此，“痕迹”成为岁月价值的外在体现。

翻阅《人文织里》《走读清远吴兴》《吴兴溇港文化史》《大港村史》等书籍，不难发现织里的桥梁建筑历史悠久、数量众多、形态优美。其中有许多古桥早已名声在外，诸如龙门桥、圆通桥、项王塘桥、述中桥、尚义桥、狮子桥等。

在织里众多古桥中，大概有十五座桥，我们今天仍可以读到当年雕刻的楹联，它们或描绘风光，或记叙历史，或借景抒情，或寄寓祈盼，给人以文化的熏陶和艺术的享受。

接下来，让我们由南至北，一起观赏以下这些古桥的楹联之美。它们分是东塘桥、晟舍塘桥、迎晖桥、观音桥、石前桥、咸兴桥、锁澜塘桥、白龙塘桥、述中桥、庆安桥、项王塘桥、陈溇塘桥、尚义桥、常胜塘桥、永济塘桥，通过文字，您也许会聆听到那些远去的织里的人文、故事……

首先，一起走近荻塘之上的两座古桥楹联——

（一）东塘桥

东塘桥位于织里镇旧馆村旧馆码头东首，光绪元年（1875）重建，东西向单孔石拱桥。南宋嘉泰《吴兴志》、弘治《湖州府志》都记载有“旧馆桥”。同治《湖州府志》的荻塘三十九桥中属于旧馆界的有西桥、陈家环桥小桥。光绪十九年（1893）的《乌程县五里方图》东塘桥位置标注的是陈家环桥，据此可推测，东塘桥系当地俗称的陈家环桥。

桥北侧保存了一副楹联：

南来青水，殿跨降龙禧林佛寺；北去白漾，庙骑伏虎眷境灵山。

详细地描写了东塘桥四周的环境和风物。南来青水，指荻塘对面的青水河港；北去白漾，指旧馆村后的白漾湾；殿，说的是禧寺殿。

桥西有民国荻塘碑亭和《重修吴兴城东荻塘记》碑。碑文详细记载了頔塘之患、工程之难，以及始末曲折。碑亭前柱和后柱都刻着楹联。前柱是：

頔与荻同音，一字特因遗爱易；塘由唐始筑，千年又庆巨功成。

后柱是：

何处寻碑，老树斜阳临旧馆；有人试马，白沙浅草骋新堤。

楹联记录了始建年代、发起人以及荻塘风光。巧妙、诗意，令人叫绝！

（二）晟舍塘桥

晟舍塘桥位于织里镇南荻塘运河和晟溪交汇处。系单孔石拱桥，拱券采用分节并列砌置法，肩墙采用靴钉式砌置法，肩墙用两对系梁相连，系梁两端均伸出40厘米，因而表面有凹凸虚实的对比感。桥长约16米，高7米，架在运河与市河交界处的丁字形河面上，似长虹卧波。

此桥历史悠久，南宋嘉泰《吴兴志》已有记载。清乾隆年间，木桥改为石桥；道光十六年（1836），乌程县知县杨德恒拨公款500千，里人集资700千重建；同治三年（1864）毁，同治七年里人募捐500千，并有湖城善后局拨钱100千又重建。

同治闵宝梁编撰的《晟舍镇志》载“塘桥，又名龙门、塘门”，因此晟舍塘桥一桥三名，三个不同的含义。

明代尚书闵珪致仕归田后，常流连龙门桥，曾作《任广东按察使写怀》诗，其颈联、尾联写道：“乌程市里新蒭酒，黄闵桥边旧钓蓑。乞得君恩许归去，沧浪时和濯缨歌。”

桥的南侧，面向荻塘，题有桥额“晟舍塘桥”，北侧题有款文“同治己巳年重修”。桥上刻有两副楹联。塘桥南侧楹联为：

九曲南来，浪透龙门三汲；五湖北控，云迭虹彩千层。

楹联气势恢宏，生动再现了昔时“龙门晓渡”的壮丽气象。北侧的楹联云：

循吏留成梁，遗爱何如郑东里；良臣曾会驾，题名犹记李西平。

桥联嵌两个历史人物。其一郑东里，字子产，春秋末期郑国卿大夫，也称为公孙侨。其二李西平，名晟，唐代军事家，爵封西平郡王。明万历《湖州府志》载：“晟舍在城东三十里，今为晟舍镇，相传李晟舍此，故名。”同治《湖州府志》载，“绵吴兴而东，皆平川沃野……违城一舍许，曰晟溪者，闵氏世居之”。

前面所引闵珪《任广东按察使写怀》一诗中所提的黄闵桥，在龙门桥东500米左右。此桥南侧为荻塘，北侧为路基沙土所掩，楹联无可考。“黄闵桥，在荻塘。平石一拱，东跨谦五圩，西跨谦四圩……”清代闵宝梁《晟舍镇志》中清楚地记载了桥的位置，以及在乾隆、嘉庆等年间的修建情况。闵珪的其他诗篇都有写到，如“帆开黄闵桥边去，酒泛乌程馆里春”“黄闵桥边青雀舫，潘杨塘下紫丝莼”。

关于黄闵桥名称的由来，史载这样一个故事：南宋嘉定年间，时任监察御史的福建望族后人黄和浦，钦命巡按浙江，迁居浙江乌程之晟舍。妻子萧氏，只生一女，并无子嗣。黄和浦在晟舍结识了一位运粮官闵和平。闵是山东望族闵氏后人，受皇命来到浙江运粮。闵和平让长子闵仁心入赘黄家，并改姓黄，延续了黄氏后代。黄闵两家分居于晟溪东西两岸，中间相通一座桥。此桥便被称为黄闵桥。

接下来，我们一起欣赏頔塘与北塘河之间六座古桥的楹联——

（三）迎晖桥

迎晖桥位于陆家湾村，跨陆家漾支流，系单孔石拱桥。桥全长 14.69 米，宽 2.33 米，拱高 3 米，跨径 4.3 米，以太湖石、花岗石构筑，拱券采用纵联分节并列法砌置。桥两侧置素面石栏板，栏板间嵌望柱 12 支，栏板末端置抱鼓石，南北踏步各有 11 级，桥心石刻为祥瑞图案。桥额刻“迎晖桥”三字。

桥联为：

虹飞锁霅水；□□□□□。□静涵朝旭；□腾射夕霞。

缺字较多，但可以想象，风光旖旎的绿葭漾（陆家漾古称），在朝旭夕霞之下，一派生机盎然。

（四）观音桥

观音桥在曹家簖村南桃寺塔村。南北向单孔石拱桥，桥长 11.4 米，宽 2.1 米。分节并列半圆形拱券，附券睑石；系梁石三对，拱券上两对较厚、引桥上一对明显较薄，其端面皆平直。阶梯踏步略有收分，落地板形桥栏、饰开光方形望柱与抹角板形抱鼓石均保存较好。引桥较长，金刚墙靴钉式砌筑。

桥心饰涡云纹。楷书阳文桥额“观音桥”，其旁阴刻：“光绪十三年仲春月重建”，上端书“南林刘门沈氏重建”。整座桥用花岗岩与太湖石建造。如今在古桥东侧再建了公路桥，沿用观音桥之名替代了古桥的通行功能，有效地保护了古桥。观音桥东北侧是观音禅寺。

观音桥东侧楹联为：

曲水回环，春深桃寺；流波潋滟，地接梅林。

西侧楹联为：

柳外追凉，胡林小憩；月明放棹，宝镜重开。

诗中有画、画中有诗。曲水、禅寺、梅林等几组意象勾勒出古桥四周的清幽与禅意。佛理感化人心，净化灵魂，当地百姓崇信佛教的民风，可见一斑。

（五）石前桥

石前桥位于曹家簖村孟婆兜村。系三孔石梁桥，南北向。清光绪十年（1884）重建。石前桥最大特点在于桥东西两侧的楹联。

东侧桥联是篆体：

岸腹凝烟，凉生蟹簖；镜心涵影，晚唱渔汀。

西侧桥联为隶书：

雁齿重排，迴环孟母；虹腰并建，辉映寿星。

东侧桥联是对石桥周围优美的环境，以及生产生活的描绘。桥联中的“孟”“簖”都取自当地地名。西侧桥联中，“雁齿”“虹腰”都是古桥的代名词；“孟母”可能实指地名“孟婆兜”，虚指造桥者的贤母。下联中“寿星”估计与造桥者“重建石前桥”的意愿相关，造桥者是通过造桥积福为母亲祝寿的。湖州古桥楹联基本为楷书，像这样篆书兼隶书的，织里全域独一无二。

（六）咸兴桥

咸兴桥为三孔石梁桥，位于香圩墩村梅林港自然村北 100 米处，东西向。民国 17 年（1928）重建。

南北桥联为：

野岸时来茅舍客，熏风声合玉人箫。

语言明净，含蓄有致，不禁使人联想到：昔时，常有往来旅客借宿于古桥之畔的农家，一阵阵悠扬的箫声乘着柔柔的晚风从湖面飘来。此联雅淡香艳，又不寒薄，妙绝！

另外一处，尚难辨认。

（七）锁澜塘桥

锁澜塘桥位于大港村沈家坝是一座标准的民国花岗岩石梁桥，中孔桥板外侧镌刻“民国 18 年（1929）重建”。桥墩由 3 根石柱并列密排竖置，桥面也由 3 根石梁纵铺而成，桥的侧立面呈现折线微拱。锁澜塘桥采用靴钉式错缝平砌的引桥式。桥台更长，分为三段：一端与河岸路堤持平；一端与四级垂带踏跺衔接桥面；中段以间壁石和长系石加固，上下以一级台阶分为两层。干栏式桥栏，间置望柱 6 对，柱头为灯形，四侧雕有浅海棠纹。踏跺不设垂带石，桥栏两端的素面圆角形抱鼓石以倾斜的角度嵌于台阶之上。锁澜塘桥南北有两副精彩的楹联。

南侧为：

砥柱近涵苕水碧，玉栏遥揖洞庭春。

北侧为：

锁住龙门三汲浪，澜翻虹影万层光。

意境优美，桥柱涵跨苕溪碧水，桥栏作揖太湖洞庭。吐纳之间，气象出焉。

（八）白龙塘桥

白龙塘桥位于秧宅村，跨白龙港。始建年代失考，明崇祯《乌程县志》有载，民国 19 年（1930）重建。

桥为三孔石拱桥，长 34.6 米，石阶宽 1.74 米，桥东西各有 24 级石阶，桥顶的桥心石刻五蝠捧寿图，桥两侧栏板凿成吴王靠，以便行人休息。

桥采用纵联分节并列砌置法，肩墙有十对系梁相连。桥额书“白龙塘桥”，落款是“各处善士乐助建，民国十九年春月立”。

主孔两副桥联分别为：

龙港深通，人和□涉；苕溪贯注，利存长源。

举徙通焉，乡真常乐；水流莫矣，民此永安。

次拱两副桥联分别为：

石柱石栏同石固，龙桥龙岁祝龙宁。

平分流水光凝白，横贯长虹势化龙。

楹联描绘了桥的地理位置及用料、作用，辞采磅礴。更值得注意的是，次拱桥联的第二句连用三个“龙”字。龙，是中国神圣的图腾，有祛邪、避灾、祈福的作用，寄寓百姓美好的心愿。

白龙桥还有个传说：初建时请一位老僧主持，医修桥需资金甚多，乡里难以筹集，老僧遂向朝廷上疏请求拨款，奏折言尽白龙桥地理位置重要，南通大河，北通太湖，东接小河，西连阳泰河，非建不可。皇帝于是派钦差到湖州实地勘察，由大钱巡检司及老僧陪同，从小梅口启帆赴白龙港。船刚驶入南太湖，湖面风浪大作，浪高三丈，官船随浪颠簸，难以前进，钦差大惊，忙问：“其他三河比太湖怎样？”老僧随机答道：“大河比太湖大得多，阳泰河的风浪还要险恶，大人一去便知。”钦差一听吓得魂不附体，连说：“我知道了，你们的奏折都是实情，建白龙桥确实重要，我不必去那里，回去请朝廷拨款就是。”于是，朝廷很快拨了一笔资金，老僧请能工巧匠，选上好石料，精雕细凿，花三年时间，一座气势宏伟的白龙桥建成。

最后，我们一起来欣赏溇港之上的七座古桥楹联——

（九）述中桥

述中桥位于胡溇村，东西跨胡溇。南宋绍熙年间程大昌撰《修湖溇记》载：“湖溇三十有六，其九属吴江，其二十七屬乌程”，“以胡溇中心分界”。清光绪二十九年（1903）重建，桥长约15米、宽2米，肩墙有4对系梁相连，桥上栏板间嵌望柱8支，东西各有石阶12级。桥东西两堍延伸为东街、西街，曾经是胡溇最热闹的去处，每天往返于胡溇南浔间的航船都泊于述中桥头。

述中桥南北两侧均有楹联。

南侧：

南漾北湖，中流砥柱；东吴西越，要道津梁。

北侧：

桥以中名，界分江浙；□□□□，□□□□。

对联由四字短语组成，每个短语掷地有声，精准点明胡溇地处苏湖间的独特地理方位。“界分江浙”“中流砥柱”，位置之重，不言而喻。

（十）庆安桥

庆安桥位于宋溇村，东西跨宋溇。明成化《湖州府志》、崇祯《乌程县志》载为“宋溇桥”。清光绪二十八年（1902）重建。为单孔石拱桥，拱券采用纵联分节并列砌置法。桥长约12米、宽2米。桥上石栏杆现已改为钢管桥栏。南北两侧均有桥联。

南侧桥联：

一水迢迢，南通五漾；层峦隐隐，北注三山。

北侧桥联：

苕水波平，旋资利涉；柳塘风静，永庆安澜。

构思精巧，遣词严谨，意趣俱佳。流水、晴岚、柳塘、古桥，好一幅清丽的山水画！

（十一）项王塘桥

项王塘桥坐落于汤溇村，南北向跨横塘，又名项王塘桥、“下往桥”。始建年代失考，现桥系民国11年（1922）重建。明清时编纂的府志、县志均有项王塘桥的记载：“下往桥俗呼项王桥”“下往桥一作项王桥”。

桥为三孔石梁桥，长22米、宽2.2米。桥柱、桥梁均由4块条石构成，桥上栏杆两端均有抱鼓石，并有望柱6支。

有桥联两副。

东侧为：

桥号项王，率卒经过有项羽；石工张文，命徒造筑是张斑。

西侧为：

当将独握虎符，从战八千辈；此处重排雁齿，共和十一年。

可见项王塘桥的故事，与弁山之神项羽有关。《史记》记载，项羽与叔项梁“避仇于吴中”，唐代颜真卿在《项王庙碑阴述》考证为：“西楚霸王当秦之末，与叔梁避仇于吴中，盖今之湖州也。”当时，适逢秦始皇东巡路过，项羽与叔项梁在湖州东北叫掩浦（也叫项浦）的地方偷看秦皇舆，并说："彼可取而代矣"。第二年九月，项羽就"举吴中兵"反秦。所举的"吴中兵"都是他在乌程的宾客及弟子。起兵后在县治（今城南下菰城）北筑项王城（即子城，在今湖州市中心广场），军队则驻扎在弁山。项羽在东起苏州、西至长兴、南到德清的区域内留下了众多的遗迹。项王塘桥为其中之一。

（十二）陈溇塘桥

陈溇塘桥位于陈溇。明代府志、县志载为"陈溇桥"。据专家推测：民国 20 年（1931），吴兴县设置义皋镇，镇长李三寿，桥应在这一年建造。

陈溇塘桥为单孔石拱桥，桥型小巧玲珑，长约 10 米、高约 5 米。拱券结构为纵联分节砌置法，两侧有栏板，栏板间嵌堃柱 8 支。桥额阳文楷书"陈溇塘桥"，其旁阴文"民国二十五年，里人重建"。

两侧均有桥联。桥额为发起人吴梅卿题。

南侧桥联：

塘跨苏湖，鱼梁压渡；村莕笠泽，虹影卧波。

北侧桥联：

北达苏常帆影远；南来苕霅水光清。

落款分别为"里人吴敦夫题""镇长李三寿题"。让里人吴敦夫题南联，可推测李镇长对乡贤的敬重。

楹联气宇弘敞，古意盎然，不仅表述了溇港跨苏湖的地理位置和北达南来的便利水上交通，同时还描绘了婉丽的江南风光。

（十三）尚义桥

尚义桥位于义皋集镇，联结义皋老街。龙门石底下刻着：乾隆三十九年（1774）重建。此桥系单孔石拱桥，长约 10 米、高约 5 米。桥的拱券结构为纵联分节砌置法，两侧有栏板，栏板间嵌望柱 8 支，造型古朴庄重，已有数百年历史，原是义皋老街的中心，登桥眺望，有返璞归真的感觉。

南北两侧均有桥联。

南侧桥联：

大泽南来，万里康庄同利涉；春波北至，千秋浩淼永安澜。

北侧桥联：

民有淳风称义里，流分沙漾庆安澜。

大气磅礴的对联，记录下古桥的地理风貌及当地百姓的精神风尚。

（十四）常胜塘桥

常胜塘桥系单孔石拱桥，位于义皋与庙兜交界，南北向横跨村前横塘。整桥为花岗岩石材，基本判定为民国时期所重建。

东侧桥联：

王路聿新遵礼义，君波无限及江皋。

西侧桥联：

雁齿常新，同欣利涉；虹腰胜旧，共庆安澜。

这副楹联，“君王”藏头，“义皋”嵌尾，气势非凡。这座桥相传与两位英雄有关，一位是项羽，另一位是常遇春。

（十五）永济塘桥

永济塘桥位于杨溇村，始建年代失考，明成代《湖州府志》有载。系单孔石拱桥，长约 15 米、高约 6 米。拱券采用纵联分节砌置构筑法，桥两侧有栏板，栏板间嵌望柱 8 支，其中 4 支雕有坐狮，栏板末端置抱鼓石。桥额刻“永济塘桥”，额上又刻“中华民国十年里人重建”。桥的肩墙上嵌有石碑，“文化大革命”时碑上涂有水泥，今字迹无法辨认。

南侧桥联：

湖滨锁钥，往来要道；杨溇运脉，南北通流。

北侧桥联：

红龙千秋，永资保障；紫苍三元，济涉行人。

从这副楹联中，我们可以读出此桥的地理位置、风水堪舆之重，以及在当地百姓心目神圣的地位。

除上述石桥之外，有些桥或拆或毁，但它们的楹联却被热心地方文化的人士悉心保留下来。如观音塘桥，原位于旧馆，跨越荻塘，如今已被拆除。桥楹联由旧馆名医唐家华先生抄录保存：

大丈夫驷马高车，隆名由此振；旧主人适馆就餐，友谊至今存。

卅里望菰城，远近橹声驰水面；两岸依蓼草，东西帆影落江心。

楹联里，浓缩了荻塘风光，深藏着动人的故事。

探访织里的古桥，很容易被一座座凝聚着历史、蕴藏着文化的古桥和楹联所吸引。桥下，流水翠萍宛转穿越千年；桥上，苍柏荻花摇曳斑驳流年。镶嵌其上的楹联，流转的岁月赋予了它们更多的价值。

这些价值在罗胖2021跨年演讲中被称之为"意义的存钱罐"，在英国作家拉斯金那里它被称之为"岁月标记"，奥地利著名艺术史家李格尔则称之为"年代痕迹"。

无论被称为什么，在现今织里大地为数不多的古迹中，它们就是我们的"飞英塔""岳飞庙""黄鹤楼"，而我们需要的，是凝视！

说明：

此文的第一稿发出后，即得到湖州桥文化专家、篆刻家、楹联爱好者，以及织里文史专家、乡贤等关注，于是内容由初稿的十二座古桥楹联，增加到了十五座桥的楹联，同时，也期盼"第十六座"被发现。

文章主要参考《人文织里》《走读清远吴兴》《吴兴溇港文化史》《大港村史》辑录而成。特别感激谢占强、徐世尧、谭民杰、陶承欢等几位专家提出的宝贵建议，以及织里乡贤潘连江先生的热心支持。

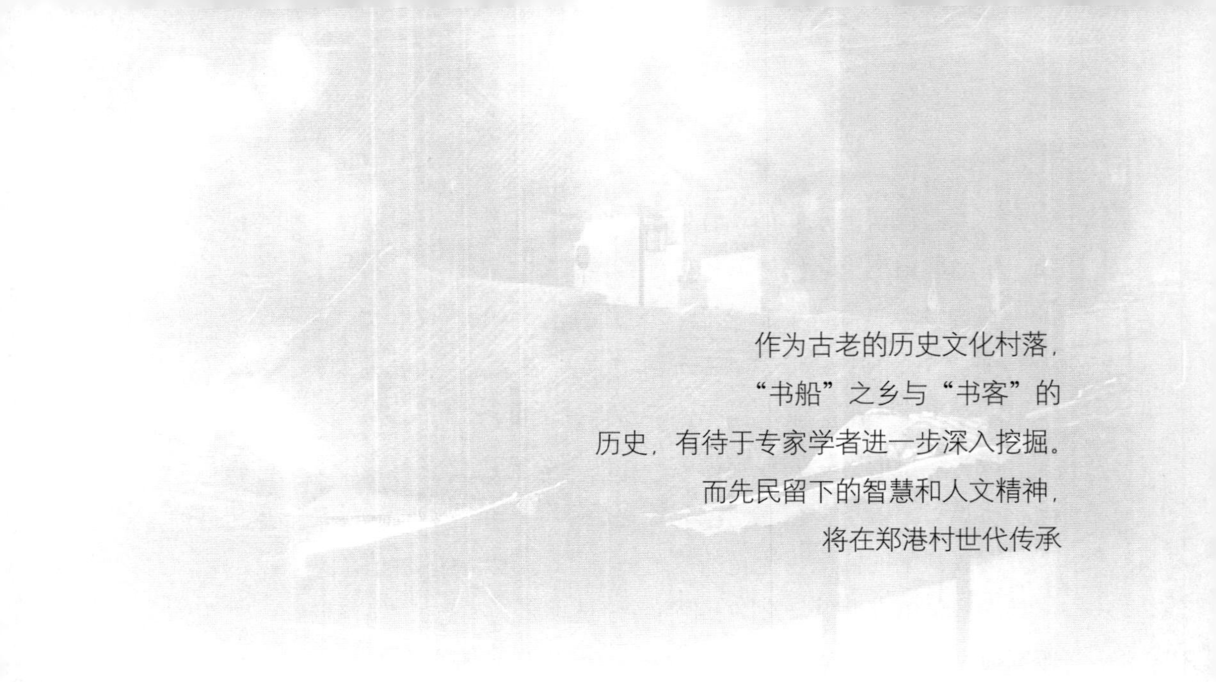

作为古老的历史文化村落，
“书船”之乡与“书客”的
历史，有待于专家学者进一步深入挖掘。
而先民留下的智慧和人文精神，
将在郑港村世代传承

“书船”之乡　人文郑港

| 雨　人 |

在荻塘北岸，谭降、郑港是有点名气的文化古村落。民间都说“谈港十八村”，我曾经无数次地穿越这个小村庄，却分不清哪个才是真正的“谭降”村。

阳春三月，踏着曲曲弯弯的乡村小路，来到谭降（又作谈港）南兜，田野依然开阔，云彩依然飘游，湿漉漉的油菜花闪亮着我的眼睛。这块数千平方米的土地，被文物部门鉴定为“谈港遗址”，并予以保护。薄薄的泥土里，曾挖出了商周时期的陶器及碎片，三千多年前，就有先民在此劳作、繁衍生息。而仅仅一条小河之隔的秧宅村，曾经也有这样的陶碎片。我青少年时期，曾经参加生产队掘土挖沟，常在田里挖出有纹路的陶片，或乳白色，或深褐色。这块圩田有个名字叫作“塔田”，还有民间传说。父亲告诉我，唐朝以前，有一座石塔在太湖南岸飞来飞去，飞累了就停在田野里休息，飞走时留下了一些小碎石。石塔没日没夜飞来飞去的，影响了老百姓的正常生活，后来飞到湖州城里，被一位老和尚施展法术定住，又在石塔外建造了一座木塔，从此，石塔飞不动了，人们就称它为飞英塔。石塔曾停留过的地方，后人称其为“塔田”。

“书船出乌程织里及郑港、谈港诸村落……。旧家子弟好事者，往往以秘册镂刻流传。于是织里诸村民，以此网利，购书于船。南至钱塘，东抵松江，北达京口，走士大夫之门，出书目袖中，低昂其值，所至每于礼接之。”这是清代康熙朝郑元庆编纂《湖录》里的记述。“织里书船”与“书客”的名声，曾经叩启了明清两朝文人骚客的心扉，影响了长江下游的多座城市，在中国印刷史上记上了淡淡的一笔。

近年来，外界文化人常常向我打听的，一是凌濛初纪念馆搞得怎样了，再就是织里的“书船”历史，甚至有人提出要去郑港、谈港这个“书船之乡”走走。

调查采访知情的老人，深入挖掘“织里书船”和“书客”的渊源。我对此也很留意，曾走访调查了郑港谈港村的多位老人，他们中虽有人知道祖先曾摇着“书船”，穿越湖漾港汊，去南浔、震泽、双林、乌镇，甚至更遥远的城市贩卖图书，但已讲不清书船的样子，也不知道贩卖的是哪些图书。《湖录》是清康熙年间的方志记述，于乡民来说真的太久远了。“吾湖书客各乘舟，一棹烟波贩图史”，明清时代的书船是怎样的一幅诗意的历史图景，随着村民一代代老去，我们只能永久地遨游于想象的空间中了。

古石桥是水乡的精粹，姿态各异的桥梁蕴涵古村落的人文历史。郑港村域内至今还完好地保存着多座古桥。白云桥是三孔石梁桥，桥名富有诗情画意，与不远处的青山桥（民间称观音桥，已拆除）相呼应。

东西走向的打子桥（清同治《湖州府志》记为“打纸桥”），民间流传着“浪子回头”的传说，其北侧的“约束塘桥”则是这个传说的佐证。特别感到遗憾的，那座小型精致的东霅桥（石拱桥）已消失多年，真搞不清当年为何非要拆除不可？庆幸的是，我曾在1982年为此桥拍摄了一张黑白照片，留住了人们的一个念想。拍摄时间应是春天，桥上几位妇女欢愉地扛着蚕匾，许是为饲养春蚕做准备呢。

郑港村位于湖织大道新车站以北，紧傍织里老街。民风淳朴，村民敬畏天地，大多有宗教信仰。

谈港青山桥西堍的观音堂，是我印象中第一座有记忆的寺庙。记得我六七岁时，随祖母去观音堂烧香，祖母生于清光绪年，裹一双三寸小脚，提一只放置念佛用品的特制罩篮，走路“登登登”的甚是飞快。观音堂里全是附近村庄的老太太，她们穿着黑色的外衣，虔诚地端坐于蒲团上，手捻佛珠，口念“阿弥陀佛”“南无救苦救难观世音菩萨”。观音堂似乎不大，除了大殿外，还有二三较低矮的僧寮。正殿中的观音像倒很高大，泥塑金身，慈祥庄严。中饭为素斋，那天的油豆腐烧得真好吃，至今尚有回味。后来的“大跃进”年代，观音堂连同青山桥被拆掉，材料运走建造机埠了。

谈港自然村的土地庙建于清代，土地神是百姓心中的护村神灵。几十年来，土地庙曾被改为小学，又被作为生产队的仓库，但宗教政策一宽松，信众很快筹集善款，在原址建造了庄严的佛殿。而位于约束桥北堍的灵佛古寺、打子桥西岸的般若庵，均由乡绅发起，筹资百万，圆了佛家弟子的心愿，祈求一方平安。老人是古村落的一部辞典。曾经当过村书记的邵定良先生，为撰写此文提供了诸多历史资料，虽是耄耋年岁，邵先生的记忆力让我钦佩有加。

邵先生说，郑港、谈港是两个村合并的行政村，人民公社时期曾称为新联生产大队。历史上村里没有出过特别知名的人物，民间传闻朱家宅自然村的郑氏家族，明清时期有人当过官，与村子附近的打子桥有关系，郑氏遗迹有旗杆石、花园潭、小姐坟，但已无人能真正讲得清来龙去脉。吴氏是村中大户，大厅内有堂匾，族人吴秀峰在民国时期曾当过织里镇镇长，为人低调随和，办事似乎无主心骨，老百姓中有“吴秀峰当镇长，干岸上人做主”的说法，因此，吴在解放后政治上没有受到任何惩罚。

邵先生提供的资料可以写入《织里镇志》的，有两个内容。

其一是1951年在郑港村办起了织里乡的第一座蚕茧收购站（茧站），地址在白云桥北侧的吴家里，冠名“开泰茧站”，秦仲明、莫水林为创办人，茧站性质属国家所有。附近数十个村子的农民都把蚕茧运来出售，茧子烘干后再运往湖州的丝厂缫丝。白云桥的桥孔较小，湖州运茧的船很大，只能停靠在白云桥的南堍，由搬运工劳作。开泰茧站因面积小，两年后停止运作。1953 年，又在傅家兜开办了“谈港茧站”，站址是村里唯一评为地主成分被人民政府没收的傅氏老宅。房屋很大，四开间四进深，中有两个大天井，建起烘房烘茧大灶，收购老织里乡农民的所有蚕茧，收茧旺季人们肩挑船运，热闹如市。谈港茧站开设到 1956 年，织里老街茧站建成后才停办。傅先生属于开明地主一类，民间的说法是他年轻时，在上海大资本家当账房，意外得到一笔财富，之后就在沪经营商业，回乡购置了田产。解放后在老家安度晚年，他为人和善，与村民相处融洽，20 世纪 50 年代在家乡善终。

其二是 1959 年建造的郑港机埠，应是织里最早建造的农村机埠。当时郑港村属于太湖人民公社织里管理区，那是全国“大跃进”年代，“多快好省地建设社会主义”，全民大炼钢铁，农村大办公共食堂。郑港机埠的材料来自各乡村，那时公社有权力平调资金和物资，古庙、老宅、石牌坊都被无偿拆来。郑港机埠建造后，筑通了多条长长的水渠，灌溉了谈港、联漾、永丰（凌家汇）、中心（秧宅）等大队 4000 余亩农田。郑港机埠为织里老街居民供电照明，本村也是织里公社最早安装电灯的农村大队。不久，在织里粮管所领导的支持下，郑港机埠购买全区唯一的砻谷机，解决了镇上居民商品粮及附近农村的粮食、饲料加工，砻谷机收益良好，本村农民享受了照明电费、合作医疗费免交的优待，感受了集体经济的优越性。

郑港村历史上是传统的农耕村落。水稻种植、育桑养蚕是村民的主要产业。在漫长的农村集体化年代里，郑港村民在数量有限的自留地上，凭着勤劳智慧，摸索出一套种植、腌制香大头菜的经验。作为用餐佐菜，郑港的香大头菜色香味俱佳，深受市民欢迎。作为一项特色产业，好友潘先生告诉笔者，当年他也种植香大头菜，先要精选品种，浇水施肥，锄草除虫，每个环节都要勤于管理。村上农户一般收获上千斤乃至更多，先削去根末，洗净晾干，切片，加食盐腌制上甏，隔一定时日后上市销售，村民可以增加一笔可观的副业收入。

作为古老的历史文化村落，“书船”之乡与“书客”的历史，有待于专家学者进一步深入挖掘。而先民留下的智慧和人文精神，将在郑港村世代传承。

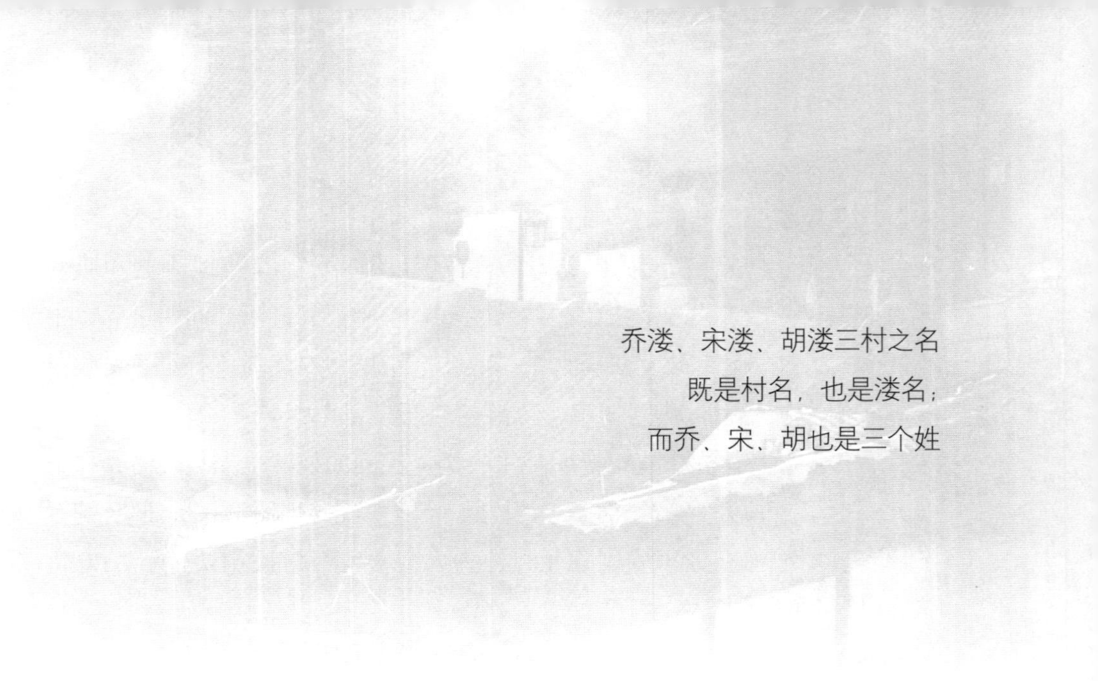

乔溇、宋溇、胡溇三村之名
既是村名，也是溇名；
而乔、宋、胡也是三个姓

乔溇：文献中的千年古村

| 吴永祥 |

太湖南岸的溇港水利工程因列入世界灌溉工程遗产而逐渐为人们所熟知。溇港边的一个个历史悠久的古村落也开始大力建设美丽乡村，并向农旅、文旅融合方向发展。杨溇、义皋、伍浦等村已引起了许多人的关注。其实还有一个古村落同样有着深厚的历史积淀和文化底蕴，这就是乔溇。现笔者爬梳史料，将历史文献中对乔溇村的有关记载择要述之（含宋溇、胡溇，因现乔溇行政村由原乔溇、胡溇、宋溇三个村合并组建而成）。

乔溇、宋溇、胡溇三村之名既是村名，也是溇名；而乔、宋、胡也是三个姓。在写乔溇之前，有人告诉我，乔溇是个“千年古村”，我不相信。但经查文献资料后，才发现，乔溇真是个千年古村。说是“千年”，那可是一点也不假的。话说南宋时期的湖州进士谈钥曾撰写《吴兴志》，志中记载有乌程县布金院，并说布金院在湖上乔溇，广顺十年钱氏所建，原名观音院。查历代帝王年号，广顺为五代十国后周的年号，但仅仅用了三年，没有广顺十年。若按广顺元年即公元951年算，则广顺十年为公元960年，也就是北宋建立那年。有庙宇的地方，其周边极有可能存在乡村聚落。若乔溇布金院真的建立于公元960年，则乔溇有千年之历史，就不是信口胡诌了。

胡溇为什么叫"胡溇"，这有可能与胡瑗有关。

相传，北宋胡安定即大学者胡瑗曾有别墅建于乔溇附近，清代的金恩绶所撰的《重建宁寿寺记》对于这一传说即有记载。这胡安定先生葬于如今的湖州市吴兴区道场乡境内。他与水利的关系也是十分密切的。有人说胡瑗是中国水利教育的开拓者，这恐怕也是有一定的根据的。明代徐献忠撰写了一部《吴兴掌故集》，这本书中记载道："吴兴当泽国上游，其为民政莫要于水利，故安定先生之在湖学特设水利一斋，以教士人。"

南宋谈钥的《吴兴志》对溇港的名字记载颇详，乔溇、宋溇、胡溇三溇名字俱在。到了元朝末年，天下大乱，湖州曾被张士诚所占领。朱元璋发动统一战争，派大将徐达、常遇春等攻打湖州。这就是湖州之战。根据文献记载，胡溇便与这场战争有所关联。据说徐达将军在胡溇村驻扎，并入住在一个叫沈万二的人家中。对此，清代的《安亭志》记载道："太祖大吴元年，里人沈万二分宅于浙江湖州府乌程县四十一都二图之胡溇邨。丁未八月，帝命中书左丞相、开平忠武王徐达，及平章常遇春，代驾东征张士诚，攻战太湖。因驻大军于太湖南岸，见其堂宇轩昂，遂传令暂驻其家。"这沈万二何许人也？即沈万三之兄长。

明代有一本书叫《江南经略》，在书所绘之太湖溇港图中，可以清楚看到乔溇、宋溇、胡溇。

清初，则有赤脚张三闻名于太湖一带，官府称其为"盗"。同治《湖州府志》引述《怀陈编》曰："赤脚张三，宋溇人。太湖大盗也。张黄盖、竖五色旗，往来湖中。"而据有关专家研究，赤脚张三实为抗清太湖渔民起义军首领。清代的宋溇，还居住过一个诗人。此人姓徐，名毅生，字公衡，号鹤友。清代《两浙輶轩录》对此有记载，并录徐氏诗一首，题为

《送吴允升归蜀》，诗曰："不忍遽言别，知君乡思深。从兹一分手，何处觅知音。离恨满船月，归程万里心。成都有美酒，未必过南浔。"还有一位诗人居乔溇，叫崔鸣球，字声喤，号湘畹，《两浙輶轩录》亦有载。明清时期，太湖南岸今吴兴区辖境内，亦有不少"旧家望族"，乔溇即有吴氏、韦氏，胡溇有潘氏。

曾任江苏巡抚的林则徐到过乔溇。笔者在多年前撰写并在《湖州晚报》上发表的《林则徐与乔溇崇善堂》一文中有详细叙述。而对于乔溇的崇善堂，除了林则徐的《湖滨崇善堂记》外，笔者近年来还发现了清人丁桂的《七二峰南胜境图记》和张鉴的《湖滨崇善堂仰止祠记》（据《浔溪诗征》载，张鉴之先世居乔溇。因此张鉴也可算作乔溇人。他是清代中期的文史学者，著有《西夏纪事本末》《墨妙亭碑目考》等）。这三篇记文，可以说对研究崇善堂的职能、建筑布局有着重要的史料价值。

在乔溇建崇善堂，是一项"慈善事业"，林则徐的《湖滨崇善堂记》明确记载堂位于"乌程乔溇吕祖庙侧"，吕祖庙即奉祀吕洞宾之宗教场所。而张鉴的《湖滨崇善堂仰止祠记》中记述吕祖庙为吕祖殿，殿前有栖云堂。

崇善堂内设太湖救生船，职责还涉及施舍药品、劝人敬惜字纸、放生等，同时还为溺水死亡者提供棺木。《七二峰南胜境图记》中有对崇善堂的建筑布局的记载："堂之始建在某年某月，外为大门，榻以七二峰南胜境，中为崇善堂，为公议之所，后为枕湖楼，供孚佑帝君像，基址崇高，规模宏敞，四方绅士来游者，胥于是肃观瞻焉。"那么，为什么崇善堂又有"七二峰南胜境"的名字呢？丁桂又在《七二峰南胜境图记》解答道："曷以七二峰南胜境称？以东西洞庭、马迹诸山，七二峰环峙湖中，堂适枕湖而负山，层峦叠嶂，状若列屏，波光之浩渺，风帆之出没，朝烟夕雨之变幻，堂无不揽其胜焉，故以是名也。"

清代的乔溇、胡溇还与清军和太平天国的战争有关。根据历史文献记载，清军与太平天国军队在乔溇、胡溇有过战斗。李鸿章的《李文忠公奏稿》中就有记录。如李鸿章同治三年（1864）写给朝廷的《鼎军吴溇获胜片》中即云："吴溇之贼前经我军击败，退至乔溇以东，散布村落，潜匿桑林中。………水陆夹击，遂将胡溇西南贼垒数座一律踏毁。……追至乔溇，巭贼尤多。”

乔溇行政村中还有几座古桥，文献中也有记载，如胡溇桥、乔溇桥、宋溇桥和下往桥等。下往桥即项王桥，同治《湖州府志》在记载此桥时特有小注，注曰：“俗呼项王桥，在宋溇南。”而胡溇桥即述中桥（清代《乌程长兴二邑溇港说》一书中记载为“中桥”），桥联中有“桥以中名，界分江浙”之语。

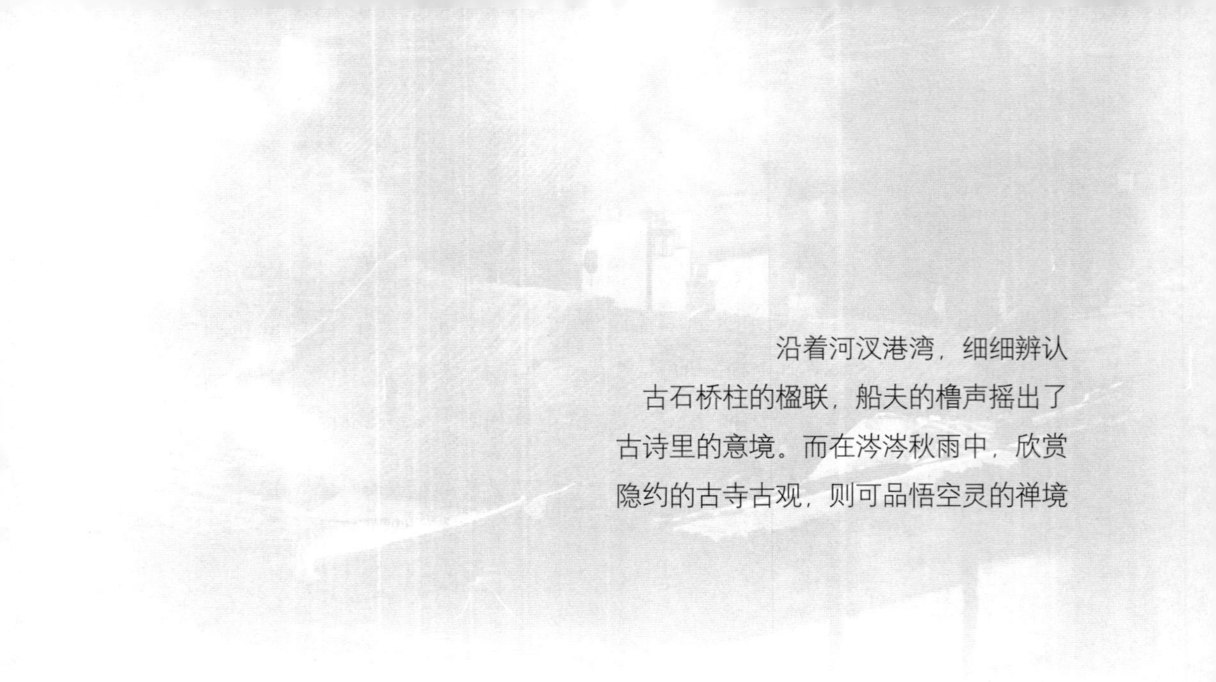

沿着河汉港湾，细细辨认
古石桥柱的楹联，船夫的橹声摇出了
古诗里的意境。而在涔涔秋雨中，欣赏
隐约的古寺古观，则可品悟空灵的禅境

寻古大港村

| 世　尧 |

2008 年春夏之交，受朋友委托编写《大港村史》。从炎炎盛夏到萧萧暮秋，隔三岔五总要骑车到这些古老的村落里兜上几个圈子。

大港村是湖州市大的行政村之一，由二十三个自然村组成。全村农户一千二百余户，人口五千三百多。以横贯东西的申苏浙皖高速公路桥为界，桥南是密集的大港集团进出口生产基地；而大港印染公司以北，则是江南水乡的田园风貌，尽显原生态湿地韵味。

总想找到一些古迹，总想挖掘一些尘封很久的故事。于是尽找白发苍苍的老人聊天，总在幽僻的积满檐尘、张挂蛛网的老院子老宅子内悠悠转转，击击敲敲。此时此刻，似乎找到了陶渊明《归园田居》诗“狗吠深巷中，鸡鸣桑树巅”的感觉。

站立始建于三国吴赤乌年间的元通塘桥上眺望，曾几何时，两岸的苇草已把北塘河面挤得窄小窄小。“九兜十三圩”的成片农田，仍是棋盘式格局。这一群小村子的名字，依然带“港”带“兜”，尽是“塘浦圩田”时代遗存的水灵味道。太平桥畔，似乎隐隐传来明太祖朱元璋部将的金戈铁马杀伐声。而清墩漾的碧波却静静倒映着两岸人家，与高速公路匆匆奔跑的车影。

沈家漾虽然在二十余年前筑堤抽水时被夷为农田旱地，但居住在漾边上的一位老农，却忘不了似梦如幻的童年时光。幼时，他曾经与小伙伴在漾滩割草、捕鱼，看白帆飘悠，听水鸟歌唱。他更忘不了洪水冲坍圩堤，全村男子爬上脚踏水车昼夜排水的情景。老人随口唱了一首旧时的歌谣：“前世不修住在漾滩头，南瓜青菜煮面头……”

竹马漾是大港村三处水漾中最小的一处，它与古北横塘紧紧相连。据说这个水漾的名称还与明太祖朱元璋有关。传说当年朱元璋攻破湖州城，追赶张士诚部下至北门外，悉数收降张部残卒。朱元璋在元通桥上立马横刀，哈哈大笑：元朝通通完了。我老朱要一统天下了。当时天色已晚，而朱元璋兴致勃勃，要夜游北塘河，设宴犒劳部将。随从备了官船，朱元璋与部将一边饮酒一边观赏两岸风光。那晚天气很好，月光皎洁，船过太平塘桥，往东不远是一片小水漾，波光粼粼，岸边芦苇微微摇曳，似乎在向他点头致意。朱元璋很是开心，问这是什么水漾？随从答不知什么漾。朱元璋说那就叫怎么漾好了。而里人认为“怎么样”不好听，就用了谐音“竹木漾”。听下山村的沈炎兴先生介绍，竹木漾盛产芦苇，民国至集体化生产年代，芦苇编织曾是下山村村民的一项祖传手艺。晚秋初冬时节，村民把近乎枯萎的芦苇收割回家，剥去外皮和杂质，裁切压扁，编制成各种形式的芦席到市场销售，供各类小型船只用于遮阳挡雨或养蚕人家编织蚕帘等，而芦花还可编制扫帚和蒲鞋。编芦苇成为村民贴补家用的副业收入。沈炎兴先生最后不无惋惜地说，而今这项手艺已失传了。

2008 年，大港村开展新农村建设，投入了三千余万元，进行旧村改造和环境整治。全村农舍刷得雪白，河边垒起了石帮岸，泥泞小道改成了宽敞平坦的柏油路。寻找老院古宅可非易事，几位老农热情提供线索，我们寻寻觅觅，终于找到了一座古老的宅院。

周氏思本堂，建造于清代道光年间的古宅院，位于西陈家兜村港北。前厅的木雕人物因保存不善而遭蚀朽，但依然可见其精湛的雕锲技艺。后厅木梁上的雕塑保存完好，花鸟禽兽，栩栩如生。最为惊奇的是，前厅与后厅之间的砖雕门楼，高约四米，翘角飞檐，气势非同寻常。砖塑人物精雕细凿，形象逼真。阳面匾额题字是“诗咏仔苞”，阴面匾额题“青枝擢秀”，书法功力遒劲，出自名家之手，可惜无法弄清此古宅的建筑背景。但据砖雕题额猜测，应是书香人家。坐落于白地头自然村的“森玉堂”，尽管堂匾在“文革”中烧毁，但金家老妇人清晰记着堂名与曾经悬挂的地方。森玉堂的前院条石垒砌，院墙上斑驳处长满青苔，极显年代久远的印记。

编写村史，大港村的村民视为一种责任和义务。城北财主周冠英、国民政府镇长杨公逵、抗日盐商吴炳生、黄埔军宫邱昭南的资料一点一滴地搜集，民俗风情一节一章地汇拢。九旬老翁沈六毛，详细讲述创建于抗日战争初期的中共沈家坝地下支部的斗争故事。八旬老农吴龙彪，认真撰写见证本村历史的回忆录。寓居沪上六十年的宋家麟老先生特地回乡，提供了历史资料和宋氏家谱。许多村民从家里找出了各个年代的老照片，献出了旧时的丝车、绵绸织机、石臼石磨。还有村民捐献计划经济年代的票证、“文革”期间的语录本和大批判材料，以及集体化生产年代的工分簿、田亩册、年终分配方案等实物资料。

历史和奇迹是人民创造的。大港村从曾经贫穷落后的村落发展成小康村和省级“文化示范村”，是大港人付出辛勤汗水和充分利用智慧的结晶。十一届全国人大代表朱新康说，编写一部属于自己和留给后人的村史，是一项文化成果，更是一种精神财富。

雇一艘渔舟，沿着河汊港湾，细细辨认古石桥柱的楹联，船夫的橹声摇出了古诗里的意境。而在涔涔秋雨中，欣赏隐约的古寺古观，则可品悟空灵的禅境。

“桑叶隐村户，芦花映钓船。”大港村寻古探幽，人生乐事也。

草木春深

| 吴　艺 |

一

春到太湖南畔。

这片因八百里太湖而勃兴的土地，自古尽享江南的富庶与繁华，蚕桑稻米，红菱莲藕……每到春夏之交，在湖漾溇港交织密布的沃野田畴，就如同一个漫无边际的植物园。满眼都是油菜花开，麦苗拔节，杨柳青青，在一片草木春深中依傍在村落的祥和与宁静中，日子按照农历的节气繁衍生息，这是多么的美好……

我曾经写过一首以乡村春夏景物为内容的《乡村素描》：

麦子长出了芒，应该芒种就不远了
一个即将沸腾的南方乡村
会被潜藏秧苗下的布谷鸟叫醒

此时，在阳光下，风再大一些
负重的油菜，爆裂自己发布收割的日期
野生的茭白最清楚水下怀孕的肚子

田埂上的家园，水红的蓟草酝酿飞翔
波斯婆婆纳，老去的荠菜，结籽的车前草
都精彩地活在自己的世界里

野老稚童撒网捕鱼是乡村传承的影像
在乡村，一切都是那么安静，有时
猫的脚步声比远处的狗叫更抓人心

这首发表于2017年6期《扬子江诗刊》的短诗，记录的是我回到暌别已久的故乡时的所见所感，那也是一个南方的水乡村落，很小却很清秀。春天的乡村，“绿肥红瘦”自不必说，最让人着迷的是每一处都释放着勃勃生机，正如这首诗所描写的那样。面对乡村一草一木所萌生的情愫，是用语言难以说清楚的体验；其实，诗歌的呈现也是词不达意而片面化的。

有段时间《陶渊明集》成为我的枕边书，每念及“暧暧远人村，依依墟里烟”时，内心就为之所触动，故园的稼穑和草木像一幅幅展开的画卷闪过脑际。陶渊明的伟大之处在于，他身体力行地构筑了一方精神家园，用“采菊东篱”的归隐之举，让无数后人为之倾慕与模仿，寻找到皈依之所。

这回，我来到南太湖哺育已久的小村落——漾湾里时，在树木葱茏与花草蓊郁间，一种似曾相识的亲切感油然而生，胸怀乡村情结的人，正如王禹偁所说，“何事吟余忽惆怅？村桥原树似吾乡”。这位曾力挽北宋轻佻浮华诗风于纸醉金迷中的“王黄州”，推陈出新之思应该来自清新淳朴的乡村生活体验吧？

不过，在漾湾里我真的想到了我的故乡。心心念念的“归园田居”，其实也是国人多少年来叶落归根的传统思想使然，或者是家国情怀以外的一种向往，绵延至今；早已超越了物质的羁绊，凸显了人与自然融为一体的精神皈依的重要。

二

我这样推崇乡村生活，不是说都市生活不好，物质充沛的城邦制度诞生以来，就成为人类文明的重要体现；但它与乡村，更多的时候是一枚硬币的两面，既不重合又相互依存。

我时常想，那乡村文明应该是什么模样？前些年做记者到乡村采访，更多地听到“要想富先修路”“移民下山”“一村一品”“特色村庄”等这样的关键词，形式离不开发家致富，改变贫穷面貌。近年来以生态文明为核心的“美丽乡村”建设方兴未艾，才让我们体验到了心之所向往的乡村生活。

漾湾里只是个自然村，全村几十户人家；向北两公里就是烟波浩渺的太湖。这样的村落皆因太湖地区独特的溇港水利工程而逐渐形成，祖祖辈辈的生活离不开依傍太湖形成农耕岁月，以及漂泊水上的打鱼日子……

时至今日，沧海桑田。现实生活中，经济发达地区的乡村早已融进了城镇化的痕迹，“农耕”也只是存于心中的暇想了。这些画面既是时间的延续，却又能够在漾湾里寻踪觅迹。

在一个春日的上午，我缓步走在漾湾里的河边与小巷中，感受着这里的江南乡村特有的诗情画意。江南本应该就是这样，要用葳蕤、黏稠去构筑一番农耕的诗意。

整个村落干净而宁静，几乎遇不到什么村民。在草木春深里，和风时不时送来几声悦耳的鸟鸣。环湖而建的二十几户人家，外立墙面都重新设计和改建过了，主题的核心意义在“隐居”二字。有些墙绘上写着：“小楼一夜听春雨”“酒罢问君为谁开，茶花满路”“桃花影落，飞神剑，碧海潮生，按玉笛”这样的句子，语境融入整个村庄的风貌中，多少就有点“旧时光”的味道。

村子里建有“归园桥”“赴尘桥”“船拳渡口”“御家园”等节点，文化代入感很强，也有历史的时间性。比如：“归园桥”的诠释，“守拙归园田”，进村就有隐居的氛围；“赴尘桥”的寓意，出村就是远离隐居，进入到尘世间。这样借用陶渊明与苏轼的文化意义，仿佛是为漾湾里量身定制的官宣软文，也觉得挺好。

确实，漾湾里的转身蝶变，是离不开美丽乡村建设的“刻意”而为，但做到了恰到好处。毕竟想着整治之前的村落，晴天一身灰，雨天一身泥，垃圾随意丢弃，畜粪随处可见，村民们整天想着跳出农门。而现在，都陆陆续续地归来，尽情享受着住在“景区里”的幸福。去年底，这里被评为了 3A 级景区村庄。

想来，在这个纷繁的世间，哪怕是天涯羁旅，也是需要一处归隐之地，更何况是生于斯、长于斯的桑梓故园呢？

三

那天，春日的暖阳洒满了村落。一路走来，沿湖垂柳柔嫩的枝条随风摆动，鹅黄的新叶像春潮来袭，树影倒映在微澜中，感觉吹乱了满腹心思。我触景生情地想到，柳丝不正是情丝外化的承载吗？此湖名为“问情湖”，多么的贴切啊。

道路两边还种有其他的植物，包括翠竹、金边黄杨、石楠等，它们都郁郁葱葱，一派葳蕤之势。在离村不远处的一方水田里，竟然传来了阵阵蛙鸣。春草丛生的田埂边，满眼的绿色是主色调，五颜六色的野花点缀其间，绚烂的春之田野让人沉醉和遐思飞扬；还有，那丛蔓延开来的野豌豆也开着细碎的花……

春天的植物学中，也隐含了许多的人文元素。就拿野豌豆来说，《诗经》里叫作“薇菜”，苏轼称为“元修菜”……想想这些，我就觉得美妙。这样一派田园生活景致，在物质文明高度发达的当下显得稀缺而珍贵。

临湖漫步的途中，正好遇到“树夏”民宿的女主人，正在院子里栽植一株黄木香，一群村里的小孩叽叽喳喳地嬉闹左右。她不疾不徐，感觉很享受这一切。

她不是本村人，是去年底来这里投资民宿的。一个很小资的 80 后，喜欢户外运动、紫砂陶艺、音乐，她一眼就喜欢上了这里。“城里的生活太喧闹了，内心很难静下来。”哪怕是短暂的归隐，也是对内心最好的释放。

年初，她从城里的家里移来一株丁香树栽于门前，丁香花已经开过一茬了，枯蔫的花蒂隐于树枝上，还依稀可辨。“一看到它，我就能想起戴望舒的《雨巷》。”她继而对我说。结着丁香一样的哀愁，正好来问情湖畔消解。这正是诗歌与文学的意义，更是美丽乡村建设的魅力所在。

虽然民宿没有正式对外营业，但她每个双休日都来村里。坐下来喝喝茶，再凝视片刻含情脉脉的问情湖水，在门前那棵巨大的香樟树荫下发会呆，仿佛期待的一切伴随着繁盛的草木正走向春天的深处。

风清水秀瑞祥兜

| 徐　勇 |

在织里众多的古村落中，瑞祥兜绝对是独特的存在。离湖州城北三十里处有一河流松溪，松溪分成南北两条支流，流经瑞祥兜，临水而居者，南北数十家。瑞祥兜的地理格局以南北相对，南兜和北兜。南兜的村民有邱姓、郑姓和黄姓；北兜的有邱姓、陆姓和黄姓。瑞祥兜里东向有两漾，西边的是松溪漾，东边的是沉八亩漾；但瑞祥兜没有山，村民把两兜陆圩起名百亩山、姚亩山，桑麻成片，鸡犬相闻。两漾中间有一条三百多米的河流，为了方便行人交通，村民在东边筑了一条大坝。实际上，瑞祥兜也是整个织里溇港系统的一部分，自然相通，水流直达太湖。瑞祥兜风景优美，犹如世外桃源。1862 年，避战乱侨寓于此的湖州诗人李煊赞叹：见

其黄发垂髫，怡然自乐，如桃花源，不复知人间有兵戈事。

邱姓是瑞祥兜的大姓，迁瑞祥兜始祖是友泉公。在明代崇祯元年的1628年由桐乡白马塘迁到瑞祥兜，在《邱氏宗谱·友泉公赞》中记载："我家宗系出白马塘，自公挺生来居是乡，乡有两兜，实分南北，厥名'瑞祥'。在松溪侧，公初戾业，悃愊无华。挈其家室，来课桑麻。有子五人，且耕且读。瓜衍椒蕃，蔚成钜族。自明迄今数百年，遗徽来淶，后泽长绵。"这位始迁祖对瑞祥兜邱氏的影响深远，其后近四百年的漫长历史中，邱氏后裔繁衍生息，蔚为大族。

邱氏最早是迁到南兜，后来又扩展到北兜，家族繁衍，人口众多，这也是南北两兜都有邱姓人家的缘由。友泉公生有五子，其中三子士恒生六子。建六房即元、亨、利、贞、乾、坤，形成一个庞大的家族。有名的大户有出自元房的邱稼孙，字子甲；亨房有邱洪涛，字书农。这两家和南浔"四象八牛"中"八牛"之一的周庆云是姻亲，周庆云大女儿嫁给邱洪涛次子邱松存，陪嫁是新开河盐公堂；周庆云五女嫁给邱稼孙五子邱宗恺。当时，湖州北门外的瑞祥兜，名声很大，为了瑞祥兜的平安，盐公堂还为其配置了八支长短枪。抗战时期，由郎玉麟率领的部队驻扎在瑞祥兜，当时瑞祥兜村保长邱泰宝支持抗日，把八支枪交给了郎玉麟，郎玉麟打了收条给邱泰宝。这也是抗战时期邱氏家族的一段佳话。

湖州邱姓本为丘，得自姜太公封地营丘。西汉废黜百家，独尊儒术，为避孔丘讳，颁诏"丘"加"邑"部（阝），改为邱。影响最大的一次丘改邱姓是雍正三年（1725），因尊孔避讳孔丘之名，雍正帝诏令丘加邑（阝）为邱。故今丘、邱通用。

湖州邱氏以西汉丘俊为开山始祖，新石器时代的邱城遗址，也曾是汉代湖州丘姓的居住之地。丘姓人物有名的有丘腾，东汉光武帝时任大司马。湖州丘氏家族在六朝时已经成为文化士族，著名的有丘灵鞠、丘迟、丘仲孚等。丘迟是南朝梁著名文学家，代表作《与陈伯之书》，其中"暮春三月，江南草长，杂花生树，群莺乱飞"为千古名句。

邱氏自西汉定居湖州以来，经五六个世纪的繁衍生息，成为东南地区著名的文化望族。而瑞祥兜的一支邱氏家族也是文脉绵延，人才辈出。近代瑞祥兜邱姓著名人物有邱宗翰、邱家聪、邱丽英、邱式邦和邱慈云。

邱宗翰（1887—1960），字墨韬，是众多湖州丝商中的佼佼者，早期在上海宁波路乾记弄2号开设正大丝栈，专营出口生丝业务，以诚信闻名于业界。其在1933年与外商洽谈，成交一笔巨额业务，由怡和洋行代出口生丝4000大包，按当时国际市场生丝出口价格每磅4.50～5.00美元，每大包有220.5磅，每磅以4.50美元计算，每大包约需992.5美元，4000大包价值400万美元。这一笔交易创造了当时生丝出口中的最高成交纪录，轰动了业界，邱宗翰实际上已成为当时国内丝业界的领袖人物（此事在《上海丝绸志》也有记载）。

按当时出口惯例，每大包中有丝样品一绞，4000大包有4000绞样品，折合有4.5大包，约合4500美元。面对这笔巨资，他没有占为己有，而是用来分给职工作为年终奖金，让大家过了一个欢乐的新年。

1937年“八·一三”事变后，日寇侵占上海，邱宗翰停止了五大丝栈一切业务。由于五大丝栈的麒麟牌生丝商标是国际市场一致公认的名牌商标，在出口时，凡是此商标的生丝享有海关免检免称的荣誉。当时日商多次要求收买或租用麒麟商标，均遭到邱宗翰的拒绝。

邱家聪（1897—1934），字墨林，号景桓，曾就读吴兴高等小学、浙江省立第三中学（今湖州中学），是省立三中1915年6月毕业生。他在省立三中就学时，现代史上的著名人物钱壮飞、沈雁冰（茅盾）、沈百先、胡宗南、徐恩曾、雷震、谭建丞等都在同一学校求学。其后，邱家翰进入北京大学预科、本科，获经济学学士学位。毕业后进入黄埔军校，是军校（四期）秘书，在政治部主任、秘书长邵力子手下工作。邱家聪后来还担任了国民党中央党部秘书主任，逝世时，蒋介石、于右任、陈果夫、陈立夫等送了挽联。

邱丽英（1896—1972）是邱氏家族中一位著名的教育家。她就读于湖郡女中，这是和上海中西女中、苏州景海女中齐名的中国三大女中。邱丽英毕业后留校任历史老师，1920年入南京金陵女子大学深造，1929年回到母校任校长。她励精图治，使学校面貌焕然一新。1935年，湖郡女中举行四十周年校庆纪念活动，邀请各地校友及各界人士前来参加，编印出版了校庆纪念刊，社会名人如于右任、戴季陶、王世杰、汪兆铭、胡适、罗家伦、钮永建、陈果夫、陈立夫、潘公展等纷纷题词，盛况空前。她还接纳从朝鲜半岛逃难到上海的女青年入学湖郡女中。1937年抗战爆发后，湖州沦陷，湖郡女中校舍被日军占用为军营，两年后日军撤出。时在上海避难的邱丽英，特请原湖郡女中教务主任陈得真在原校舍继续办学。当时，湖州不少青年学生不愿接受奴化教育，纷纷进入学校读书。抗战胜利后，邱丽英回湖州复校，学校除小学部、中学部及琴科外，又添设家政科，新建一座“家政楼”，以供学生实习之用。邱丽英晚年住在北京侄儿邱式邦家中，并终老于此。

邱式邦（1911—2010），是从瑞祥兜走出来的中国科学院院士，农业昆虫学家，中学是在湖州东吴大学附中（湖州十二中和二中前身）就读的，又入上海沪江大学附中，毕业后考入沪江大学生物系，1949年获得英国文化委员会的留英奖学金，进入英国剑桥大学动物系学习，了解和掌握国际治蝗的经验和动态。

他先后从事过松毛虫、玉米螟、大豆害虫、甘蔗棉蚜、飞蝗等重要农林害虫的发生规律和防治，找到了防虫治害的有效方法，特别是对飞蝗防治提出了666粉剂、毒饵防治和蝗情监测办法，对控制我国的蝗害起了重要作用。对玉米螟进行系统研究，提出了颗粒剂防治的技术。20世纪70年代以来，积极倡导和研究害虫综合防治，开展害虫天敌的保护利用和国外天敌资源的引入工作，建立中国生物防治的专业研究机构，创办和主编《中国生物防治》刊物，被誉为“中国治蝗第一人”。

瑞祥兜邱家还出了一位在高科技行业名声卓著的人物邱慈云。邱慈云20世纪50年代生人，加利福尼亚大学伯克利分校电气工程博士，哥伦比亚大学高级管理人员管理硕士。作为半导体产业的资深人士，有着30多年半导体产业研发、生产和经营管理的经验，是国际知名的半导体领域职业经理人。早年，邱慈云在德国慕尼黑固体技术研究所从事科研工作，后加入美国新泽西默里山AT&T贝尔实验室，并成为高速电子研发部门的负责人。随后，加入台湾积体电路有限公司，并担任运营高级总监，此后历任中芯国际集成电路制造（上海）有限公司高级运营副总裁、首席执行官兼执行董事、华虹国际管理（上海）有限公司高级副总裁和首席运营官、华虹国际半导体（上海）有限公司总裁兼首席运营官、华虹NEC电子有限公司总裁兼首席运营官、上海新昇半导体科技有限公司总经理。

邱慈云的祖上从瑞祥兜来到湖州后，定居在小西街。2019 年 3 月 6 日，他和台积电副总裁、同是湖州老乡的蒋尚义分别来到小西街和人民路寻访祖居。

瑞祥兜村人乐善好施，瑞祥兜至织里乔头坝的凉亭、栅里竹园塘桥、蚕环田村至白桥坝村的对步桥都是瑞祥兜邱氏后人捐建。

瑞祥兜村人会做乌麻团在四乡八里很有名，织里不少古村都有自己的传统和绝活。比如，云村人会打鸟，清水兜村民农闲时喜欢换糖，秦家港村人擅长制作竹器，秧宅村村民能腌制售卖黄莲头，郑港村民会腌制香大头菜，庙兜村民善酿酒，太湖村民会制作麻布衫。再早些时候，郑港、谈港村民摇着书船贩书到大江南北。

每到农历四月初八，瑞祥兜村有相沿至今的风俗——做乌米饭糯米圆子，就是用纯糯米和“乌饭树叶”汁水做成的乌麻团，食后夏虫不叮咬。村人除了自己吃，还拿到织里、太湖集市上去卖。到了秋天，村里人还做水晶糕和花糕，这一风俗今天仍在延续。

第三辑·街巷旧事

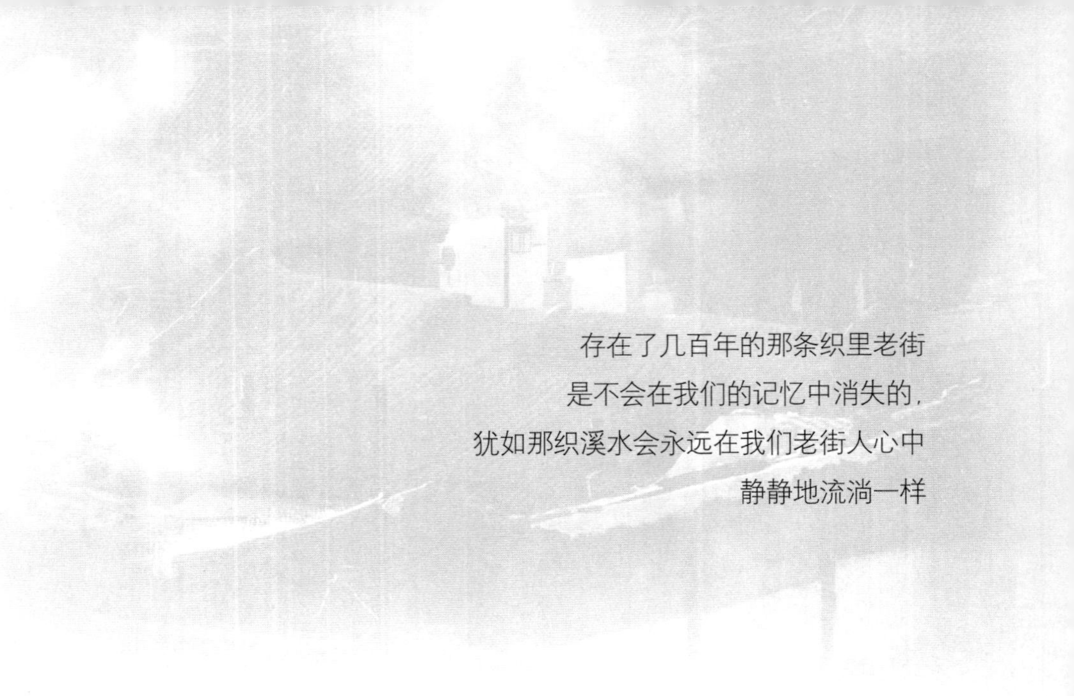

存在了几百年的那条织里老街
是不会在我们的记忆中消失的，
犹如那织溪水会永远在我们老街人心中
静静地流淌一样

织里老街的民间文艺团队

| 姚金星 |

人到了一定的年纪，怀旧或许就是一种本能。常常让我牵念的，是织里老街上曾经的文艺团队，那是我从年少走过来的一段几十年的难忘经历。

织里地处湖州城东，人文底蕴深厚，尤其是活跃于古镇的民间艺人和文艺团队。从抗战时期由中共地下党领导的歌咏队，到解放初期的民间文工团，抑或是僧人演奏的民乐队，皆在人们的记忆里留下无法磨灭的印象。

据当时在吴兴县文化馆工作的离休老干部沈亚先生回忆，在上世纪五十年代中后期，吴兴县重视发掘民间文化，组织整理和创作了民乐合奏

《万民欢乐》和《凤妆台》，于1959年1月在浙江省获得演出一等奖和创作奖。由织里老街民间艺人王古生等参加演出，传为佳话。

我的父亲姚承基是老街上一位酷爱京剧的老票友。从我记事起，就经常看到父亲和那些喜爱京剧的大人们在一起唱戏。我有时也跟随父亲去那些地方，耳濡目染了那些场景，知道镇上有王大伟、王小芳、顾楚阶、焦德贵、顾丽蓉、杨琦石等唱京戏的票友。那时，他们经常在晚饭以后，聚在一起唱戏，去的最多的就是顾楚阶先生家了。顾先生出身书香门第，戏曲、评弹、琵琶、二胡、京胡样样精通。他们有时也排演传统京剧折子戏，登台演出。我记得父亲在某次演出中扮演诸葛亮，唱《借东风》，抑扬顿挫，有板有眼，惟妙惟肖。

某年父亲在湖州住院治病，偶然的机会结识了当时湖州非常有名的京胡琴师钮石青先生。共同爱好京剧让两个人一见如故，相见恨晚，一来二去，逐成为莫逆之交。当时我正读小学六年级，父亲有意让我拜钮先生为师，学习拉京胡。钮先生为湖州名门钮氏之后，当时拉京胡在湖州数一数二，还经常去上海京剧票房客串琴师。钮先生爽快收我为徒，我就正式成为他的弟子。和我一起学京胡的，还有当时嘉兴地区京剧团的京胡琴师姜吉利，在钮先生那里进修深造。

那时的中小学生星期天是没有什么作业的，别的孩子都在玩。我那时星期天早上坐织里班轮船去湖州，下午就赶回来。就这样断断续续地学了两年。“文革”开始了，学校停课了，老街上唱戏的那些老票友一夜之间成了牛鬼蛇神，不准他们唱戏了。因此，我也不能够去湖州学琴了，就在家里练习京胡。当时，南浔古镇的京剧票房很有名气，票房的京胡琴师蒋增增，也是我父亲的好朋友，有时候来织里，就在我家里邀请几个戏迷来唱唱，过把瘾。在蒋先生那里，我也学到了不少琴艺，蒋先生也可以算是我的第二个京胡老师。还有双林的京胡琴师吴伟良先生和夫人，也曾经来织里，后来还有湖州的王纪良琴师、沈清江琴师，都来过织里京剧票房活动。

样板戏在“文革”期间风靡城乡。小镇演出样板戏，是从当时镇文宣队开始。当时老街木桥北堍有文化馆，负责人是王立人，南浔人。织里镇宣传队排了《沙家浜·智斗》一折，因为当时不让顾楚阶拉琴，也知道我在学习京胡，就来我家邀请我参加宣传队，为样板戏拉琴。那时学校停课，学生都闲在家里没事，我从来没有上台演出过，也是年少无畏，答应试试看，就参加了镇文宣队。在智斗这场戏里，阿庆嫂由织里医院的护士朱洛英扮演，刁德一由供销社的王慈国扮演，胡传魁由信用社的周煜林扮演。经过几天的排练，就接受了第一次演出任务，到轧村集镇演出，并首演成功，记得那是 1968 年夏天的事情。

1968 年 12 月，毛主席发出“知识青年到农村去，接受贫下中农的再教育，很有必要”的号召。那一年我还不满 16 周岁，就报名下乡插队到织里大队，后来就参加了大队文艺宣传队。不久，织里镇和织里大队的宣传队合并了，负责人是大队的领导王古生。王古生年轻时做过道士，吹拉弹唱无所不能，演员和乐队的实力也比以前增强，接着就排练京剧《沙家浜》。先是排两场折子戏，“军民鱼水情”和“智斗”，并参加了吴兴县的文艺会演，得了一个演出二等奖。自此织里大队的样板戏就小有名气了，后来就排演了现代京剧《沙家浜》全剧和《红灯记》全剧，在织里及周边演出。当时，正是杭湖铁路开工建设，受工程指挥部邀请，我们到妙西铁路工地慰问筑路民工。湖城北郊大钱开河，宣传队应邀去开河工地演出，还去过太湖，轧村等地乡村巡演。

宣传队演员阵容整齐，至今记忆犹新。在《沙家浜》中，章明前扮演郭建光，郑茹英扮演阿庆嫂，郑安妹扮演沙奶奶，周煜林扮演胡司令，王坤星扮演刁德一。在《红灯记》中，章明前扮演李玉和，郑小毛扮演李奶奶，杨萱明扮演李铁梅，闵卧云扮演鸠山。乐队配置齐备，我是京胡，王阿林月琴；王古生司鼓，后期是沈阿谈；三弦是沈思荣，笛子是姚培林。在这些人中，差不多有一半是下乡知青。

在演出过程中，有两件事让我刻骨铭心。一次是去太湖大溇村演出，我们是坐大队的挖泥机船去的，行至松溪漾中间时，机船突然搁浅，无法挪动。当时已经是深秋，那一次是大队长唐四宝亲自带的队，老唐不顾自己有气管炎，二话没说就跳下冰冷的水中，我们男队员也跟着下水，把船挪到水深处，终于及时赶到演出场所。另一次是，宣传队在漾西公社宋家田村演出《沙家浜》，当演到一半时，台下的观众忽现异常。一问，才知道邻近一个村发生了火灾。火情就是命令，宣传队决定马上停止演出，全体队员来不及卸妆，穿着演出服装，立刻跑步奔向火灾现场，参加救火行动。

一个农村的生产大队，排演全场的样板戏，确非易事。自己动手和群策群力才是成功的保障。记得当时的民兵连长杨根法，负责道具及音响等，为了达到逼真效果，他买了一张白铁皮，震动声通过扩音器传出去，酷似雷声。《沙家浜》的芦苇荡布景，由织里的民间老画师凌绍相先生免费为我们效劳，在灯光的照耀下，相当逼真。当时的灯光音响，在农村的宣传队中，我们也是一流的，全部是织里大队的杨根法负责，在简陋的农村草台上，搞出了漂亮的灯光布景，功不可没。

岁月荏苒。织里大队文艺宣传队的历史延续到了七十年代末。早期的参加者好多已经作古，当时青春年少的姑娘小伙如今也已经是六七十岁的老人。其中有几个人记忆特别深刻。王古生，是大队宣传队的创始人。乐器，打鼓非常精通，曾经带着自编自导的节目参加了浙江省的农民文艺会演并获奖，那些文艺会演的新闻还登上了当时的《浙江日报》。王阿林是王古生的儿子，从小聪明好学，受其父亲影响，读小学时就参加宣传队，并登台演出。后来，又学习二胡、月琴，还天生一副好嗓子，民歌、京剧唱得非常好。宣传队排演样板戏时，他担任月琴弹奏，是乐队里我京胡演奏的最佳搭档。无论是演《沙家浜》还是《红灯记》，都把全部曲谱记得滚瓜烂熟。王阿林也是我的发小，后来在织里做童装和棉布生意，在生意场上也小有名气，可惜在十多年前意外身亡。已故大队长唐四宝，一个纯朴的老农民，虽然大字不识，但是对宣传队非常关心，经常带队在晚上出去外地演出，当年大家没有一分钱报酬，他却乐此不疲。当时的大队党支部书记郑志高，如今还健在。当年他在工作繁忙中还经常关心宣传队，凡宣传队演出需要的人力物力，全力支持。这些都给人们留下了深刻的印象。

宣传队的演出和发展需要热心人和主心骨。十余年中，章明前先生为之尽了心力。在《沙家浜》和《红灯记》的全场戏中，章先生出演主角郭建光和李玉和，扮相英俊，声音洪亮，深受好评。后来，我和章先生又共同创作了反映农村题材的八场现代越剧《湖边姐妹》，自编自导，自己谱曲，参加了县里文艺会演，得了创作演出优秀奖。遗憾的是，没有留下当时的剧本、照片及录音。记得这个节目的灯光布景又上了一个台阶，由知青秦光旭负责，展现了能够移动的灯光布景，为整出戏增添不少光彩。

那时是集体化生产年代，宣传队基本上是业余的，排练节目都在晚上，地址在大队大礼堂或者小学的教室。大家白天在生产队种田，下雨天无法下田干活时排练；偶尔白天排练，那时叫拿快活工分。每当排练到深夜，安全兜阿元伯伯笃笃馄饨担敲到织里老街西市，我们会一拥而上，去吃一碗美味的小馄饨。现在每当想起那个鲜美味道，也会口水泛滥。

改革开放年代，传统京剧恢复。原来喜欢唱京剧的朋友，又常来我家里聚唱。当时有王阿林、邱阿欢、陆亚丁、章明前、汪明海等。后来，在织里名医徐振华老先生、我父亲姚承基，以及徐夫人顾丽蓉等老京剧票友的带头下，组织了织里京剧联谊会。镇政府也大力支持，把影剧院后面的几间平房让给京剧票房活动使用。老艺人顾楚阶、顾夫人束惠芳，徐振华（毛先生）、夫人顾丽蓉，我父亲姚承基，还有章明前、王阿林、浦雪江、叶阿华、陆亚丁、汪明海、邱阿欢、张静海等都是积极分子。这个时期，是织里京剧票房的兴盛时期，人气大增，一些不懂京剧的朋友，晚饭以后，也会过去看票友唱戏。在那个文化娱乐不大丰富的时期，织里老街的京剧票房，成为一个文化亮点。那时有南浔票友过来交流演唱，织里票友也去南浔、江苏等地参加票友联谊。

时过境迁，物是人非。几十年一晃而过，伴随我人生大半的老街行将被拆除重建。每每想到此，许多往事就像过电影一样在眼前浮现，心中的不舍难以言表。我想，存在了几百年的那条织里老街是不会在我们的记忆中消失的，犹如那织溪水会永远在我们老街人心中静静地流淌一样。今天，地方政府已经有了一个老街改造和重建的规划，希望重建的街区尽可能多地保留一点老街痕迹，多留给人们一点怀旧和念想。

“怀旧空吟闻笛赋，到乡翻似乱柯人。”应友人之约写下这篇文字，是让后人从一个侧面知晓织里老街发生过的逸闻旧事，也是对先人和朋友们一种深切的思念和回忆。

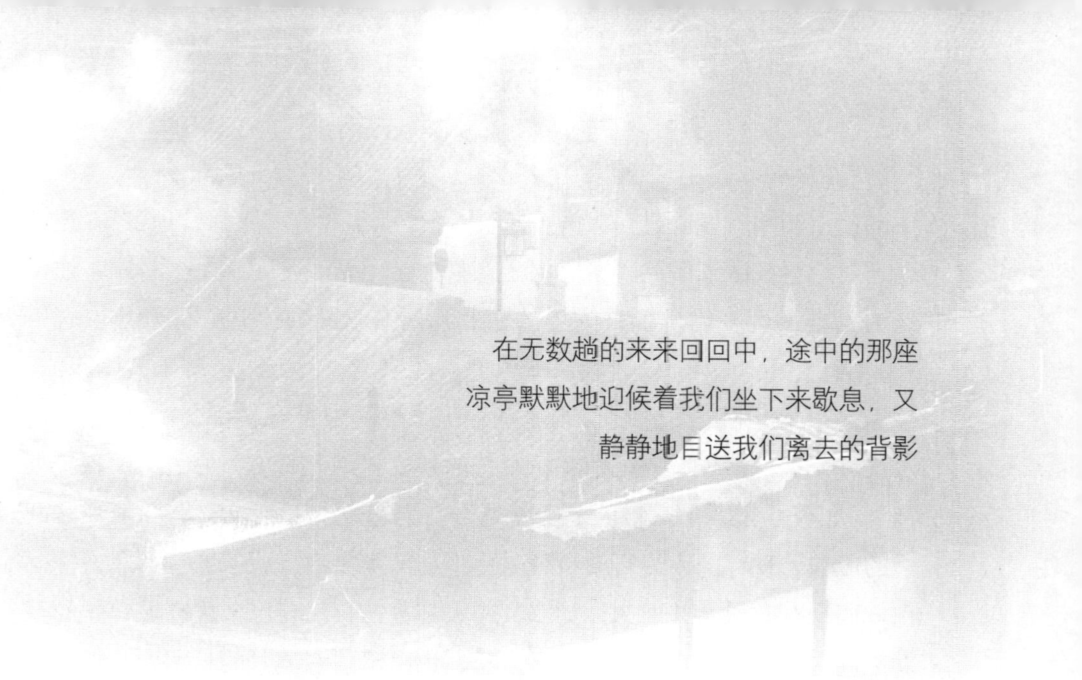

在无数趟的来来回回中，途中的那座凉亭默默地迎候着我们坐下来歇息，又静静地目送我们离去的背影

一座凉亭的记忆

| 潘小平 |

一座很普通的凉亭，嵌在我的记忆里将近半个世纪，任凭岁月流逝，任凭世事沧桑。

凉亭位于大河村的“三千亩”与织里街的王家圩交汇处。它虽然没有正式的名字，但它却是乡村中很像样的“亭子”，故当年与它同在的一座石桥，也被称之为“亭子桥”。其实这座横跨于两处圩田之间的三孔石梁桥是有名字的，有长者告知，当年的桥额是“重建稀古桥”。

我的老家就是在大河十八村中的西车兜自然村。所谓大河十八村，那是早前人们对一方区域的俗称。这名字的由来，原先我的理解是那时人们对靠近大河漾水域一带村落的统称。后来，听我父亲一辈的人说，早在新中国建立初期就设立过“大河乡”，人民公社年代有“大河管理区”，很可能那时的行政区划就涵盖了大河十八村。至于到底是哪十八个村庄，通常认为是老晟舍乡以佛师桥为界的西北片所有自然村。它们分别是：官田巷、晒台、陈家摊、施家巷、曹家兜、沈家湾、廿五湾、桥下、陶家湾、毛家湾、常其村、木鸭村、张家巷、王家里、朱家兜、百公桥、西车兜、荡田圩。据说，也有人把白龙桥东侧的秧宅村纳入其中，称之为“秧宅大河”。如今，大河十八村的范围就是吴兴大道以北，沿栋梁路和阿祥路两边的区域。现存的大河行政村就是由当初的陶家湾、曹家兜、西车兜、荡田圩四个行政村合并而来。如今其中大部分的自然村已消失在城镇化的开发建设之中。这座亭子连同那亭子桥，也已消失在岁月的长河中，但在大河一带村坊中老年人群中，只要一说起当年的亭子和亭子桥，大家都会进入对斯桥斯亭的回忆和联想之中。

亭子和亭子桥之所以成为人们心中挥之不去的记忆，不仅因为其当年所处的位置正好是在织里通向大河各村必经之路的中间点，是那个出门只能靠步行的年代里大河到织里约三公里路上唯有的一处前不着村、后不着店的歇脚地，更主要是因为它已成为乡人记忆中的某种象征符号，是远行者的悠悠乡愁。

我出生于上世纪六十年代初。从童年到少年，直到 1983 年我二十岁考上大学离开家乡，在外地读书求学的那些年里，大河一带真的是穷乡僻壤，即便是织里，那时也是没有公路、不通汽车的闭塞之地。在我的童年记忆里，织里街是儿时最向往的地方，也是幼小心灵里装着的最热闹繁华的大地方。那里有很长很长的街面，有各式各样的商店。街面上人头攒动，商店里琳琅满目，还有沿街河道里有大小船只穿梭其中。而最吸引小孩子的，是妙桥附近那个卖甘蔗的摊贩，西大众食堂里馋人口水的油条、金团子。织里老街是典型的水乡小镇，东村头虹桥不大点的地方，沿着河岸总会停泊着很多很多的船只，有卖菜的，有卖鱼的，有卖桑苗树秧的。而最起场面的是，正巧遇上食品站收购生猪，那就会看到一头头被绑着四足的黑猪白猪，躺在路边地上排着队等着来验级。在阵阵嚎叫声中，有一位手握大剪刀的收购员依次对着猪身，这里摸一下那里捏几把，然后就在猪毛上剪出一个花样。懂行的人就知道，那剪出的花样是给生猪评定的等级。最好的是一级猪，也是单价最高的级别。但一级猪极少有，能有个二三级就很不错了，一般都是四五级的。

孩提时代总是渴望跟着大人到织里街去玩。在街上可以吃到平时难得吃到的甘蔗、油条之类的东西，还有许多热闹好看的场景。因此每当过年时，父母提起去织里街上舅公家做客人，我家和我叔叔家一大帮兄弟姐妹都争着要去。凡能跟着去的，谁也不会怕路途遥远，总是兴高采烈地抢着走在最前面。那童年走过的小路，至今记忆犹新。最先走过的是大石桥，接着是那座桥板狭长又无栏杆让人心怵的麻皮桥。穿过木鸭村，走上一条很长很长的机耕跑道，眼前展现了一大片空旷田野，这就是被人们称为“三千亩”的圩田了。这块普通圩田却有过不平凡的历史。1960 年代，人民解放军地方驻军曾在此屯田。1970 年代，织里中学的师生曾在此开辟“学农基地”，正儿八经地耕种农田。走在“三千亩”，就能隐约看到前方的亭子了，大人说到了亭子才走了去织里一半的路呢。于是，我们像比赛一样一个劲地往前跑，看谁能最先到那个亭子。而能最先到达亭子的人，虽累得昏天黑地，但在回头张望落在后面的同伴时会显得很是得意，甚至手舞足蹈地玩耍一番。穿过花岗岩大条石的亭子桥，就走上王家圩长长的渠道路。抬头望，依稀看见那棵高大的银杏树了。

古银杏树屹立在老街西村头斜桥下的校园里，当时是整个织里的最高点，也是老百姓心目中的象征物。说到那棵银杏树，我总会想起小时候与同村的四五个小伙伴一起来看它的情景，我们手拉手对着树干围抱，好像还差了一大截没能围起来。我自参加工作后，又特地去看过那棵古树，虽说还是很粗壮高大，但几乎不敢相信那就是我儿时看过的树了，因为记忆里它要高大威武得多呢！

时光飞驰。当我告别童年到了小学高年级和初中时，依然很少独自到织里街去。那时候大人小孩身上都没有闲钱，出行也是坑坑洼洼的泥路，步行至织里快则四十多分钟，慢则一小时。让我留下了至今难忘记忆的，是某年早春的一天，我和很多农村孩子一样，在自家村后刚翻耕过的麦田里布下了二百杆鳝钓，没想到第二天一大早就收获了近两斤的鳝鱼，我就提着装着鳝鱼的箩兜直奔织里街上去卖。当我走到半途亭子桥时，突然雷鸣电闪下起了大雨。天还没有亮透，路上没有一个行人，顿时心里一阵阵地发怵，浑身冷战，幸亏那座亭子成为我的躲避之所。等那阵雨过去，我来到了织里街上很顺利卖掉了鳝鱼。我还记得买我鳝鱼的是织里药店里一位脸上有颗大黑痣的先生。因为我没带秤，就到他家里去过秤。至今我还记得黄鳝市价是八分钱一斤。

1978 年起，我到了当时的织里中学读高中。在上高中和参加“高复”寄宿在学校里的几年里，我也和很多同学一样，一个礼拜回一次家。那时候的回家，除了着实想家外，还有就是把换下来的衣物带回去有劳母亲清洗，再带一些下周要用的米、菜等东西回学校。那时我们用个小扁担或者小木棍挑着物品来回。在无数趟的来来回回中，途中的那座凉亭默默地迎候着我们坐下来歇息，又静静地目送我们离去的背影。

那座普普通通的凉亭，似乎与我有着某种缘分。当我在外地读书直到毕业后参加了工作，其间有许多年不走这条路。但每次回家时，远远望见这座凉亭，我内心真会有“近乡情更怯”的感觉。1989 年，通过工作调动，我又回到了织里镇上工作。在这之后的十余年里，因父母还住在村上，我常骑自行车回乡下，直到 2001 年才买了摩托车。第二年，织里镇大手笔拉开城市框架、打造发展平台，一举建成了织里镇域内东起大港路、西至阿祥路的“六纵七横”道路框架。也就在这一年，珍贝路的建造和中华路西延，凉亭连同那座亭子桥就消失于开发建设的视野中。

随后的几年里，偶尔过年过节回老家村上，总因途中再也看不到那座陪伴自己成长岁月的凉亭，我心中常隐隐有一种莫名的失落感。这几年，我和很多人一样，出行也开起了自己的小车。每当小车行驶在织里镇区纵横交错、四通八达的马路上时，我常常会不由自主地辨认此路沿线原先属于哪个村、哪条河、哪条乡间小路？

说来也似乎冥冥中有种神奇的感应。两年前秋天的一个休息日，我独自开车路过栋梁路与中华西路交接处。那日秋风送爽，我的心情非常悠闲，边开车边欣赏窗外景色。这儿好像正是先前亭子桥所在的位置啊？于是在中华西路那座公路桥处停车下来，向四周眺望起来。一边寻觅一边想：没错，当年的亭子及亭子桥就是在这里，桥下就是这条河。独步旧址，我连连感叹世事变迁。而当我收起目光准备离开的刹那间，有座破败不堪的凉亭忽然跃入我的眼帘，我激动得脱口惊叫：“啊，这座亭子真还在呢!”是的，亭子还真在。但通常若不多加注意，一般是不易发现的。虽然它还在原地，周围的一切已完全不是当年的景象。它几乎是被隐藏在一座公路桥的西堍南侧的桥下，还被杂乱的树枝荒草簇拥着，路边也没有可以走进里面的入口，完全成了被历史封存起来的遗踪。前几天，我一时兴起，要为这座凉亭写点回忆类的文字。当文章写到一半，我又驱车去那里察看，孰料这亭子已被不知名的贤达好好修缮过了，不再像两年前那般蓬头垢面了。更让我欣慰的是，凉亭的修缮基本做到了修旧如旧，依然是青瓦石柱，依然是三面通透，原先充当石凳的大青石依旧背墙横卧，两根石柱上“禁止带牛”、落款“王汪氏”的刻字还依稀可辨。连同那只剩下几块大石头垒成桥墩座基的亭子桥遗迹也做了适当的保护。

找到了消失了许久的凉亭，这篇文章就有了怡人的结尾。我真心感激当年开发建设者的手下留情，保留了这座嵌入诸多行人记忆的凉亭；更感激近年为这座凉亭做了保护性修缮工作的人们。我想，正是因为有了他们的那份细心和善举，才使得大河人找回了这座凉亭的印记，找回了淡淡浓浓的乡愁。

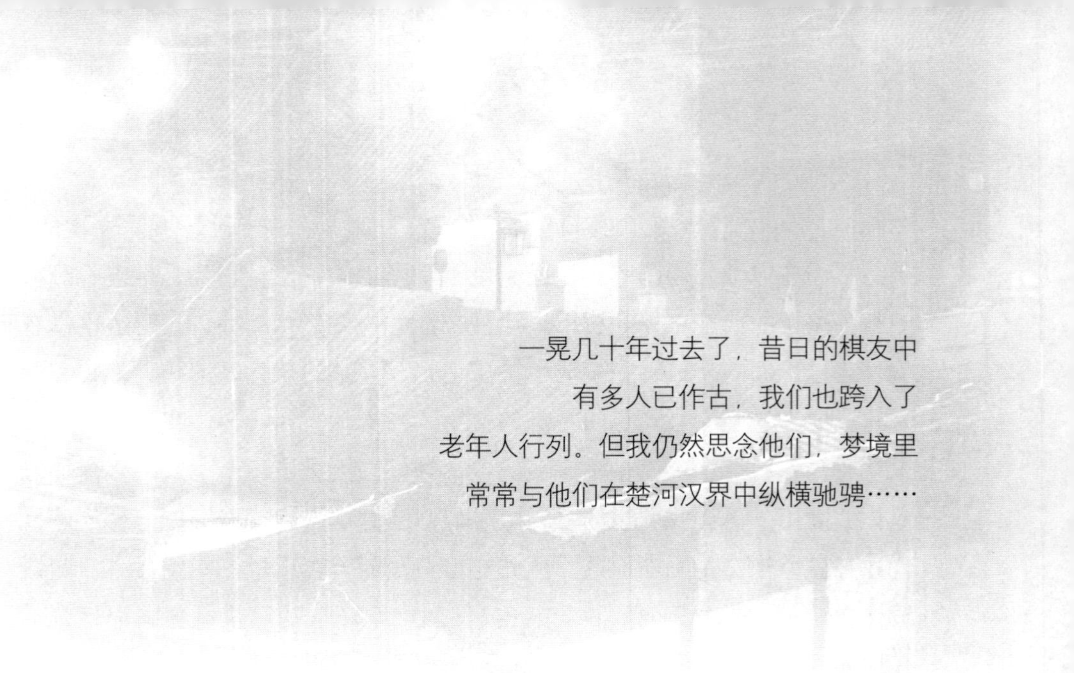

一晃几十年过去了，昔日的棋友中
有多人已作古，我们也跨入了
老年人行列。但我仍然思念他们，梦境里
常常与他们在楚河汉界中纵横驰骋……

老街上的棋友们

| 陈华坤 |

离开织里老街三十年了。心中总是惦念那条窄窄长长的街道，惦念那些粉墙黛瓦的人家。而让我时常在梦里重现的，是当年老街上结识的棋友们。

我学下象棋比较晚，大概在 26 岁时才开始跟着狮子桥的李阿大、镇西漆匠吕奎龙等人学习。之前我也打纸牌，后来觉得还是下象棋更适合自己，既可以为平淡的上下班生活找点乐趣，将来退休后也好消磨时光。就这样，一下就下了几十年。

当年的情景还是非常清晰。经常下棋的人来自各行各业，有务农的，如李阿大；有当工人的，如被服厂的焦阿三（克仁）、竹器厂的蔡崇英、钣金厂的褚建林、油漆师傅吕奎龙、棉花师傅凌希武，还有我；有当机关干部的，如财税所的陶家诗；有当老师的，如织里中学的徐永武、织里小学的姚希贤；有来自上海的下放青年，如邱萧飞；还有当时被戴着各种“帽子”的，如上海奉贤财税局返乡的顾树尧、织里中学的老师费大经等。

那时老街上的公共娱乐场所少得可怜，除了1970年代末公社建造的一座影剧院外，几无可供活动的文体场所。要下棋时，就相约在晚上的某户人家，往往一约就有四五个人。棋友们去顾树尧家多一点，因顾宅以前是大户人家，房子大，有院子、前厅、客厅，当时一般人家都没有这么好的条件。比如我家，当年就住在织里电影院东面一幢筒子楼里，四口人，吃住都在22个平方里。有时也去李阿大家和我干爹顾楚阶家里下棋。

我干爹顾楚阶是老街上众所公认的能干人，早年参加革命工作，后被打为“右派”分子。他在文艺方面特别有天赋，二胡、琵琶、京剧、评书都很精通，为丰富老街群众的文化生活尽了一己之力，他还会左右手书写毛笔字。后来因生活需要，开起了染坊。可惜，人太过于耿直，一生过得并不顺心。干爹于2005年过世，至今我仍非常想念他。

交流棋艺，结交朋友，几十年来我感受良多。当时还是“文革”时期，除了屈指可数的样板戏，没有其他娱乐节目，下棋是消磨时间的最好方式；同时，也可以通过下棋，以棋交友。我现在还经常联系的部分老朋友都是在当时下棋时结下的深厚情谊，有原织里中学老师徐永武、原织里钣金厂同事褚建林、湖州棋手仲阿星等。

无法想象当时我对象棋的痴迷程度。记得1977年冬，我从双林棋手戴文军那里了解到吴兴县象棋比赛将在菱湖举行。我在比赛当天联系了褚建林、邱萧飞两人，早上从织里走到晟舍，从晟舍乘汽车到湖州，再从湖州乘轮船到菱湖观摩比赛，第二天再原路返回。因出去时没和家里人讲清楚观棋之事，还引起家人的不满。

磋商和提高棋艺，是织里棋友共同的志趣和目标。让我最为敬佩的是徐永武老师，如今虽已耄耋之年，还在不断研究棋技，担任着湖城某小区的棋社社长。回忆诸多棋友，最有传奇色彩的，应该是织里中学的老师费大经。当时他戴着“右派”分子的帽子，属于被管制对象，分配他的工作是在学校养猪。可他对象棋非常着迷，经常利用出校加工饲料糠的机会，找人下棋。有时下棋晚了，学校大门已关，他就从大门下面的小洞里进去。晚上他还从小洞里出来找人下棋。记得在“文革”后期的某一天，焦阿三告诉我，昨晚费大经晚上出来找他下棋，口袋里还带着蜡烛，就在织里茧站的屋檐下点着蜡烛下了半夜。记得有一天下午，我去费大经宿舍下棋，他用蓑衣把门缝挡了。下了不久，学校有关部门负责人来敲门了，他吓得不轻。当时的情形我还历历在目。那天，幸亏我站出来挡了，否则他可能又要多挨一次批斗，真是不可思议的事。

特殊岁月里结识的棋友印象特别深刻，甚至还产生许多感慨。上面提到家里房屋宽敞的顾树尧先生，其人生经历非常坎坷。他出身大户，曾经供职上海奉贤财税局，却在“文革”初期被精简回老家务农。当时他已经 50 来岁，可派头很好，身体也棒，对象棋研究很深。繁重的农活和枯燥的乡村生活，曾经让他非常厌倦。不久他与我们结为棋友，很快恢复了生活的乐观状态。他家也成了我们经常相约下棋的地方。他的夫人非常和善，总是笑眯眯的，待我们很客气。欣慰的是，他在“文革”时受的冤屈，后来经上访被有关部门复查宣告平反。

让我记忆最为深刻的是 1985 年春节，织里镇文化站站长徐世尧组织举办的那次农民象棋友谊赛。那次比赛规模较大，除了本镇的棋手，还邀请了湖州颇有名声的棋手仲阿星、邱康乐、戴福强，双林棋手张学明等参加，市电视台特地来织里拍摄了新闻。经过选拔，织里由我、徐永武、陶家诗参赛。比赛场地安排在吕奎龙家里，由他全部出资赞助此次友谊赛的奖品和餐费。奖项设一、二、三等奖。一等奖奖品是一只电饭煲，二等奖是两只热水瓶，三等奖是三块毛巾。吕师傅还摆了三桌酒席，由我夫人顾连珠负责主厨，织里供销社职工王泽民当帮手。老街上的棋友们带给了我许多快乐，也让我的弈棋水平得到了很大提高。在 1980 年、1981 年和 1982 年举行的织里镇象棋比赛中，我先后获得了两个冠军、一个亚军，徐永武老师获得两个亚军。

一晃几十年过去了，昔日的棋友中有多人已作古，我们也跨入了老年人行列。但我仍然思念他们，梦境里常常与他们在楚河汉界中纵横驰骋……

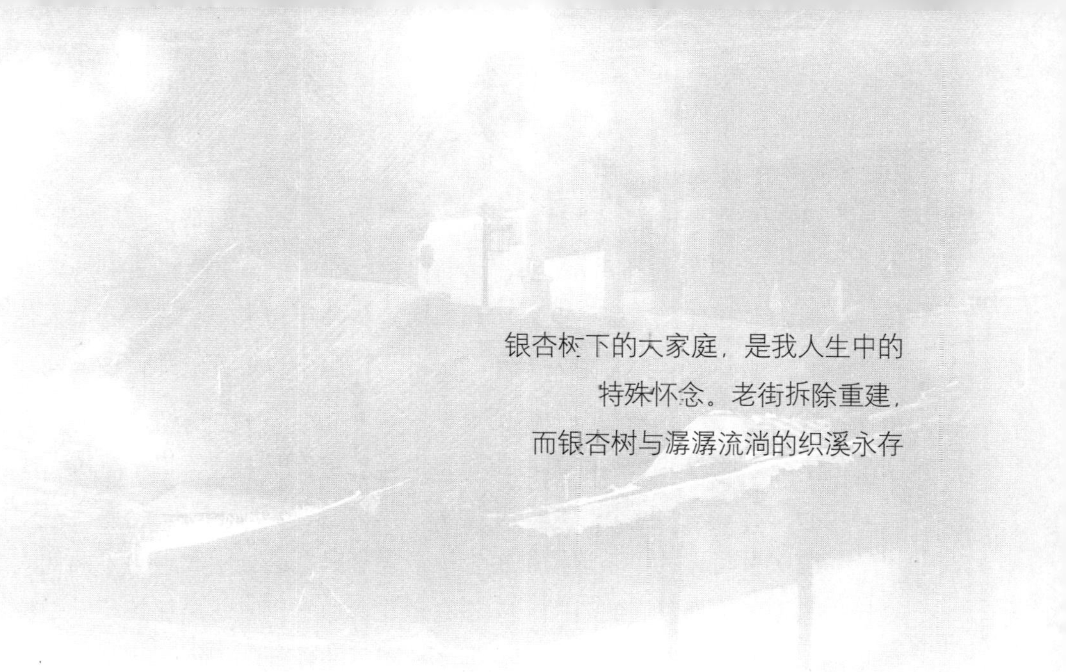

银杏树下的大家庭，是我人生中的
特殊怀念。老街拆除重建，
而银杏树与潺潺流淌的织溪永存

银杏树下的岁月

| 徐永文 |

一棵古老的银杏树，是织里老街的象征，是织里人心中的守护神和情感寄托。冬去春来，花落花开，古树见证着历史过滤后的沧海桑田。笔者曾经在古银杏树下工作和生活了二十余个年头，常常情不自禁怀念起那段长长的不寻常岁月。

至今清晰地记得，1981 年 8 月 25 日来到织里辅导区中心学校工作的情景。那天我从戴山老家登上“织里班”，小轮船拐了几个弯就到了织里的码头。踏上老街的河岸，映入眼帘的就是那棵高大挺拔的银杏树。之后我与她朝夕相伴了二十年。

往事并不如烟，小事大事仍是清晰。

上世纪八九十年代，学校新分配来的老师都安排一间宿舍，后来随着新人的增多，单身教师常常是两三人合住一间宿舍。学校管理很具人性化，婚后的教师都会分配一间卧房和厨房。我那年初来学校时，一个人住在楼梯间，刚好放下一张单人床和一张书桌。后来与王英老师合住一间在南边二楼的宿舍，王英老师婚后调走，盛发琴老师搬来和我同住。后来那间宿舍干脆成了我的婚房，因为我和先生都是学校的老师，也享有了一卧一厨房的待遇。

都说织里辅导区中心学校是银杏树下大家庭。这其间我经历了两任大家长，感受了这个家庭的温暖。李耀庭是我参加工作时的当任校长，是位宽厚仁爱、治校有方的长者，深受全区教职工的爱戴。记得工作第一年的冬天，我食指上部的冻疮溃烂破了皮，手指痛得不能弯起来，连梳头洗脸也有困难，默默在书桌前掉眼泪。李校长经过楼梯间，发现我这般模样，就赶紧叫来罗云云老师帮我梳头洗脸，吩咐我先去医院看看，然后让我回家休息几天。冻疮结痂很快痊愈了。李校长非常关心大家的业余生活。每天晚上组织住校的教师打乒乓球，隔天还一起看场电影。在播放连续剧《射雕英雄传》的那段时间里，住校的老师都聚在校长室看，因为那时教师家里都没有电视机。校外的几个村民也挤进校长室来看电视，李校长从未有怨言。1989 年李校长调任湖州六中，刘子昌接任校长。刘校长生性风趣，知识渊博，每次教师会议都脱稿侃侃而谈。他的另一工作特点是喜欢下基层，每周一从轧村家里出来必先去周边学校转转看看，戴山、晟舍、太湖等地的学校，也常常下去了解情况，当时学校下乡的交通工具是一辆 28 的永久牌自行车。1995 年随着行政区划的调整，织里辅导区中心学校成为了历史。

怀念银杏树下的岁月，更怀念校园同事的真诚友谊。

徐世贤、郁玲芳夫妇与何星华、高慎行夫妇，尹正洪、倪静芝夫妇是当时学校里的前辈。徐老师是人事干部，何星华任教导主任，尹老师是副教导主任。他们三位中层领导的夫人也都是学校的老师，郁老师当会计，高老师教数学，倪老师在区中心附属幼儿园当园长。这三个教师家庭各具千秋。徐、郁夫妇是学校典型的恩爱夫妻，所有家务活几乎都是徐老师干的，最为经典的是每天早上起来干的第一件事情——倒马桶，徐老师边哼着曲边手提马桶优哉游哉乐享家事。郁老师的母亲也随同他们住在学校里，老人家成了我们大家伙的“公家外婆”，每每见到她老人家，人人都要亲切地称呼外婆的呢。何老师家则与徐老师家不同，生了两个女儿一个儿子，家务活大都是高老师干的，女儿星期天回来时总帮妈妈干些家务活。尹倪夫妇算比较折中，生有两个女儿。他们家尹老师负责买菜，倪老师负责烧饭，洗衣服搞卫生常是两人一起干的。这几个家庭当时是学校里最为年长的，备受大家的尊敬，老教师对年轻人更关爱有加，那是融融的温暖。

林翠红与罗云云是学校的骨干老师，年年先进，处处为人师表，堪称本校的中流砥柱。林老师兢兢业业，待人接物更是出了名气。她的爱人沈先生是湖州航运公司的职员，她一家人住在校里，两个女儿沈颖、沈慧都在校内上小学。小孩放学后特别爱跟着我，我也常常在林老师家蹭饭吃，尤其是其丈夫休假的时间，我几乎天天在她家蹭饭。我参加工作时，罗云云的女儿刚满周岁，她很努力，边工作边复习准备参加考试，我也常帮她复习功课。罗云云翌年顺利考取平湖师范，两年后回到学校工作。罗老师始终是学校的优秀教师，织里的老百姓都觉得自己的孩子能成为她的学生是一件天大的幸事。罗云云的女儿欢欢也是在银杏树下这个大家庭里长大的，初中毕业考取了湖州师范，毕业后也回校任教。如今罗老师已退休多年，她的女儿女婿现是织里实验小学的老师，他们家是从银杏树下走出的典型教师家庭。

当年银杏树下大家庭的另一大特色，则是好多女老师与织里中学的老师结姻。许珏英老师的爱人石峰英是织里中学的书记，张秀勤老师爱人王利生是织中总务主任，周培馨老师的爱人李正是织中的后勤干部，秦光美老师的爱人唐干轩是织里中学的校医，后任总务主任，沈耘的爱人蒋伯寅是知名的物理老师，沈勤芬的爱人郑志远也是织中的物理老师，吴群英老师的爱人金汝忠是知名的体育老师。这些老师有的住在中学宿舍内，有的住在镇上的祖宅。几位女老师的爱人都是我在织里中学念高中时的老师和领导，其中唐干轩老师还是我的班主任。在我读高中的时候，因特别瘦弱走不动路，星期天不回家时就在唐老师家吃睡。我这个初出茅庐的女孩在大家庭备受爱护，织里中学与辅导区中心学校亦是非常友好的兄弟学校。

同学同校同事情深。与我同年分配进校工作的还有几人。我和柏林章毕业于湖师学院，谢益荣和史忠华毕业于平湖师范。当时比我稍长几岁的还有李光明、莫根林、杨小明和潘平平，四位职工的父母亲都是学校的退休教师，他们是顶职进校的。我们当中数谢益荣最为成熟老练，工作第二年就担任了学校的教工团支部书记。当年团支部活动留下的最深记忆就是由谢带领下的青年人包干了学校厕所的冲洗工作，每天安排两人轮流冲洗厕所，成为那个年代的一道独特风景。还有一件让我难以忘却的事情，当年李校长交给我一个任务，让我办了一个补习班。学生就是李光明、莫根林、杨小明和潘平平四位学历不高的职工，每周安排一个晚上给他们上课，内容以汉语拼音与认字为主，办了整整一年，他们学到了不少文化知识。此后，我这个小姑娘备受四位大哥哥的关心与照顾。冬天我的手上长冻疮，饭后都是他们帮忙洗的碗。后来这几位职工分别成家立业，文化补习班却成为我们共同的念想。

银杏树下的大家庭，是我人生中的特殊怀念。老街拆除重建，而银杏树与潺潺流淌的织溪永存。感恩时代，感恩学校，感恩曾经朝夕相处的同事，感恩古老的银杏树。

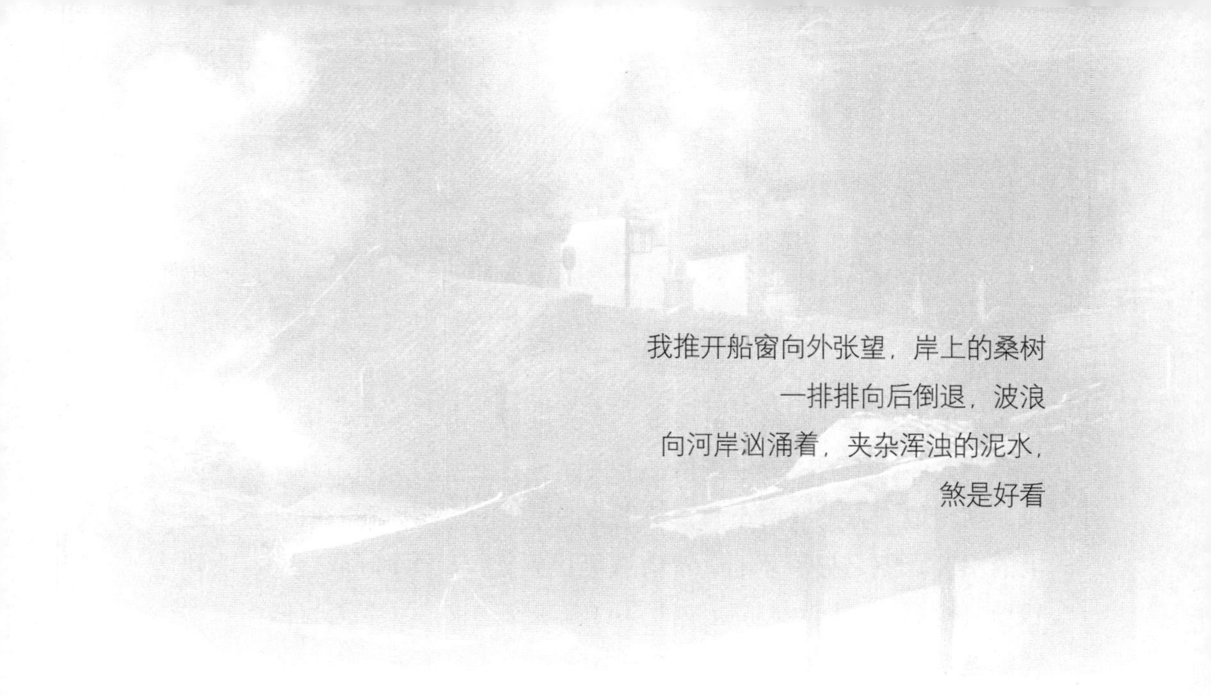

远去了的小轮船

| 世 尧 |

一艘小轮船，一条木拖船，自20世纪60年代初期起，往返行驶于织里至湖州的河道上。二十余年后它停航了，悠扬的汽笛声消逝了，而织里人至今仍然深深怀念。

小轮船开航时间，每天清晨6时，准点从织里老街斜桥头开出，8时许到达湖州北门潘公桥码头。9时正点返回，11时到达织里。12时再次开往湖州，下午2点钟又返回，到织里的时间是下午4点。任凭春秋冬夏，任凭雨雪风霜。

小轮船的航道，尽是曲曲弯弯、宽宽窄窄的水乡河道。从织里开出进入南横塘，先是在陶家湾停靠，然后右拐进入白龙港，再左拐到后林塘桥头，进入中横塘。然后是戴山集镇、西潘、毛家桥、外溪、王母来桥，在这些停靠站头上下客，乘客是沿途乡村的村民和公职人员。小轮船进入龙溪港后，河面开阔，航速加快，驶过毗山渡，几分钟后就到达了目的地。

织里区域是南太湖水网地带，水漾棋布，港汊纵横，苇草丛生，民间有“无船路不通”的老古话，自古以来最主要的交通工具就是各类船只。湖州地方志上有“小湖、织里业造船”的记载。明清时期，谈港郑港的书客，就是摇着木船，沿着荻塘摇到松江（上海），沿着苕溪到达钱塘（杭州），甚至穿越烟波浩淼的太湖到达京口（今天的镇江），“一棹烟波贩图史”，才让织里有了“书船之乡”的美誉。更有湖滨溇港村落的商贾，溯长江而上，往“楚豫间贸易”，其交通工具就是织里先民打造的木船。

在“织里班”通航之前，人们到城镇办事，交通工具乃是各类航船。因编纂镇志需要，去年我们调查了织里各集镇的交通历史，航船可是乡村长者们的深刻记忆。晟舍老街有开往湖州、南浔的两班航船；旧馆集镇除了开往湖州、南浔的航船，还有摇到织里的航船；轧村街上的木航船，每天清晨四点多就吹响了开航的螺号声；而义皋、东桥村驶往湖州的航船，是飘移在北塘河上的风景。

木航船载重量为三四吨，两旁装上木板，船顶置有木棚，可容纳二十到三十位乘客，配有双橹，舱内摆放木凳。织里摇到湖州要三个小时，遇上逆风逆水，时间还要延长。沿途可随时上下客，中途船主逐个收取二三角钱的乘费，有与船主熟悉的，帮助摇橹一程可免船费。此类航船，每天在固定地址候客，基本上定时开航，到湖州后也停靠在北门潘公桥堍，那里泊有各个集镇摇来的航船，整齐地“盯”在约定的位置上。在与老人的座谈中，知道了织里境内旧时有许多渡口和渡船，还了解到 1950 年代中后期，曾有吴江震泽开往湖州的小轮船，在轧村和织里虹桥头停靠载客。

“织里班”启航后，因为它的宽敞平稳，航速又快，很快受到乘客欢迎。织里附近的老航船乘客骤减，船老板自叹弗如，纷纷歇业。我第一次坐轮船是十来岁时，父亲陪着去湖州医院看病，在这之前我连汽车也没有看清过。记得有次与小伙伴到塘上（318国道）看汽车，等了半天才驶来一辆，未等定神，它呼的一下往东奔去了，我们只看到那辆长途车的背影。而这次坐“织里班”轮船，是求得父亲同意的，以前我虽然在后林集镇乘坐过航船，但感觉和村里的摇摇船没啥两样。听小伙伴说“织里班”如何快速如何有趣，坐次小轮船就是我儿时的梦想。

那日我几乎激动得整夜未眠，天不亮就催父亲起床。步行到亭子桥，望着小学里那棵高高的银杏树，听见小轮船拉响了汽笛，我就一路小跑，把父亲落下一大截。踏上“织里班”宽阔的船头，向船舱内一望，只见灯光通明，靠窗的座位已坐了好些乘客。我赶紧下去挑了一个位置，还脱下衣服帮父亲占了一位。人们陆续下船，男女老少都有，有的人还捏着烧饼油条，边吃边寻座位。晨6时正，机房发出“哒哒”声，汽笛划破长空，船工解开缆索，用竹篙撑着石帮岸，轮船慢慢驶离斜桥码头。“织里班”驶入南横塘，航速慢慢提高。乘客在舱内说笑，抽烟聊天，也有闭目打盹的，有读书阅报的，几位女人从马甲袋里拿出毛线，边聊天边娴熟地织起毛衣。我推开船窗向外张望，岸上的桑树一排排向后倒退，波浪向河岸汹涌着，夹杂浑浊的泥水，煞是好看。

20世纪70年代，是“织里班”的辉煌时期。成百上千的知识青年到织里各公社插队，大多乘坐“织里班”而来。在斜桥头学堂前的小白场上，公社干部和贫下中农敲锣打鼓地欢迎，把他们接到各自的“广阔天地”。知青下乡运动持续了十来年，过年过节回城看望父母，平时他们的亲友来乡下探望，交通工具多是“织里班”。因此，小轮船有时很拥挤，航运公司又增加了一条拖船。那个时候，湖州的邮件也是委托小轮船带到织里，再由邮电局的投递员送到千家万户；夏秋季，震远同食品厂的棒冰，装入保温的专用木箱，也托小轮船带到织里码头。等候在船埠的大众食堂员工即刻取走，木板在箱子上一拍，那些馋嘴的孩子便争相抢买。而有些没钱的小把戏，边流口水，边盯着棒冰箱子看上小半个时辰。还有每年一次的征兵，应征青年到湖州体检，坐的就是“织里班”，被批准入伍的新兵，在织里小学前燃放鞭炮欢送，随后坐着小轮船离开家乡，走向新的世界。

20世纪70年代农村机械化发展较快，脱粒机、手扶拖拉机的呼叫声，惊破了千年农田的睡梦。柴油机发动的机动船在这个时候应运而生，有大郴大队开办的“先锋班”，从陆家漾驶来的“漾西班”，顺着南横塘而来的“轧村班”，这些机动船都在织里老街停靠载客，时间上各有错开。也许，这既抢了“织里班”的生意，也松缓了客多容不下的压力。

“青山留不住，毕竟东流去”。1984 年 5 月 1 日，晟织公路建成通车后，“织里班”的乘客断崖式下降，它的无限风光悄然褪去。没有人统计过它在窄窄的河道上往返了几多来回，承载了多少乘客。1984 年晟织公路通车，织里班小轮船默然在 1986 年完成了它的历史使命。

“织里班”逝去了，连同航道两岸无际的桑园，河滩上茂盛的苇草。

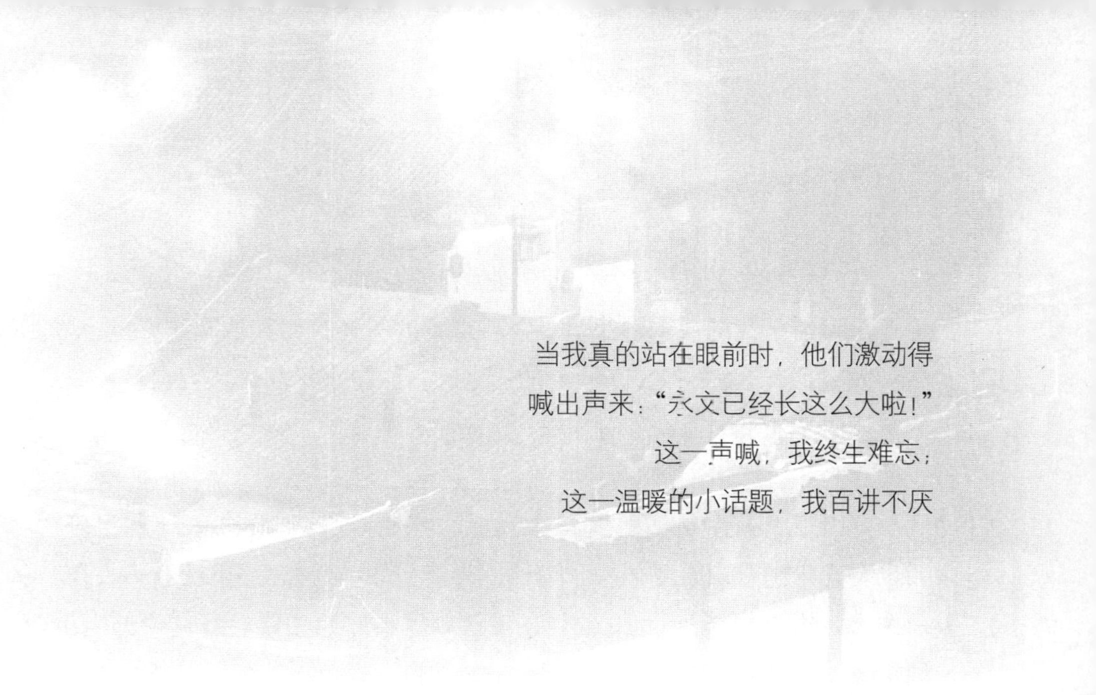

当我真的站在眼前时，他们激动得
喊出声来：“文文已经长这么大啦！”
这一声喊，我终生难忘；
这一温暖的小话题，我百讲不厌

五溪漾畔母校情

| 文 文 |

每个人都有自己的母校，还有嵌在记忆深处的老师。

创办于1956年的织里中学，地处清灵织溪南岸的五溪漾畔，那是当年织里区域的最高学府。虽然已离开母校几十年，但我最想说的还是那所学校，还有我的班主任老师。

1976年9月，一个出生在戴山宜船湾村、年仅的14虚岁的农家小丫头，由母亲陪同，来织里中学报到，成了764班里的高一新生，班主任老师叫唐干轩。

那会儿的唐老师，高挑个子，三十岁出头年龄，谈吐斯文，学校其他教师和领导亲切称呼他为“小唐”。小唐老师既是学校的校医，又是我们的班主任，还教我们班的政治课。

当时，我在班里属于矮小瘦弱的女生，因而稳坐教室第二排座位。也许正是得益于我的瘦弱的小个子，所得到的关怀，比其他同学更多一些。尽管大家都有这种感觉，764 班的唐老师，教学水平高，风趣幽默，对我们全体同学非常关爱，我们都颇具优越感，而我的个人优越感似乎更浓烈一些。

戴山距织里有十来里路，从家里到学校得步行 2 个小时，坐织里班轮船也要先走到戴山轮船码头，这段路得步行 30 分钟。织里轮船码头在老街西端，沿着织溪步行 10 分钟，走过妙音桥才到中学。每周来回一趟，肩挑手提一周量的米和菜，还有日用品及换洗衣物，真有点不堪重负。母亲怜惜我，有很多个星期天，她都嘱咐我别回家了，吃的用的都让别人捎给我。而我也似乎不像大多数同学那样特别地想家，因为那时的我确实体力不行，害怕来回路上的辛劳。

第一次不回家的情景，至今还是很清晰的。那个星期六的下午，空荡荡的校园里，只剩下我一个学生。我们的宿舍就在唐老师宿舍的对面，隔着窗户可以望及。唐老师习惯了对班里一切事务的关心，星期六也要到学生宿舍看看，当他发现我一个人在宿舍时，赶紧进来询问了情况。当问到夜里我一个人睡在宿舍是否害怕时，我沉默不语了。唐老师出去一小会儿又回到宿舍，叫我随他去家里吃晚饭，并说夜里可以睡在他家里。当时我一下子失声而哭。也许是老师完完全全理解我的哭声，是源于被关怀的感动，唐老师只是轻轻拍了拍我的肩膀，并未劝说。他耐心地等我止住了哭声，擦干眼泪，才带我去他家里。后来直至毕业，每逢星期六我不想回时，都吃住在唐老师家。后来时常回忆起这段往事，还傻傻地想着，幸亏当时班里就我一个选择星期六不回家的学生，否则唐老师又该怎样顾全才好呢。

在我的脑海里，至今可以清清楚楚地呈现出唐老师家那时候的画面，说是教师宿舍，其实就是一开间到底的一间屋子，他们一家三口的生活起居都在里面了。那会儿唐老师的女儿才五六岁，房间临河的窗口是简易的厨房，厨房与外面的起居室有个简易的半隔断，挨着墙置了个小床，我就睡那个小床上。

当年，织里中学临河的一排平房里，住着多个教师家庭。我们班的其他几位老师都住在教师宿舍，有教数学的刘文虎老师一家，教语文的徐璇老师一家，教物理的蒋伯寅老师一家，教体育的金汝忠老师一家，教音乐的陆德英老师一家，教化学的冯团老师及几位单身的老师都住在这里。校长石峰英一家也住在学校里。他们以校园为家，倾心教育事业，关爱学生，任凭环境简陋、生活清苦。

母校老师对我们的关怀，点点滴滴，永铭肺腑。记得高二第二学期，国家恢复了高考制度，学校就将我们这一届原有的6个班级，进行了重新分配，选拔出一个班的学生作为尖子班，这个尖子班还是由唐老师任班主任。就在我们这个班刚成立时，意外地发生了有人夜袭女生宿舍的怪事。为了不让女生受到伤害，班主任唐老师和其他老师轮流住在我们宿舍，学校还安排了老师在传达室值夜班，直至校园平安。时光流过了几十年，可我还对那段日子不能忘怀，还对呵护学生甘愿付出的师长满怀感激。

1981年8月，我从湖州师范毕业，选择到织里辅导区中心学校当老师，一方面是组织分配，而更多的因素是与母校织里中学结下的师生情谊。记得我工作的第一年，人还未到学校，我之前的老师们已向小学做了介绍，说是有一位新老师很快要来学校报到了，是位个子矮小的女生，让大家多关心照顾。母校的老师真的像妈妈那样，在他们眼里我就是个没有长大的孩子。当我真的站在眼前时，他们激动得喊出声来："永文已经长这么大啦!"这一声喊，我终生难忘；这一温暖的小话题，我百讲不厌。

因为在织里任教的缘故，我时常去母校的校园里走走，去看看曾经的老师，去得最多的自然是唐老师家，偶尔也会留下来吃饭，就如同当年留宿在老师家的小丫头。记得有一回春节，我们几个同班同学相约去看望唐老师，还在他家一起吃了饭。那时候，母校已经在校园原来的西南角上，建起了一栋新的教师宿舍楼，唐老师一家也搬入了两室两厅一厨一卫的套房。那顿饭吃得真开心，我一口气吃了三个酱烩蛋。后来好长一段内，我吃蛋的笑话成了我们几个同学相聚时的谈资，而我一点也不讨厌同学们总是以此笑话拿我开涮。

回忆青春是快乐的，而校园生活是我的美好年华。高中时期，我的功课有优有劣，最优的成绩是普通话演讲，获得了全校的第一名，数理化成绩也都不错。因为数理化成绩优良，刘老师、冯老师、蒋老师常常亲切地唤我为“小鬼头”。在我获得学校演讲比赛第一名时，唐老师奖励了我一个大大的苹果，那可是我平生吃到的第一个苹果，那种甜甜的滋味至今回味无尽。

而让我常常沮丧的是体育课不行，几乎所有科目都不及格；语文课也存有缺憾，主要是不大爱写作，老师布置的作文常常敷衍了事；还有钢笔字写不大好，字迹歪歪斜斜的。为此，唐老师和其他老师特为我商量对策，颇具苦心。上体育课时，金老师会罚我跑步；我的字写得不好，唐老师专门找我谈话，严肃地告诫我，以后高考时如果字迹不清，阅卷老师要扣分数。良言句句，犹在耳畔。

直至新世纪初，还会跟我素未谋面的织里中学的学哥、学姐、学弟、学妹隔空对话：我们都是织里中学的学生，尤其是唐干轩老师的学生们，我们真的好幸运。而我觉得自己尤为幸运，因为我还成了织里人。

2005 年，存在了整整半个世纪的织里中学并入吴兴高级中学，织里的老百姓叹息不止，从织里中学走出的一代代学子更是深深怀念……

织里中星大药房

| 凌　子 |

织里——你虽不是我的家乡，但我时常会牵挂你。生活中曾几回回想忘却你，但生命中的另一个我却不能答应。毕竟自己最丰沛的人生（三十至五十岁）是在织里度过的。当今网络微信谁没有朋友圈及几十个群呢？我没下放过，但在“织里知青”群里我排行老六。话说上个世纪七十年代，我丈夫曾作为知青下放织里大队。他为人忠诚朴实，一直和他的农民师傅家有往来。20 世纪 80 年代初，改革开放的春风唤醒了江南大地，勤劳能干的织里人走在了湖州改革的前沿，织里镇被列为经济开发区。而当时织里供销社、药店、织里医院还在老街上，织里童装市场已从个体散户逐步进入规模发展。外地务工人员大量涌入。得知当地零售药品供需成为

短缺的信息，我毅然从湖州市精神病院（今湖州市第三人民医院药房）辞职，投入到织里这片改革的浪潮之中。

一石激起千层浪，当我辞去稳妥安逸的工作，在织里开启了湖州市首家个体药店时，母亲心疼又担忧。我宽慰母亲说，年轻时你在爱山学校当老师，父亲在九八医院药房工作，你俩不也热血沸腾奔赴北大荒才有了我，这次我下海就当人生的一次历练。

但创业的辛苦完全超乎自己的想象，从自己洗白大褂、搬药箱、招员工培训开始，没有休息天也没有了固定假期，从年初一到年三十，晚上我也在药店值班，实行 24 小时为民服务。药店最早推行药品经营质量管理制度，对每一位顾客都做到主动热情咨询，规范指导顾客安全用药。老一辈织里人大概都记得人民路 68 号“中星大药房”，我不喜欢别人称呼我老板，也不愿听到“生意好不好”的善意问候。我到织里不是来做生意的，这是我的初心。我用自己的专业知识和真诚良好的口碑换来织里人、外来务工者的认可与信任。2002 年 11 月份由于SRAS病毒传染引发的“非典”，在织里也造成恐慌。我们药店除了加强防范教育外，在进到紧缺药品板蓝根颗粒时，没有提价一分钱销售，这是我们药店对社会尽责有担当。个人的发展融入时代的改革中，也成就了我的社会价值。1994 年我加入了湖州市工商联，同年获得“浙江省十佳青年个体劳动者”“全国先进青年个体劳动者”，1995—1997 年被评为“省级五好经营户”，2000 年被评为“省级文明经营示范户”。在取得荣誉面前我不张扬，如同我经历患难时不张皇。当今的科学技术发展日新月异，知识的更新瞬息万变。我经过两年专业面授学习，2000 年取得南京药科大学成人高等教育专业证书，2003 年我考取国家食品药品监督管理总局颁发的执业药师资格证书。

感恩织里！让我在花甲之年有岁月可回首。当年织里人民路算是最繁华的一条街，药店的路口就是邮电局，在没有手机的年代，我在织里的每晚都要往家里打个电话问安，那时儿子还在读小学，他会很懂事对我说：“妈妈不要太累了。”我心虽受安慰却又觉得欠儿子太多。药店的斜对面有一爿正宗的面店，我们药店开业的头一个月，天天面条吃不厌。穿过小巷狮子桥就是老街，盛夏的夜晚药店关门，我还会在织溪游泳。在织里的几十年光阴中，我们药店除了得到镇政府及工商个协的扶持，还赢得了无数人的理解与支持。我要感谢莲花兜水权家的无私帮助，我要感恩德高望重的毛先生对我工作的指导和教诲。我们药店的广告灯箱是徐世尧老师帮忙定制的，药店的招牌及店内墙上的规章制度、服务公约都是学校的方老师写的。曾有两位七八十岁的老人家一定要称我老师，彼此的尊重与关爱，让我们成了忘年之交。最奇异的恩典相遇，是一位不知名的姊妹来买药时，她包里放着圣经，看我很感兴趣就送我，福音的种子就在不经意间撒下。爱是恒久忍耐，又有恩慈。因为有了信仰，我对人世间的一切跌宕起伏都能坦然接受。凡事包容、凡事相信、凡事盼望、凡事忍耐。当年“中星大药房”随着改革开放应运而生，记得湖州报社记者吴琼采访我时，看我忙得不亦乐乎，形容我“如同穿上红舞鞋停不下来”。如今织里药店遍地开花，我也从而立之年到韶华不再，“中星大药房”的使命顺应告终。织里——你不仅仅是我记忆中的乡愁！蓦然回首，你在我的生命中烙下了印记。

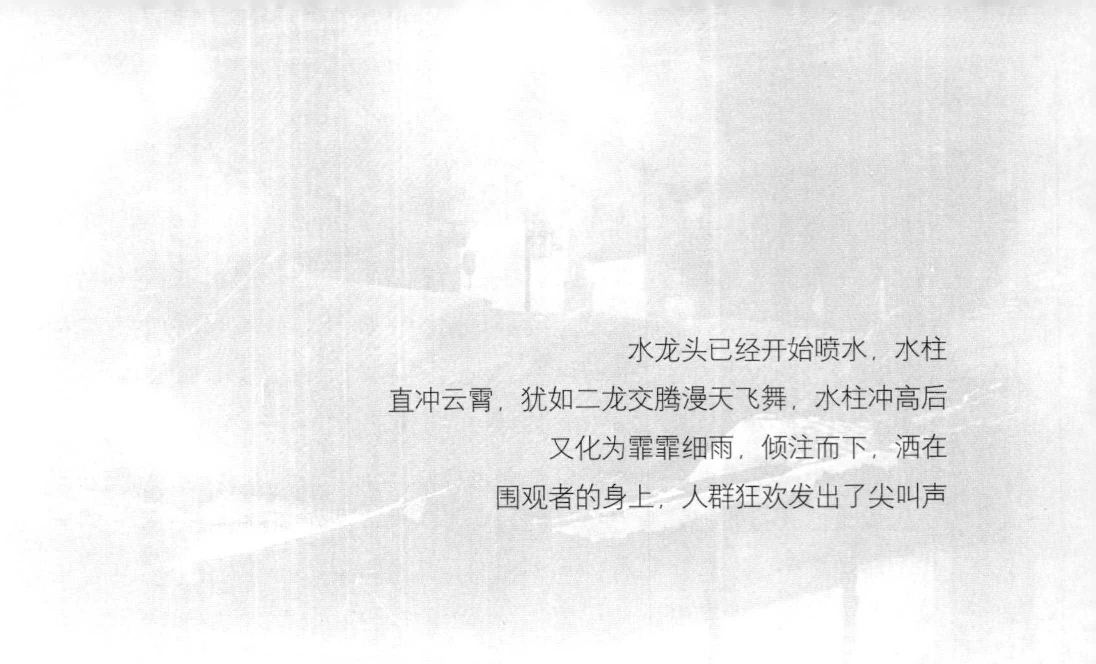

水龙头已经开始喷水，水柱直冲云霄，犹如二龙交腾漫天飞舞，水柱冲高后又化为霏霏细雨，倾注而下，洒在围观者的身上，人群狂欢发出了尖叫声

织里老街“洋龙会”

| 蒋顺娣 |

织里老街形成于明清年代。民国以来，是附近几个乡镇的政治、经济、文化中心，商铺林立，民房密集。傍晚时分，市河中停满了打鱼归来的渔船，与两岸的民居相映生辉。

老街的店铺沿织溪而筑。以街中心的“老當”为中心点，被人们习惯地分为“东村头”与“西村头”。

旧时，民房多为木质结构，几户人家相连，秋冬季节，火灾成了古镇的重大隐患。防火，是老街人的头等大事。

20 世纪 80 年代前，乡镇没有专门的消防机构。织里镇上居民会和各单位自发组织了防火队，每晚分前后半夜巡逻防控，担起防火、防盗的责任。居民会的妇女也都参与，一日一轮．挨家逐户检查。轮到我家时，母亲总会带着我一同前去查“火”。我依稀记得母亲手旦拎着一块写有“火蚀小心”红漆大字的木牌，每到一家，首先要查看灶前灶后是否有堆积的柴火，然后再去查看水缸是否装满清水。“火蚀小心”历来是全镇人民的头等大事。

俗话说：“贼偷一半，火烧全完。”一旦发生火灾，将会给人们带来毁灭性的灾难和痛苦，也就是这个原因，织里镇历来都把防火工作视为一项至关重要的事情。从我懂事开始，父亲蒋阿文、兄长蒋阿土就已成为镇上业余消防队的队员了。那时候称消防队为“洋龙会”，父亲受镇上委派，曾去南浔参加关于消防安全的工作会议。此后他就担任起了织里洋龙会的重要责任。

织里洋龙会的常设地址，是在老街医院的西面，紧贴着“毛娘舅”小店的东墙。面积仅六平方米，门面朝东，大门一半是铁栅栏，里面的设备一目了然：“洋龙”一部，长长的供桌，挑水的担桶一副；朝东的墙上挂着威武的“龙王”神像，红色木柄斧头，放在神位两边。因为这里太狭小，救火用的其他器材都放在我家的楼上。

再来说说洋龙会，墙上挂着的“神像”，有人说是“火神”，又有人说是“东海龙王”。不管他是哪路神仙．每年农历六月某日，老街人就要为这位神仙隆重操办生日纪念活动。祭祀的前几天，我母亲就早早地做准备工作了，磨粉做圆子，淘米裹粽子，父亲还去沈家的纸马店专买了特大的红烛与祭祀的用品……

举行仪式的时辰总是傍晚时分，父亲的说法就是“酉”时。那一日全镇总动员，附近四乡八里的壮年小伙子不约而同到来，仪式的场地就在医院和茧站这块位置上进行。此前几天，父亲已把那只长供桌冲洗得干干净净，龙王神像也揩擦得锃亮，摆放在供桌中央的上方。小伙子们争抢着把那部沉重的“洋龙”抬扛到外面，几位义务消防员在父亲的带领下，把放在我家楼上的所有器材搬到了现场。这时场上的消防人员统一戴上了18世纪的铜质盔衣，虔诚地站在摆满供品的桌子前祈祷，祈求龙王神保佑四季平安，永无火灾隐患。

酉时一到，父亲一声令下，所有人都去抢占“洋龙”两面的位置，因为“洋龙”喷出的水，是靠人力一上一下揿压而喷射的。左右两边各三四人，大家齐心尽力上下揿压，用力越猛喷出的水量越大，喷射的水可达十几米高，足以够上当时的民房高度了。一部“洋龙”一次上阵需要八人，而围观的群众个个都是“消防员”，他们摩拳擦掌，随时准备上阵。哥哥和父亲手中的水龙头已经开始喷水，水柱直冲云霄，犹如二龙交腾漫天飞舞，水柱冲高后又化为霏霏细雨，倾注而下，洒在围观者的身上，人群狂欢发出了尖叫声，忽然一条彩虹横跨天空，祭拜仪式达到了高潮。

仪式结束，“洋龙会”回到了原址。而次日却是父亲与哥哥最累的一天，要把用过的消防器材一件一件洗干净，尤其是那长长的水龙皮带，已沾上垃圾和泥沙，只有哥哥和父亲两人窝在门前的河港里，细心地擦洗干净，再抬到岸上晒干，然后盘起来再放至楼上，他们才能安心。

织里老街的洋龙会，民国年间就存在了，人们已无法记清它扑灭了多少次的火情，它的功绩在岁月流淌中几近湮没。而我记得，当时整个“铁器社”工人基本上参加了洋龙会，早期的人员是：蒋阿文、蒋阿土、郑志云（铁匠阿毛）、盛山林、盛根、陆新大、沈师雄、沈淦清、朱金才、汤富根。后来用机器船救火时，又增加了略懂机械的王大伟、薄根宝师傅，还有东村头鱼行老板吴子宝先生。这些消防人员身上，随带着铜铸的警哨，父亲的警哨是有关部门专发的，其余的警哨都是盛山林师傅照样仿制的，吹起来效果也很好。他们约定，只要听到警哨声，凡消防人员就不分时间，背着沉重的救火器材，抬着那部“洋龙”直奔火灾现场。我当时年小未曾去过火灾现场，但从他们归来时满身的泥水，被烟火熏黑的脸庞，那疲惫不堪的身躯，可以想象他们救火时的情景了。

写到这里，我又想起了哥哥蒋阿土救火中的一件事：20 世纪 70 年代一个寒冷的冬天，织里街南面“姚才逢”生产队费家发生火灾，哥哥救火回家时，身上的棉袄已经冻结成冰，无法脱下来了，裤子鞋子都已烧坏。也就是这次救火，哥哥不幸落下了病根（写到此我心里感觉到一阵心酸），医治无效，英年早逝，享寿仅 42 岁。但他的行为被老街人称誉，织里大队唐四宝大队长和书记郑志高，为了表达对哥哥的敬意和感激，他们说了：“凡是是织里大队范围内的土地、只要本家看中，不必请示都可以作蒋阿土的墓地使用，包括他父亲百年后的墓地……”

可以说，我的父兄都是勇敢的消防队员，每次救火，总是冲在前面。记得有一次，我家后门邻居陶家起火了（主人陶家诗躺在床上看书睡着了，洋油灯点燃了蚊帐引发火情）。哥哥与父亲从隔壁冯毛狗家的天井里跳下去，救出了他全家人。由于天黑不知道高低，父亲纵身跳下时脚关节软骨严重损伤，摔倒在天井里不能动弹。晟舍有一户人家失火，发生在三年“自然灾害”时期，这家人刚从宁夏回来，途中一个孩子挤散丢失了，又祸不单行，遭遇了火灾事故。尽管织里洋龙会人员全部出动，但远水难救近火，他家一个三岁的小男孩葬身火海，消防队员都感到内疚，虽然大家已尽了全力，但事主家的房屋是毛竹和稻草搭建的，燃烧迅速，来不及扑灭。为表示对救火队的感激，他家后来建房时，特邀请我父母参加上梁仪式。

我亲眼看到救火的场面是“文革”初期，织里公社大潘坍港北发生火灾。我那年 16 岁，与同学姚培龙一同去火灾现场，那天晚上天黑得伸手不见五指，当我俩赶到现场时，大火已经扑灭了。我发现好多救火的消防队员受了伤，不是手受伤就是脚被划破。盛根林在救火时，右脚踩在烧断的椽子的铁钉上，流血不止，但他还是无所谓的样子，让人敬佩。虽然是义务救火队员，他们都用顽强的意志战胜困难，都把救火当作了自己的神圣责任。

随着时光的推移，织里老街的洋龙会和那些救火英雄已经远去，但他们的事迹和形象，嵌于老街人心中。

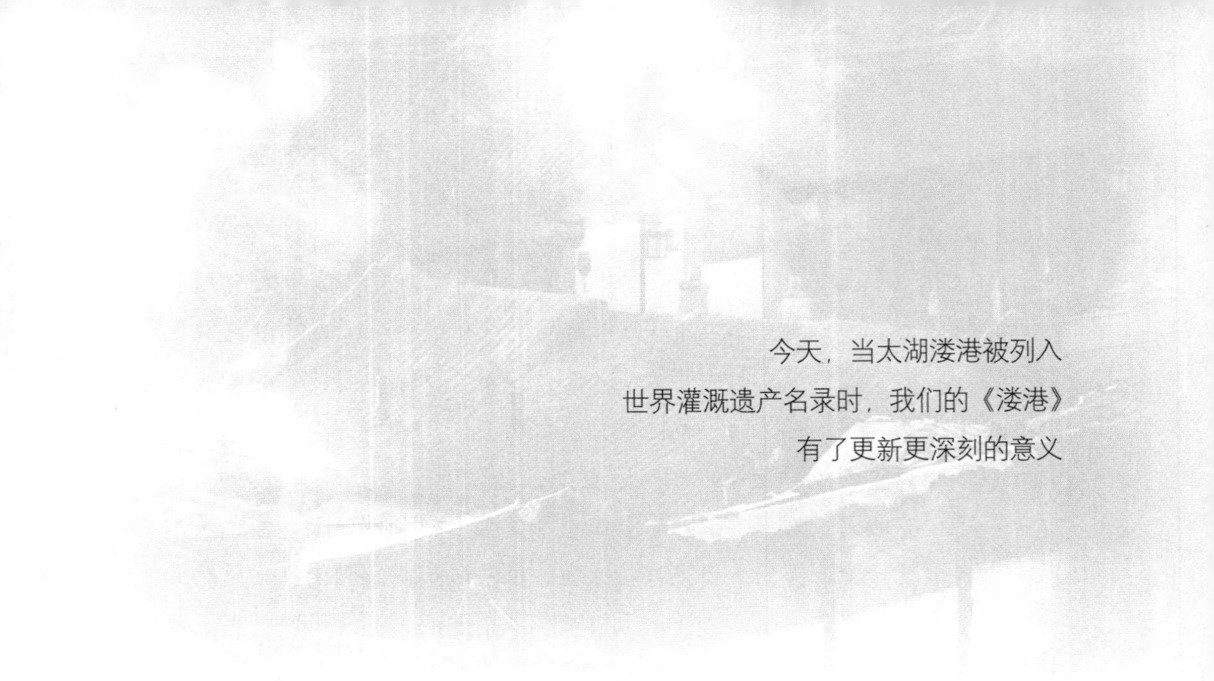

今天，当太湖溇港被列入
世界灌溉遗产名录时，我们的《溇港》
有了更新更深刻的意义

当年，有本油印刊物《溇港》

丨 罗建新 丨

上世纪八十年代的中国，掀起了一股一泻千里的文学潮，大量的文学青年跃跃欲试，才情喷发，催生了大批当今文坛巨擘。文学期刊也如雨后春笋般涌现，甚至县、乡（镇）级也纷纷组织文学爱好者创办文学刊物，登载习作，互相交流。近日在老宅翻阅一些堆积尘封的书籍，无意间发现一本当年我们几个年轻人自己创办的充满乡土气息的蜡刻油印刊物——《溇港》。

望着这本时间有点久远、纸页有些发黄的刊物，不禁勾想起我们一起创办刊物时的那些点点滴滴……

一

那是1985年初春，我还在太湖影剧院做电影放映、戏剧演出方面的宣传工作，同时也参与乡文化站一些群文事务。比如乡里开人代会、征兵乃至计划生育宣传等，帮助出些黑板报，写点会标标语挂贴，抑或组织年轻人举办那时非常流行的卡拉OK演唱、猜灯谜等活动。

20世纪80年代是一个朝气蓬勃、充满活力的时代。那时我发现不少高中毕业回乡的知识青年在劳动或干好手艺活之余，三三两两地潜心自学文学知识，也兴致盎然地试着写写文章；但囿于水平尚浅，无法向大刊物投稿，写好的稿子在自我欣赏陶醉后也就束之高阁了。了解到这些情况后，我和乡文化站站长吴坛宝同志商量着，不如把这些文学爱好者组织起来，集中一些习作，创办一本属于自己的刊物予以刊登，这样既可以给他们发表作品的一席之地，也可以提高文学青年的创作热情，开辟一个年轻人相互学习交流的园地。

两人一拍即合，说干就干……

取什么刊名呢?我们召集了写作活跃一点的几个人（也算是编辑人员）和乡分管宣传工作的领导，集思广益，征求意见。记得那天碰头商讨，有人说干脆就叫"太湖"，有人建议叫"写作"，还有的提议用"乡土"之名。我以为这些刊名虽好，总觉得范围宽泛，有的名称随便哪个地方都适用，缺少特色，跟我们最初的想法缺少契合点。思来想去，最终我们把思路聚焦到刊名要符合地方特色、具有区域标志这一共识上来。

太湖水滋润着南岸的一草一木，遍布的溇港河流静躺在这片丰饶的土地上，历史上就有"三十六溇七十二港"的灌溉工程美誉。由此我们最终敲定一个响当当的刊名——《溇港》。刊物定位篇幅短小，不拘形式，以通俗化、大众化的文艺作品或民间故事为主。无刊号，不发行，不定期，16开本大小，由太湖乡文化站主办。

办公场地也颇费周折。原太湖乡政府院子坐落在北距太湖水面不过200米的一个三面环水的土墩子上，办公用房是70年代建造的坐北朝南、两进十开间的两层砖木结构小楼，前后中间隔着一个大院，看上去着实简朴清贫。本来乡政府办公用房就不宽绰，甚至几个人挤在一起办公，哪有多余的空房给我们？但我们总要有个地方，费尽口舌终于说服乡领导，从紧张的办公楼里，辟出一间堆积杂物的旧库房给我们使用。房子虽然简陋陈旧，但三面通窗，房内还算宽敞明亮。室内靠南窗口有一张小长桌，桌子一端摆放着一部老式油印机，散发着油墨清香。

吴团宝同志十分忙碌，他每天联系组稿，就像收集宝贝一样高兴。不久他竟把十几个作者的二十来篇稿子一块收入囊中。特别是几个女青年写的东西委婉真切，一看是用心创作的。

《溇港》选编用稿标准不求高深的艺术性，但须有一定的趣味性兼可读性，阅后给人有赏心悦目的感知。

准备就绪后，大家开始着手编辑《溇港》。那时，我们几个人各有各的工作，白天无法泡在一起，就利用晚上时间进行排版、刻蜡纸、油印，直到装订成册，工作井然有序。

当时，乡党委分管宣传文化的领导老叶同志对这项工作十分关心重视，将其作为建设农村宣传文化阵地来抓，给我们很大鼓舞，也让我们感到有很大压力。他一直住宿在政府大院里，人也风趣幽默，很说得来话，时不时地来看望我们一下，叮嘱我们要认真严谨，选编作品要符合文艺规律，不能出现有思想性偏差甚至错误的东西。

那个时候，我参加工作才几年，算得上是个文学爱好者。我写了一首诗叫《农村小景》，记不得刊登在哪一期上，也记不得整首诗了，依稀回忆有这样的句子：

夕阳西下
收工的人们脸映着红霞
炊烟升起的地方
是忙忙碌碌的人家

三月的孩娃
拾篮马兰野花
活蹦乱跳的姑娘
雨丝竟淋湿了她的头发

清明的粽子
谷雨的新茶
麦苗鲜，油菜香
几时还有甜甜的瓜

早起的大妈
挑着竹篓鱼虾
踏碎露珠的宁静
去采一阵集市的喧哗

小船静静地伴着小鸭
黄狗也在水中划
鸟儿飞过来
惊起岸边青蛙……

二

当年编辑人员分工，我主要负责刊物的排版刻印，工具是一块钢板、几支蜡笔、一盒蜡纸。要说刻字倒真有点技巧性，在钢板上刻轻了怕印不出来，刻重了容易弄破，只得小心地、一笔一画地工整刻写。页内还要配点装饰花边图案，这些图案或者封面、刊名还得用圆头大刻笔细磨，使之印出来油墨饱满，富有美感。局限于当时条件，一本刊物全要手工刻字，其中有一期我连续一个礼拜埋头刻写，到后来手指僵硬、肘臂发肿，虽觉辛苦但乐此不疲。

油印也是细功夫。那部乡政府仅有的老式油印机，是我们唯一的印刷工具。滚筒式的油墨辊在印盘上急推缓收，轻了印出来模糊，重了可能油墨渗透堆积，印在纸上不易干。因为是力气活，晚上我们几个人轮流刷印，一张一张取下来，再小心翼翼地平铺到干爽的丝网上，待次日慢慢晾干，最后按页码装订成册。那时一干就到半夜，毫无怨言，干完活自嘲变成夜猫子而其乐无穷。这里还有一个小插曲，有一天晚上干完了手里的活，肚子有点咕咕叫，不知是谁竟豪爽地请我们一起去宵夜。好家伙，那时哪有什么吃夜宵的地方，不像现在餐饮店到处都有，甚至通宵营业。记得太湖小街上只有零星几爿俗称菱苦土瓦搭建的简易小馄饨店，店门口立了根竹竿，上面系一盏不太明亮的电灯泡。等我们忙完，因时间太晚馄饨店已关门，相互打趣后只有悻悻然回家。

至今仍清晰记得，1985 年 7 月份，一本带着辛勤汗水、飘着油墨芳香的创刊号（共 9 页）终于新鲜出炉。我们在刊内开辟有小说、诗歌、散文、传说等多种文学样式的栏目。《溇港》一经面世，分发到读者手中，好评不断，几乎人人点赞。局限于当时多种原因，《溇港》的生命期较短，记忆中好像只办了三期，而今天能找到的，可算凤毛麟角了。

这是一段难忘的经历，带来的是曾经的喜悦，留下的是美好的回忆。今天，当太湖溇港被列入世界灌溉遗产名录时，我们的《溇港》有了更新更深刻的意义。

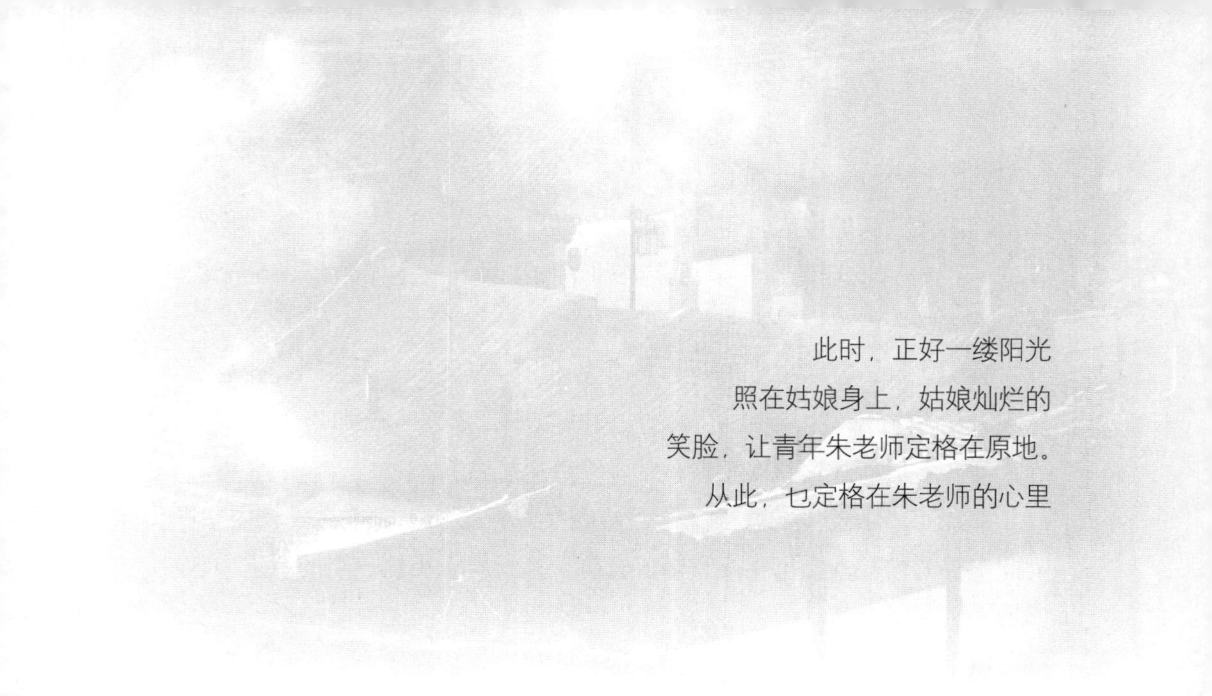

此时，正好一缕阳光
照在姑娘身上，姑娘灿烂的
笑脸，让青年朱老师定格在原地。
从此，也定格在朱老师的心里

其乐融融的织里中学

| 徐根梅 |

有人说，人生的每一段回忆，都有密码，一旦时间、地点、人物组合正确，无论尘封多久，那人那事那景，都将在遗忘中重新拾起。当“织里城事——记忆乡愁”呈现眼前时，其乐融融的织里中学校园生活，便一幕幕浮现在我的脑海。

20 世纪 80 年代末 90 年代初的织里中学发展迅速，学校有初中、高中，还有职高。学生骤增，班级增多。学校招进了为数不少的年轻教师。青年多，喜事多，且内部教职工姻缘组合也多。新人喜事的日子一定，校园就一派喜气洋洋。年轻人的婚房大都在校园教工宿舍，有人的婚宴也在学校举办。青年教职工都是新郎的小朋友或新娘的小姐妹。而介绍人往往都是陈鸿达校长的爱人，年轻人都亲切地称她安霖姐或安霖阿姨。操办婚宴的一定是唐干轩老师和朱海棠老师，如果婚礼有主婚致辞这个流程的话，那主婚人就一定是石锋英书记或陈鸿达校长了。

喜庆之日，校园主干道两边彩旗飘扬，迎亲队伍一入校园，操场上气球飞升，鞭炮齐鸣，锣鼓喧天。校内的教职工家属也就加入了迎亲的行列，涌向新房，齐贺新郎新娘喜结良缘百年好合！

那几年，学校里一些教工子女男婚女嫁，婚礼一般也在学校内举办。为此，校园内基本上每年都有婚庆喜事，这给位于小镇一隅的织里中学校园增添了无限喜气。

织里中学的教职工来自全国各地，除少数几位在镇上有私房的教工住在本宅，其他的无论年长年轻，成家或单身，都居住在校内。学校宛如一个大家庭，而年夜饭就是大家庭一年一度欢聚的大事情。

元旦过后，年夜饭的筹办事宜就摆上议事日程，年夜饭如何创新出彩，也会成为教职工及其家属讨论的话题之一。学校每年的年夜饭，一般都安排在放假前一天，届时，全体教职工带着家属儿女，齐聚一堂，辞旧迎新。家属们一定都是穿戴一新，喜笑颜开。而具体操办人，还是唐干轩和朱海棠两位老师了。食堂工作人员就是主厨和服务员，家属就是小工。兴起时，会烧菜的教职工也会露上一手厨艺。

年夜饭开席，食堂餐厅就成了欢乐的海洋。一百多号人欢聚一堂，互相祝福，恭贺新春。孩子们在餐桌间嬉笑穿梭，大人则在餐桌前举杯互敬。前辈寄语希望，后辈祝福未来。酒酣之际，划拳声此起彼伏，更有人会高歌一曲。欢声笑语，荡漾在校园，也激荡在大家的心田。

那时，织里镇上只有一家简陋的影剧院，没有其他娱乐场所。为了丰富大家的业余生活，学校工会想方设法开展一些活动。记得有一年，打听到农业银行内部的职工活动室有棋牌室、有卡拉OK设备，还有舞池。学校领导就托人联系，银行领导很大方，让我们学校的教职工美美地活动了一次。下棋、打牌、唱歌、跳舞，各自尽情施展才艺爱好。吴时宏的围棋所向披靡，没人能与之匹敌。年长一些的，大多喝茶聊天了。我最喜欢听朱老师讲他和夫人姚阿姨的爱情故事了，故事里最经典的画面是：年轻的朱老师随妈妈走亲戚住宿在阿姨家，早晨醒来，往窗外一望，见一位曼妙身材的女子站在走廊的洗脸间洗漱，女子循声回望，朝青年朱老师莞尔一笑。此时，正好一缕阳光照在姑娘身上，姑娘灿烂的笑脸，让青年朱老师定格在原地。从此，也定格在朱老师的心里。我问朱老师当时的感觉，他眯着眼愉快地答道：回眸一笑百媚生。

而最能展示教职工才艺的活动，是学校大型的主题庆典和文艺汇演，不管是红五月的歌咏会，还是元旦文艺汇演，一定都是师生同台表演。特别是元旦迎新，教师中的文艺爱好者都会上台，唱歌的、拉琴的；有独唱，有合唱，尽显文艺范。张强的歌声洪亮，刘英群的歌声温婉，任志海的歌声清澈。记忆颇深的是任老师的《小白杨》，那深情的歌声在礼堂飞扬，飞过每位教职工的心头。

篮球是最简单利索的运动，也是最讲究配合协作的运动。校园的篮球场永远是欢腾的，篮球架下，常有年轻人的身影。下班后，有自发的小型赛事，那是临时凑起的比赛；周末，是各学科组有计划有安排的正规对抗赛，即语文组对数学组，政史地组对理化组，还有教师组对学生组等。只要有比赛，学生、教职工、家属把球场围个水泄不通，且自然分成两个啦啦队，各自为心目中的球队或老师呐喊助威。

喜爱运动的大多是年轻的教职工。数学老师徐坚，篮球打得好，排球也不赖，乒乓球更厉害，为此，场上都有他的身影；学生运动会上也会显身手，撑竿跳的身姿停在半空，让我惊异得张大了嘴。数学吴老师眼睛近视，比赛又不能不戴眼镜，但也常常冲锋上阵。眼镜常被人打落，眼镜架摔坏了，却因赛事频繁而来不及换新的，就用牛皮筋箍住眼镜架，让它继续发挥作用。

印象最深的运动场景是：身材矮小的数学老师汤雪峰，敏捷地穿梭在队形中，对方正利用身材高大的优势阻挡在他面前，只见他一个急转身，从王立新的手臂下一跃而起，稳稳地将球投进篮筐。场边随即响起一阵惊呼！

那球场的欢呼声，尖叫声，还有一浪高过一浪的“加油”声，响彻在校园上空，也时常回响在我的耳畔。

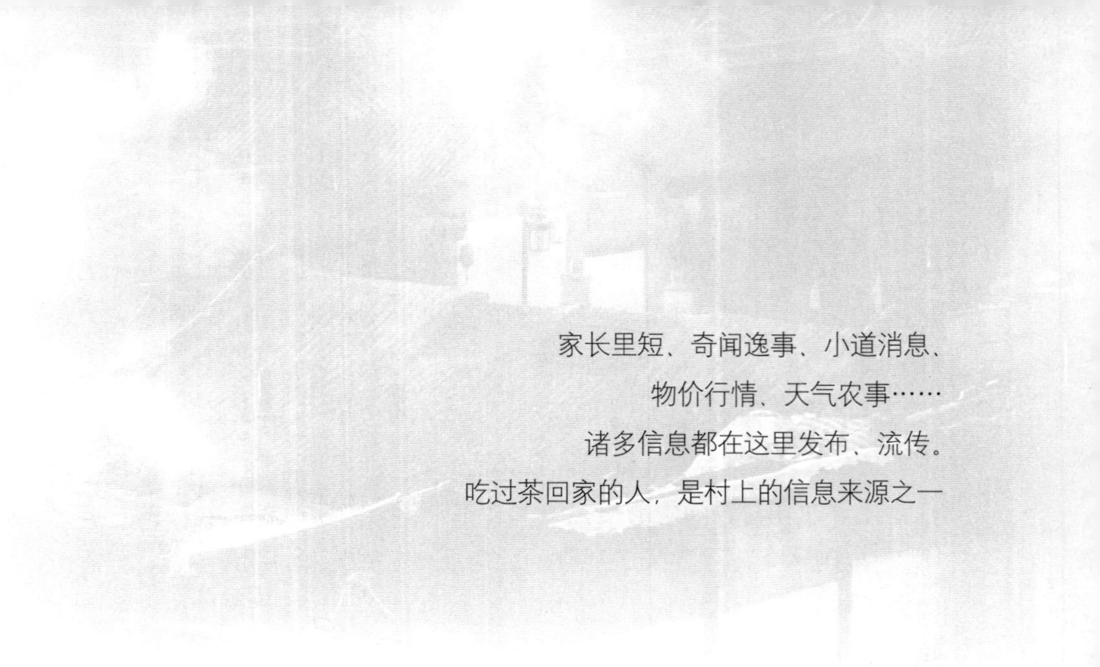

家长里短、奇闻逸事、小道消息、
物价行情、天气农事……
诸多信息都在这里发布、流传。
吃过茶回家的人，是村上的信息来源之一

晟舍街上老茶馆

| 闵　俊 |

天下茶馆之最有名的，扬州算是一处，不过说起扬州人“皮包水”的时候，淮扬点心的风头大过喝茶。天子脚下北京城，自然是老舍先生的《茶馆》，新中国话剧舞台最经典剧目。在汪曾祺先生笔下，昆明的茶馆则成了西南联大生活的一部分。

江南水乡，喝茶叫“吃茶”，茶馆叫“茶馆店”，上茶馆有时也叫作“孵（方言，音bu）茶馆店”。水乡各处古镇、集市，或大或小，总有那么一爿茶馆店。上个世纪七十年代的晟舍老街，虽然已经萧条到百多米长小街的一个集市，但还是有一爿茶馆店，位置就在老街的北段，卫生院和水产村之间，如今晟舍小学的河对面。

老茶馆店有五开间，其中一半兼卖点心饮食，一半是吃茶的地方。临街面河而建，门外有廊，盖住了街面，廊柱直接搭到了石帮岸上，帮岸连着河埠头。遮风避雨，水陆便利，于是成了集市上最热闹的一段。店里设施简陋，方桌、条凳而已，茶具是极其普通甚至有些粗糙的茶壶，茶叶也是最便宜的那种，有些老主顾是自带茶壶甚至茶叶的。简陋和普通不影响其闹猛，每天总是人声鼎沸的样子。

孵茶馆店的人员纷杂，总体以老年男性为主。在那个衣着单调的年代里，茶馆店里能看到不少对襟布衫中式大腰裤、甚至腰系"作裙"的老人——其实按今天的眼光，这些"老人"年龄未必大到哪里去。老人大多居住在附近方圆几里、路程不超过一个钟头的村坊上，大致南不过塘港，北不过朱湾，东边最远到云村，西边远到河西。过了这些地界的村坊，老人要上街吃茶的话，就会到离村子更近的集镇了，比如织里、旧馆、升山。

人声鼎沸之外，茶馆店的另一个景象是烟雾缭绕。来这里"吃茶"的人几乎都"吃烟"，香烟大多是价格很低一毛乃至几分钱一包的，更多的老人"吃"的是"潮烟"。"潮烟"的香味独特，"潮烟管"竹制，半尺长，"吃"完了，烟袋一卷，腰上一插。"吃烟"的人计时也和烟有关，常说"一管烟的工夫"——和"潮烟"有关的另一句话叫"要紧关子掼潮烟"。吞云吐雾之际，人声鼎沸之间，家长里短、奇闻逸事、小道消息、物价行情、天气农事……诸多信息都在这里发布、流传。吃过茶回家的人，是村上的信息来源之一。

老人上茶馆店，大多还提着个篮子。篮子一般是竹编的，考究一点也有藤编的，后来时新一点的也有硬塑料条编的。篮子款式一般有圆有扁，新式一点长方形的也有，还有更古朴的"盖篮"。篮子里一般放一把茶壶——也有搪瓷杯的；也有放一点下酒菜——常常只是一个咸鸭蛋或者一把炒蚕豆；有时还会放一点恰好自家房前屋后摘下来的"地头花絮"——可以是几条丝瓜一把豇豆一个南瓜什么的，就放在茶馆店的门口出售。回去的时候，篮子里往往会多了点东西，有的是日常上街采买的油盐酱醋或者针头线脑，有的是想改善一下伙食特为到街上"断"的四两肉，也有的只是带给小孙子的几颗"粒子糖"。

茶馆店还是老街的重要娱乐场所，因为它有时也兼做书场。到这样简陋的乡镇茶馆店说书的，也只能是跑码头的江湖艺人，说的也不会有“弹词”——琵琶弦子伴奏有说有唱，乡下管它叫“小书”——节奏太慢且文绉绉的不好懂。所以说的一般总是“大书”——“评话”，只说不唱。一个说书人，就凭着一张嘴一块惊堂木，上下五千年纵横八万里，江湖恩怨家国情仇天下大势，照样说得惊天动地荡气回肠。说书中间有那么两三次，茶馆店伙计会拿着一个家什（水勺居多）到各张桌子收钱，茶客们纷纷打赏，多少随意，不过几乎没有毛票，多是钢镚儿，一分两分五分地往里扔钱，叮叮当当，倒也好听。

我很小的时候就在这里孵茶馆店，为的是听书。茶馆店的经营者是我家邻居，允许我坐在他的柜台边静静地听书。三国、水浒、杨家将、三侠五义、说岳全传，一部部陆陆续续听着；张飞阿三关云长、林冲武松鲁智深、焦赞孟良杨六郎……我都是从茶馆店听书的时候认识的。

42 年前，一艘大船
将我和数百知青送入这片土地时，
不知这里的人文底蕴如此深厚，更不知
这里还出过天文学家和雕版印书家

我对这片土地依然情深

| 马红云 |

多久，没踏入仁舍公社先锋大队这片土地？一度以为此生将会掩埋于此。一晃，整整 42 年。离开了，就再也没有回去过……

今年开春，通过微信平台，知青“老菜帮”们，一找一，一对俩，一个个在虚拟空间里相遇、问候……终于按捺不住相见的渴望心情，5 月的一个艳阳天，20 位相继插队在同一大队的 50 后知青，离开了黑土地 40 年后，在青山钓鱼台民国饭店相聚了。

青山钓鱼台不是入乡地，饭店主人朱荣贵却是落户先锋大队的老知青，是他向先锋“战壕”里的知青抛出了“橄榄枝”。这位曾在大型纪录片《壮别天涯》里扮演过蒋介石的朱荣贵，前几年在湖州媒体红过一阵，称他是相貌最神似的特型演员。2015年，我与他缘见过一面，竟然都没认出对方是一个大队里的知青。分手40年后，是他建了知青微信群，将昔日的战友呼唤在了一起，首次在他的小小“领地”，叙述喜怒哀乐的成长经历，致意在先锋大队逝去的青春……别时，相约“六一”儿童节去故地——仁舍（晟舍村）看看。

时间从不睡觉，“六一”神速而至。清晨，狂风暴雨的节奏敲打不停，窗外，白茫茫一片。望着溅起的水花，摸着受伤的脚踝，犹豫久久，眼前竟然闪过冒雨赤脚走在田埂上的画面，晃过电闪雷鸣、狂风冰雹、桑树林遭遇“鬼打墙”的情景……

一大清早，思绪沿着青春梦的边缘滑行，渐行渐远。

离集合出发的时间越近，雨越大。就在这个点，求助无果，头脑里却有一首歌在召唤，必须前行。

一路行走，狂风撕扯着雨伞，雨水打湿了裤腿，不到300米的乘车集合地，扭拐着脚竟走了10多分钟。

车行半小时，20位知青冒雨抵达当年插队落户的地方。那个叫仁舍公社先锋大队已不复存在，改名叫晟舍村。昔日的大队干部，早已等候在村委会办公室。

近乡情更怯。心想：插队在一个大队的知青，离别40年不曾相见过的人，容貌变了，走过、遇见难相认了，更不要说当年那些大队干部、生产队队长了。

然而，当先锋二队队长王发林站在眼前时，我一眼就认出来了，大叫：“你是发林队长?!”他疑惑地问：“红云和小惠来了吗?”叫着我的名字，对面相见不相认！王队长，还是当年那个憨模样！言语不多，总是用行动帮衬着生产队里的每一位知青。当然，知青们也一辈子记着他的好。

问候、唠嗑声一浪高过一浪，我将视线转向晟舍村支书闵锦水。记得插队时，她还是个漂亮的小丫头。那时，我与她姐姐闵水珠交往甚密，她姐是仁舍公社广播站的播音员。一次在公社开会，我意外受伤，后脑勺着地，不省人事，被抬进广播室，放倒在水珠的床上。事后，听人说我昏迷了几个小时，把水珠急坏了，又是掐人中，又是口含凉水喷我脸……苏醒后，一直心存感激。1976年，水珠被推荐上浙江农大，第一次放寒假回乡，请几位知青喝她家自酿的米酒，差点喝醉。顶职回城后不久，还赶到晟舍闵家喝了水珠的喜酒。一别40年，各忙事业，两人再也没有欢聚过。每次见到水珠的妹妹锦水，知青往事都会徐徐飘过……

因缘所致，最近两年遇见锦水，都与晟舍人文盛事有关。一次是为了筹建“凌濛初纪念馆”，织里镇邀请10多位省市有关专家、学者座谈考证，她的发言至关重要；另一次是晟舍利济禅寺举行《晟舍利济禅寺志》首发式，场面很大，有数百人，她登台说，《晟舍利济禅寺志》编纂成书，使千年古刹告别了有寺无志的历史……机缘巧合，在校看这部32万字的寺志时，对插队落户过的这片土地，尤其是这片土地上的人文历史产生了极大兴趣。在查阅相关资料时发现：村支书闵锦水是闵氏后人，一套珍贵的家谱——《闵氏家谱》，通过锦水本人及各方努力，2014年终于在上海图书馆复制回来。据悉，《闵氏家谱》共12册，记载着闵氏家族明清两朝荣辱盛衰的历史。还有一本清同治年的《晟舍镇志》，为后人深入研究凌、闵两家的发展历史，提供了翔实的史料。

42年前，一艘大船将我和数百知青送入这片土地时，不知这里的人文底蕴如此深厚，更不知这里还出过大文学家和雕版印书家。后来看到史料记载才知：晟舍凌、闵两家是明清两朝名门望族，均为江南雕版印书名家。中国古典小说《初刻拍案惊奇》《二刻拍案惊奇》的作者凌濛初，竟然也是这方水土上的人。爱上写作的知青，能不为这片神奇的土地点赞吗？作为媒体人，对第二故乡的人文关注也是澎湃的！

别梦依稀，插队落户时，记得晟舍和织里是分开的。这次回晟舍，两眼汪汪见老乡时被告知：15年前，晟舍村由晟舍、白鹤兜、水产三个行政村合并而成，属吴兴区织里镇。

如今，吴兴人都知道，这块热土肥得流油！难怪当年有知青返城后又重新入乡了。

曾几何时，安身立命的“知青小屋”不见了，用青春和汗水洒过的田野、村庄消失了，踏过的田埂、种过的粮田成了蜚声中外的中国·织里童装名镇……我生命中最青春的三年在此度过，曾两次差点命送黄泉，仍三番五次对晟舍文化寻根究底……因为，我对这片土地依然深情！

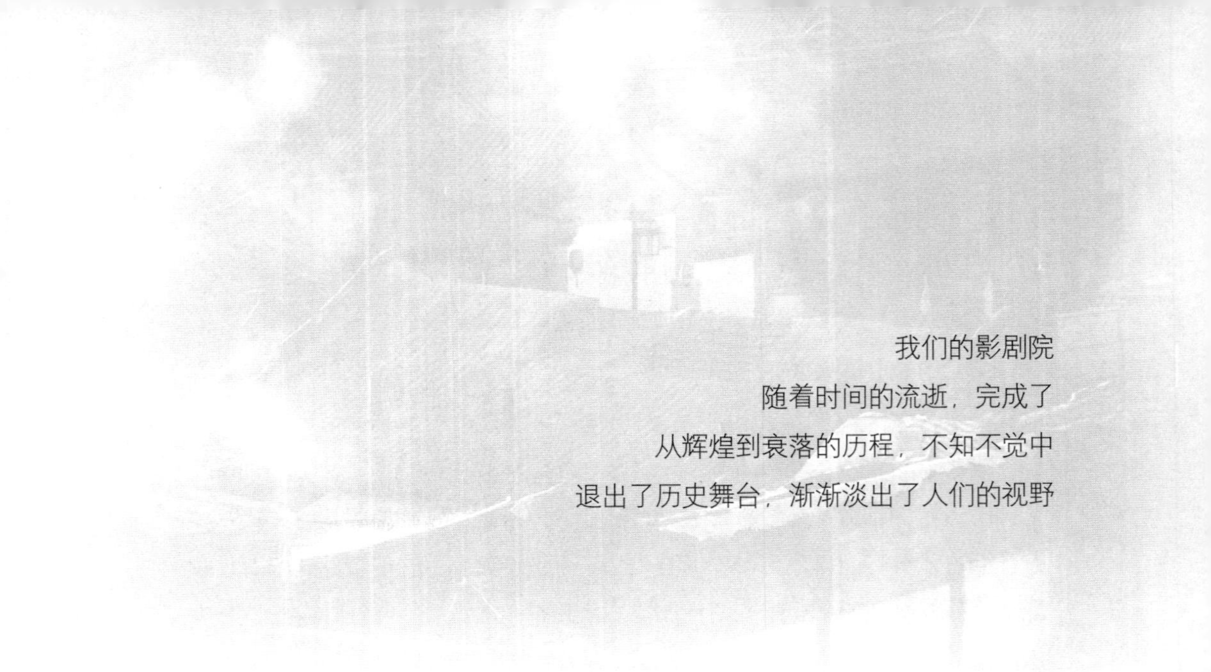

我们的影剧院
随着时间的流逝，完成了
从辉煌到衰落的历程，不知不觉中
退出了历史舞台，渐渐淡出了人们的视野

太湖影剧院那些事

罗建新

露天看电影，是上世纪七八十年代农村独特的风景，也是那一代人的共同记忆。

1983年10月，一座崭新气派的演映场所——太湖影剧院，在不见繁华、略显清冷的太湖公社所在地，幻溇小集镇拔地而起。从此太湖溇区的广大群众告别免费看露天电影的传统习俗，像城里人一样买票进入影院，感受更加清晰惬意的音画体验。

不难想象，在当时地方财政收入捉襟见肘的情况下，太湖乡能够斥巨资建造这样一座影剧院是何等的不容易。落成之日彩旗飘扬，锣鼓喧天，鞭炮齐鸣，兴高采烈的人们从四面八方赶来，见证一场有史以来最宏大的庆典盛会。我参加工作后听领导介绍，这座影剧院光基建投资就高达三十余万元人民币，还购置了八一电影机械厂生产的松花江牌35毫米放映双机及其他附属设备，这个数额在当时是“高大上”的阔绰手笔。影剧院除了演映功能外还可以安排乡里的大型会议或其他活动。

影剧院位于幻溇集镇一条东西向不长的小街上，坐北面南，外观如一艘远航的巨轮，在当年周边一片简陋平房中，格外耀眼，用现在说法是地标性建筑了。一眼望去，“太湖影剧院”这五个大字特别醒目锃亮、苍劲有力，这是已故湖州籍著名书家李英先生题写的。拾级而上进入前厅，迎面是一幅巨型壁画，画面描绘的是桂林漓江山水美景，气势壮丽，色彩明艳，这幅油画是市群艺馆画家李阿庆先生化十多天工夫画成。推门进入观影大厅，观众席可容纳900多个座位，高旷而空灵，坐着感觉温馨舒坦。再往前看，巨大的红色丝绒帷幕从天而落，直垂地面。徐徐拉开，兼具戏剧演出与电影放映的多功能舞台效果，极具现代时尚色彩，这在当时乡镇影院中是首屈一指的。

我是1983年11月底应招进入影剧院工作的，在这之前我还在社办初中做代课老师。乡里造了这么高大华丽的影剧院，令我心仪不已，成了我心驰神往的圣地天堂。当时乡里因报名人数太多，而招收员工只有三人，决定通过考试择优录用，设置了两人学技术、一人搞宣传的岗位，日常业务管理由乡政府委派老同志担纲。记得那次考试科目一是综合卷，二是书画卷，考场设在原太湖乡政府会议室内。那天上午考综合知识，我发挥一般，考得不甚理想。下午考写写画画，我画了一张炭精素描像，下方还规规整整配了四个美术字，整张画面比例关系、明暗处理等都感觉良好。兴许我的画吸引了评委，没过几天，乡里有领导打电话到我任教的东桥中学，通知我说被录取了。我和同时录取的两人前去报到，那是1983年11月30号。不久另外两人去湖州宁长电影院培训电影放映技术，我经电影公司宣传科长介绍去了双林电影院，拜资深美工仰崟之先生为师，学习画电影海报和写各类美术字。仰老师平易近人、和蔼热心，几十年过去了，老师也在几年前作古，但我依旧记得他的音容笑貌而深深怀念。当时影院条件极其有限，不像现在有电脑喷绘合成就可以了，所有排映的电影都需要美工参照剧照小片，用水粉画放大张贴到影院门口的挂板上，写上上映时间，起到宣传广告作用。

在老师那里学了九个月后回到本单位，我用自己所学的一技之长刻苦钻研业务，努力提高画艺，收获了点滴成绩。大概是在1986年，市电影公司组织电影海报展评和幻灯片展映，我都选送作品参展。其中电影海报武打片《黑匣喋血记》荣获三等奖，粉刻套色幻灯片《太湖在前进》获得鼓励奖。

20世纪80年代，农村文化生活十分单调，影院开映后天天门庭若市，热闹非凡。有好看的电影时，一票难求，我们在影剧院工作的几个人几乎都成了香饽饽，时常有人来求票。清晰记得那年放映一部西德立体电影《老枪》，观众进场每人配发一副黑色的电影眼镜，这样观看时才能显示3D效果，有种身临其境的感觉。这种新鲜的玩意那时谁都没见过，观众直呼过瘾。片中有个场景是个外科医生拿起一把老枪歼灭德军的画面，子弹犹如在眼前飞过直击观众的胸膛一般，立体效果十分惊奇刺激。我院连映三天座无虚席、欲罢不能。特别后来一本新编越剧戏曲艺术片《五女拜寿》的上映更是引起极大轰动，十里八乡的群众如同赶集似的蜂拥而至，挤满了小镇，影院爆棚。这本戏曲片是由浙江小百花越剧团演出、长春电影制片厂搬上银幕。该片故事情节曲折，人物鲜明，年轻演员相貌出众，唱腔清婉，行当齐全，声情并茂。放映20场次，观众看得如痴如醉。值得一提的是这本剧目的编剧顾锡东先生是省内著名的戏剧作家，创作有《蚕花姑娘》等多部在全国有影响的剧作。他是浙江嘉善县人，“文革”期间受到错误冲击，下放到太湖公社潘溇大队接受劳动，仍笔耕不辍。他的作品在全国乃至海外都有较大影响，深受观众喜爱。

一般情况下，农村影院35毫米影片由市公司每月排映一次。新发行的电影首先在市区各影院轮番上映，乡镇影院被排在二至三档期。因为当时交通不便，每次调片带来不少麻烦，大多时候我们几个青年轮流去市公司领取拷贝。一部影片的拷贝分装在两个铁皮箱子里，那时我只有一辆轻型飞花牌自行车，两个箱子往后车架一挂，快乐地一路飞奔而不觉累。踏到城里饿了，就去总工会边上小弄堂里街道退休工人开的面馆，吃上一碗热气腾腾、味道香浓的油渣面，顿觉一身轻松。

影剧院除了放映电影外，市演艺公司会安排一些文艺表演团体来我院演出。我院首次接待的剧团是本市的湖剧团，连演三天，场场爆满。演出剧目有湖剧“看家戏”《麒麟带》，还有《陆雅臣》《庵堂相会》等。湖剧唱腔融入本地方言，江南韵味十足，听起来亲切柔美。那次来我院演出的有湖剧名角许丽娟，以及肖明芳、高芸娣、高兴发、劳志良、周景陆等中坚演员。演出时间虽短，却跟我们结下了友谊。

还有一个不能不说的剧团——安徽蚌埠京剧团，他们带来的剧目是京剧《孙悟空大闹无底洞》，演了三天四场，大放异彩。该剧舞台置景美轮美奂，孙悟空表演逼真可爱，生动感人，动作功力扎实，活脱脱展现了一个家喻户晓的孙悟空形象。剧团曾拍摄过同名电影戏曲片，这次前来演出的演员全是银幕上的原班人马。三天的演出，剧团分成盈利不少，演完告别前一晚，他们很客气地摆了四桌酒席，备了一些好酒好菜，还宰了一头大湖羊，邀请乡里领导和我们共进晚宴，以示庆祝演出圆满。碰得不巧，我被安排在乡党委书记等领导一桌，怕自己年轻入席不自然便溜了，那天没有吃到美味，还真有点后悔。

时光的年轮到了 20 世纪 90 年代中期，在各种新型娱乐形式的强势冲击下影剧院越来越不景气，电影放映市场趋于低迷，影院难以为继。那时农村流行起家里办喜事或造房子上梁，主人会为村上父老乡亲放上一场电影，以彰显喜庆吉祥，向乡亲表示谢意。我们经常会接受这样的邀请，带上一部喜庆题材的影片去闹个场子，映前还不忘放上几张祝贺的幻灯，这也能收取一定的费用，增加点收益，弄得好还可以混顿丰盛的晚餐。

如今农村数字电影院线、流动放映院线替代了影剧院的放映功能，而我们的影剧院随着时间的流逝，走完了从辉煌到衰落的历程，不知不觉中退出了历史舞台，令人唏嘘。今天，那座曾经令人称誉的影剧院依然耸立在原址，但它的名字却叫“惠隆超市”了……

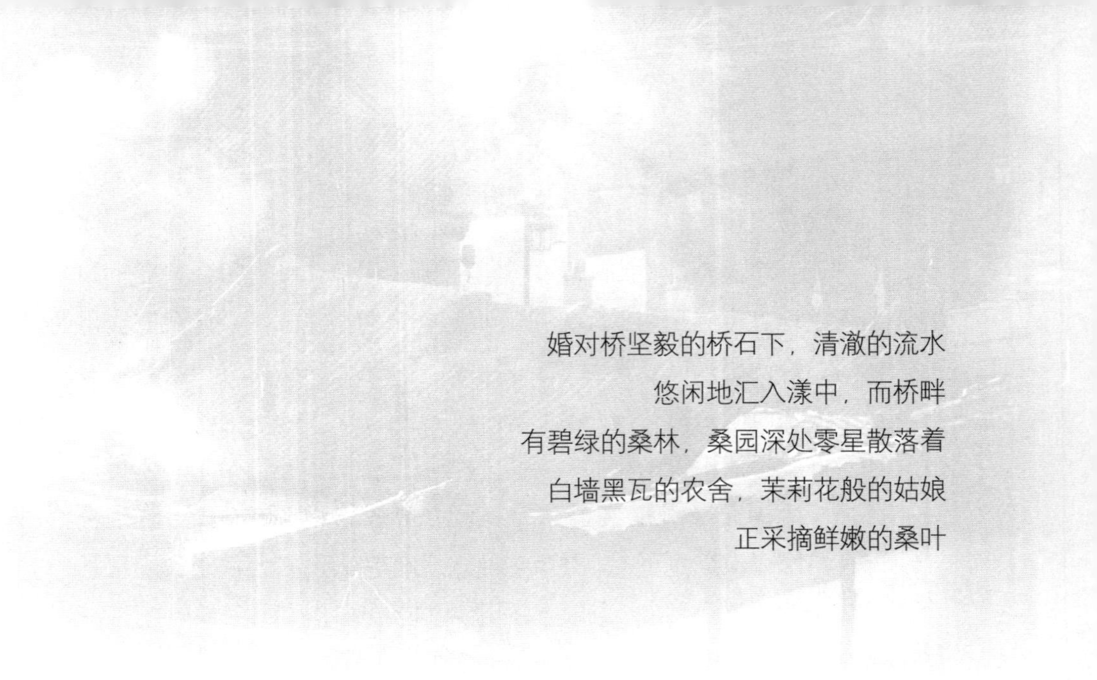

婚对桥坚毅的桥石下，清澈的流水
悠闲地汇入漾中，而桥畔
有碧绿的桑林，桑园深处零星散落着
白墙黑瓦的农舍，茉莉花般的姑娘
正采摘鲜嫩的桑叶

遇见婚对桥

| 陈　红 |

江南多桥，每一座桥都有自己的故事。

太湖南岸湖州东部一带溇港纵横，阡陌交错，古桥众多，风景优美。有一年听了谢占强老师在大众书局题为“一座古桥”的讲座，在他娓娓道来的语言中感受到古桥的魅力，感受到我们这座城市深厚的文化底蕴。于是，业余时间访古村、走古桥便成为我和先生乐此不疲的休闲方式。

婆婆的老家在太湖边的义皋村，这里古朴典雅，宁静宜人。闲暇之余，我们常跟着婆婆到义皋舅舅家做客。我们看过这一带很多形态各异的古桥，以拱桥居多，也有梁桥。随着现代交通的日益发达，古桥逐渐成为一道人文景观。桥虽然不会说话，静静地横卧在小河两岸，但每一座桥都是有生命的。

近日有幸参加由织里镇党委、湖州文学院联合举办的“春暖溇港”作家采风暨“红色展厅”启动仪式。根据活动安排，我们小组在徐世尧、潘连江、许羽老师的带领下，走访了庙兜村的几处古迹和富有现代田园气息的漾湾里，听老人们讲述早期中共地下党组织在抗战期间的英勇事迹。

庙兜村的古迹中有座“婚对桥”，听名字应该与婚姻有关。早年，婚对桥躺卧于北塘河上，是织里到义皋的必经桥梁，名气很大，织里方言称之为“灰堆桥”（谐音）。现在我们看到的是宽阔的水泥桥，便于汽车交汇通行，真正婚对桥的古桥石板已移至附近晒甲漾旁的一条小河上。在老师们的引领下，我们见到了古桥桥额的尊容。桥板的材质是著名的武康石，桥的一侧刻有“婚对”、另一侧刻有“塘桥”的阳刻文字，“婚对”字旁刻有“光绪廿二年”。据老师们介绍，此桥明代崇祯《乌程县志》上就有记载，距今已四百年，我们见到的桥额是光绪二十二年重建时所刻。清同治《湖州府志》上记载，婚对桥为三孔石梁桥，可见这桥石板的长度远不止目前所见的样子。桥下的石墩上有半副桥联，为阴刻文字，能看清楚的是中间“冷百年恩”四字，其余字迹模糊。我们在走桥的过程中看到的桥联以阳刻文字居多，阴刻的很少。从这掐头去尾的残存文字中猜测，婚对桥的出现可能会牵扯出一段凄美的爱情故事。好奇心驱使我向村里的老人和义皋村的亲戚打听婚对桥的来历，但大家都说与婚姻有关，究竟是怎样一个故事不得而知。我个人推测可能与当地的婚嫁习俗有渊源。

婚对即婚配。结婚是人一生中最重要的大事之一，中国古代在婚嫁上有一套隆重繁杂的程序。古代结婚有“三书六礼”之说。三书指的是聘书、礼书、迎书；六礼指的是纳采、问名、纳吉、纳征、请期、亲迎；男女双方经过了上述程序才可拜堂成亲。程序的繁琐说明古人对婚姻的重视，只有经历了艰难过程才会对婚后生活更加珍惜。婚对桥有可能是男女双方因缔结婚约派人在此桥上协商，抑或是结婚程序中某一环节需要在此桥上举行某种仪式。

古代女孩子结婚年龄普遍较早。一方面农耕社会生产力水平低下，人的寿命没有现代人那么长，需要鼓励生育，及时补充人力资源。另一方面或许是战争的原因，需更多繁衍后代，补充兵力。还有就是受当时医疗水平的限制，新生命的成活率没有现在那么高。据宋郭彖《睽车志》卷五记载："女之长，婚对当及时，不宜缓也。"可见民间对女孩子在婚配事宜上的重视，希望不要错过最佳的生育年龄。

湖州紧靠太湖，自古多水多桥。上世纪八十年代的湖州市区，结婚过程中有一道仪式就是用三轮车拉着嫁妆在湖州城主要街道兜一圈，以显示新娘的经济实力。如若过桥，选择的第一座桥一般较为低矮平坦，后面所过的桥一定比前面那座更高更陡，预示婚后生活节节攀高。那么在太湖岸边的古村是否也有这样的习俗？为此我咨询当地宋家田村的一位戴姓原住居民、解放前专门从事房屋建造的戴阿七先生的孙女。据戴女士介绍，当地一带没有送嫁妆兜风的习俗，但有坐花轿迎娶的传统。这个传统在解放后慢慢淘汰，特别是在"文革"时期作为"四旧"被废止了。

现在的古婚对桥与晒甲漾比邻而居。站在古桥上望着业已干涸、杂草丛生的晒甲漾，我的耳边仿佛听见将士们卸甲归来的声音。晒甲漾据传是明朝名将常遇春的部队晒盔甲的地方。古代战争中军人们穿着沉重的盔甲作战，体力消耗大，这种装备冬冷夏热，十分难受。战斗结束后如果贸然卸甲，一是可能会受风寒以致暴毙，二是万一敌军卷土重来，难以抵挡。晒甲漾因水域辽阔，弓箭的射程无法抵达，将士们在漾边晾晒盔甲变得非常安全。清风徐来，水波不兴，年轻的荷尔蒙伴随着胜利的喜悦和战后的疲劳，弥散在晒甲漾的云水间。将古桥石板移至晒甲漾边，让人的思绪穿越时空，把不同年代的场景融合在一起。婚对桥的出现比晒甲漾的传说要晚二百多年，婚对桥下的桥联，据老师们考证与补正，应为"沙洲霜冷百年恩"，故推测婚对桥的故事美丽又略带凄凉。曾经的晒甲漾有着容纳百川的胸怀，婚对桥坚毅的桥石下，清澈的流水悠闲地汇入漾中，而桥畔有碧绿的桑林，桑园深处零星散落着白墙黑瓦的农舍，茉莉花般的姑娘正采摘鲜嫩的桑叶，江南的这方水土充满着柔性的阳刚。

明朝初年的战争，为朱元璋扫平群雄创造条件，为明朝政权的建立打下基础，湖州这块鱼米之乡、富庶之地成为明朝政府重要的粮仓。明朝泰昌、天启年间的湖州相对平和，而在这个时期建造婚对桥，其中的爱情故事可能与战争无关。简单查阅一下万历后至崇祯前这段时间的历史，设想的故事情节是这样的：万历朝中后期宦官专权，党争加剧，贪污腐败成风，加上瘟疫肆行，在经历了几次大战役后，国库日渐空虚，人口急剧减少，帝国趋向没落。到了泰昌、天启朝代，国家需要大力发展生产，地处江南水乡的湖州当仁不让成为王朝的物资基地。湖州的蚕桑、渔业、水稻各项事业蓬勃发展，桑基圩田为这块古老的土地创造了财富。大河两岸一对男女青年在劳动过程中互生爱慕之情，隔河相望，欲诉无语。北岸勤劳的小伙为见到南岸心爱的姑娘，经常泅渡到对岸，与姑娘相会于桑林之中。然而有一天，姑娘再也没有等到小伙的身影。或许故事的情节是这样的：这对男女青年经历了千难万险终成眷属。婚后他们有了子女，恩爱有加。这个时候的江南，土地更加集中，资本主义开始萌芽，男人为给家人创造更好的生活，赴苏州、上海等地经商。每次出行，女子送夫至岸边码头，依依不舍。男子每次回家都提前带信告知，女人定会携孩子在码头迎接。有一年，女人没有收到男人回家的信息，码头上再也等不到男人的归来。故事的发生会有很多种可能。

在水乡泽国，交通多以船为主，随着生产生活的需要，发展陆路交通成为当务之急。为促进水乡居民的交流与交往，方便两岸居民通婚，也为纪念坚如磐石的爱情，于是有人出资造桥，是为婚对桥。故事究竟缘何而起尚不得知，后人只能以无限的想象去猜度古婚对桥的起源。如若哪天寻得桥联的另一半，或可解开其中的谜底。

一座古桥就是一段历史，承载着人们生活的点滴。走桥，走的不只是桥的本身，而是与桥的生命对话，了解过去，走向未来。

第四辑·人物春秋

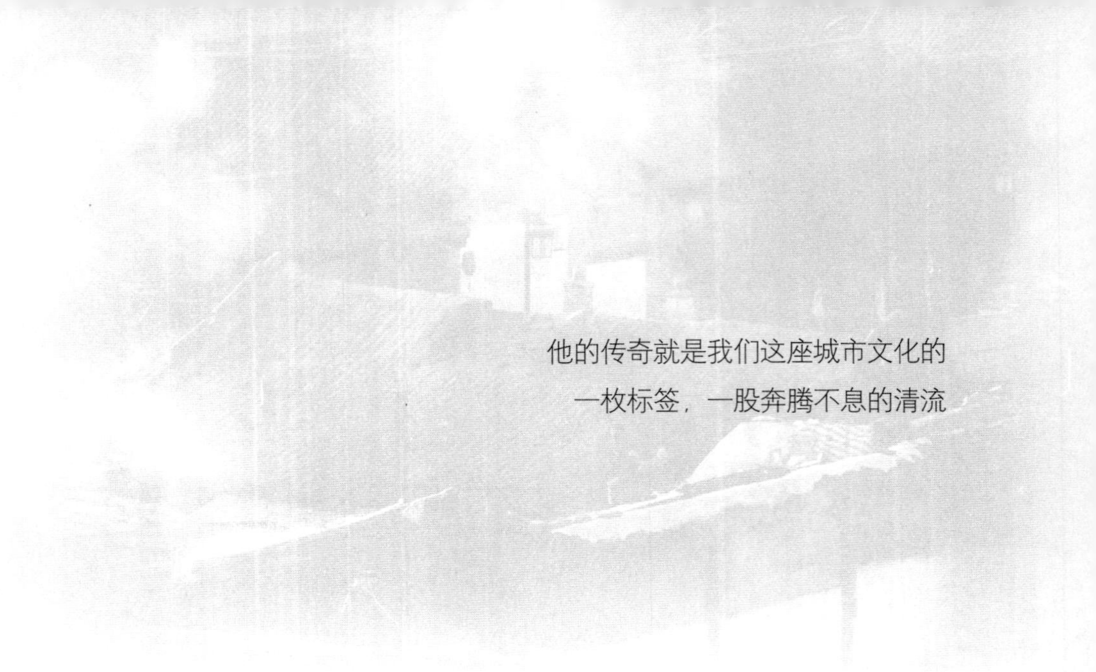

他的传奇就是我们这座城市文化的
一枚标签，一股奔腾不息的清流

一本书与一座城

| 方红斌 |

时尚城市每条街区的商业气息，难免引起物欲张力满满。毋庸置疑，没有物质谈文化是无基之厦，反之，没有文化为本的城市，就是一个不知何去何来的超大社区。因此，无论哪一座城市，不管历史渊源是否长久，都需一条不张不弛的文脉来冲畅滞瘀的历史河道，洗涤一些被时代沉淀的瘀斑，犹如胸痹需要放支架，让血流不在某一枝上堵住。而在上世纪中，凭杏林之位，在浙北与邻苏南地区享有盛誉，被称誉“毛先生”“毛仙人”的徐振华老先生，至今仍为忠实粉丝津津乐道！他的传奇就是我们这座城市文化的一枚标签，一股奔腾不息的清流。传奇不是一朝一夕获得，近一个世纪的人生历程，七十多年的岐黄之技，知人

患病之苦难，解无数病患之痛，岁月不停，责任不停，他依然在中医路上前行。读书记笔记成为常态，闲下来练习书法，定期坐堂诊治，拄杖访友，九十五岁高龄，他的朋友圈热闹非凡，工作生活丰富多彩。精神抖擞的状态，不逊色一些七十多岁的老人，这是淬炼人生精华的体现。一个人，感动一座城。织里，有了这位世纪老人，老街文化积累的气息，与新城市的温度交融。而一个人的魅力，感动一座城，也有了《徐振华传》的问世，这也是对织里文脉的一次整理，一次肯定人文成绩的行动。

去年七月拿到书，我认认真真、一字一句，从头到尾看了一遍对毛先生的行医描述，反复思量字里行间。那些扛鼎之为，那些奇人轶事，就如书的封面导语所言："毛先生涉足医林七十多年，他将毕生精力倾注于此，一碗汤药，一根银针，就是他一生的追求。"不为名利所累，视病家为亲人，以最少的成本，精心医治，最可贵是坚持如一，如今依然是医者楷模。对于我们医护人员的职业操守的引导应该是受益匪浅。这就是我们眼前的精神领路人、医者摆渡人，驶向解除病痛为己任的彼岸。区镇领导与医院历届主要领导非常关心这本书的出版，省建设厅原厅长，现已退休兼任省慈善总会副会长的谈月明题写了书名，宁云书记、冯文明院长分别写序。织里本土文化践行者徐世尧老师对此书付出了很多心血，撰文、走访、约稿、对接……才让大家更多了解老先生的许许多多不为人知的故事。

毛先生居于老街，生于斯长于斯，院子已经是小城的文化符号，与建于上世纪七十年代的影剧院为邻。机缘巧合，本人单位创始人就是先生，因此多次去过先生寓所。遥想当年人头攒动的影剧院门口，贩夫走卒，俊男少女，各种叫卖声，嬉笑打闹声，满是人间烟火味；而一院子清雅就近在咫尺，一位名中医要么夜读著书，要么切脉研药，一静一闹也是相映成趣。院子五丈见方，两米高围墙朝东开一扇对门，沿着L形的小径，院子简洁干净，两个花坛中错落有致长着桂花树、芍药、杜鹃等花卉，大门右边一株蜡梅树斜靠围墙，树根的灵芝痕印依稀可见，可想暗香浮动年年循环，提醒主人不入俗流的格调。三楼三底加一间楼梯间，厢房一楼一底，石鼓有痕，围栏曲折，讲述主人的曾经往事！厢房里的字匾，真草篆隶，记录了毛先生与湖州文人的来往故事！有已经仙逝的谭建丞、李英、王礼贤、谭其蔚等书画名家赠送墨宝，落款上看是在八九十年代，内容充满敬意。可以想象，在当时偏居于还是属于乡村小镇的织里的一位老中医，能得到这么多省市名人名医的认可肯定，足以证明其影响力之高。字匾也有近期本地文化名人许羽老师、毛先生关门弟子徐建中等的作品，本人应先生嘱，写就“但求无过，颐养天年”，拙作有幸忝列其中，而此二句正是毛先生低调为人、心慈善良的写照。

近日，谈月明先生与浙江科技出版社吴社长等一行，冒着酷暑，驱车专程来看望毛先生，闻讯，我亦与办公室蒋主任、镇党委陆铖伟委员及好友许羽先生前去。听说有客人来，在厢房会客室，先生早早准备好茶水椅子，亲自端茶，脚边跟着一只花猫，兴致勃勃陪着我们。健谈的毛先生思路清晰，声音响亮，语速偏快，记忆力很强，知晓疫情动态，关心医院发展。走到廊檐下的书桌上，先生一手清秀工整的字，笔耕不辍，在纸上告诉我们什么是“做到老学到老”。谈先生讲，毛先生让大家这么喜欢，是多么不易！省城吴社长说道，当初看到这本书，毛先生医德故事让他为之感动，心生敬仰。去年夏日欲专程拜访，因为先生“闭关休眠”，不便接访，未能成行。而今年上半年由于疫情关系，迟迟未行，今天一见，通过交流更是敬佩有加。

毛先生的医德医术，在南太湖这片土地上，其人其事已经深入人心，受人尊重。而让人长期尊重，深深敬仰，不是用一般地位与金钱能够左右，这是道德涵养与中医知养的厚积薄发。毛先生的积善行医故事，值得我们医院的管理人员、医护人员去追随这种职业精神，让城市人对生命有更多的敬畏，对人性有更多的反省。一座小院子，一位传奇人，道德的力量热力不减，依然在引领后辈砥砺前行。我们这座新兴城市中，城市建设今非昔比。这几年高档小区、商业综合体、写字楼、酒店等新潮建筑如雨后春笋！新建的医院、学校、文体中心完全可以与地区市级城市媲美，而且内涵不断提升。譬如医院，既有市里专家团队长期驻在，又培养了自己的新生代医学专家，而且与沪杭国家级专科医院建立了合作关系，把毛先生的医德医术衣钵相传，为我们这座城市治理中的健康元素不断努力！一针一线塑造了创新创业的织里精神，利济文化公园刻录了“二拍”深厚的文化底蕴。

一本书，一座城，让这座城市的新老织里人，记住这本书，读懂这本书，向毛先生学习。织里，我们有财富，也有家园传承精神，来去有根，让更多的人，去读这个传奇人物故事，口耳相传，让一本书温暖一座城！

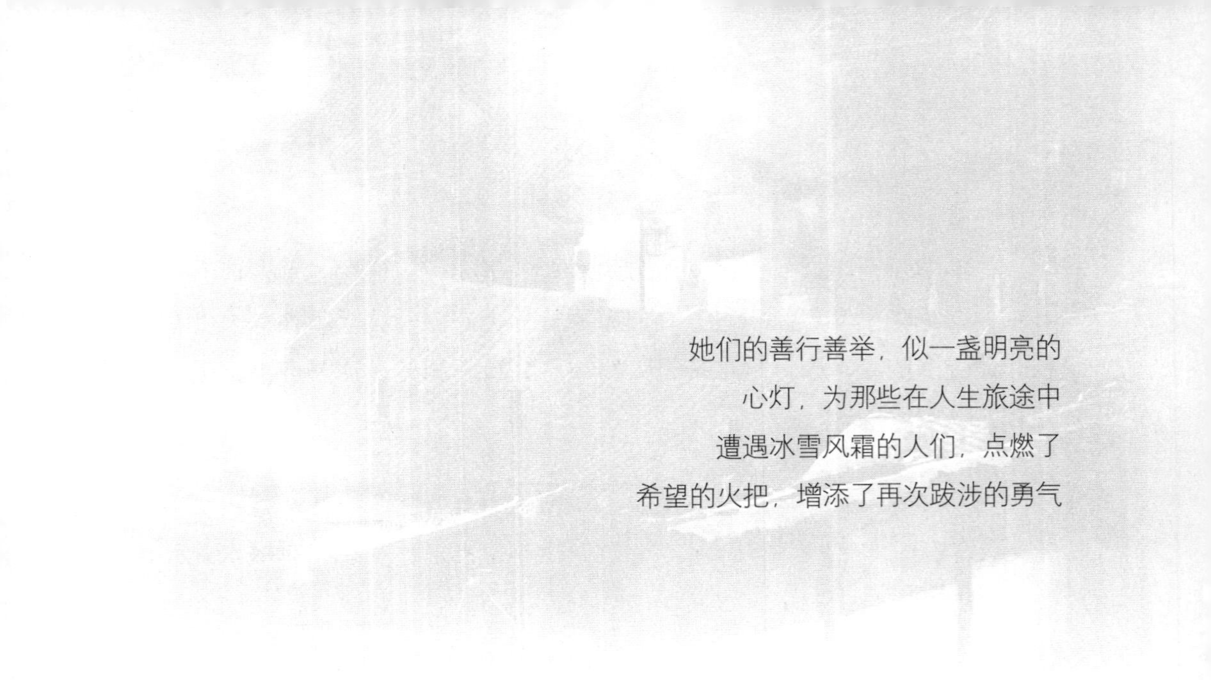

她们的善行善举，似一盏明亮的
心灯，为那些在人生旅途中
遭遇冰雪风霜的人们，点燃了
希望的火把，增添了再次跋涉的勇气

十年爱心铸丰碑

| 徐世尧 |

中国织里棉布城内，有一群救困助危、行侠好义的女子，十年来为社会捐献善款350万元，受助弱者数以万计。她们被誉为吴兴织里的“爱心妈妈”团队，更是童装名镇的一道璀璨风景。

上善若水。二千五百年前，老子在《道德经》里定义了“善”的最高境界。此后，这个“善”字流遍了华夏古国的角角落落，流淌在炎黄子孙的心坎里。

上世纪八十年代初，一阵春风抚醒了太湖南岸的土地，卖枕套做童装的人们，很快在织里村姚裁缝的田野里，筑起了一座“中国棉布城”。店铺摊位鳞次栉比，各类装载坯布、色布的车辆，每天在这个“城”里穿梭。棉布生意的兴盛，带动了一方产业，做棉布生意的农民，很快富了起来，被人们称为“老板”。

古往今来，“商”与“善”结伴同行。2008 年汶川发生特大地震，织里的商人和老百姓筹募善款参与救援，更有企业家赶赴青川灾区，捐款捐物建造学校。最让人瞩目的，当年有一位豪侠女子吴小红，闻悉四川地震，竟关闭自家童装厂的生产车间，带着 12 名员工 20 万元善款，辗转奔赴震中地区，在闪烁的蓝光中，爬行于破损皲裂的公路。他们走入震区救援棚内，参与抬伤员护病人，还在成了废墟的小学校址上，与灾区学生共度“六一”儿童节。

湖州电视台播出这条新闻后，感动了许多织里人，也感动和震撼了在棉布城做生意的罗根娥。于是，“爱心妈妈”团队开始在这块土地上孕育和萌芽了。

罗根娥出生在织里老街附近的郑港村，从小受笃信佛教的老祖母影响，同情弱者，乐做善事。那时农村虽然贫穷，但凡修桥建庙的善事，她总是愿意出份力，以尽自己的向善心意。

集体化生产年代，农村人对教育没有今天重视。高中未毕业的罗姑娘，就到邻近的生产队当了会计。五年后，在织里老街上租屋开了门装店。当织里童装产业刚刚形成气候，她就做起了童装生意。不久，又和丈夫随许多织里商人一起去了北京，在王府井大街做童装批发，赚到了人们常说的“第一桶金”。20 世纪 90 年代初，罗女士看中了自家门口的棉布城，这里人地两熟，觉得更有发展前景，就得心应手地做起了棉坯布生意。

到了新世纪，经历生意场上打拼的罗女士，算得上是织里棉布城创业的女性之一，而她向善的初心不渝，感恩社会的意愿日趋浓烈。2010 年 4 月，当甘肃玉树发生强烈地震时，罗女士噙着眼泪，在电视机上看着灾区的惨苦场景，她坐不住了，很快向玉树灾区捐出了一笔救灾善款，得到了政府的肯定和乡人的赞扬。

“如何让更多的人参与善举，如何筹集更多善款帮助困危人群?”晚间，罗女士坐在沙发上，静静地思索着这件事。受当地一位老妇女干部王阿荣的启发，2010 年秋，由罗女士牵头，一个都是女性参加的纯慈善团队在织里棉布城成立了。以“爱心”两字冠名，她们定了个规矩，参加这个团队的门槛有点高，职业、受教育程度都有要求，其中还有一条，加入者每年须缴会费 11000 元。初成立时有 16 位女性参加，她们都是生意场上的佼佼者，老百姓用羡慕的口吻称之为织里的“成功女性”。至 2020 年，团队已发展到 48 人，冠名为“吴兴区织里爱心妈妈协会”。罗女士被推举为会长，邱惠群、张梅芬任副会长，秘书长两人，会计、出纳各一人。每笔收支款项在微信上公开，账目清楚。团队成员除了本地女性外，还有来自北京、山东、安徽等地的成功女士，年龄最大的 62 岁，最年轻的 36 岁，文化程度从高中到博士后不等。她们都有回报社会、热心慈善的心愿。采访中，罗女士笑着说：“团队成员大多是大专文化。因此我还在参加成人高考的会计专业，明年可以拿到大专文凭了。”

“随风潜入夜，润物细无声”。回首走过的十年慈善路程，“爱心妈妈”团队在三个领域留下了深深的印痕，她们用点点滴滴的爱，滋润了社会上需要援助的贫弱人群。

一是国家遭遇突发性重大灾害的慈善援助。汶川地震之后，各省政府组织援建，浙江省对口援建青川县。罗女士和四名女企业家发动棉布城同仁一次捐出 128000 元善款，表达对灾区人民的慰问和援助。2018 年，罗女士代表团队又一次赴青川县实地考察，为乔庄镇中心小学新建图书馆捐装修款 5 万多元，买图书 10 万多元。今年初，一场突如其来的新冠疫情暴发于江城武汉，随之蔓延全国城乡。各省市派出医疗队赶赴救援。得知医用物资和款项紧缺，吴兴区织里爱心妈妈协会随即发动会员，为吴兴区慈善总会、织里镇有关单位临时筹集善款 19 万元，其中包含防疫口罩 2 万只，受到了地方政府的表彰。

千里援助贫困学子，是织里爱心妈妈协会慈善活动的第二块领域。几年来，罗女士与协会邱副会长等成员多次访问贫困学子的家乡，向他们的父母亲戚了解困难状况，及时给予援助。2017 年，罗女士与王锦芝、邱惠群赴贵州省六盘水师范学院考察，在狭小的公路上坐车七个半小时，详细了解当地教育情况后，为该校 70 多名贫困学子捐献 20 余万元助学款。

面对湖州当地两家高校的贫困学子，他们结成援助对象，并与校方签订援助协议。湖州师范学院每年提名 20 名贫困生，援助协议签订 5 年；

湖州职业技术学院每年提名6名贫困生，援助协议签订10年。协会的义举，使这些学子摆脱了困境，顺利完成了自己的学业。让“爱心妈妈”们深感欣慰的是，协会常常收到感谢信，其中有学生来信说：你们付出的爱心我会永远铭记。如今我已有了一份较好的工作，也正学着你们做慈善，帮助困难的人，感恩社会，回报社会。

佛家有语：“救人一命，胜造七级浮屠。”浙北名医毛先生以高尚医德精湛医术，一生中救了无数危重病人，被尊称为“毛仙人”。而“爱心妈妈”团队用自己的爱心，挽救了病危的生命和特困家庭，同样得到了民众的赞誉和尊敬。

2011年，八里庄镇后林行政村某村民家小男孩患白血病，生命垂危，因家贫巨额医疗费无着落，父母心如火焚。“爱心妈妈”团队闻讯，救人如救火，即派人送去医疗费15万元。同时发动社会接力捐助，总款筹集了70万元。小男孩得救了，其父母脸上露出了笑容。

副会长邱惠群素怀慈善之心，很早就与湖州福利院结对援助孤儿。2013年，重兆镇某村的7岁小姑娘患上了白血病，特殊家庭，平时由祖父母抚养。治疗急需大笔费用，协会成员胡群雅、罗根娥、邱惠群代表团队去医院看望，并汇给善款46000元。小女孩治愈了，人们说，这笔善款救了她一家人。

2015年，长兴县林城镇连心行政村9岁陈姓小学生，在山边玩耍时被毒蚊虫叮咬中毒昏迷，送到长兴医院又转湖州医院治疗，均因中毒严重被回绝。随即被送到省城杭州某医院，医生说有希望救治，但昂贵的医疗费让这对农村夫妇呼天不应。人命关天，何况还是一个小孩子？“爱心妈妈”团队闻讯，罗女士即刻启动团队救助，与王景芝携带107000元现金，驱车送到杭州医院。孩子的父母双手接过这笔沉甸甸的善款，感动得眼泪直流。不久，小男孩治愈了，这个家庭又恢复了往常的快乐和平静。

2020年7月，天气特别炎热，罗根娥接到湖州某青年律师的电话，说吴兴区东林镇星火村有户人家陷入特别贫困境地，需要得到慈善机构的帮助。顶着烈烈骄阳，“爱心妈妈”团队成员开车赶到星火村了解情况。年近古稀的村民詹氏，老家浙江龙游，26年前，带着儿子从江西婺源改嫁到湖州东林镇。2005年丈夫因病去世，儿子几年前因胃间质瘤举债手术，家庭陷入贫困。去年儿子病情复发，儿媳不得已辞去工作，回家照料病榻上的丈夫和幼子，家中还有一个正读初三的女儿。全家的生活来源，只有詹氏在一家企业打零工，月收入仅 1000 余元。而儿子医药费每月要 2000 多元，全家生活难以为继。

面对这祖孙五口人，面对家徒四壁的旧宅，罗女士与叶瑛等会员的心中五味杂陈。她随手从包里摸出 1000 元现金交给老人的孙女，让她先买点好东西吃，叮嘱她要努力学习，学会坚强，我们会想办法帮助你家渡过难关。

如何援助这个特困家庭，吴兴区织里“爱心妈妈”协会发动捐款，大家当即捐出了第一笔爱心善款 3 万余元。8 月底，她们会同沈主任、赵律师和东林镇民政工作人员及派出所的同志，把善款送到詹氏家中。暖意，在这个仅四十平方米的空间，伴和着主人的哽咽滚动。

乐者助人，助人者乐。第二次采访临近结束，邱女士感慨地说：“别看我们的罗根娥会长帮助困难人群这么豪爽大气，其实她自己平时的生活是很简单节俭的。买一件近千元的衣服，常常犹豫好一阵子。”

有位伟人说过：“一个人做点好事并不难，难的是一辈子做好事。”织里“爱心妈妈”团队已走过了十年不平凡的路程，她们的善行善举，似一盏明亮的心灯，为那些在人生旅途中遭遇冰雪风霜的人们，点燃了希望的火把，增添了再次跋涉的勇气。在南太湖平原上，树立起一杆慈善的旗帜。

岁月峥嵘，大善无形，大爱无疆。

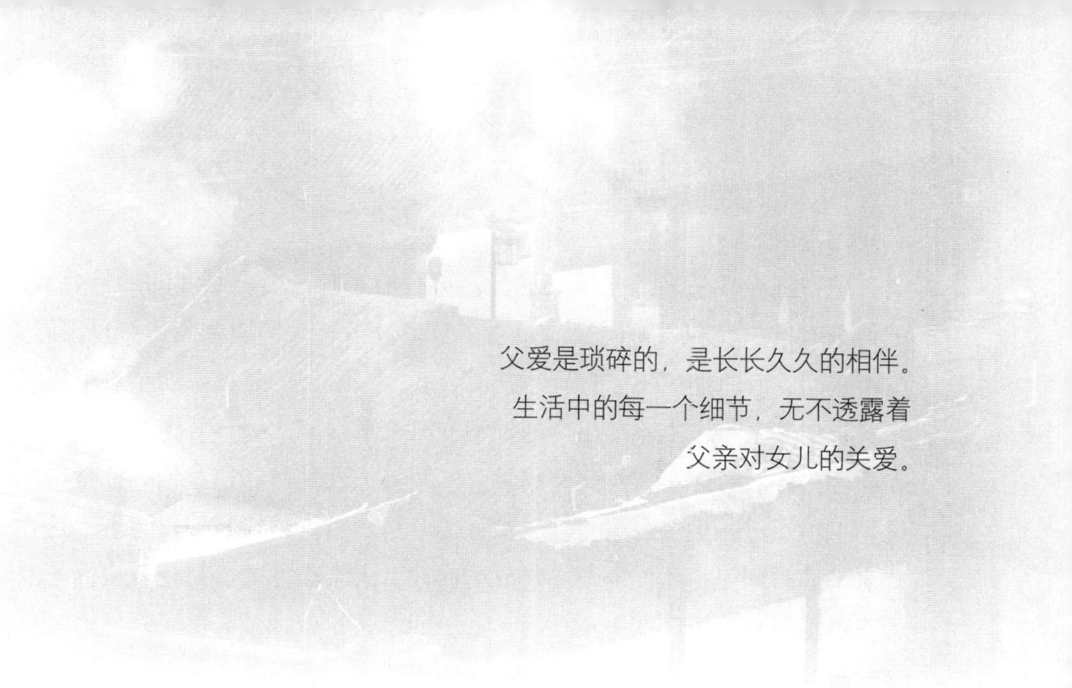

父爱是琐碎的，是长长久久的相伴。
生活中的每一个细节，无不透露着
父亲对女儿的关爱。

父亲毛先生

| 徐玲玲 |

我的父亲出生在太湖潘漤一个医学世家。天资聪颖、勤奋好学的父亲幼年在私塾接受启蒙教育，后又辗转外地求学。但因我祖父英年早逝，小小年纪的父亲就放弃了学业，拜湖州四大名中医之一的潘春林先生为师，学习中医外科。十八岁满师后，跟着我曾祖父行医看病。

由于曾祖父年事已高，且体弱多病，诊所的事务基本上都由父亲打理。从此，父亲就挑起了家庭经济重担。受曾祖父及祖父医德医风的影响，父亲从小就有救死扶伤、治病救人的理想。后来也成为医务工作者的我，业务上受父亲亲授指教自不用说，让我感触颇深的是他的生活哲学及人格魅力，更使我受益匪浅。而无私深沉的父爱，春风化雨润物无声，滋润我的心田。

从古到今，从来都是严父慈母，可我们家却是名副其实的严母慈父。记得小时候，我和哥哥闯祸或做错了事，母亲总是柳眉倒竖，杏目怒睁，厉声责问，有时还少不了打骂。这时，我们最盼望的是父亲能早点下班回来。看到父亲后，本不敢出声的抽噎立马变成号啕大哭，好像受了天大的委屈。“又闯什么祸了？”父亲用怜爱的眼神关切地问。待我们抽抽噎噎地说完事情经过，他总会耐着性子帮我们分析一番，再给我们讲道理。这娓娓道来的时刻正是我们需要喘口气的时候，忐忑焦虑的心情也就慢慢平复了。当香喷喷的饭菜端上桌子时，心中的不快早就烟消云散了。然而对子女的教育问题，父母间又少不了一场争论。

从小我们耳濡目染的是《朱子家训》：“黎明即起，洒扫庭除……宜未雨而绸缪，毋临渴而掘井……”父亲总是率先垂范，做出表率。因此渐渐地我们也就养成了良好的生活习惯。他常说嘴巧不如手巧，他让我们姊妹俩学做女红活，如纳鞋底、做缝纫、绣花、织毛衣、钩钩针等。

印象中父亲总是很忙。那时长兴、江苏等外地来看病的人特别多，交通又不方便。为了让病人早点回家，父亲总是推迟下班时间，很少准时吃饭。我们家的规矩是必须等父亲坐定了才开饭，常常是在饥肠辘辘的等待中才吃上饭。父亲还经常值夜班，这让我从此懂得了期盼和思念。

父亲总有看不完的病人。一年四季，春夏秋冬，很少有休假日，就连每年的除夕、大年初一也不例外。在父亲难得的休息日里，他会带我去乡间，牵着我的小手看稻花，听蛙鸣，捉知了，抓蜻蜓。一路上还给我讲解花草树木的名称及中草药的用途。我好奇心又特别强，问这问那，父亲总会耐心解答，使我积累了不少知识。路过村庄时，还会有很多人出来打招呼，请父亲看病或咨询，他们也会塞好吃的东西给我。走着走着父亲总会关切地问：“玲玲吃力哦？”当然啦！即使不累，我也会撒娇说累了，父亲就背起我。而我最喜欢趴在父亲宽宽的背上抱着父亲的脖子，看着父亲的后脑勺，满满的幸福感、安全感油然而生。记得有一个夏天，父亲背着我到潘漤老家，路过一座凉亭，我从满头大汗的父亲背上滑下来，摘下小凉帽，在凉亭里乘凉休息。然后又爬到父亲的背上，走了一段路忽然发现，漂亮的有着花边的白色小凉帽遗落在了凉亭，急得我泪眼汪汪。“不急不急，我回去找。”父亲一边安慰我，一边返回三五里路，又找回了我心爱的小凉帽。

尽管父亲工作忙，有一件事他会永远放在心上。每次出差或开会回来，总会像变魔术似的拿出各种玩具、零食，还有铅笔、橡皮、写字本等学习用品，让我们惊喜不已。

父亲是一个善良温和的人，脸上总是挂着宽厚的微笑。教育我们的方式就是讲道理，很少大声训斥，更不要说体罚我们了。可有一次我还真被打了，这是我记忆中唯一的一次。那天我和哥哥在屋里吵嘴打闹，声音越来越响。父亲在外屋看书，正集中精力弄懂弄通医书中的案例，几次喊我们不要吵了，我们不听，他就冲进来：“叫你们不要吵，你们还吵，大人的话都不听了。”伸手就朝我头上打了一下，然后又在哥哥头上打了两下，哥哥戴着厚厚的棉帽子，那帽子被刮出很远。我偷偷地看了一眼，觉得打哥哥的那一下比我的重，心里暗暗乐了。

想起来，父亲也曾对我们发过脾气的。难得在家休息时，他喜欢到院子里松松土，侍弄侍弄花草。我和哥哥像两个小尾巴似的贴在后面。这时候父亲脾气发得最厉害，大声斥责：“叫你们不要跟在后面，为啥就不听呢？”还真把我们吓一跳。后来才悟到父亲是怕锄头柄会伤到我们。

感恩是一种美德，父亲身体力行，让我们懂得了感恩。小时候，家里住着一位阿婆，父亲待她如自己的长辈。我一直以为她是自家人，直到“文革”开始，阿婆被送回老家时，才知道她是我奶奶家的住家保姆。一辈子没有生养孩子的阿婆，把父亲、伯父、姑妈当成她自己的宝贝孩子。她回老家后我们还经常往来，父亲也常带点她爱吃的东西去看望她，一直到上世纪八十年代她去世。父亲曾经历过几次劫难，其中一次是他小的时候。解放前，太湖一带兵荒马乱，盗匪横行，在外面求学的父亲春节放假回家，正巧那天晚上强盗来我家抢东西，便想抓小主人当人质索钱。阿婆抱着吓得浑身发抖的父亲在里床睡着，用自己的身子挡在外边，强盗提着灯，掀被一照，看到白白净净的父亲，猜测可能是小主人。阿婆紧紧抱着我父亲哭叫着：“这是我的儿子，正发烧生着重病啊！”强盗满脸狐疑，但他们终因确定不了是不是想要的人质失望而去。父亲也算逃过了这一劫。算来父亲一生中受过三次被绑票的惊吓。

父亲兴趣广泛，夏天纳凉时总是喜欢吹口哨、吹笛子、吹箫，还喜欢养金蛉子。同时，他会用各种方式来培养我们对知识的兴趣。教我看书、认字、背古诗，还时不时地讲解一些自然知识，而且极有耐心。小时候父亲为我们买的那几本现已泛黄了的《十万个为什么》曾是我们兄妹童年时的最爱，伴我们度过了快乐时光。每年到了夏天，他会给我们兄妹一人买一只叫蝈蝈，让我们自己管理，自己喂养；还带我们抓小虫、捉蛐蛐；教我们识别各种有害或有益的昆虫。还会买各种瓜秧，让我们栽培。通过劳动，让我们认识大自然，亲近大自然。每周三的下午我和哥哥都会早早地等在门口，期盼着邮递员叔叔早点把《小朋友》杂志送来，那是父亲为我们订阅的，里面有好多生动的小故事，我和哥哥争抢着看。客厅里花花绿绿的年画，父亲每年都会更换，都是“孔融让梨”“岳母刺字”等传统年画。父亲绘声绘色讲解着，我们津津有味地听着。父亲就是通过这些图文并茂的生动故事，启发教育我们。

父亲生性对各种事物充满了好奇，什么事都要一探究竟，了解尝试。看我用手机交流、支付费用这么方便，他也跃跃欲试。有次妈妈病了，我用西医药为妈妈诊治，他就详细了解治疗原理，分析透了才放心。医疗上的一些新的药物，或新的检查仪器、治疗方式，他都兴趣盎然，问这问那，逼着我必须跟上时代，弄懂弄通，否则被问时要出洋相。和他在一起，我常常会被他大胆的想象力所感染，并逐渐养成了对事物都问一个为什么的习惯。父亲的性格中还有另一种特质，那就是冒险精神，这似乎和他儒雅的外表不相吻合。比如我开着车，他在一旁说：“路标上最高时速不超过九十码，你干嘛开六七十码？太慢了。”他就是这么一个充满童心的快乐老人。

当然父亲最大的“兴趣”是为病人看病。多年前他看过的病人都能记得，哪个村上来人了，他会问某某人曾经患过什么病，现在身体状况怎么样啦？聊起来特别亲切。对诊治过的病人，他还经常随访，关注病情的进展，总结治疗经验。父亲以他高度的责任心和过硬的医疗技术，治愈了不计其数的疑难杂症。他在当地及长兴，江苏吴江，太湖的西山、东山岛等地的老百姓中，口碑很好，曾流传这样一句话：“请毛先生看过了，死也情愿了。”

正因为父亲医术高超，心地善良，病人都愿意找他，他也总是热情相待，给予力所能及的帮助。他常说“赐惠无念，受恩莫忘”。这些话，我都记在心里。父亲钻研医术，关爱病人，终成名闻四乡的一代名医，这对于我后来从医爱医、敬崇医德无疑是有着极深的教益。

小时候总盼着父亲有更多的时间陪我们。如今终于有时间了。每次我周末回家，他都会对左邻右舍说“今朝心肝头来了”，而这种爱怜的词语却从没对我当面说过。我到家进门时，父亲会试探着问：“玲玲今朝住家里不走了吧?”听了我肯定的回答，他就心定、开心。偶尔有事说今天还得赶回去，他眼中便有一丝失望，甚至还会违心地抱怨：“这么忙嘛就不要来了呀。”

我从没想到父亲也会渐渐地变老了，额头爬满了皱纹。但九十三岁的父亲，依然思路清晰，精神矍铄，这与他乐观向上的性情有很大关系。上了年岁的父亲，空闲时常常听听京剧、评弹，偶尔还哼唱几句。有时安静地读读丰子恺的散文，看看汪曾祺的美食篇，以及名人传记。《湖州晚报》是他每天必读的，周末版更是看得特别仔细。他好美食，每天必小酌一杯，尤其爱吃臭卤食物，还有肥肥的红烧肉，生活充满趣味。

在我成长的过程中，父爱是琐碎的，是长长久久的相伴。生活中的每一个细节，无不透露着父亲对女儿的关爱。尽管每一点、每一滴都是那样细微、平凡，但都触碰着心灵最深处的地方，流淌在我长长的记忆里，值得我细细品味。时光慢慢地走着，父亲额头上的皱纹见证了他曾经的沧桑。不知道啥时候父亲开始对我有了依恋，凡事都要和我商量，之前那个小小的我，在他眼里变大了，变强了，但父亲永远是我眼中高大的，一辈子保护我的大山。

呵，这就是深沉的父爱，女儿眼中永远的父亲。

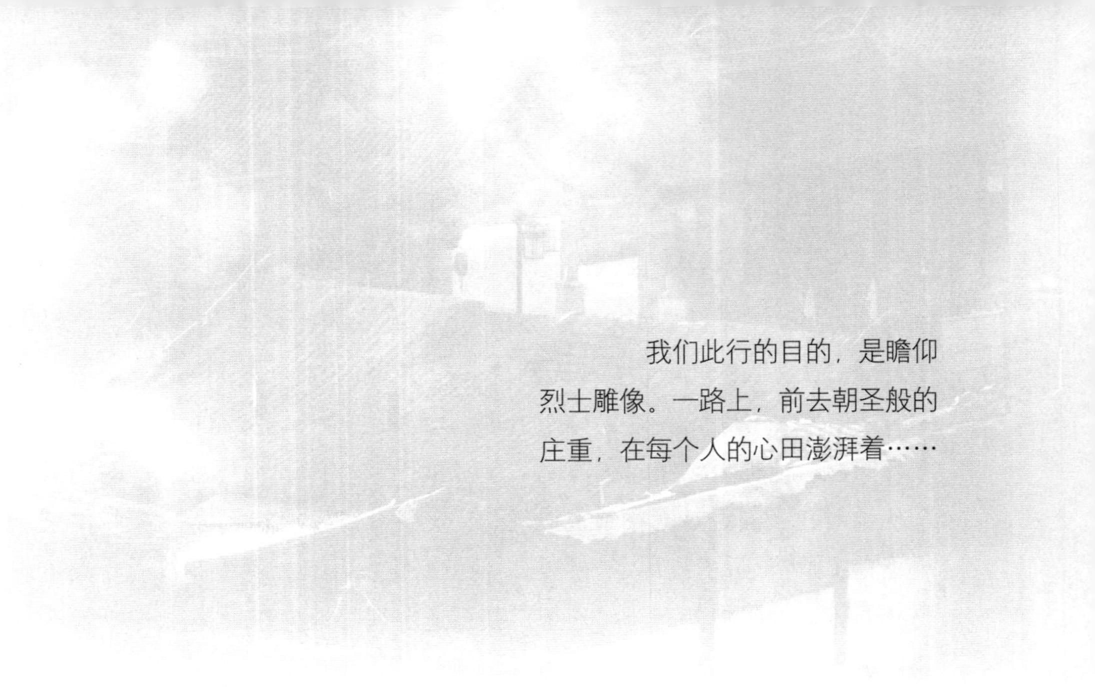

我们此行的目的，是瞻仰烈士雕像。一路上，前去朝圣般的庄重，在每个人的心田澎湃着……

姚勇忱烈士雕像落成记

| 姚　亮 |

百多年前，织里籍革命志士姚勇忱壮怀激烈，以身许国；而今，家乡人民为他树碑立像，迎接他“荣归”故里。

在一个碧空如洗的晴天，我们从杭州驾车，前往太湖南岸的湖州市织里镇。这座城镇古时以蚕丝织造得名，如今以童装基地闻名于世。我们此行的目的，是瞻仰烈士雕像。一路上，前去朝圣般的庄重，在每个人的心田澎湃着……

一个多小时后，车停在织里镇利济文化公园门口。隔河眺望千年古刹利济禅寺，沿着公园小径，向西北方向走上几百步，草木掩映间，姚勇忱先生的雕像和浮雕墙，屹立在眼前。

疾步走近前去，立定，鞠躬，仰望。阳光照耀，辉映着这尊黄铜铸造的年青革命者。短发、宽额，眼眸精亮，正是这样的志士们，以极大勇气，剪去几百年来，垂挂在男人脑后那根象征着糟粕的辫子；瘦削、刚毅，信仰弥坚，正是这样的志士们，毁家纾难，舍却身家性命，去撼动封建王朝的根基；礼帽、风衣，奔走四方，正是这样的志士们，在黑沉沉的夜里，燃起启迪民智的光芒……

铜像的基座，方正——那是他的气节；赭红——那是他的忠诚。正面镌刻着“辛亥英烈姚勇忱（1880—1915）”，简短而发亮，如同他的人生。基座另一面，题刻着战友们和他的情谊。

蔡元培先生题写：

智勇俱困，天地不仁；生死付常，湖山无恙。

陈去病先生所写的诗：

赠勇忱

南风忽不竞，阴气何森然。处士无好怀，行行良难前。
曷若务高旷，去游东海边。聊同徐福智，宁云求神仙。
大陆日以沉，洪祸日以延。君行我益悲，誓从渊鱼潜。

柳亚子先生悼诗：

赠勇忱

（一）

十载知名姓，重逢及此辰。笑谈方款洽，罗网已弥罗。
口吃怜同病，名高竟杀身。昭苏如有日，庙祀在湖滨。

（二）

桃梗去不复，箜篌怨渡河。十年剩皮骨，一夕死风波。
亦有南冠士，重悲北道罗。茫茫仇与李，微命又如何。

雕像的身后，树立着一面巨大的花岗岩浮雕墙，墙高四米，宽十六米，由四幅画卷组成，描述姚勇忱一生中重要的时刻。

第一幅：觉醒救国，投身革命。

告别潺潺织溪、告别悠悠老街、告别安逸生活，青年姚勇忱收拾好行囊，前往省城杭州，报考“蚕学馆”（今浙江理工大学前身）。就读期间，开阔眼界，接触新思潮，结识众多志同道合的朋友，由此改变“实业报国”的初衷，而毅然走上“革命救国”之路。随后，他又去上海研习理化，学会炸弹制造；东渡扶桑，研习深造。

第二幅：结识英杰，肩负重任。

姚勇忱加入光复会、同盟会，成为骨干会员；积极拥护孙中山先生的政治主张。1906 年，他应“鉴湖女侠”秋瑾相邀，来到绍兴的革命机关——大通师范学堂，任国文教员，并秘密开展组织发展工作；与担任军事、体育教员的王金发志同道合。

第三幅：无惧难险，光复建勋。

姚勇忱和陈其美等同志，坚持反清斗争，组建中部同盟会，为革命奔走四方。时至 1911 辛亥年，他数度赴杭州，与浙江的同志拟定起义方案，落实经费、弹药支援等事宜；坐镇上海起义军指挥部，分析情报、调整部署、策动清军“反正”；为江浙等地的光复，为新生政权的建立，贡献颇多……民国肇建，为适应南北和谈新形势，同盟会总机关部改组更名为中国同盟会本部驻沪机关部，姚勇忱被选举为同盟会驻沪机关部正部长（兼理上海支部）等要职，倡立“中华民军协济总会”，当选为国会议员，努力巩固革命政权。

第四幅：捍卫共和，大义千秋。

姚勇忱始终坚持政党民主治国的理念，反对袁氏独裁、称帝的野心，他以国会议员身份多次发表檄文，“文辞激烈，大义凛然”。1915 年初夏，他和王金发到杭州，欲联络旧部。却被昔日的战友、此时已投靠袁氏的浙江督军朱瑞，设下“鸿门宴”诱捕。6 月 2 日，王金发牺牲，姚勇忱陪绑；随后，朱瑞派说客前来劝降，姚勇忱铮铮铁骨，面对威逼利诱，坚贞不屈，于 7 月 2 日下午 5 时，英勇就义于浙江陆军监狱。孙中山先生痛惜二人“天地不仁，歼我良士”。

这一组浮雕画卷，历史人物形象还原度较高，造型饱满，线条流畅；清晰地勾勒出姚勇忱和他的战友们，在那个风雨如磐的岁月里，勇往前行的身影。

纪念墙的背面，正中用红字铭刻着《姚君行述》，介绍他的生平事迹。两边围绕着八幅珍贵的历史照片，其中七幅是 1912 年冬，孙中山先生巡视浙江，姚勇忱作为主要随行人员陪同；另一幅照片，是在1913年3月，宋教仁遇刺后，在上海的革命党高层，到黄兴公寓紧急开会，协商对策。背面的设计版式，典雅庄重，引人追忆……

望着眼前的场景，我们感慨万千，思绪不由得回到历史长河中，回想姚勇忱先生的身后之事：

当他牺牲时，袁氏及其爪牙权焰正熏。姚君幼弟定忱18岁，子长龄12岁，年青的叔侄二人，将姚君遗骸，低调运回湖州，暂存于土地庙中。1916年9月，姚君生前的同志，向浙江省议会提出，应将姚君“安葬西湖与诸先烈同享湖山俎豆，以垂不朽”。1917年，民国政府追认姚勇忱、王金发为革命烈士，二人遗骨各由故乡迁回杭州，合葬于西湖茅家埠卧龙桥畔，一墓两穴，生死之交，民间称之为“双烈陵园”，民国政府一并发放抚恤金银圆八千。

1937年，日寇入侵杭州，姚定忱儿女众多，只能就近躲避；姚长龄独自一人，执意前往陪都大后方，执泪而别，但一去杳无音讯，自此失散。烈士之后竟无直嗣，不禁令人扼腕。

1952年，因茅家埠一带建造部队疗养院，姚、王两墓被西移至杭州小龙井山麓坟岗。1982年，当时政府在杭州龙井路南天竺建造浙江辛亥革命烈士陵园，我父亲曾去相关部门，提请将姚、王二烈士墓迁入，但因当时规定此陵园只能安置50年代由西湖边孤山后山迁出的徐锡麟、陶成章等先烈，故此提议一直未能通过。

2006年清明，在为先人扫墓后，我从龙井路返回。路过辛亥烈士陵园，从围栏处看到里面有块地，正在浇筑水泥。我猛地停车，迈步进去，来到陵园纪念馆，和讲解员交谈，得知正在建造的，是另二位先烈裘绍、尹维俊伉俪的墓址，刚动工不久。

我意识到时机来了，立即着手整理资料，向政府递交了《请求妥善安置辛亥革命烈士姚勇忱墓》的报告，介绍姚勇忱烈士生平事迹、其墓现状等情况。我和兄长任晓岚不辞辛劳，奔波在各个相关部门间，运作、协商此事。7月中旬由浙江省文物局批准，西湖风景名胜区管委会具体经办，在浙江辛亥革命烈士陵园建造姚勇忱烈士墓。

当年冬至，姚勇忱烈士的忠骨迁入陵园西北角的小坡之上，与徐锡麟、陶成章等昔日战友为邻；整个墓台略呈正方形，全部由崭平的长条青石板铺就，面积约六十平方米；墓体居中圈砌，径逾三米；墓碑也是一方大青石，高约两米；周围翠竹掩映、静谧庄严；烈士长眠于此。

2004 年，《人文织里》一书出版，其中有民俗学者徐世尧老师撰写的《辛亥英杰姚勇忱》一文，向桑梓父老介绍他的事迹；湖州文史研究者方一戈老师撰写《青磷碧血蔚国光——写在辛亥革命一百周年、辛亥英杰姚勇忱就义九十六周年之际》，发表在民革《团结报》及《联谊报》等媒体上。两位老师不约而同地在文中提出建议，希望能在湖州某处，为姚勇忱烈士树立雕像，缅怀先烈功勋。作为姚氏后人，我们深受鼓励。

2011 年 6 月，我们向湖州市委、市政府和相关部门，正式提出《恳请政府为湖州籍辛亥英烈姚勇忱树立雕像的建议》，得到时任湖州市委书记孙文友同志批复，各相关部门协商、专家论证后，由市方志办、织里镇政府，正式告知：家乡人民不会忘记烈士的功绩，织里镇即将兴建一座利济文化公园，拟在那里建造雕像。

2014 年，利济文化公园建造已具规模，镇里的相关部门在公园西北面，选定立像位置；分管领导邀请中国美院雕塑系诸宏君老师团队，进行设计。我们和诸老师进行当面沟通，向他介绍先烈生平。设计团队很快出了初稿，我们觉得人物身上文人特性偏重，而缺少对敌斗争的革命性；数易其稿后，终于有了满意的效果。此后，因为织里镇的城市品质提升工程，镇内进行大规模建设；经办人员调整等原因，此项目暂停一段时期。

到 2018 年夏季，项目正式进入政府招投标环节，由河北曲阳万顺园林雕塑公司中标。曲阳是国务院命名的“中国雕刻之乡”，相传张良之师——与鬼谷子齐名的黄石公在此著下了《雕刻天书》，雕品神采具备；到西汉时期雕刻已盛，被汉武帝盛赞为“雕刻之乡”。

该公司中标后，根据设计稿，很快打磨出泥塑样件，并通过微信，与设计方、我方，进行反复沟通，力争场景中的每位历史人物，既还原容貌原样，又突出气质特征：孙中山的领袖风采、秋瑾的女侠英姿、陈其美的儒将气度、王金发的勇武刚强……而柳亚子先生赞誉的“绝代佳人姚弋仲”（姚勇忱别号弋仲，“佳人”在古义中亦指贤能的君子），终于立体地呈现出来了。

2019年初，厂家完成构件制作后，由于江南地区连续下雨以及现场周边改造等原因，好事多磨，一波三折；直到10月开始入场安装。说来也巧，11月中旬我在苏州参加“南社成立110周年纪念大会”，有众多史学家和近代历史名人后裔参会。14日下午的“第二届南社与辛亥革命后裔口述历史论坛”，在我发言前15分钟，我看到厂家杜总发了微信朋友圈——姚勇忱先烈项目竣工，于是我在发言中分享了这一消息，得到与会者们鼓掌祝贺，这桩事情终于圆满完成。

经过八年漫长的努力，湖州市各级政府，尤其是织里镇政府以及社会各界给予大力支持，我们一直心存感谢；而今终于得偿所愿。我们恭敬地向姚勇忱烈士雕像献上花篮，表达敬意。这时，我想起在收集史料过程中，发现姚勇忱曾编撰过两本养蚕知识的书籍，这是他在革命过程中，始终记得“遍闻机杼声”的故乡情怀。如今织里的成就，也当令烈士感到欣慰吧！

而后，我又捧出一袋泥土，这是从浙江辛亥革命烈士陵园姚勇忱墓旁运来的，轻轻地将土撒在周围，与故乡的土地融合在一起……

（作者系姚勇忱先生侄孙）

附：

姚君行述

姚君志强，字勇忱（1880—1915），又名弋仲，别号劫灰，出生、成长于织里老街的殷富之家。1904年他入读杭州“蚕学馆”（今浙江理工大学前身），加入光复会；翌年东渡扶桑进修，结识孙中山等仁人志士，参加同盟会。归国后，姚君与秋瑾、陈其美等同志共事，积极进行反清斗争；他为革命奔走四方，参与成立中部同盟会，组织沪、浙等地光复起义。

民国肇建，姚君担任中国同盟会驻沪机关部正部长（兼理上海支部）、国会议员等要职。“二次革命”期间，姚君坚持政党治国理念、竭力捍卫共和。

1915年初夏，姚勇忱和亲密战友王金发到杭州，欲图谋起事，不幸“失计轻窥狼虎窟”，于7月2日英勇就义于浙江陆军监狱。

姚君亦是革命文学团体南社成员；编撰过蚕桑书籍，创办报刊，兴办学堂，翻译小说；并和近代史上众多风云人物，交往甚密。而今，姚君安息于浙江辛亥革命烈士陵园，“青磷碧血，抑或蔚为国光焉”；其人其事，载于史册，浩气长存……

公元2019年，岁在己亥，本地政府和桑梓高贤、姚氏后人，为姚君立铜像、设浮雕墙，尊请英烈“荣归故里”，以作缅怀！

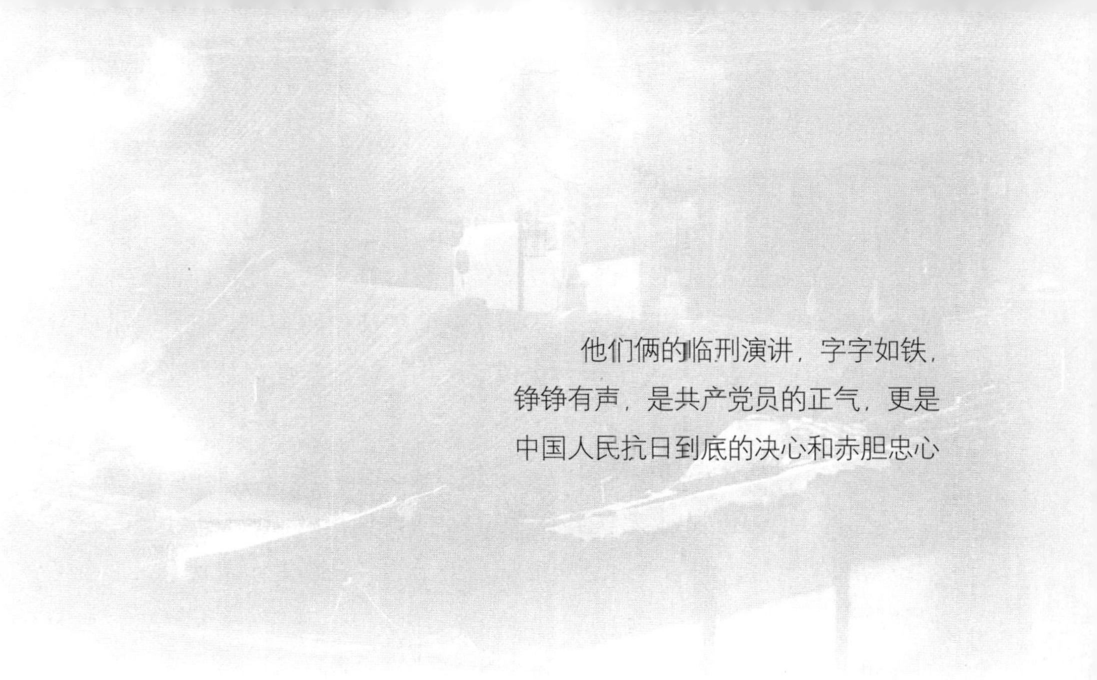

他们俩的临刑演讲，字字如铁，
铮铮有声，是共产党员的正气，更是
中国人民抗日到底的决心和赤胆忠心

郎玉麟东桥舌战“红枪会”

| 叶再明 |

1938 年初秋，郎玉麟和彭林（中共浙西特委委员、1955 年授予中将军衔）带领五六十个精壮战士，到吴兴县东乡开辟新的抗战阵地。

“郎部”进驻织里镇西北隅的瑞祥兜村，他们住在瑞祥南兜邱侃如和北兜邱泰宝家。当时，湖州盐公堂老板邱松存为保护家乡，把用于自卫的十一支长枪存放在老家，由邱泰宝（保长）保管。“郎部”的到来，邱泰宝深明抗日大义，把枪全部捐献，郎玉麟出具了收据。此事引起了邻县长兴红枪会的注意。

某日，郎玉麟到菱湖一带开展抗日宣传和募捐活动。那天事多，天黑了尚未赶回驻地。就在这天，驻扎在太湖东桥村的长兴虹桥红枪会来到了瑞祥兜，他们误以为“郎部”是土匪队伍，而“郎部”把红枪会当作普通民众团队而未加防备。彭林他们从团结出发，排了队去迎接。谁知红枪会仗着人多势大，趁游击队不备，一下子就缴了他们的全部武器，游击队员徐锋的大腿还被戳了一枪，彭林也负了轻伤。红枪会把彭林抓了去，事态顿时变得严重。

郎玉麟回来后得知枪支被抢，彭林被绑架后，大骂这股红枪会混蛋。愤怒之余，他告诫自己“不能鲁莽”，要同他们讲道理，晓以民族大义；红枪会都是同胞，深信他们是痛恨日本鬼子的，只要工作做到家，误会可以消除。

郎玉麟智勇双全，思考再三，卸下自己的驳壳枪，同温永之（中共地下党员，轧村人）夫妇和郑鑫四人，徒手去东桥村找红枪会谈判。

红枪会是带封建迷信色彩的武装团体，成分复杂。会员通常身穿农民服装，头上包扎红头巾，腰间束着白色腰带，腿上打起白色绑腿，手持一杆红缨枪，打着“治匪抗日”或“治匪安民”的旗号。“一贯道”坛主、巫师是红枪会的首领。

驻在东桥红枪会的头目姓樊，得知郎玉麟亲自来谈判，即刻进行了布置。东桥村街上布满了队伍。一眼看去，他们一个个头包红布、手持红缨枪，面孔上杀气腾腾。像电视剧一样，郎玉麟等四人，是从红缨枪搭成的弄堂里走过的。郎玉麟他们毫无惧色，手中的武器就是“民族大义”。当郎玉麟从“枪杆弄堂”里穿过的时候，他想的是“作为共产党员，为了民族利益，为了保存抗日武装，纵然牺牲，也无所谓，此行目的就是把被抓的同志和枪要回来。此时此刻，千万不能鲁莽”。他们被带到东桥刘家“树磁堂”大厅里，红枪会樊姓坛主装神弄鬼，忽地“菩萨上身”，大喊：“大土匪来了！郎玉麟来了！要把他抓起来，杀他的头，要他把全部枪支交出来！他还有枪，不缴枪，要杀他的头！”声音与腔调令人毛骨悚然……

郎玉麟正欲上前辩解，没想到一下子拥上好几个人，抓住他的双手，用麻绳把他反绑了起来，温永之等也被关了起来。场面变得十分紧张。此时，郎玉麟有备而来，非常冷静。等他们折腾完后，他说：“你们红枪会也是好样的，是打日本人的，我们游击队也是抗日的。我们的共同敌人是日本鬼子，枪口应当一致对外，决不能自己人打自己人。”郎还大声宣传了“郎部”抗日游击队的宗旨，说明“郎部”只打鬼子，从来不欺负老百姓，以为贫苦百姓办好事为目的，除了汉奸队伍以外，对一切抗日的兄弟部队，都以团结为上，“郎部”从来没有做过对不起中华民族的事情等。郎玉麟态度不卑不亢，却很委婉和带有感情……

郎玉麟的宣讲，有理有节，使红枪会一些成员感动了。但是他们的头头还是很顽固，一定要郎玉麟交出剩余的武器，不交就杀头示众。郎玉麟继续晓以民族大义，并且劝告红枪会的头头不要为眼前一点小利，对中华民族抗战事业犯下大罪。他的讲话慷慨激昂，置生死于度外，掏出了抗日战士的红心。红枪会的头头见郎玉麟态度从容，压不服他，便把他拖到东桥叶氏牌楼前的广场上，把彭林也押到刑场上陪绑。在刑场，他们再次威胁郎玉麟，如果再不答应交出枪支，就立即杀头。刑场上杀气腾腾。

一旁陪绑的彭林也激动得大呼：“我们的枪是打日本鬼子的，是为保卫中华民族和中国人民利益的，我们绝不能把它交出去，我们宁可为抗日事业而死，决不做破坏抗日的事耻辱而生，抗日战士是不怕死的！”他们俩的临刑演讲，字字如铁，铮铮有声，是共产党员的正气，更是中国人民抗日到底的决心和赤胆忠心。这时刑场上骚动了，红枪会的大多数人员被感动了。是啊，为了几支枪，无缘无故地杀害抗日游击队首领，这名声实在太难听了，这比土匪还不如嘛。红枪会的基础是穷苦农民，他们也不愿杀害无辜的抗日队伍首领，行刑的时间就这样被拖延着。

刑场上的正义力量慢慢地汇聚，他俩的抗日宣传深入了人心。在刑场上，郎玉麟、彭林他们仿佛不是被宣判的犯人，而是人民抗日的宣讲者，正义力量的化身。红枪会的穷苦农民，听着他俩的宣讲，民族自尊心被唤醒，团结抗日的心愿越来越强烈。有的人流泪了，有的人在窃窃私语。郎玉麟、彭林看到宣传很有效果，便越说越起劲。他们心想：大不了一死，何况还希望事态能有和平解决的转机。即使真的死了，我们也要用自己的满腔赤诚，为抗日事业效力。

正在这紧张时刻，太湖边远远传来了日军汽艇的声音。“鬼子来了！鬼子来了！”耳尖的红枪会成员首先喊了起来，刑场马上乱了。红枪会毕竟是乌合之众，一听鬼子来了，就不知所措，“什么刀枪不入”，什么“菩萨保佑”，早已丢在脑后去了，争先恐后纷纷逃命。那几个头头也陷入了惊慌失措之中，一时不知如何是好。

郎玉麟、彭林目睹红枪会会徒那般熊样，又气又急，郎玉麟随即大喊：“啊，你们不要乱跑！千万不能乱阵！现在听到汽艇声音还不大，鬼子离我们还远呢。慌什么？”郎玉麟接着大喊：“你们要杀我！我说我们是抗日分子！说了半天你们不听，现在听鬼子要来了，就这样混乱不堪，真是丢脸！大家不要慌，听我的，有秩序地撤离这个村子！”

那个红枪会头目看到郎玉麟、彭林遇到敌情沉着冷静，挺有主意，立即下令给他俩松了绑，还急着问应该怎么办？郎玉麟果断地说：“往南撤！”马上命令红枪会成员向南撤退。那些红枪会成员刚才听了郎、彭的宣传，早已消除了误解，见自己头目对他俩言听计从，立即转了风向，郎玉麟成了这支队伍的指挥官。

当郎玉麟指挥这支队伍撤退到戴山时，日军的汽艇也去远了。樊姓头目见郎玉麟的态度诚恳，毫无怨恨之意，又见郎、彭是硬汉子，不怕死、有民族气节，对他们敬佩有加。郎玉麟以大义凛然的无畏气概，使这场危机化危为夷，要回了失去的枪支，保持了完整的抗日队伍——“郎部”。

（本文内容系作者之父叶圣章生前口述）

2019.10

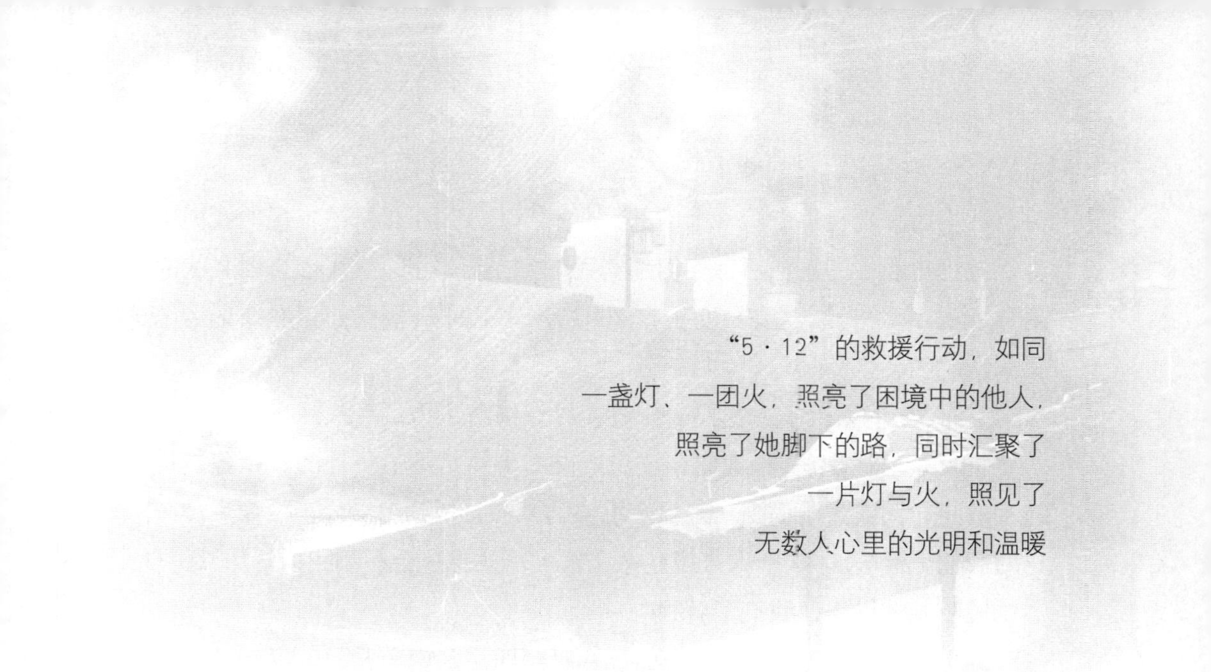

“5 · 12”的救援行动，如同
一盏灯、一团火，照亮了困境中的他人，
照亮了她脚下的路，同时汇聚了
一片灯与火，照见了
无数人心里的光明和温暖

2008，她在汶川地震现场

| 晓　诗 |

回顾“5 · 12”，时光仿佛凝固在一瞬间。那一瞬间，夺去许多生命与辉煌，留下许多破碎与悲伤；那一瞬间，也见证了众志成城的力量，汇聚了漫无边际的善良。

在援助汶川行动中，织里力量迅速且强大。尤其是在织里打拼的企业家们，他们一次又一次用行动结结实实地编织着“发家致富不忘回馈社会”的爱心结。而这其中，既有捐款捐物的硬核操作，更有浸润着女性柔情和温暖贴心行动的代表人物，就是小熊猫制衣厂的吴小红女士。

“四川灾区的群众太可怜了，仅有爱心还不够，我想以实际行动来帮助他们，给他们支持的力量。灾区新闻看一次哭一次，整整两个晚上没睡好。我当时一直在思考着一个问题：要不要去四川帮助那些灾民？我向家人朋友提出想去的想法后，他们都劝我不要去，那里余震不断，况且我的身体状况不太好。”这是吴女士在 2008 年 5 月 24 日接受湖州在线记者电话采访时的话。

“灾民处境太苦了，我要去看看，尽点绵薄之力。”十二年后的今天，当重提此事时，她说，“我们在汶川所做的事情是不值一提的。让我真正感动的是，大灾大难面前，来自全世界的爱心百川到海一样奔涌而来……这对我们一起去的 12 个人来说，意义很大，我想这会影响我们一生。”

聆听她的讲述，我们了解到——

5 月 20 号到 5 月 22 号，他们分别赶到四川剑南镇某村、汉旺某村的村民家里了解灾情，统计生活急需品。途中发现整个村的村民，家里早已断了粮，眼巴巴地等待救援。

看到这一幕幕悲惨的状况，吴女士十分焦虑：该怎么办？该求助谁呢？他们愿意相信我吗？犹豫再三，她在会友们中开始发布急需物资的消息。

出乎意料的是，消息一传十，十传百，一石激起千层浪！

只隔一天！也就是 5 月 24 号。他们就收到成都送来的一大批物资。凡是她救援消息发布的，比如米、水、牛奶、油、小手电、收音机、电池等都有了。于是她和同伴们收集倒塌房的木材，搭建一间简易房，当作临时物资仓库。第二天开始，他们一个个扛着物资，跨过一道道地震留下的深沟，走向一个又一个山头，挨家挨户送到灾民手上。

“当我的救援消息发出后，全国各地那么多素不相识的人，就把物资寄来了，他们是那么信任我们，我心里很感动。”其实，那时吴女士因多日的辛劳，内心焦虑，病痛袭身，体力已经不支。但是她心里依然想的是“能救一个是一个，能救一家是一家。”

让吴女士感到的，不至这一次。那是在 5 月 28 号。此时她带去的十几万现金，已所剩无几。当他们的爱心小分队在分发物资过程中，看到许多灾民因为无房无帐篷，淋雨得病，更为紧急的是一位产妇分娩在即，必须要弄到帐篷。怎么办？再次求助会友吗？这次她没有过多犹豫，一方面派人帮产妇联系医院，一方面又向会友发布征集帐篷的讯息。

消息如前，一传十，十传百，讯息有灵，善解人意，穿梭在回音壁里！

又是“只隔一天”！也就在5月30号那天，他们收到了一大批帐篷。

“每次都只隔一天，需要的物资就源源不断地来了。我心里一次次被感动。”

吴女士回忆，当时小熊猫制衣厂有11位分别来自安徽、河南的员工也和吴女士一样心系灾区，纷纷表示要跟随吴女士前往。吴女士当机立断关停了工厂，给这11位员工也买了飞机票和装有帐篷等用品的军用包。

“这是一次集体行动，很有意义但毕竟余震还在。所以我每天做点笔记。”翻看吴女士的记录，12年前的这场爱心行动清晰地呈现出来，不由得敬佩其用心、细心。

5月17日：各自与家人告别，准备行装，厂里集合。

5月18日：从杭州到成都。到了成都，发现那里志愿者较多，马上转到德阳；到了德阳，打听到绵竹急需照顾伤员的志愿者，马上赶到绵竹。

5月19日：白天，在绵竹市人民医院参与医院后勤保障。夜晚，住在体育馆对面空地（自备帐篷）。

5月20号：3人到剑南镇某村了解灾情。（红、金、林）

5月22号：2人至汉旺了解灾情、了解急需品后，征集物资。（红、金）

5月24号：收到成都送来的一批物资。物品有米、水、牛奶、油、小手电、收音机、电池等。收集倒塌房的木材搭建一间简易房，当作临时物资仓库。

5月25号：3人带着物资租车到安县睢水镇罐滩村了解灾情，分发物资。安吉援助小队与沈阳2位援助者加入我们行动。（靖飞、红、金）

5月26号：6人带着物资租车再到罐滩村，分发物资。（叶飞、台建、靖飞、红、李金、金）

5月28号：5人带着物资租车到汉旺，分发物资，征集帐篷。（李金、家富、伯林、红、金）

5月30号：收到一大批的帐篷。3人到五福镇发帐篷。（家富、红、金）

5 月 31 日：上午，5 人带上物资，给罐滩孩子们过六一。下午，5 人带上物资，给另外一村的孩子们过六一。（台建、靖飞、大卫、红、金）……

清晰的时间，清晰的人员，清晰的行动，那是织里一位女企业家的组织力与领导力的集中体现。而简短的话，歪斜的字迹，我们可以想象奔波辛劳一天的她，疲惫不堪，歪扭在帐篷里，打着手电，在与浓重的睡意较劲下，留下这一天的足音。

当时，汶川 8 级地震后，5 级以上余震仍频频发生。我默读着，也被感动着，万一……这些文字就是……。想至此，我想我不能删这手记中的任何一个字。

“能去汶川参加救援，最要感谢的是我先生。起初他考虑到危险大，不同意我去，后来他知道如果我这次不去，很有可能会成为我一辈子心结。于是改变了想法，同意关停工厂，给我经济与精神上最大的支持。救援期间，他每天打电话来悉心询问我的情况，有时还给我出出主意。”

“其次要感谢我的 11 位员工。他们背井离乡来织里打拼不容易的。因为要去汶川，工作停了，损失很大。其中还有独生子女。我劝过他们，这次援助有危险，但是他们还是很坚定，要和我一起去。他们在厂里做得也久了，都像亲人孩子一样。幸亏有他们在身边，到了灾区，我拿去的钱是有用，但不是最有用的。没有这 11 位亲人一样的员工，我是什么事都做不了的，我很感谢他们。”

后来，吴女士两次去绵竹，看望曾经的灾民朋友们。看到他们生活越来越好，心里挺高兴，也挺自豪。

如今，回想与吴女士座谈的片刻，其炯炯有神的双眼、清晰有力的谈吐，洋溢着的激情，以及话语里的一个接一个的“感谢”，给我留下深刻的印象。“爱出者爱返，福往者福来”。行善成就心灵美，行善聚集高能量。这也是吴女士身上所展现的一般人不具备的激情与昂扬的来源吧。

“5・12”的救援行动，如同一盏灯、一团火，照亮了困境中的他人，照亮了她脚下的路，同时汇聚了一片灯与火，照见了无数人心里的光明和温暖。从“5・12”起，吴小红女士把慈善也当作自己的一项事业来经营。

如果说敢闯敢干、吃苦耐劳、坚韧不拔，是女企业家们开创“她时代”的秘诀，那么扶危济困、热心公益、勇于担当，就是她们回报“她时代”的热切表达。

“常怀从善心，乐为施德人”。织里慈善事业的蓬勃发展，离不开危难关头站出来的吴小红女士和她的爱心小分队，离不开经年累月“哪里有需要就帮扶哪里”的罗根娥女士和她的超级“爱心妈妈团”，离不开许许多多像她们一样对慈善执着而温暖的“她力量”。

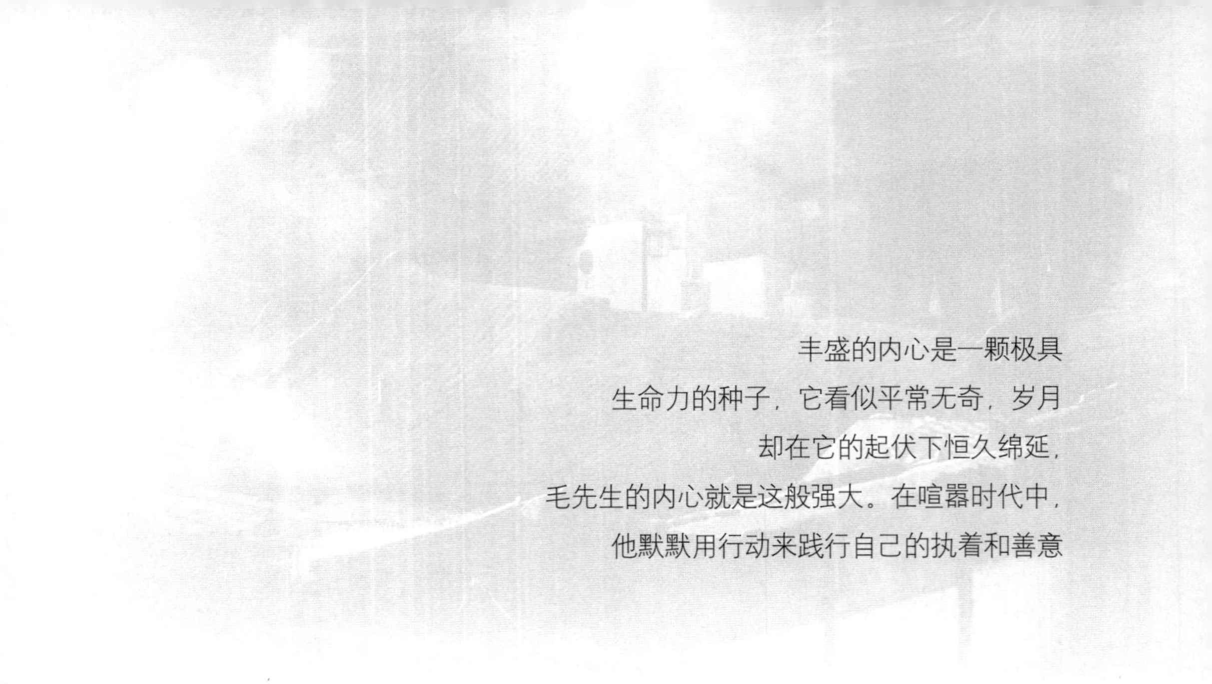

丰盛的内心是一颗极具
生命力的种子，它看似平常无奇，岁月
却在它的起伏下恒久绵延，
毛先生的内心就是这般强大。在喧嚣时代中，
他默默用行动来践行自己的执着和善意

行走的仁心

| 卢群锋 |

回忆真是一种奇怪的东西，有时候会涤荡所有的苦难，只留下温情；有时候会帮你抹去所有的过程，只存一个轮廓。

就像这次为毛先生执笔略言，待到提笔落字，我却已记不得是哪年哪月，何方何土初识先生了。

印象中的先生，总是衣着朴素但干净利落，脸庞红润而慈祥，脑门饱满，闪烁着智慧的光芒。

先生是织里镇的名人，不少人都得过他尽心救治。每每走在路上，总会有亲切的招呼声响起：“喂，毛先生，好久勿见，身体还这么硬朗！今年高寿？”

"今年 39 岁啦。"语毕，对视大笑。先生幽默，其实他已 93 岁。

每个人说起自己初识毛先生的过程，都像一条曲线：跨越时间，记录着自己的感动和惊喜。回忆中，与他同处的时光二三细节，也逐渐清晰起来。

先生特别喜欢识别路边的草药，我平时也喜欢中药，所以很乐意跟先生出游。与他同路，他会教你如何识别路边草药的外形特征，其药性、味、功效、禁忌，等等，常是走一路学一路，待到目的地，收获的已是满满的草药知识。

记得 2004 年春天，我们与毛先生结伴去庐山，晚上入住庐山宾馆。先生习惯早起，第二天清晨，天刚蒙蒙亮，他便兴致勃勃地起床往室外走。走到一小院边张望，见里面有各种蔬菜，还有花草。先生窃喜，想入内一探，找找草药。

谁曾想，惊动了看院的小狗，成了"不请自来的恶客"。毛先生对着小狗吹了声口哨，不慎碰倒了一个花盆，把看院的主人引了出来。主人是位村妇，瞪着双眼，用乡音浓烈的普通话喊道："干什么的？出去！"

我们赶紧上前帮先生解围："我们是浙江来旅游的，这位先生是我们地方上的名老中医，清早想周边走走，找寻点草药。"农妇看我们不像说谎，又听说是老中医，即转怒为喜，拉着我们，诉起自己的病痛，并言多年前患了妇科病，一直在城里医院看病，就是不见好，痛苦不堪，想请先生为她看看。先生在院子的石凳上坐下来，为她号起了脉，又问了病情，随后给她开了一方子，并交代吃完五帖如有好转可续方，还留了自己家里的电话和地址，说如有不舒服可随时打电话。

农妇感激万分，又要泡茶，又要送土特产，先生微笑着一一回绝。

后来，据说农妇真的给先生打来了电话，说吃完先生的方子身体已康复，心情也好起来了。

坐而论兼起而行。毛先生是一位走出医斋的中医师。在他看来，中医治疗必须有温度，它关乎普通民众的一喜一哀、一粥一饭、一屋一宇。

2017 年 5 月，我随先生和几位好友驱车从太湖东山转乘大轮摆渡去三山岛。当时我非常不解，为啥我们要绕此远道？

于是，许羽老师便告诉我一件关于先生的逸事——

不久前正是春暖花开之际，先生想去三山岛游玩。三山岛的支书很热情，特地派人从岛上开个汽艇过来接先生。早年先生在江苏一带医治病人无数，当地人直呼“毛仙人”，至今岛上有很多熟人。等先生上岸，人们即刻奔走相告：“毛先生来岛上啦！毛先生来岛上啦！”

结果先生刚在支书办公室入座，就有人来请他号脉，先生一一应允，后来人越来越多，竟排起了长队。那天从上岛到傍晚，先生一共看了40多名病人，游玩变成了义诊。

因为那次上岛没有玩成，这次就想悄悄地去，以游尽兴。

不过，先生到底还是放不下他的病人，上岛后就打电话约好碰面地点，让她过来。没过几分钟病人来了，先生从随身包里拿出草药，还带她到路边，教她怎样识别，如何煎服。

我们雇了一辆观光车，让先生坐在车上环岛游览。那司机却认出了先生，就在皇家采石场（影视拍摄基地）先生下车观景时，司机在先生身后很不好意思地轻轻问：“先生，能否帮我妈妈开个方子？”先生闻言转过身，微微地点了点头，就在路边找了一条石椅坐下，问明详情后开了方，然后又交代了好些注意事项。小伙子带我们在岛上转了一圈，天色也晚，我们赶着最后一艘渡轮回东山。刚走进候船室，只见一位70岁左右的老太太，拎着一篮鸡蛋放在了先生脚跟边，跟先生说她大腿上长了个大疱，请求先生帮她看一下，先生点了点头。

候船大厅里很闹，先生带着老太太来到渡船人员办公室，检查了大疱的情况，又交代治疗的细节，才返回候船室。回来后，他看见了老妇刚刚送来的那篮鸡蛋，非要我们还回去。

我着急地跟先生说：“她存心送你的，就带回去吧。”

先生正色说：“看个病没什么的，不能拿病人的东西。”

于是我让先生他们先入船，自己拎着鸡蛋去追那老妇。等我返回，脚刚踩上甲板，船也启动了。我看到先生静静地等在原处，冲我微笑地颔首。

丰盛的内心是一颗极具生命力的种子，它看似平常无奇，岁月却在它的起伏下恒久绵延，毛先生的内心就是这般强大。在喧嚣时代中，他默默用行动来践行自己的执着和善意。

毛先生总是如此，不知不觉间传递着自己的温暖与坚持。

有两件事，我这辈子难以忘怀。

第一件事：两年前，我母亲突发脑梗住进了湖州医院的重症监护室，一住就是20个月。因母亲大面积脑细胞死亡，所以丧失了语言功能，后来腰上发现了一片红点，医生说是带状疱疹，已经用药了，可是过了几天红肿却越来越重了，但母亲口不能言，只能一味哭闹，我们子女们看在眼里，痛在心里。

我打电话试着问了问毛先生有何高招，先生听罢我的描述，帮助配了两种药，一种是水剂的，一种是膏剂的，并交代我们如果表皮没破就用水剂，表皮破了就涂擦膏剂。

结果药到病除，三天后就退了红肿，母亲也渐渐平静起来。之后先生还是不放心，隔几天就打电话来问情况，直至母亲过世。

第二件事：2014年底，我的先生老徐患上肺部恶性肿瘤，医生下了只剩一年存活期的诊断。

当时老徐做了切除一片肺叶的大手术，还做了4次化疗，33次放疗，人很颓废。先生和夫人丽蓉阿姨（当时阿姨已有91岁高龄，自己走路已很困难了）得知消息后很着急，让女儿玲玲姐陪同，大年三十从织里赶来湖州探望老徐。他们开导并鼓励老徐要坚强乐观，放松心情，还带来了很多养生滋补品。

最让人感怀的是那株灵芝。先生家里有个小院子，种了许多花草，还有一棵60多岁的蜡梅树。每年冬季梅花盛开，香溢满院。不知什么时候起，这棵蜡梅树的根部长出了一棵野生灵芝。毛先生请浙江中医学院中药鉴定专家陈锡林帮助做了鉴定，确认其有很高的营养价值。

灵芝对修复人体细胞有很强的功效，野生的异常珍贵。先生毫不犹豫地砍下了这株珍贵的灵芝，让女儿送来湖州。毛先生这份执着的善意，给了老徐极大的信心。与疾病相斗四载后，如今身体已在逐步康复。

持续不断地扶危济困，坚持不懈地身体力行，是一位医者参与社会、推动社会，最不能惜力的“苦行僧”方式。毛先生却乐在其中，他的坐言起行、他的仁心仁术，诠释到最后，我以为不过九字：为民医，解疾苦，行方便。

此处借用一首老舍的小诗，聊表我对先生的敬意：

小院春风木下家，长街短巷插樱花。

十杯清酒千般意，笔墨相期流锦霞。

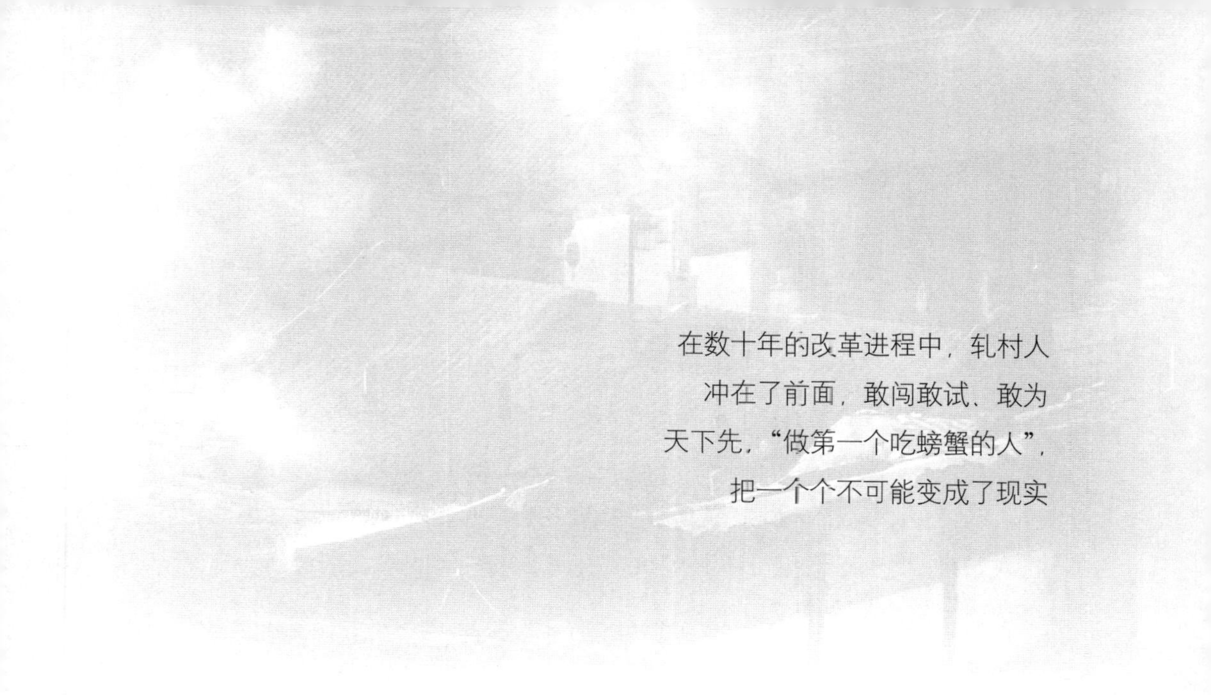

在数十年的改革进程中，轧村人冲在了前面，敢闯敢试、敢为天下先，“做第一个吃螃蟹的人”，把一个个不可能变成了现实

敢吃“螃蟹”的轧村人

沈林江

远古时代，太湖南岸，水高地低，湖荡棋布，河港纵横，墩岛众多，荒无人烟，为典型的滩涂和湿地风貌。商周时期，一群敢闯无人区的太湖先民，迁徙到位于现轧村集镇东侧的分水墩定居，开始改造自然，繁衍生息，并逐渐形成一个小集镇。随之水稻、渔业、蚕桑等种植养殖业渐渐兴起，再后来缫丝、织布手工业也跟着发达起来，“荆蛮之地”一下子变成了富庶之地。

轧村之名的来历，相传就是此地织造业发达，夜深之时，家家户户还传出织机“轧轧”之声。南渡夜泊此地的宋高宗，听到此声而将此地更名为“轧村”。

明代嘉靖十三年（1534）唐枢所纂《乌程县志》记述了轧村一带在明朝就“多商于外”。清康熙《乌程县志》记载，轧村先民早就“往楚、豫间贸易”，有外出经商传统。

清光绪六至十一年（1880—1885），轧村一带所产绉绸销于湖城诸绸庄，再转至上海“申庄”或苏州“苏庄”销售。“至于单人或结伙外出经商者，骥村也多有人至南京、京口（镇江）、杭州、苏州等地经商”。

或许是基因的传承，或许是环境的影响，或许是千年的文化熏陶，轧村人始终敢于创新，勇于实践，尤其在过去的六十年中，创造出一个又一个奇迹，实现了一个又一个梦想。

童装（绣花）第一人

“人的第一个青春是上帝给的，第二个青春是靠自己努力的。”这句名言说明年轻人往往不满足于现状，善于尝试于新鲜的东西。20 世纪 50 年代，轧村的抗三圩、孟乡港、增圩等村，有一群不满足于现状，敢于冲破传统观念，勇于探索，认真学习手工技艺的青年，他们奔波各地寻师学艺，开始涉足绣花和童装，经过 50 多年的发展，竟打造出一个从业人数 30 多万的童装之都。

溯本追源，时间拨回到新中国成立初期。1949 年 9 月，十三岁的小姑娘孙丽霞经轧村医院的医师朱师母介绍，去苏州观前街的一所缝纫学校学习用缝纫机绣花的技艺，在众多学生中出类拔萃。1950 年 9 月，她完成了校方交给她的一项特殊任务，绣出的毛泽东肖像参加了苏州市的国庆游行。

孙丽霞有个小姐妹叫吴宝珠（1938 年 8 月出生），两人交往时，孙丽霞将绣花技艺传授给吴宝珠。1962 年，吴宝珠购置了一台缝纫机后，白天照常参加生产队的集体劳动，晚上用休息时间为村上的小孩子缝制衣服。手艺新且好，名气自然响，生意慢慢向邻村扩展，业余的收入超过集体劳动所得。1963 年，已经嫁到本村茹家达自然村的孙丽霞建议吴宝珠将已经掌握的机绣技艺用到服装上。于是，吴宝珠在做小孩服装、长兜时，在缝纫机上装上一块小铁夹板（绣花板），用竹绷将布料绷紧，在上面绣一些花草、鱼鸟之类，深得大家的喜爱。

1964 年开始，她又制作结婚用的枕套、门帘、帐沿，并在上面绣上花。从此，前来加工的人不断增多，太湖的金溇、杨溇的人也慕名纷纷前来。随后吴宝珠用购布证到商店购些布，开始做绣花枕套等。她婆婆用竹篮子到周边的村上去兜售，收入成倍增长。

无独有偶，孟乡港大队也有一位心灵手巧的绣花人，叫朱阿花，1936年11月出生。1961年她购置了一台蝴蝶牌缝纫机，开始帮助周边的乡亲们缝制服装，后做蚊帐，并由她的婆婆到周边推销。1963年的时候，因丈夫的工作地在南京，她曾过去小住，偶然的机会学到了机绣技艺，回来后就开始在长兜上绣花，并做绣花机套、门帘等绣花制品。

1964年，朱阿花的妹妹朱水花在上海做保姆，有次在淮海路闲逛时，发现一家绣花厂用缝纫机绣花，她便向厂里下班的员工讨来一块旧绣花板，回乡后也开始绣花。

一花引来百花开。看到吴宝珠、朱阿花、朱水花等小姑娘们能轻松赚钱，附近的人再也坐不住了。那时一个正劳力每天参加集体劳动，得到10分工分，到年终分配时最多得8角钱，而一个女劳力一天只能得7分工分。1965年，抗三圩自然村有人前来向吴宝珠讨教绣花技术。接着，孟乡港、增圩村的人，包括朱阿花的小姐妹也纷纷搬来缝纫机向朱阿花学习机绣。一传十、十传百，前来讨教的人不断增多，并且向周边村扩展。到了1972年，梅林港大队、轧村大队的村民也开始绣花。

但当时还是人民公社的集体所有制经济，绣花业自然被当作“资本主义的尾巴”而明令禁止。于是，这些人白天参加集体劳动，收工后在家偷偷绣花。

十一届三中全会后，对家庭绣花业逐渐放开，绣花人数暴发式增长。1980年轧村全公社绣花人数突破2000人，其中有不少男青年也参与绣花。

1980年，绣花和童装业蔓延到织里，产品销售地点已经从周边发展至全国各地，需要乘坐火车、轮船等交通工具。为了方便挤车乘船，大家都将产品装入两个大包，用一根小扁担挑在肩上。扁担上面绑着长柄雨伞，脚上穿着解放牌球鞋，包里放着一星期左右的炒米粉，这些就是走南闯北轧村人的标配。

1983年，总户数不到5000户的轧村乡，有缝纫机3800台，大部分劳力都投入至绣花行业，其中各种类型的专业户达 2000 多户。

1984 年，政府正式支持和鼓励绣花业发展，成立了轧村绣花服务部，形成轧村绣花联合体。绣花服务部主要为全乡各绣花户出具外出推销证明，提供国家统一发票，提供统一汇款账号，帮助结算汇入货款等。

增圩村的吴小章（1942—2019），原是轧村中学的教师，平时擅长写写画画，寥寥数笔就能将一条龙、一朵花绘得栩栩如生，在绣花业中有明显的优势。

1977 年上半年，走南闯北的吴小章来到上海缝纫厂，他发现那里的绣品样式新颖、质量上乘，于是萌发了帮助该厂生产加工的想法。回家后，吴小章就着手在村里创办绣花制品加工厂，还从江苏等地请来教绣花的师傅。这个村办企业一经筹建，就吸引了 50 多名工人。

2004 年织里镇举办第二届中国 · 织里童装博览会期间，在全镇范围内发起“织里童装第一人”评选活动。通过正式推举评选，最终吴小章被授予“织里童装（绣花）第一人”荣誉称号。

联产承包责任制度的先行者

毛主席说过，“穷则思变，要干，要革命”。1949 年轧村解放后，通过互助组、初级社、高级社，最后建立了人民公社、生产大队、生产小队三级农村组织。由于农业生产比较复杂，生产管理非常不便，“大呼隆”劳动效率比较低。而分配机制又是“平均主义”“大锅饭”。到 1970 年，出工不出力已经是普遍现象。那时，谁都不能怀疑人民公社“一大二公”的优越性，每家每户几个平方米的自留地，也是被视为资本主义的尾巴而被切割。人们一年忙到头，年终分配时每个成年劳动力每天收入却徘徊在人民币 7 角至 8 角之间。到了第二年青黄不接时，因为粮食不够吃，许多人外出借粮，一些人甚至外出讨饭。

1968 年开始，轧村一些生产队对捻河泥、垦田等部分重活累活实行劳动定额，包给个人。完成当日工作量可提前收工，拿一天的工分。虽然所包的农活比平时要多出好多，但承包人还是早早地完成当日劳动定额，多的时间就在自家自留地上干活，可谓一举两得。但这与当时政策不协调，只能在特殊工种中实施。

1970年，有水田269亩、人口210多人的轧西大队第九生产队真是豁出去了，偷偷划分成三个小组。划分的方法是按照劳动力的强弱、性别、年龄等因素均衡划分，并确定一名小组长、一名副组长（一般是女性）；将收割、插秧等集中统一的农活分至3个小组，产量仍归生产队所有，再统一分配；集体统一的农活由各组派出劳力，称作非包工。这一做法使劳动效率大大提高，三个农忙季节比原来提前三至五天结束。1973年，公社党委同意了这种做法，并取名为操作小组，于是全公社纷纷效仿，均推行操作小组。

1974年，轧村又出现一件令上级领导非常头痛的事。那时的管理体制最基层是生产队，称为“三级所有，队为基础”，土地属生产队，农活由生产队长统一安排，产品由生产队统一分配。南湾大队第四生产队共有农户61户、水田273亩，队长潘大毛私下同意村民多次分成为三个小生产队，被公社一次次制止。后公社党委派出一个工作组至队里，帮助出工、收工吹哨子，帮助安排生产。但是，明并暗分，当工作组撤回后，村民又按照小小队生产和分配了。到1978年终于正式获得公社党委同意。

轧村的各大队、生产队均有好多桑树，入秋后不再产桑叶，因而有在桑园地种植蔬菜的传统。1976年，轧西大队第六生产队干脆将桑地分到各农户种植，产品归各户所有，第二年春天仍将桑地收归集体管理。那年冬天的桑地里种满了蔬菜，且长势特别好，各家各户将蔬菜运到长兴、江苏等地销售，增加了好多收入。而此举也属于“走资本主义道路”，村民们只能悄悄进行。

1977年，轧村公社囊二兜大队第二生产队、陈家千大队第六生产队联产到小组，产品直接分配给小组成员，这是分配制度的一大改革，完成国家的、留足集体的、剩下的都是自己的。随后，轧村公社全部实行“几定几奖”农业生产责任制，在农忙季节实行“工分到田，责任到人，质量验收，有奖有赔”生产责任制，提出“联产联组要联心”，统一放水、同圩统一种植同一农作物、统一治虫。一些生产队对牧场、拖拉机等建立单项责任制度。落实社员家庭自留地政策，鼓励社员发展家庭副业，但还是强调不搞包产到户。

1977年秋天，尽管政策明令禁止，但范村大队及轧西大队部分生产队还是偷偷将土地直接分到最基本的单位——农户，大家一致对外保密，公社派人例行检查时，便停止丈量土地等。分田到农户生产经营，真正建立了联产承包责任制度。

1981 年，轧村公社联产承包责任制度在小范围实施。9 月 5 日，轧村公社经营管理站撰写《轧村公社 73 个生产队实行联产承包责任制后的变化》的调查报告，总结出七个好："一是充分调动了农民参加社会主义劳动的积极性，劳动自觉性增强了，积极性高，参加劳动的人多，劳动自由；二是生产进度快，农活质量好；三是干部群众之间的关系密切，社员与社员之间的团结性增强；四是科学技术有了普及；五是各尽所能、按劳分配的政策得到进一步落实；六是集体经济能巩固壮大，集体的福利事业能得到发展；七是生产上有了发展，轧西一队早稻总产比去年增长 55.6%。"红武大队位于 318 国道边，抗日战争时期这个地方受战火荼毒最重，始终较为贫困，几乎每年春季要到塘南的新华大队借粮。1980 年红武大队实行联产承包责任制后，当年从"吃饭靠借粮，种子靠国家，成本靠贷款"困境中走出了，实现了"粮食满仓头，种子二套头，成本有积累"的成功转变，联产承包责任制的优点充分显现。

1982 年，轧村的农村联产承包责任制度改革正式完成，轧村近两万多农民的生产积极性被全部调动起来，并推动了其他各项改革的进行。

集体企业经营机制改革的"轧村模式"

"沉舟侧畔千帆过，病树前头万木春。"老事物虽然造福一方，但不会永远正确，新事物一直成长，更需要敢闯之人。轧村公社在上个世纪 70 年代大力发展集体企业，并取得了较好的经济效益。至 1976 年止，全公社有农机电镀厂、胶木厂、染厂、农具社、竹器社、铁器社、丝绸工艺厂等 9 个乡办企业，职工 314 人，年产值 53.8506 万元，利润 91735 元，固定资产 133969 元，当年上缴税金 19556 元，职工收入 124618 元。到了 1983 年，职工有 831 人，年产值 3336.875 万元。这些数据目前看来不大，但在当时算是天文数字。

随着联产承包责任制度的实施，集体企业开始暴露问题。到 1983 年，上缴利润越来越少，多数企业已无利润上交。乡里须承担企业亏损的严重风险，集体企业已经从“摇钱树”变成一个烫手的山芋。那时，乡办范村预制场已经连年亏本，仅1983年度就亏本19900元。1984年7月3日，乡党委政府果断让胡志庆承包一半，当年胡志庆就上缴利润2000元。乡里初步尝试了集体企业改革的甜头。

1984年12月17日，因家庭绣花业的快速发展，首当其冲的轧村绣花厂被迫解体。但由于政策的限制，不敢进行实质性的改革，厂房转让给针织服装厂，绣花厂工作人员由工业公司安排。

1985年，乡里对乡办企业打破大锅饭，健全责任制，实施“一包三改”。1987年12月29日，对五金厂实行招聘制试点，对各乡办企业实行厂长负责制的集体承包制，对有经济效益的企业大胆奖励。这一步的跨出，使企业经营管理者得到一定的利润分配奖励，一定程度上调动了企业经营者的积极性，但没有从根本上解决企业存在的问题。随着农村改革的不断深入，集体企业的弊端愈加显现，企业经营管理者很难全身心地投入到生产经营中去，亏损面不断扩大。

乡办农具、竹器社、铁器社是在解放初期由个体工商业者改造过来的集体企业，由于单位小，技术性强，与老百姓关系密切，职工回到家可制作些扁担、箩筐、篮子、铁耙等生产生活用品出售，这对企业冲击很大。1987年底，乡政府对这些集体企业实行了大包干，即包利润、包留存、包上缴，并直接包干到每个职工，开始真正意义上的集体企业经营机制的改革。1993年至1994年，轧村乡对助剂厂、五金厂、建筑公司、联营厂、电子元件厂、棉织厂、印染厂、羊毛衫厂等8家镇办企业实行经营机制改革，至此，集体企业经营机制改革全面完成。集体企业这个巨大的经济包袱终被彻底扔掉，并可使集体的资产保值增值。轧村的集体企业经经营机制的转换，得到市委、市政府的充分肯定，定为“轧村模式”在全市推广。

织里各专业市场的发祥地

“人不能创造时机，但是他能够抓住已经出现的时机。”这是雪莱的名言。伴随着绣花业的发展，轧村对布料、绣花线等需求量不断上升。起初，大家乘坐上海班轮船，到各百货商场购买的确良等面料，在城王庙购买绣花线等辅料。后来有人到各地百货公司购买比较便宜的的确良零头布。

1976 年下半年开始，范村大队的范善根、陈占新发现江苏盛泽的社办企业生产的特丽伦化纤布质优价廉。那时化纤布还是时新货，做化纤布生意的好处是不需要布票，可大量购买。更重要的是，化纤布比棉布色彩丰富，是绣花的好面料，很适合做儿童连衣裙。就这样，以连衣裙为主的童装业就从绣制品行业中孕育萌芽了。

人们批量购买布料，除部分自用外，加价转让给周边绣花的农户。从此，范村大队、轧西大队出现了一批专门从事面料购销的人。但因当时公社和大队管得很紧，他们均悄悄进行交易。

1977 年，政策有所松动，人们便在轧村港西侧的信用社门口摆地摊销售，生意较好。后来人们又发现加工面料更赚钱，赤家兜村民陈善根、陈占新、钱林江、陈建章、吴阿大，轧西大队闵玉林等到莫蓉公社的社办企业购买特丽伦坯布，挑到三济桥，然后用拖拉机装到安吉晓市印染厂染色，接着再运回三济桥，最后在轧村的地摊市场销售。之后因绣花产业越来越大，附近的社办企业的产品已经满足不了轧村对布料的需求，方友良等到轧村印染厂开具采购面料介绍信，到全国各地采购，采购产品增加了三等品及以下的纯棉布、涤棉布等。一些外地厂家甚至直接来轧村销售，轧村俨然成了布料的集散中心。不久地摊市场便转到稍为宽阔的电影院门口，一部分人又专门从事绣花线等辅料的经营，但很快人满为患，影响交通。

1978 年十一届三中会后，轧村公社党委决定将电影院向经营者开放，并配备竹榻，出租给经营者。整个电影院也就成了面料和辅料交易市场，固定经营面料的人数达 70 多人。

通过销售面料，一部分人很快富裕起来了。范村赤家兜是经营面料人数最多的自然村，当时被称为“百万富村”。1987 年有 13 户富裕起来的村民，在村口的轧村公路旁边，建造了 26 幢三层楼房，成为农民新村。

1979 年，织里税务部门派人到轧村对从事面料交易的人员收取税金，每年 300 元至 1000 元，工商部门对从轧村外运的绣花制品等收取 200 元至 400 元的运费。1981 年，在织里虹桥两岸码头，出现绣花制品自由交易市场，并免收税金和外运管理费用。于是，轧村的面料经营者陆续转到织里。到了 1982 年，轧村绣花制品交易市场人员全部集聚到织里茧站门口交易，这为织里早期交易市场的形成和特色产业的壮大起到了推波助澜的作用，从而促成了织里交易市场的不断壮大，使一个个专业市场不断形成。

湖州第一块国有土地使用权公开拍卖

轧村，是第一位童装（绣花）人的孕育地，是联产承包责任制度的先行地，是集体企业经营机制改革的“轧村模式”诞生地，是织里各专业市场的发祥地，同时也是湖州第一块国有土地使用权公开拍卖地。

清末维新派领袖唐才常说：“尊新必威，守旧必亡。”轧村的集镇建设规模虽然不是很大，但其创新的力度可谓不小。通过“一根扁担两只包，全国各地到处跑”而积累了较多资金的轧村人，要求在集镇上新建房屋的人数不断增多。

1988 年 12 月 23 日，轧村乡党委政府讨论确定建设轧村新街（人民路），每间土地价格 6000 元，很快被认购完。此后建造的二期工程以及中心路、振兴路北段房屋，虽价格上涨仍供不应求。1993 年开发的宋后皇路，每平方米地价突破 400 元。

由于需求量太大，1996 年，轧村镇党委决定开发镇区的三角潭。规划一出来，求购者远超实际供应量。镇党委、镇政府与湖州市土管局商量，于 1997 年在轧村镇举行湖州市首次国有土地使用权公开拍卖会，推出拍卖地块共 48 块（幢），每幢宽度 3.6 米，长 14 米，占地面积 50.4 平方米，可以建造 2 层至 3 层房屋。起步价格参照织里镇区当时的市场价格，每平方米 600 元,每幢 30240 元。拍卖那天，轧村镇上人山人海，一时间 48 块地块全部成交，每平方米均价为 1620 元，每幢 81600 元，溢价 170%；最高的拍到每平方米 1900 元，每幢 95760 元，溢价 217%；最低成交价格每平方米 1200 元，溢价 100%。从此，湖州的国有土地慢慢实行公开拍卖。

或许是太湖水滋养了鲜美的螃蟹，决定了在太湖边会出现敢吃螃蟹的人。鲁迅说：“第一个吃螃蟹的人是很令人佩服的，不是勇士谁敢去吃它呢?”在数十年的改革进程中，轧村人冲在了前面，敢闯敢试、敢为天下先，“做第一个吃螃蟹的人”，把一个个不可能变成了现实，引领出新的蜕变。

岁月流逝，沧海桑田。整理成这篇文字，是为了记忆历史，留住乡愁。

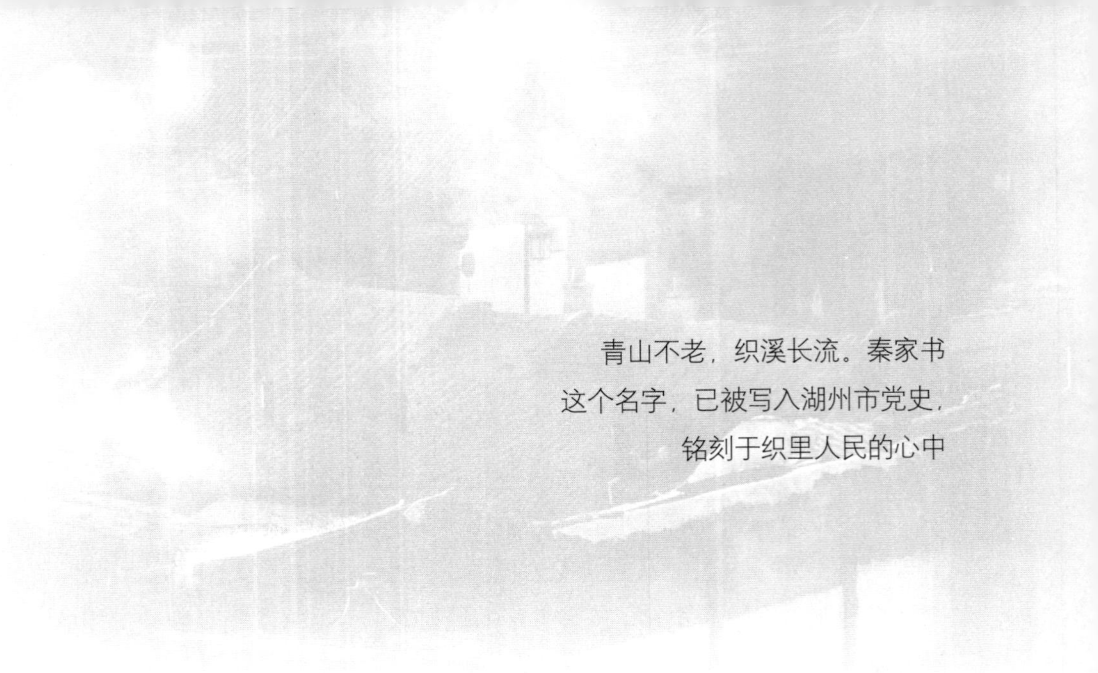

青山不老，织溪长流。秦家书这个名字，已被写入湖州市党史，铭刻于织里人民的心中

剿匪英烈秦家书

| 雨　人 |

清明前后是多雨又长满思念的时季，民间有踏青扫墓、上坟祭祖的习俗。而在清明节祭祀英烈，已成为国民的一个优良传统。于此时刻，笔者又想起新中国建立初期在剿匪斗争中牺牲的秦家书烈士。大凡有了些年纪的老织里人，对这个名字并不陌生。自从其坟茔迁往妙西后，几次想祭拜这位充满传奇的人物，却苦于不知道具体位置。2021 年 3 月 31 日上午，笔者在妙西金家坞祭扫完先人墓地走下山坡时，巧遇织里镇民政科的干部，在他们指点下找到了秦氏的墓碑，完成了夙愿。同时修正了这篇记忆秦氏生平的文章。

清悠悠的织溪与老街结伴并肩，静默地往东游走。清末民初，织里老街是湖州城东、荻塘北岸方圆数十里举足轻重的水乡集镇。镇上的著姓大户有郑氏、顾氏，顾氏又分东顾和西顾，是小镇上很有名气的家族。织溪西端原有一座由南浔庞家建造的、南北向跨架的木桥，民国时期至解放初，木桥北堍是繁华的街区，商铺毗连，店肆应有尽有。木桥南堍居住着小镇上的大户秦氏家族。

老街长者顾树军先生说，秦氏在织里街上是响当当的人家，族人分布较散，民国时期大多在上海等城市做生意。族内兄弟姐妹甚多，按照谱牒排辈，“家”字辈有秦家书、秦家淑、秦家芬等堂兄妹，幼时均读私塾，知礼仪懂礼教。接下来是“希”字辈，有秦希良、秦希达等，为老街人所熟知。再往下是“光”字辈，有秦光荣、秦光旭、秦光美等。

民国三年（1914）九月十三日，秦家书出生在织里老街木桥南堍的老宅。幼年读过私塾，又在西市银杏树下总管堂内读了小学。青年时期由族人介绍，到上海学生意，后来在上海找份职业立足谋生。

1937 年“卢沟桥事变”，抗日战争全面爆发。“八一三”淞沪会战发生后，为避战火硝烟，秦家书从上海回到家乡。此时正是国共合作时期，小小的织里街，抗日浪潮暗流涌动。1939 年春，浙江省政工第一大队二队队部驻地双林，由赵子扬、贺友镕、王家聪等中共党员成立塘北组，进入织里，开展抗日救亡运动。他们出墙报、刷标语、散发传单、上街演讲，还成立歌咏队、文艺剧团，创办夜校，教唱抗日歌曲，轰轰烈烈开展抗日宣传。秦家书参加了抗日宣传活动。在中共塘北组领导下，织里镇还成立了青年救国团、妇救会、农民救国团等抗日群团组织，秦家书担任了轧村乡“青救团”的队长，组织过多次抗日宣传。经人介绍，秦家书参加了共产党地下组织，与宋明珠、顾杰、邱明、宋元林等人，同是织里支部的成员。1940 年“塘北事件”发生后，贺友镕、王若谷等区委领导被捕。后来又发生“皖南事变”，国共合作破裂。秦家书与组织失去了联系。

抗战胜利后，秦家书在轧村乡公所谋得工作。随着解放战争的节节胜利，秦家书想与党组织取得联系的心情极其迫切，经过多方设法，1948 年 5 月，终于与地下党组织接上了关系。

当年中共吴（吴江）嘉（嘉兴）工委特派员、负责与秦家书接头的俞双人先生回忆：“那天在吴江八家浜的一户农民家中，来了个矮个子，自我介绍叫秦家书，在吴兴县轧村乡公所工作，过去参加过共产党，搞过抗日活动，因为领导人被捕而失去了联系，为此要寻找党的组织。”这次联络，由胡伯龙与秦家书交谈，俞双人躲在里屋暗中观察，见来人不像土匪，谈吐态度也极恳切，思忖定有其原因。为了进一步弄清情况，他向领导汇报后，由胡伯龙通知秦家书，一周后在嘉兴东门东园茶馆再次会面。

《吴江革命斗争史》第50期上，刊发俞双人《吴兴塘北地区党的地下工作》回忆录，详细记载：到了约定的日子，俞双人在嘉兴东园茶馆等候。不一会，有两个农民模样的人走来见面，一是秦家书，一个叫赵渠汀。接头暗号是手拿雨伞，吃茶时茶壶嘴对着桌子角。对上暗号后，“我不放心，为了考察他们，又带他们到嘉兴北门利桥堍茶馆吃茶谈话，向他们表示我是代表党来联系的。”两人非常激动，叙说了怎样失掉关系又寻找组织的经过。他们急于找到党的组织，迫切要求解决党籍问题，秦家书流着热泪连声说：“真正找到亲娘了！”经过一天的细谈和考察，俞双人没有发现“尾巴”，也未觉察他们有别的“企图”。第二天，地下党负责人金佩扬在嘉兴望月楼茶馆接见了秦家书、赵渠汀。1948年7月，俞双人化名陆植桑，到塘北开展策反乡镇公所自卫队，在轧村发展秦家书、许元康入了党，并通过他们吸收进步分子入党。秦家书介绍赵渠汀、费学良、秦森林、蒋月和入了党。他们又分别介绍张松保、赵沁芳、顾梁成、郑友益、周荣泉、闵达、吴新林等人入党，为策反国民党政府乡镇公所自卫队做了充分准备。

1948年9月，解放战争三大战役开始。根据上级安排，胡国钧去轧村帮助秦家书开展工作。1949年初，秦家书发展义和乡乡长徐人杰入了党，不久，胡国钧通过徐的关系发展义和乡公所总干事、自卫队中队副程鹏、轧村乡乡长顾代明等入党，俞双人指定秦家书负责轧村方面的工作。他们在义皋组织党员学习“七大”党章和有关文件，深夜用五灯收音机收听延安电台广播，了解革命形势的进程，鼓舞了大家的斗志。在湖州解放前夕，织里地下党成功策反了轧村、织里、义皋、五和、东桥、东迁等乡镇七个自卫队武装起义，计有步枪197支、短枪77支、轻机枪4挺、掷弹筒1架，起义投诚人员300余人，有力配合了古城湖州的和平解放。

1949年4月27日，湖州和平解放。4月30日，织里地下党派出郑友益、闵达等到晟舍塘口（龙门桥堍）迎接解放军来织里街，秦家书等参与商量庆祝织里解放事宜。5月1日，织里街耶稣堂门口搭起牌楼，扎以青松翠柏，牌楼正中书写“普天同庆”四个大字，扁担街上锣鼓喧天，鞭炮鸣放，各界人民欢庆解放。

5月中旬，吴兴县织里区人民政府成立，区长任正玉（山东籍），区署设于老街耶稣堂内。

织里初解放，土匪作乱，万事纷纭，百废待兴。织里区政府随即成立全副武装的区中队，秦家书被任命为区中队中队长，下有两个武装班，中队部驻在老街东端祖师堂（虹桥庙）内。

国民党军残余、塘南土匪、太湖强盗散落于辖区的村庄，剿匪任务首当其冲。接下来的两个月，织里区中队担起了护家守土的重担，秦家书和他的属下全力投入剿匪工作。1949年7月下旬，织里区中队捕获了惯匪马某（塘南人），关押于虹桥庙内。马匪手下有一帮人马，抢富户、拔财神（绑票），在荻塘南北岸杀人越货多年，老百姓恨之入骨。秦家书嘱咐对马匪严加看管，等待送交区人民法庭公开审判。

惯匪马某被捕关押，兔死狐悲，其同伙犹如热锅上蚂蚁，想方设法开展营救。匪东南行动委员会直属大队中队长张某（塘南人）与马某既是同乡又是好友，勾结买通了混入织里区中队的队员张金龙等人，策动区中队叛变。1949年8月1日，正值炎夏酷暑。深夜，忙碌了一天的中队长秦家书还在虹桥庙中队驻地办公，案桌上点着昏黄的煤油灯，手里摇着破蒲扇。

“队长，这么晚了你还在办公，真辛苦啊，我给你送点心来了。”忽然有人敲门进入，秦家书抬头一看，见是队员张金龙，毫无戒心，示意让他坐下。张金龙走到背后，用力抱住秦家书，随即冲进来几名手持利刃满脸杀气的匪徒，朝秦家书身上一阵猛刺，秦家书当即身亡。匪徒连夜劫走关押在虹桥庙里的惯匪马某，同时抢去区中队长短枪12支，此事件震惊全市，后来写入了《湖州市公安志》。

织里区人民公祭秦家书英烈，为其建墓立碑，永志纪念。碑文为“秦家书同志革命精神，永垂不朽”，落款为“吴兴县织里区各界人民敬立”。墓碑下端小字简要记述秦家书生平。同年冬季，织里剿匪斗争进入第二阶段，马某等土匪被捕，随后正法。秦家书墓原在老街五溪漾南岸，作为爱国主义教育基地，清明时节镇属学校组织学生祭扫，2000 年后迁移至妙西金家坞公墓。

青山不老，织溪长流。秦家书这个名字，已被写入湖州市党史，铭刻于织里人民的心中。

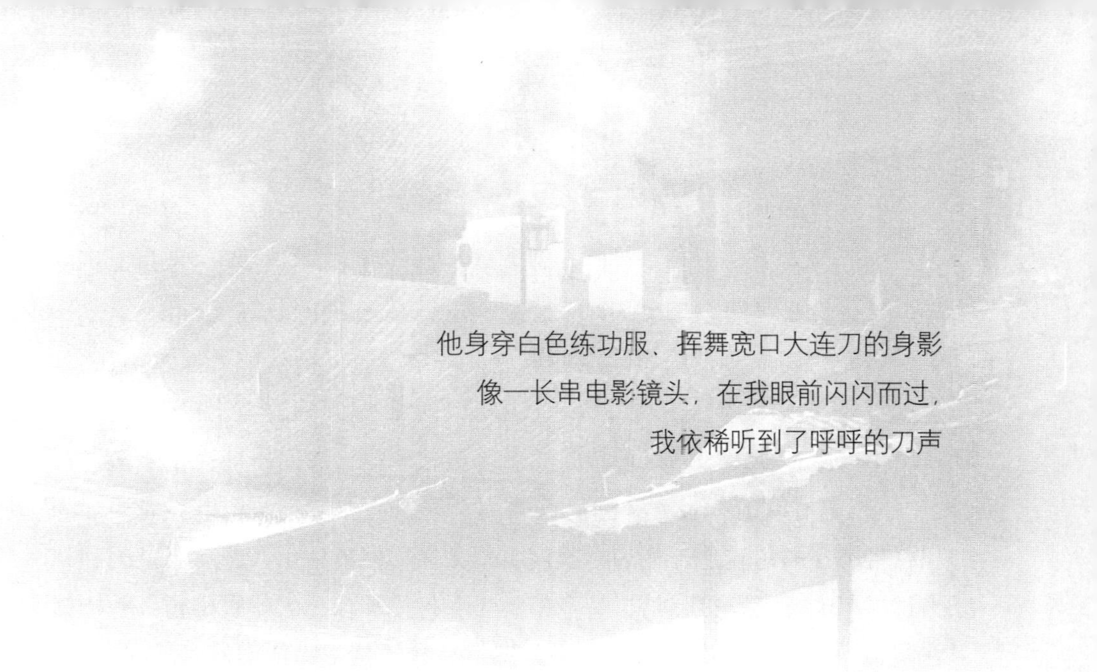

他身穿白色练功服、挥舞宽口大连刀的身影
像一长串电影镜头，在我眼前闪闪而过，
我依稀听到了呼呼的刀声

依稀刀声

| 杨静龙 |

这次到庙兜村，没有见到秦金锐。

第二天在织里吃饭，也没有见到秦金锐。

“去年腊月廿五，父亲练吊环，不小心摔了一跤，伤了身体……”秦金锐的儿子说。

“年纪大了，最怕摔跤。不要紧吧？”

秦金锐儿子姓董，叫董卫星。秦金锐早年是入赘到董家，儿女皆随母姓。

“不要紧，”董卫星冲我笑笑，“我父亲 91 岁了，身体健朗，送医院开了刀，住了三天院，就死活要出院……”

董卫星的普通话还不错，裹带着一丝吴地口音，听起来挺亲切。

庙兜村在太湖南岸，紧傍太湖大堤。春秋战国时期，这一带是吴越交界之地，算是吴边越角了，现今属湖州市吴兴区织里镇管辖。

庙兜村四周溇港密布，池塘点点，被水围着，被水隔着。水实在多，也就浸染了人。老一辈人讲话，软得带了水，湿漉漉的，土得带泥腥气，一路讲一路掉渣。我不知道这是否就算吴侬软语，总之不能完全听懂。

“庙兜村以前办过一个酒厂，叫湖州第二酒厂，名头很响亮……”闵和林带我在村里转悠，他的话我就听不太懂，但能猜出大概意思。闵和林当过村里的支书，很热情，特意带我去看村里那棵高大的香樟树。香樟树在港边，可几人合抱，高耸入云，恣意狂放的枝丫，仿佛岁月的叹息声，穿透树荫下几栋老房子，在风中飞扬时，不小心就从屋顶上划拉下来一片瓦。

因为有“湖州第二酒厂”的牌子，庙兜村成了酿酒之村。酒厂最兴旺的时期是上世纪八九十年代，生产五加皮酒，销往全国各地，让庙兜村着实红了一次，富了一把。不过现在早已经停产了，因为不是酿造酒，我也就没有再问下去。

在我意识之中，酒总是和三种东西纠缠不清：文章、刀剑和性。

庙兜村也是武术之村。相比酒对这个江南小村的影响，似乎武术来得更强劲一些。

在庙兜村村委会二楼一个宽大的办公室里，董卫星继续着他的讲述。我一再说，这不是什么采访，我们就是聊天。董卫星笑一笑，对往事的回忆，让他的脸上呈现出一副迷离的神色。我递过去一支香烟，他不要，他不抽烟。带着土音的普通话，让我全神贯注，生怕漏掉了一些话。董卫星说道：“村里发生了什么事情，或者附近村舍有事了，就让我们去打拳，我父亲是带队的师傅，带了许多人。当时，庙兜村男男女女，基本上都会点功夫……”

我明白董卫星的意思，秦金锐他们是去打拳，并不是去打斗。打拳是为了压场子，把人们的气焰压灭，就搅不出事端来，还乡党们一个和谐社会。

董卫星的爷爷秦森林，是一个有血性的汉子，是早期的中共地下党员。太湖南岸，国共两党和日汪势力盘根错节，秦森林深入敌穴，策反轧村、义皋乡公所自卫队反正。1953 年，担任义皋乡第一任党支部书记。

虎门无犬子，秦金锐从小受家风民风熏陶，豪侠之气孕育于胸中。“我父亲 13 岁开始拜师练武，第一个师傅是在轧村认的，那人摆擂打拳，别人都是走上台去的，我父亲一个鹞子翻身，跃上擂台……”董卫星语气里充满自豪。

据说，秦金锐曾拜清朝宣统皇帝溥仪的亲哥哥为师，当年跟随他学武的共有 11 个人，秦金锐是其中之一。“皇家弟子少林拳”，秦金锐之所以武艺高强，武功了得，也就有了渊源。

潘连江一直在庙兜村附近办厂，又是一个热心文化的人，自己还写得一手好文章。徐世尧是织里的文化名人，目前正在牵头编纂《织里镇志》，当地作家施国琴、夏华等均在他的编纂团队里。他们闻讯，纷纷发来有关庙兜村和织里镇上武术方面的史料。透过岁月迷尘，我依稀看到秦金锐一柄宽口大连刀，在秋风中凌空飞舞，刀光剑影，呼呼有声。

秦金锐十八般武艺，门门精通，最拿手的却是他的“护手大连刀”。这件兵器，秦金锐后来捐献给了国家，现存放于中国军事博物馆，被称作中国“第十九般武艺”，独门功夫，豪气得很。

1986 年，秦金锐赴江苏徐州参加全国武术比赛，获“三等勇士奖”，不过那次比赛他打的是少林拳，如果他在赛场上挥舞一套独门的大连刀，又会是怎么一种状况呢？我在心中想象着那样的情景，想着想着，自己就笑了起来。

当年，与秦金锐一起习武的乡亲，有所造就的核心人物有打长拳的吴杏林、大刀开四门的钱应福和练铜棍的钱金财等，现在大多已经故去，炽盛于江南乡野的习武风气，因为种种历史原因，几十年来也都自生自灭，寂寂无声。

虽然秦金锐个人得过许多武术竞技比赛的奖状，比如湖州郊区武术比赛一等奖、浙江省民间武术表演奖、国家体委颁发的“雄狮奖”等，但家乡大地上的习武风气不再，让秦金锐多少感到一点悲凉。

好在秦金锐生性淡泊，也不多计较是是非非，打拳无非强身健体，不是生活的唯一。他开过石矿，当过石矿矿长，在村种子场育过种子，到埭溪做红旗水库时，白天干活，晚上宣传队里演“胡司令”。“这小刁，一点面子也不讲……”唱得有板有眼。新四军反汪反顽故事的地域背景，正是太湖流域，所以江浙一带农村，对《沙家浜》里的人物有着天生的好感，这与远去的历史没有关系。当秦金锐握着枪把子时，他是不是会想起那柄宽口护手大连刀呢？

“父亲比赛得奖了，许多人闻讯赶到庙兜村，重金聘他去做保镖，他不去。”董卫星的回忆常常出现跳跃，我想这也许是因为他父亲一生经历的东西太丰富了。大凡可供讲述的东西越多，讲述起来就越发困难。

秦金锐有浙江省民间武术表演教练员证，还有一些其他武术方面的证件，董卫星说：“我父亲可以开武馆的，他有证的，但是他不开。”

“我父亲零星地带过一些徒弟，都是挑选性格脾气好的，长得凶蛮的，脾气暴躁的，一概不教。父亲说教了他们会闯祸的，练武就是强身健体，要讲武德……”

因为秦金锐的挑剔，虽然慕名而来的人络绎不绝，但他收的徒弟并不多，织里镇的施旭峰是其中比较有出息的一个徒弟，在当地开了一个武术馆，广招学徒，门庭若市。

“我小时候顽劣，脾气不好，经常打架闯祸，父亲就不教我练武。”董卫星自讽自嘲地说。

这话把我惹笑了，我说：“和你聊了大半天，我怎么感觉不到你脾气不好呀！”

董卫星也笑了，却不接我的话题，说：“父亲虽不教我打拳，但是耳闻目睹，我看看也看会了一点……”

董卫星是一个聪明能干的人，17 岁那年就开始做生意了，目前在织里镇上开了一个门店，做童装辅料生意。秦金锐夫妇和儿子一家住在一起，四世同堂，大家庭和和气气的。秦金锐偶尔手痒，顾不得年纪大了，还是会挥刀打拳。家人们担着心，却也不劝阻。

2020 年 5 月，春末夏初，正是江南好时节，庙兜村成立了武术队，成为美丽乡村建设、发展乡村文化休闲旅游的一个着力点和亮点。秦金锐责无旁贷，被村里邀请来当了武术队总指导，目前武术队还只有四个骨干成员，以打小梅花拳、长拳和铜棍为主，四个队员年龄都六七十岁了。他们有一个愿望，就是慢慢地壮大队伍，吸收一些年轻人进来，让秦金锐把武术技艺传承给下一代，一方面是为了发展文化旅游经济，另一方面更是为了传承发展中国的武术。庙兜村的武术是有历史的，现在要把这个历史重新拾起来，不能再断了。

临分别时，董卫星留下一个地址给我："有空到我家去玩，我家就在织里镇上，卫星辅料。"

我答应着，心里想没有特殊情况我多半是不会去的。这次没能见到秦金锐本人，确实甚是遗憾。他身穿白色练功服、挥舞宽口大连刀的身影像一长串电影镜头，在我眼前闪闪而过，我依稀听到了呼呼的刀声。

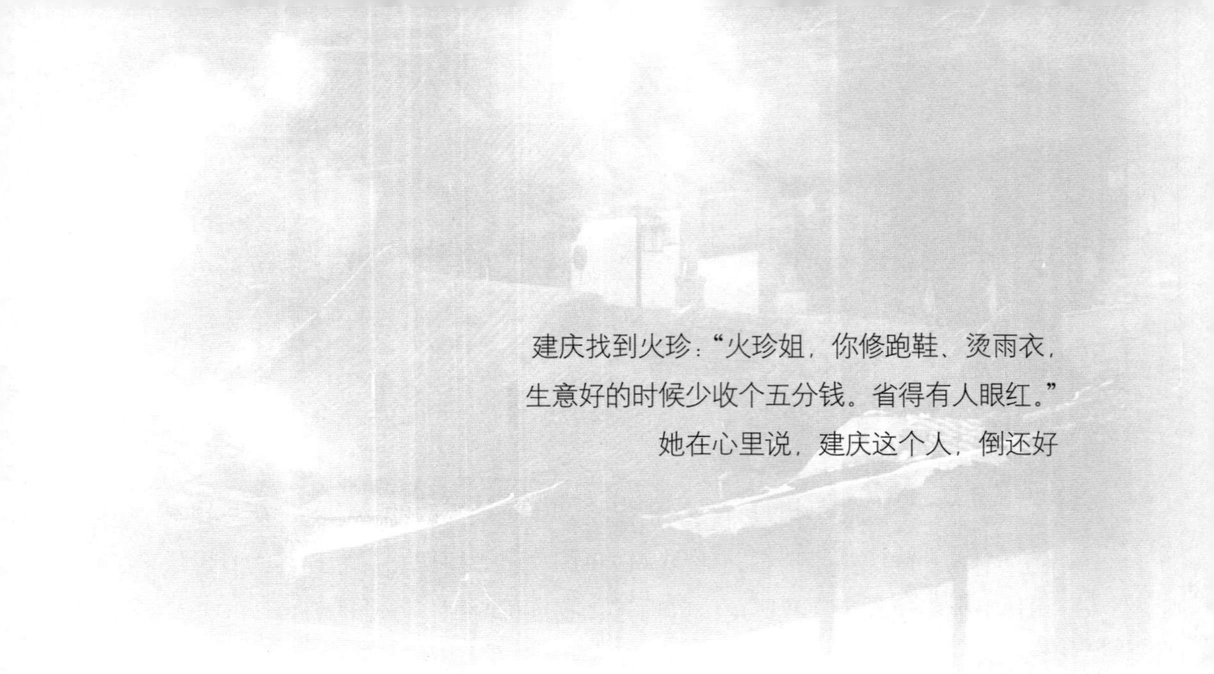

建庆找到火珍：“火珍姐，你修跑鞋、烫雨衣，生意好的时候少收个五分钱。省得有人眼红。”她在心里说，建庆这个人，倒还好

火珍姐摆摊

| 柳自成 |

义皋供销社有两条运输船，一条到湖州，一条到织里。

一天吃过早饭，一个穿着蓝布衫的中年妇女，挑着一只跑鞋机，来到那条去织里的运输船上。摇船的八斤说：“火珍姐，你这是要到织里去修跑鞋？”

那个叫火珍的妇女说：“八斤啊，我要搭你便船去织里办只证明。”

“办啥证明？要到织里的。”

“修跑鞋的证明。”

“修跑鞋还要办证的？”

“是啊。”

上午七点钟，到织里的运输船摇着离开了义皋。

那个叫火珍的女人，丈夫叫阿团，义皋弹棉花的。两个星期前，阿团对火珍说，我听得修跑鞋生意好做，要么买只跑鞋机来试试看。

火珍说，好的。

第二天夜饭前，阿团看见三个人，一个人挑着一只跑鞋机，从自己家门前走过去。

上一天才说起修跑鞋，今天门口就走过了修跑鞋的。火珍说，也没有这么巧的。

看见那三个人挑着跑鞋机往大众食堂走去，阿团就跟过去。一会儿工夫，就打听到那三个修跑鞋的人，是黄岩来的，要在义皋过夜。

大众食堂卖早点心，卖中饭，里面还有住宿，但是，不卖夜饭。因为午时一过，上街的人都陆陆续续回去了，到傍晚，街上就剩下街上人了，也没人上馆子，所以大众食堂不卖夜饭。街上的饭店，就此一家，其他馄饨面店，都早早地打烊了。这三个人没有地方吃夜饭，正在犯愁时，阿团对他们说，要不，到我家烧夜饭吃。三个黄岩人说，好的。

三个人就在阿团家烧夜饭。

黄岩人在义皋住了六七天，白天到乡下去修跑鞋（街上是不可以摆摊的），傍晚回来，就在阿团家里搭伙吃夜饭。黄岩人说，修跑鞋容易，修跑鞋机难。要修跑鞋，先要学修跑鞋机。跑鞋机容易坏，我们修跑鞋机时，你好好看看。

他们走时，阿团买下其中一个人的跑鞋机。

就这样，弹棉花的阿团兼职修跑鞋了。

有一次，阿团挑着跑鞋机往东走，走着走着就走到了江苏的地方。江苏人要看证明的，阿团没证明，只好又回到浙江来。阿团想，天天这样跑，一天也修不了几双跑鞋，这样子也不是办法，最好能在街上摆个摊，就像开店弹棉花一样，你要弹棉花自己把棉花拿到街上来。

回到家中，阿团拿起纸笔，在 15 支的灯泡下写了一张申请，“因家庭困难，妻子周火珍没有工作，现购买跑鞋机一只，欲自谋职业，自力更生，请批准为荷。”让火珍带上申请，第二天去织里批批看。

这个证能不能批下来，阿团心里没有把握，火珍倒有三分自信。十多年前，夫妻两人从织里下放到先锋大队。户口放在织里乡下，夫妻俩到义皋弹棉花。刚来时，就一个小孩，现在老四都有了，负担增加了，棉花生意不好，生活是困难，她相信公家也会同情的。

火珍到织里办证，很顺利。因为正好遇见了以前的邻居。那邻居当时是一个人在办公室里，听说火珍姐要办证，他二话没说，拿过阿团写的申请书就在上面盖了章，同意。

织里的老街，从东到西二里路光景，又窄又长，像条扁担，因此，有人把它叫成扁担街，蛮形象的。

办证出来，火珍挑着跑鞋机走进了一家剃头店。

“阿四，我想在你店门前摆个摊。”

剃头的阿四说，火珍姐，那还用说。

跑鞋机摆在阿四的剃头店前面，火珍在扁担街上光明正大地修起跑鞋来。早上从义皋坐摇摇船到织里，先去办了证，然后回过头来摆摊，一个转身下来，就是吃中饭的时间了。修了两双跑鞋后，她买来一碗阳春面，就在剃头店门口瞅空吃面。

这时，那边走来了一个穿皮鞋的人。

“谁让你在这儿修跑鞋的。”是那个穿皮鞋的人在对火珍说话。

捧着面碗，火珍抬头一看，不认识。看着那人拉长了脸，盛气凌人的样子，火珍也没个好口气，回了一句：“我自己要在这儿修跑鞋的，怎么啦？”

“你有证吗？”

火珍挺直了腰杆：“我有。”一只手伸进蓝布衣裳的口袋，将刚刚盖了公章的申请书捏在手里。

“拿出来看看。”

“看看就看看。”火珍稳稳地将那张纸拿了出来。

那个男人拿过那张纸，嘀咕了一声：“谁给你盖的章？”火珍不理，伸手将那张纸拿了来，重新放进了口袋里。

那人走了。剃头阿四告诉火珍，那人叫阿江，织里街上管市场的。

下午三点多，火珍坐八斤的船回义皋。跑鞋机就寄在理发店里，“我明天再来。”

第二天，阿四剃头店的门前。火珍正在修跑鞋，那双皮鞋又出现在跑鞋机前，阿江又来了。

“谁让你在这儿修跑鞋的？”

“我有证。”

“拿来看看。”

“你看过的。”

“拿来看看。”

“没带在身边。”其实，那张证明就在她身上。

“跟我到办公室去。”说着，伸手要拿火珍的跑鞋机。

火珍用手一推：“去就去。不要动我的跑鞋机。”

这只跑鞋机，黄岩人卖给她三百元。

很多人看热闹。

火珍嘴上不怕，心里有点怕。看到人群中的娘家大侄子，一个十六七岁的小伙子，赶紧朝他使了一个眼色。意思是让侄儿帮助把跑鞋机藏起来，她怕跑鞋机被没收了。

火珍自己背起不到十岁的女儿挤出人群，钻进了一条小巷子。织里是她长大的地方，熟悉。走在巷子里，火珍听得阿江在喊：“人呢？那个妇女哪里去了？”

火珍背着的是老三，今天出门把她带在了身边。背着女儿走了几条弄堂，火珍又回到街上。这时，人群散去，没热闹看了。阿江也不在了。

剃头的阿四见了火珍说：“火珍姐，你不能在我店里摆摊了，阿江说，再让你摆摊，就要找我了。”火珍说：“不摆了不摆了，我不来连累你。”

八斤的船要下午三点多才走，火珍无事带着女儿就在街上闲逛。走过洋货阿二的小百货店，洋货阿二看见了，说：“火珍姐进来坐坐。”火珍走进去。阿二说：“火珍姐，我跟你说。你烫烫雨衣看，烫雨衣钞票好赚。”火珍问：“雨衣怎么烫？”

洋货阿二就在店里教她烫雨衣。织里的生意，确实好做，火珍在街上修了一天半时间的跑鞋，就赚了三块多。听了洋货阿二的话，她用赚来的钞票到供销社去买了电烙铁、胶水，准备到义皋也去烫雨衣。

下午三点多，火珍带着女儿坐了八斤的运输船回到义皋。

第二天，八斤将火珍的跑鞋机给带了回来。

义皋桥堍下，棉花店的隔壁有一间十来个平方小房子，住着一个老阿太，阿虎阿龙的娘姆。老阿太是在馄饨店里卖馄饨的，所以，白天房子是空着的。从织里回来后，火珍就在小房子门口放了一张小桌子，修跑鞋，烫雨衣。

开始烫雨衣，只是将破了的雨衣拿来补上一补，每补一件雨衣，收个五分、一角，小生意。

火珍想，能将一块大小合适的布料做成大人小人穿的衣服，一定也能够将一块塑料薄膜做成一条雨衣。转眼便是雨季，种桑养蚕，插秧种田，正是多雨的时节，太湖边的农民（其实，何止是太湖边上的农民），生产队里，自留地上做农活，谁也离不开一条雨衣的。火珍想到这，就去找来一块塑料薄膜，照葫芦画瓢，真的烫了两条雨衣出来，跟供销社里卖的塑料雨衣几乎一模一样。

邻居铜匠妈妈看到了，见人便说，“火珍姐烫雨衣了，火珍姐烫雨衣了。”

烫雨衣，来料加工，一条六角，比单单补雨衣强多了。开始，是附近的农民来一条二条地加工。后来，附近生产队一捆捆地将塑料薄膜扛来。烫雨衣，加工养蚕用的保温薄膜。生意做大了。

几个月后，火珍姐不摆摊了，在街上租了间房子，开店了。

这是后话。

话说火珍刚在桥堍下摆摊没几天，有一天，她看到供销社的建庆陪着一个人向自己的摊位走过来。火珍认出正是与自己在织里打过交道的阿江，心想，没想到这个人在义皋也遇得到。

她听得两人在说话——

阿江说：“这个妇女？”

建庆说：“她有四个孩子……”

“噢。”

火珍只顾修鞋，不再去看他们一眼。

回头，建庆找到火珍：“火珍姐，你修跑鞋、烫雨衣，生意好的时候少收个五分钱。省得有人眼红。”

她在心里说，建庆这个人，倒还好。

那是 1975 年。

第五辑·民俗风味

美好而有期待的节日，
象征无限的给予和无限的延续

庚子中秋情

潘新娥

庚子年的中秋节喜逢国庆日，桂花的芬芳与浓浓秋意撞了个满怀。

历史以来，一个公历和农历大致19年才重合一次。双节同日、双节同庆的日子，新中国成立以来，只出现过两次。美好而有期待的节日，象征无限的给予和无限的延续。

在轧村古村落，人们对于中华民族的传统节日，非常重视且代代传承。而于中秋节地方习俗及来历，在青年人中已然淡漠，我特地去拜访了吴老先生。老人告诉我，旧时中秋节，要吃圆圆的“翻烧”（现在叫月饼），意思是中秋节无论怎么忙，也要赶回家和全家人吃团圆饭，一起赏月一起吃“翻烧”。“翻烧”寓意着人们生活大翻身，以穷变富，以此祝福亲人过上快乐幸福祥和的生活。同时仲秋时节也是丰收的季节，人们利用中秋节拜月，来表达祈盼丰收的美好心愿。至于赏月习俗，是缘于嫦娥奔月的故事。故事中后羿和嫦娥的爱情故事，形成了民间中秋赏月拜月的习俗，流传至今日。人们渴望团聚，以月寄情，寄托着对生活的无限热爱和对美好爱情的向往。

儿时记忆里，每年到中秋节，我和弟弟最开心的事，就是嚷着要去外婆家。觉得外婆家的月亮最圆，吃外婆家的月饼最香，外婆讲的中秋故事最动听。晚饭后，我们拿出小桌子放在院子里，躺在藤椅上等外婆拿出圆圆的月饼，百果五仁豆沙馅儿，酥皮松脆、色泽软黄、层层酥香、甜中带咸、油而不腻，咬上一口唇齿留香，每一口都是幸福的味道，吃好月饼我们缠着外婆膝盖托着下巴听外婆讲故事：八月中秋月儿明，嫦娥奔月，吴刚折桂，玉兔捣药。在外婆的娓娓叙述中，一个个生动的神话故事，一幅幅精彩画面呈现眼前：月亮里住着嫦娥、玉兔、桂花树，我和弟弟仰望着月亮，不眨眼地分辨哪个是嫦娥，哪个是玉兔，哪棵是桂花树？想象着嫦娥是否搂着玉兔，是否躺在桂花树下荡秋千，是否在桂花树下采蘑菇，是否……心情随着无际遐想在天空中漫步。

“举头望明月，低头思故乡。”学生时期，吟诵诗仙李白的诗句，让我记住了中秋节是阖家团聚的节日，思念亲人的节日！于是，许多画面在脑海里闪现：无法赶回家团圆的游子，在月圆之夜，任月光倾泻身上，眉宇半锁，依栏凝望浩瀚星空，思念如海浪一波一波涌起，任凭思绪坠入夜色，有心语，有情思，有惆怅，有浮躁，更多的是对远方亲人的祈祷，思念之丝抽离不绝，唯托一轮明月遥寄相思。

记得我在学校读书时，妈妈总是在中秋节前几天去外婆家送月饼，然后外婆会让妈妈带回几只给我们。在乡村物质匮乏的那个时代，月饼属于奢侈食品，所以那是我和弟弟最开心的等待。中秋节的晚饭，妈妈再忙也要烧几个小菜，爸爸会咪上一点小酒，一家人在院子里围坐着，一边赏月一边吃月饼，一边听爸妈讲故事，讲他们小时候的事情。透过树枝秋叶，微风徐徐，现在想起来那么的纯净自然，回味无穷。

青年时期，一曲但愿人长久，千里共婵娟。悠悠的醉、淡淡的情、渺渺的丝，曲中有牵挂的心语心愿、有思念的耳语情长。青春的中秋节如柔和的星光，对朋友、同学的思念凝结在中秋的夜色，抒发在一张明信片的文字里，从邮局收到挚友寄来的明信片，一句“中秋快乐”，好不心动呢。生活中的寡然、工作中的不悦都变成浮云随风飘散，好心情已追着月亮飘向有朋友在的那个远方……

天上宫阙今何夕，人间已巨变。又逢中秋，月饼已升级为牛肉的、蛋黄的、水果的、冰激灵的，华丽而味美。作为乡村生活体验之多的我，更喜欢感受中秋的意境，她带给我们一种特别的欣喜，既是收获的色彩，又是收获的开端；更能给我们一种愉悦的心境。因为秋天扛着硕果累累的信息随风而来，收获是人类永恒的向往。年年升级的月饼，让我们足够慢慢品味高品质的生活。中秋月圆之夜，让我们斟满酒杯，祈愿人民安康，祖国更加富强。

马灯队在蜿蜒的村间道路上前行，
走遍整个村庄可到之处，以此
分享祥和欢乐的心情

金溇马灯庆新年

| 沈鑫元 |

金溇马灯，是织里镇沿太湖溇港地带的一个市级大型传统“非遗文化节目”，形成于清光绪二十八年（1902），已有一百一十多年的久远历史。据传，老一辈的金溇人在外地看到了马灯，好生喜欢，心中不禁萌生羡慕之情，觉得马灯这种表演形式既热闹又讨彩，表演动作简单，道具制作也不难，不妨试试看。于是，他们通过仔细观察、学习后，回到村里开始效仿制作和表演。每只“角”配一匹马和一支四人锣鼓队，全村十二只“角”衍生出十二匹“马”，恰好应了一年十二个月份，四十八人的锣鼓队伍更是显得气势雄壮。金溇村民高兴地说：伢（我们）太湖人家也有“马”了！从此马灯表演代代流传。因“文化大革命”，金溇马灯停演了近

四十年。

2003年底，村民在闲聊如何欢度即将到来的甲申猴年春节时，回忆起久别了的金溇马灯，“乡愁”情感溢于言表，纷纷提议要恢复这个传统喜庆节目，决心重振金溇马灯。情绪激昂的村民们当即你百元、他千元地自动捐款，全村一下子就集资了3.6万余元经费。紧接着他们去外地买来衣帽、锣鼓、毛竹等行头和材料，着手进行恢复性挖掘制作。经过年事已高的传承人与老人们的回忆指导，及时将十二匹“马灯”做了出来；经导演与演出人员的反复认真排练，终于在2004年春节期间成功地做了第一次恢复演出，深受村民与附近村镇群众的喜爱。从此，风行于当地村、镇及市、县、区各种大型群众踩街和文艺表演活动。特别是春节期间，成为一个让大家喜闻乐见，体现祥和、热闹、讨彩、祈福的大众性文艺表演节目。

在2015年春节期间，我在织里镇幻溇行政村有幸目睹了金溇马灯的庐山真面目。发现其队伍、行头、乐器、排列、阵势、动作、内涵，大气磅礴，不同凡响。表演开始，只见旌旗灯笼齐开道，十二匹马灯群献艺、鞭炮阵阵响不绝，大锣大鼓同助阵。有一百多人共同表演的金溇马灯喜庆春节表演，让幻溇行政村及其他村的村民大饱眼福，尽情观赏太湖溇港别样的民俗风情及马灯踩街迎新年的非凡气势。

这时，锣鼓喧天闹马灯，儿童雀跃随队行，东头刚演“穿四角”，西边鞭炮早相迎。只见“骑马”的十二位演员分别扮演明确角色，都是中国耳熟能详的各朝名将，当天参演的角色为刘备、樊梨花、黄忠、关羽、赵匡胤、薛丁山、赵云、张飞、马超、穆桂英、岳飞、杨宗保等十二名武将，统称为“马上将军”。其中饰演皇帝的是专用白马黄鞍，其余各马为红、绿、蓝、紫等七彩纷呈的“坐骑”，还穿戴相应的戏剧服装和头饰。不过听说，有时也会扮演戏剧神话传奇人物，如许仙、白娘子、小青、梁山伯、祝英台等，以调节观赏效果，不过大多以正面人物为主。

这时，演出锣鼓一会儿轻缓、一会儿急促，十二匹“马儿”在幻溇街上表演得灵活自如，演员们有时急行奔驰，有时慢走踏步，在锣鼓声中不断改变阵势。“马灯”步入幻溇村的文化广场表演时，更显示出它的威武阵势。首先由“头牌高灯”立于场内正中，灯笼红旗相间站立围成阔数十丈的正方形表演区域，“正马”腰系马灯、手执马鞭，成圆圈队形，沿头牌灯旗圆场，此称“打圈”，象征着新年团团圆圆，和和顺顺。接着，头牌高灯分立场地四角，十二匹“正马”绕头牌高灯进行“穿四角”，象征着新年四方平安、吉祥如意。马角又组成“穿锁条”队形，象征国泰民安、五谷丰登。接着马角又组成“穿蝴蝶”队形，象征比翼双飞、幸福美满。高深莫测的队形表演，缤纷多彩的演艺画面，令人目不暇接，新年的喜庆氛围在人的心目中十分深刻。

当天，与我在一起的市级非物质文化遗产传承人、七十一岁的金溇马灯队队长朱兆荣介绍说：“金溇马灯一般在每年的春节至元宵期间会在村里演出一次，邻村也时常会下‘红绿两帖子’前来邀请演出。按照当地的乡风民俗，用红纸和绿纸书写的两张请帖一起送上，这是表示最大的尊重和恭敬。而招待马灯队演出的，也只是农家普通的茶水和点心，不用付分文费用。”这种淳朴无华的乡风民俗，一直沿袭到今天。

时近中午，在场地表演后，长达数十米的马灯队伍，开始浩浩荡荡地沿着宽阔的太湖大堤向东出发，要到邻村杨溇自然村表演。一路鼓乐喧天，鞭炮齐鸣，绵延的马灯队伍如一条长龙，在南太湖岸边前行。进入杨溇村口，等候的村民热情地点燃礼花鞭炮，一时村前村后鞭炮互为呼应，村民倾巢而出，观众欢呼雀跃，热情欢迎金溇马灯队进村。马灯队在蜿蜒的村间道路上行进，走遍整个村庄可到之处，以此分享祥和欢乐的心情。金溇马灯表演，是当地民众喜闻乐见的一种民间艺术，也是辞旧迎新的庆贺形式。通过马灯表现，营造新年的热闹快乐气氛，祈求吉祥如意，风调雨顺，五谷丰登，国泰民安。

表演结束后，马灯队伍又浩浩荡荡地沿着古老塘路返回金溇，金溇马灯体现了一马当先、勇敢向前、从不走回头路的进取精神！

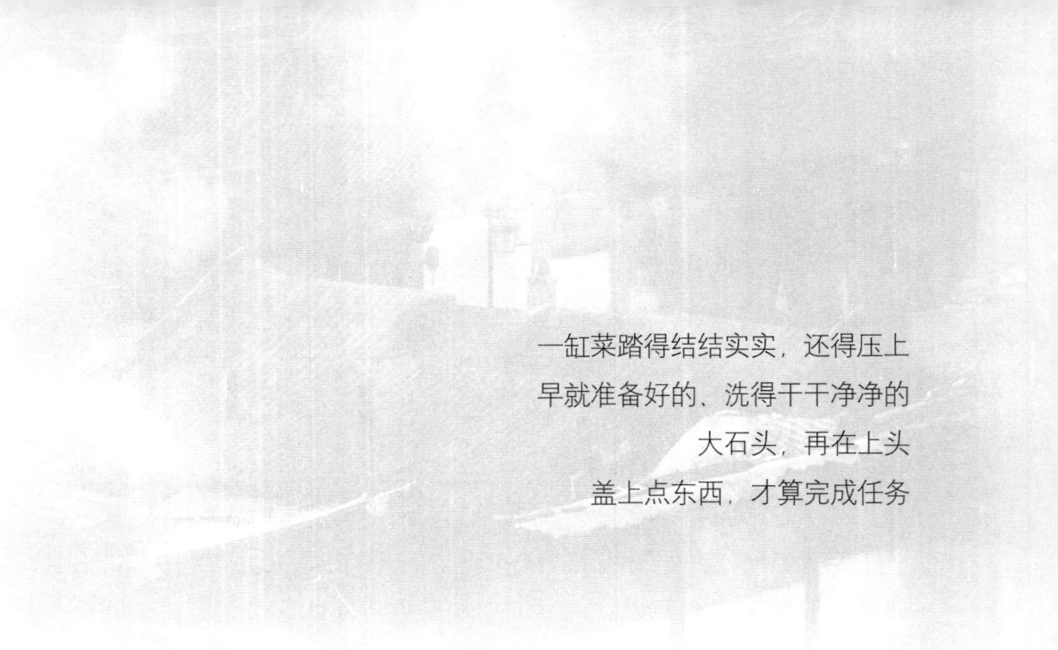

一缸菜踏得结结实实，还得压上早就准备好的、洗得干干净净的大石头，再在上头盖上点东西，才算完成任务

踏咸菜

| 闵　俊 |

这几天气温骤降，冬天算是真的来了。

从前的江南一到冬天，就会有一些时令的事情要做，“踏咸菜”就是其中之一——这个“从前”至少也是三十年前的事了，自打住进新房子，就没有场地了。

一般我们织里人家腌咸菜的原材料大多是大青菜，“长脚大蔀头”的那种；也有的时候是雪里蕻，但不多。两者虽然出身差不多，但雪里蕻傍“大款”（炒个冬笋便叫“雪冬”），上得厅堂后便冒充“小资”，地位就不平等了。凭什么雪菜也可以叫咸菜，咸菜却不能叫雪菜？

腌制前先将青菜在竹竿或绳子上或干脆摊在地上晾上一两天，一般以菜梗略微疲软为宜，然后洗净了再晾一下沥去水就可以放到缸里腌了——也有不洗的，理由是反正吃的时候要洗，李杭育似乎有比一说。

咸菜缸一般都不小，平时放在老房子的天井里或其他角落，或许也存放其他东西，但主要用途就是冬天腌菜。

在咸菜缸里整整齐齐地铺满一层青菜，再撒上一层盐。盐是粗盐，大的似乎也有半粒米模样，颜色也远不如现在的白。然后，开始踏。

之所以叫“踏咸菜”，是因为腌菜时，人站在缸里，用脚踏菜。踏实了，再往上码一层菜，撒一层盐，再踏。一般是穿了草鞋，也有穿套鞋去踏的，但我祖母说，童子光着脚丫子踏出来的咸菜更香，所以我是洗净了赤着脚踏的。手里拄着个扁担防止摔倒，双脚不停地使劲踏步，菜凉凉的，盐粒也有些扎，一直到踏出卤水来了，再使劲踏一会，祖母才会让停下来。

一缸菜踏得结结实实，还得压上早就准备好的、洗得干干净净的大石头，再在上头盖上点东西，才算完成任务。

后来到杭州上大学，几乎每星期天去舅公家蹭饭。一天，他老人家也派我一任务：踏咸菜，敢情“杭瓜儿”也腌咸菜，而且腌的也是青菜。难为他住的是新楼房，腌菜缸就小了很多，且放在阳台上。后来也吃到了，杭州人叫“冬腌菜”，炒个冬笋最多也就叫“炒二冬”，别有一番风味，却没有“雪冬”那么出风头。

冬腌菜也可以生吃，一般在刚腌不久（一星期以内？），还不咸，嫩、脆、香、甜。不过，最怀念的吃法，莫过于初冬时节用腌菜卤烧毛芋艿，鲜得“眉毛掉下来”。

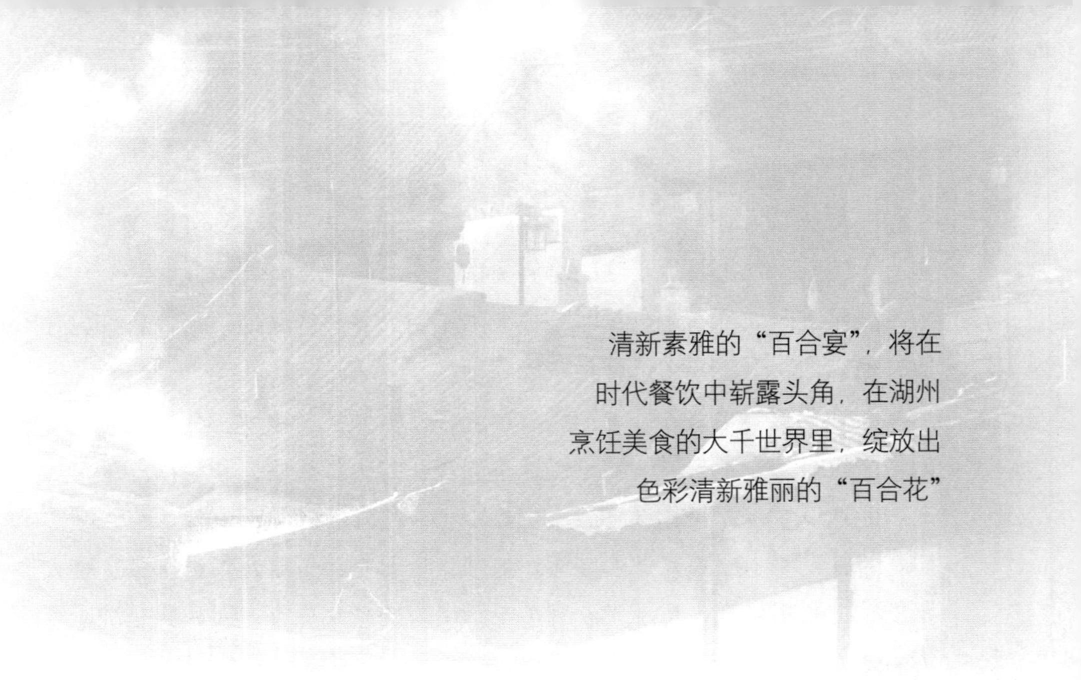

清新素雅的“百合宴”，将在时代餐饮中崭露头角，在湖州烹饪美食的大千世界里，绽放出色彩清新雅丽的“百合花”

太湖百合宴

沈鑫元

2001 年 9 月下旬，在喜庆中国湖州·国际湖笔文化节之际，湖州的烹饪名师大厨各献技艺，联合举办“湖州特色美食文化周”，隆重推出“十大名宴”。其中南太湖之滨的织里大港宾馆，以太湖特产百合为主要原料的“百合宴”，以其洁白、脆嫩、素雅的风格独树一帜，适应了现代餐饮“三低一高”，追求返璞归真，提倡绿色的餐饮新观念。

烟波浩渺的太湖有八百里湖岸，三万六千顷水域，气势雄浑，有“三江既入，震泽底定”之说。太湖水中的银鱼、白虾、鲚鱼被誉为太湖“水中三宝”。在南太湖之滨的湖州沿岸地带，当地农民凭借太湖沿岸的肥沃土地，栽种着不计其数的蔬菜瓜果，其中百合、生姜、山药，被当地农民称为太湖“岸上三宝”。

百合盛产于南太湖之滨，是织里一带的特产之一。百合种植历史悠久，早在南北朝时就作为皇帝贡品。太湖一带农民几乎家家都有种植百合的习俗。百合之鳞茎、瓣片如玉，营养丰富，具有润肺养颜、止咳化痰、清心安神之功效。百合之花，秀雅灵气，一向被视作“百事和合，吉祥如意”的花卉，被定为宫苑名花，还被湖州市评选为“市花”。

时任织里大港宾馆总经理的施庆荣与高厨在考察研究创新中，瞄准素有“蔬菜人参”之美誉的百合，精选优良洁白、肉质肥厚的百合，通过清洗整理后，浸泡三个小时以上，然后用炒、煮、蒸等多种烹饪技艺，或以百合为主食，或以百合为主料，配以其他荤素食材，制作出美味佳肴，充分展示出百合营养丰富、药食同源、滋补润肺的作用。以其白、脆、爽、嫩、鲜等多种款色，及香、味、型、滋、感俱佳的“百合宴”，在餐饮美食的缤纷世界里，展现出一道亮丽的风景，让中外宾客大饱眼福口福，啧啧称赞。

大港宾馆“百合宴”的主要菜肴有：太极百合羹、百合南瓜、荔枝百合、百合松子鲈鱼、清蒸百合、百合海鲜等二十多款，并在实践中不断提高发展。清新素雅的“百合宴”，将在时代餐饮中崭露头角，在湖州烹饪美食的大千世界里，绽放出色彩清新雅丽的“百合花”。

晒干的稻子与打稻机接触的瞬间
会产生无数的稻柴碎叶和尘粒，
漫天飞舞着，加上灯光昏暗，远远望去，
劳作的人们仿佛置身于云雾中

打　稻

朱剑平

打稻，规范汉语叫“脱粒”，就是把谷粒从稻秆上弄下来。

在我的记忆里，农艺中打稻的手段（方式）变化最是多、最是快。上世纪六十年代初的时候仍然是以“掼”为主，叫“掼稻”，这法子估计有几百上千年了，因为我曾经问过多位村里的老人，他们都说，盘古开天辟地以来，除了“掼”，再也没有第二种脱粒的方法了。稻子收割时，一群女人和半大的孩子在前面割稻，后面便跟着若干只谷桶。谷桶为倒扣的正棱台形，上沿呈微微隆起的弧形，长约 1.5 米，桶底装有两根长出底部的木头，半圆、两头稍翘，俗称“拖泥”。“拖泥”在搬运时起到轿杆的作用，作业时方便在稻田里向前（向后）移动。掼稻这活最是考验臂力，属男人的活。四个男劳力各站在一个桶角边，双手握住一把稻子，不停地往桶的内壁上“扬起—掼下”、“扬起—掼下”，直到把长在稻秆上的谷粒全部弄下来。脚踏打稻机据说诞生于民国时期（待考），那个时候它与谷桶一起使用，互为补充，谷桶在稻田里用，脚踏打稻机则在谷场上用。1970年代前后，随着农村电力事业的开启与发展，出现了电动打稻机。开始时，电动打稻机的块头很大，有两米多长，五六个人同时打稻也不觉得窄。由于笨重，它也只能放在谷场或大一点的屋子里使用。到了1970年代末期，一种小型的电动打稻机出现了，两个人一抬，就可以轻轻松松地搬到稻田里去工作了，而力气大的农民甚至一个人也能把它扛起。为了防止谷粒抛撒开去，打稻机用木板或铁皮做成半封闭模样。小型化的电动打稻机因为轻便、容易安装、价格便宜等优点，受到了农民群众的普遍欢迎，特别是实行土地联产承包责任制后，非常适合单家独户使用。直到不久前“联合收割机”的大规模使用，这种打稻机才逐渐离开了我们的视线，算起来它大约存在了四十年。

电动打稻机刚出现时，由于配套设施不完善，出的事故还真不少，尤其是触电事故，可以说频频发生。当时，电缆线属紧张物资，很难买到。生产队使用的电线，大多是自己从供销社买来塑料管子套起来的，十分容易破损；田畈里也没有可以通电的插座。打稻时，先准备好三根竹竿子，再将三根电线分别绑到竹竿上，电线头弯成钩状，然后找到远处的电源线，往上面一钩，就这样接通电源。村里有个孩子，放学回家，看到地上的电线就捡起来玩，他一边走路一边捋电线，结果捋到了裸露的铜线，小小年纪，就这样不幸离开了人世。

但是，电动打稻机打稻的工作效率确实很高，脚踏打稻机无法与其相比，掼稻这种原始劳作方式更难望其项背。所以，出事归出事，丝毫没有影响它的使用和发展。当然，相应的设施设备也在不停地改进，到20世纪80年代时，电动打稻机的使用已经十分方便了，安全事故的发生率也很低。

到了冬天，常常开夜工打稻，也叫打夜稻。开始时社员们轮流着干，每次一二十个人。生产队里有不成文的规定，可以用打下来的稻谷碾点米，让打夜稻的社员做个“半夜餐”填填肚皮。慢慢地，几个嘴馋的就不满足于喝一两碗薄粥了，要弄点“有刺激”的半夜餐尝尝。于是，参加打夜稻的每人出一毛钱，派人第二天清晨去老街买来两斤肉放着。到了晚上八九点钟的时候，就推选出一人，先用袋子装了几十斤刚打下来的稻谷去村口的机埠（加工场）碾成米，然后就在土灶的大锅里烧起猪肉白米饭来。米是新米，肉是鲜肉，当饭烧熟打开锅盖的时候，那股特别好闻的香味能弥漫大半个村庄。每个参与者均分到了一大碗肉饭，虽然他们对这碗饭已经期盼了整整一天，虽然他们能一口气吃下去两大碗，但是，他们中的大多数只是扒拉了几口后，就捧着饭碗回家了——本能驱使他们要将眼前的美食分享给孩子和家人。小时候，我和姐姐都跟祖母睡，当母亲拿肉饭回来时，祖母坚决不肯吃，于是，母亲就往我和姐姐嘴里轮着喂，母亲一边喂，一边问我们“香不香”？我们齐声答道：“香！”这时，母亲笑了，我们也笑了。几十年过去了，那个情景却常常在我的脑海里浮现。

到后来，不知为什么生产队里的活越来越干不完了，打夜稻成了一种常态，也不轮流了，连刚参加劳动的十一二岁的“小社员”也不例外。小社员的工作主要是搬运稻子，把它们从远处一捆一捆地运到打稻机旁。但是，小社员毕竟还是孩子，开始时他们个个劲头十足，空隙里还会比赛从稻堆的顶端往下跳。但到后面，力气用完了，肚子也饿了，就趴在稻堆上不想动弹了，有的干脆在稻堆上睡着了。

在屋子里打夜稻最可怕的是灰尘。晒干的稻子与打稻机接触的瞬间会产生无数的稻柴碎叶和尘粒，漫天飞舞着，加上灯光昏暗，远远望去，劳作的人们仿佛置身于云雾中。虽然大家在开始前已经用稻草把领子、袖子、裤脚管都扎紧了，但带着谷芒的灰尘照样能穿透衣服，粘在皮肤上。那些皮肤过敏者会浑身红肿，奇痒难受。至于鼻孔里、喉咙里的黑灰，怎么弄也弄不干净。

想到过去打稻的经历，现今村里七十来岁的老年人总是感慨不已。因此，当他们看到联合收割机在稻田里奔跑时，都要庆幸终于过上了幸福的生活。

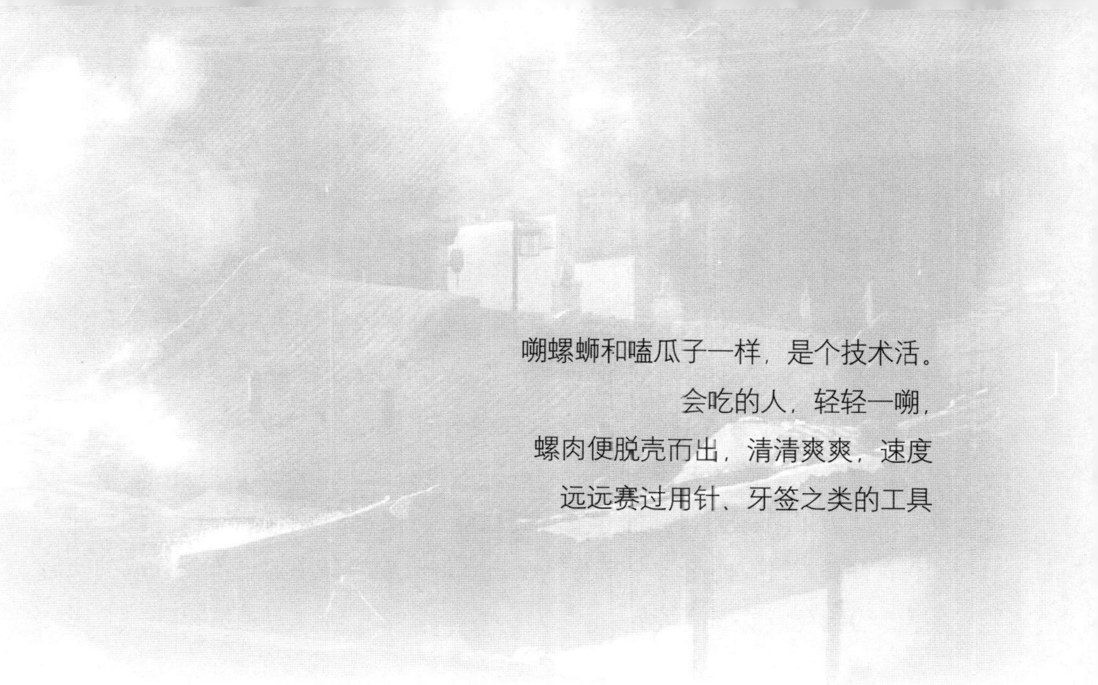

嘲螺蛳和嗑瓜子一样，是个技术活。
会吃的人，轻轻一嘲，
螺肉便脱壳而出，清清爽爽，速度
远远赛过用针、牙签之类的工具

水乡春日食事（四则）

闵 俊

腌 笃 鲜

《晟舍镇志》卷六之《杂记》："我里向来春分后三日起，立夏后三日止，有西山笋档船，来至山货行，发贩各店。每日一至，其船飞快如驶……"

晟舍地处平原，原本只有"杜园笋"，想吃毛笋，只有山里运来。为了保持新鲜度，笋档船如何做到"飞快如驶"？镇志没有说。罗家庆先生的《食苑散记》里说，那是四五个后生轮流摇橹，以最快的速度送到码头。——这是那个年代的快递。

毛笋上市，吃“腌笃鲜”正是时候。

东坡居士说过，“宁可食无肉，不可居无竹。无肉令人瘦，无竹令人俗”。那么，若要不俗又不瘦，最好天天笋烧肉。或许东坡居士要有竹的原因之一也是为了挖笋做菜？倘如此，则鲜笋入菜的精要“素宜清汤，荤用膘肉”，他老人家自然晓得，况且拿手的又是“东坡肉”。

腌笃鲜的做法并不复杂，取鲜猪肉、鲜毛笋和腌猪肉（以咸蹄为佳）三样，佐以黄酒调味，加一点火腿吊味亦佳。汤汁浓白厚醇，肉酥笋脆，滚烫香鲜。讲究的是一个“笃”字，掌握火候极其重要，浑然天成的交融感，为腌笃鲜的至高境界。

腌笃鲜的菜名和它的内容，明摆着中庸调和的价值取向，“喜新而不厌旧”，新旧交融，在互相抵消对方特质的过程中融合出一个新境，宽厚得体，套用一个时髦的词汇：“和谐”。

有人评价，“腌笃鲜”的真谛，歌德求索了一生，孔子则只说了一句，曰“温故而知新”。

鳑　鲏

从前的春天，水乡人家餐桌上，鳑鲏会偶尔露一下脸。

水乡民谣：“正月鲫，二月鳑，卖田卖地也要尝。”可见味道之美。眼下正是农历二月，鲫长不过半尺左右，形状有点像鲤而略瘦，身披鳞片，金黄色间杂黑色，所以又被叫作“花鲫鲤”，其味肥嫩，据说不逊鲥鱼。而“鳑”就是鳑鲏，更小，一般就寸把长，有两寸多的就算是大个子了，体侧扁呈椭圆形，银灰色鳞片，有的微微闪耀淡蓝色光泽。

鳑鲏虽小，味道却极鲜美。其烹饪方法，饭馆里常见的是“椒盐”，外观固然不错，总觉得味道不纯。家常的做法是清蒸，能够保持原汁原味，如果再放上一点酒糟，那就真的算得上美味，要让人鲜得“落脱眉毛”。清明前后，和螺蛳一起蒸，也是不错的吃法。

《湖城野志》记载，颜真卿刺史湖州时，老友张志和以一道清炖鳑鲏招待，但那鱼居然有五寸大，味道不得而知，据说颜鲁公赞为“仙鱼”。

近年水质下降，野生河蚌锐减，鳑鲏卵失去了寄生的场所，繁殖率降低，产量也就越来越少，难得一见了。由于其量少，也就身价倍增，登堂入室上酒店了。

螺蛳嗍嗍

小时候猜谜语："小小瓶子小小盖，小小瓶里有荤菜。"谜底是螺蛳。

螺蛳大概是江南水乡最便宜的荤菜了。从前的时候有人摇着小木船，以专门的竹制工具"扒螺蛳"，然后到市场上去卖。夏天孩子们下河游泳，也会附带着摸螺蛳给家里添一个菜。

眼下正是螺蛳最肥美的时候，水乡民谚有"清明螺，抵只鹅"的说法。螺蛳在春天产子，要趁螺蛳肚子里没有小螺蛳的时候吃，就得赶在清明前。

螺蛳的吃法，清蒸爆炒皆宜。昨天家里炒螺蛳，用青葱头喷酒爆炒，稀里哗啦，香味扑鼻，加少许酱油和糖，滋味实在好极。

本地人把螺蛳的吃法叫作"嗍"，嗍的动作还带着声音，很是传神。嗍螺蛳和嗑瓜子一样，是个技术活。会吃的人，轻轻一嗍，螺肉便脱壳而出，清清爽爽，速度远远赛过用针、牙签之类的工具。"嗍"的一声，出肉，脱厣，吐壳，一气呵成。一桌子几个人的话，嗍声吐壳声此起彼伏，很是好听。这个时候如果再有点小酒咪咪，那就可以算是小乐惠，很惬意的一件事。

嗍螺蛳最出名的当数"朝奉先生"，三十年前高兴发先生的一段湖州滩簧："咪呷滴滴酒，吃呷点点菜，小菜要吃第一碗，第一碗小菜啥门槛，青壳螺蛳味道鲜……"成为老百姓的经典回忆。

螺蛳嗍嗍，是水乡的一种生活的态度。

田螺嵌肉

嗍螺蛳本身就是一种乐趣。有人费劲把螺蛳肉挑出来炒着吃，虽然还加了不少别的东西，但总觉得少了点什么。

但另一道菜却必须先把螺蛳肉取出来，然后再放进去，那就是"田螺嵌肉"。做法大致是这样的：选择大的田螺，先剪去尾椎，掀去厣（不能扔掉，备用），挑出螺肉，截去泥肠；将螺肉与五花猪肉一同剁碎，拌以春笋荠菜之类佐料，重新填入螺壳，用厣压口，煮熟，其味道特别鲜美。

做这菜费工夫，所以平常难得一尝。

据《湖城野志》载，苏东坡出任湖州知州时，常登岘山漾边小山（后因之名苏台山）之洼樽亭，饮酒赋诗。那时节虽然没有农家乐遍地开花，但自有山下农家为“千古风流人物”送菜上山，其中苏“市长”最爱的就是这道田螺嵌肉。

关于这道菜的来历，还有一个故事。传说从前岘山漾畔，有一农人捡到一个大田螺，放在碗里居然高出碗面，乐不可支，于是放在锅里烧煮。岂知汤沸时，锅里发出巨响，揭开一看，田螺里喷出豌豆大的珍珠，连忙捞出，已经失去光泽。从此，农家捉到大田螺就先把肉挑出来，洗净捣碎，重新填入烧煮，后来填入的内容就越来越丰富，成为美食。

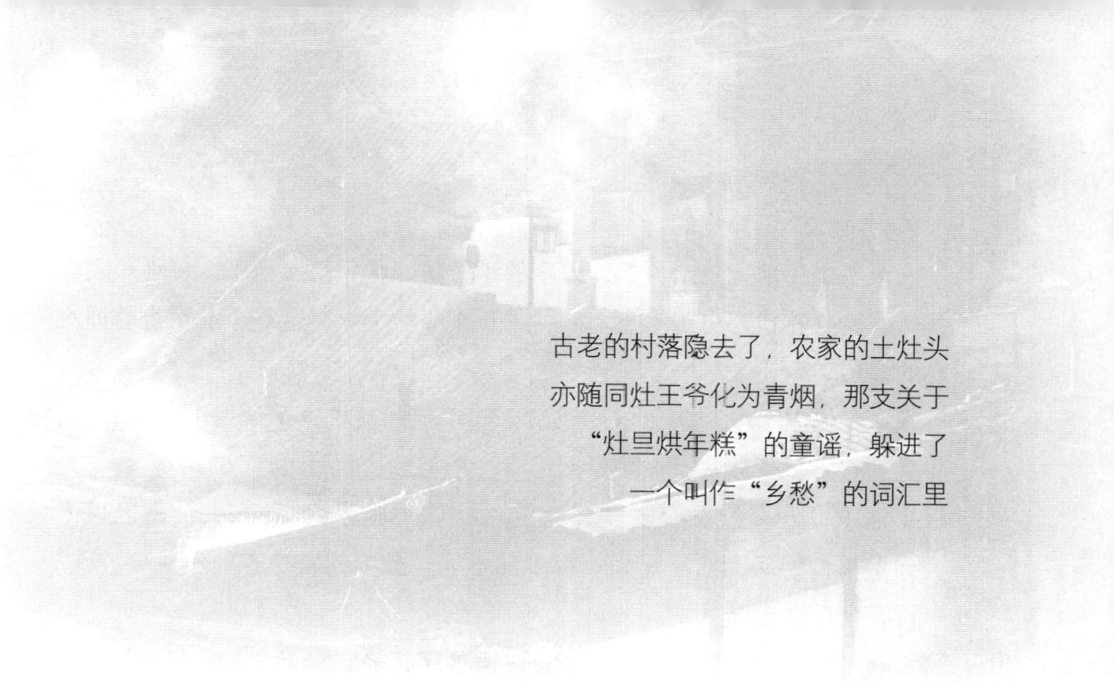

乡村腊月“吹年糕”

| 雨　人 |

冬至节一过，织里的乡村逐渐忙碌起来，而“吹（粢）年糕”，几乎是家家户户要做的一件大事。

年糕是怎么“吹”成的？诸多外地人很是纳闷，“我们只晓得吹笛子、吹口琴、吹气球，还有是吹口哨、吹牛皮。为什么织里做年糕叫吹年糕？”他们很谦虚很虔诚地向我“请教”，而我实在不知道个中缘由。于是，问了好多年长的乡人，回答是老辈头传下来的，老底子以来就是这样说。结果都含糊其词，不晓得所以然。

其实，做年糕有多种叫法。有的地方说“打年糕”，也有地方叫“拍年糕”，还有地方曰“踏年糕”，这些叫法的来历难以一一考证，由来却是很久很远。

笔者出生地，是个百多户人家的小村坊，吹年糕习俗不知传承了多少代。我少儿时代，也曾参与“吹”了几次年糕，觉得这是个非常有趣而难忘的经历。

寒冬腊月，乡村进入农闲季节，吹年糕即被农家主妇摆上议事日程。年糕“吹”多少数量，一是根据年成，丰年多“吹”，歉年少“吹”；二是根据需求，人多的农户多“吹”些，人少的则少“吹”点。惯例以大米为计量单位，从七八十斤到一百多斤不等，最多的农户有的年成要“吹”一百五十斤白米以上。

吹年糕有好多道工序，浸米是头道工序。确定本年“吹”年糕的数量后，称好糯米与粳米各一半掺匀，然后浸在木桶、缸盆等容器里，浸上半小时左右放在竹匾中晒干。

磨米粉是吹年糕的第二道工序。20 世纪 60 年代以前，农村机埠还没有建造，磨米粉必须用人工完成。那时，我家有一部石磨，它的构件是一个木制磨床，架于两只长凳子上，磨盘为扁圆形，上下两爿，合拢处凿有沟纹，上爿中有小孔，转动时，米粒就在小孔中掉落碾磨成粉，落在磨床中间的竹匾里。还有一根木制推拉杆，呈“丁”字状，一头扣住磨子上盘边上的木柄，另一端用绳子拴在屋梁，下面的绳子紧紧扎牢磨杆。磨米粉须两人配合操作，一人拉动磨杆，一人把住磨盘，均匀地往小孔中拨下米粒。我十来岁时，祖母经常让我拉磨杆，她把住磨盘拨米粒，我把磨杆来回推动。我嫌祖母拨米的速度慢，把我与小伙伴玩的时间都弄丢了，总是和她吵嘴，有时不耐烦了，就要起性子，一会儿用足气力推得飞快，一会儿不肯用一点气力让磨盘停止不动。当有小伙伴在门外引诱时，我索性丢掉磨杆跑去玩了，气得祖母边骂边喘气。

米粉是不能一次就磨成功的，第一遍磨好五六斤后，就要用筛子筛滤，磨细的米粉从筛眼里掉下，可以用来做糕圆了。而留于筛子的粗粉叫“粞”，还要放在石磨上重磨，再筛再磨，直到磨成细粉。后来村里建造了机埠，有了碾粉机，碾磨米粉速度极快，磨出的米粉很匀细。此后，石磨石臼失了业，被冷落遗忘在墙脚屋角落里。而今，蒙了岁月尘垢的石磨石臼们，恰成了各类乡村文化礼堂、农耕纪念馆四处寻访的“宝贝”了。

年糕谐音“年高”，寓意“年年高升”。因此吹年糕也要选个好日子。而这个非常费力的活事，要多人合作才能完成，非单家独户干得来。父亲选定日子后，随即约好三四户平时很接近的人家一起吹年糕。

记忆中，好几次吹年糕的场地，都选在我家的庭院里。在那株百年老橙树下搭起门架，几只大菱桶洗得干干净净，排放在前头屋里，各家磨好后的米粉装在箩筐里，各自摆放在菱桶的周围。厨房间里，土灶头的旁边比平时多了只风箱，灶窟里也放了一麻袋平时不大用的砻糠。灶头外镬子放了大半锅水，上面放了个木蒸笼。

干活的人到齐后，吹年糕正式开始。先是把粳粉糯粉按比例倒入菱桶里，一般六十斤米粉为一蒸笼，然后放入少量温水，放进一些食盐，手工在桶内掺搓米粉。掺匀后，用竹筛把米粉筛在木盆内，把留在筛内的粉粒子掺细再筛。此时，土灶头大镬子的水已经沸腾，木蒸笼里垫铺了干净的草柴和一块白纱布。一筐米粉拿进厨房，由有蒸年糕经验大叔司蒸，他均匀地把米粉撒入蒸笼，盖上笼盖，烧火的人拉动风箱，把火烧旺。不一会，蒸笼上冒出烟气，司蒸大叔又撒上一层米粉。再烧，再撒，一盆米粉撒完，再烧至蒸笼上冒烟，司蒸人揭开笼盖：“好嘞，年糕出笼。”就由两位男子把冒烟的蒸笼抬到庭院。蒸熟一笼年糕的过程，一般需要三四十分钟。

吹年糕那天，灶间厨房多了条古老的规矩，女人不得进入，传说女人进入灶间，看了蒸笼，年糕米粉就蒸不熟了。虽说这是轻视女子的封建陋俗，但听老人说，真有那么一次，某家的年轻媳妇不小心进了正在吹年糕的灶间，司蒸人大声喝她出去，那女子也转身就走。然后灶火加旺，灶间里烟雾弥漫，可是，那笼米粉怎么也蒸不熟了，成为半生不熟的“夹生粉”，只能用于喂猪。此后，女人们再也不敢踏入蒸年糕的灶间了。

寒风萧瑟，橙树上时不时飘下片黄叶。院子里的人们说着笑着，蒸笼里热气腾腾，冬日寒意一扫而光。地上铺着洗干净的塑料布，蒸笼就摆放上面。一位小伙子赤脚穿上全新的橡胶套鞋（雨鞋），跨入蒸笼内，用力踩踏，大约二十多分钟，两位男子把蒸笼抬上门板，将蒸笼翻身底朝天，整笼米粉连同白纱布倒在门板上，用力拍打成长方形状，然后揭去纱布，用一根棉线，裁成大小差不多的块状年糕。裁下来的边边角角，称作“年糕头”，人们可趁热随便拿来吃，又香又韧，娃娃们蜂拥而至，抢到手即塞进嘴里，那个味道，至今无法在舌尖上消失。忙碌和快乐了一整天，傍晚时分，各户把自家的年糕装入箩筐搬回，一年一次的吹年糕结束。年糕浸在放满腊水的缸甏里，往后的时间里，或煎或炒，或咸或甜，诸般做法，悉听君便了。

“白雪飘飘，灶里烘年糕”。而今，古老的村落隐去了，农家的土灶头亦随同灶王爷化为青烟，那支关于“灶里烘年糕”的童谣，躲进了一个叫作“乡愁”的词汇里。

圆子有白、黄、青三种颜色，形状多样，有欢喜团、寿桃等花式

稻米“圆子”里的民俗乡愁

| 徐永文 |

太湖溇区盛产美味，有“湖中三白”“旱地三宝”。太湖南岸还盛产美食，稻米制作的“圆子”便是其一。

在我儿时的记忆里，乡亲们一年四季做多次圆子。圆子不仅仅是江南水乡人钟爱的美食，也是各种传统仪式里不可缺少的供品之一。圆子因用于祭祀而显神圣，用于婚嫁、做寿时，又赋予了满满的祝福和吉祥寓意，因而品种花样繁多，意义非凡。回忆圆子的美味，笔者兴致浓浓地梳理了圆子的家族门类，记述成一篇小文。

圆子分软硬两种。软圆子俗称“团子”，用纯糯米粉做的，每年秋冬季节新糯稻收割后，家家户户都会做一次团子尝尝鲜。甜团子一般是豆沙馅的，有时会加入一粒猪油，油漉漉、甜蜜蜜、香喷喷的。记忆中，亲友都知道我父亲最爱这个，正月里，亲戚家都会给他做甜团子当二点心，而母亲因为胃容易反酸，不怎么吃“团子”。咸团子是猪肉馅的，通常也会拌入萝卜丝、荠菜、大管葱等，荤素搭配的馅料更好吃呢。而我小时候每次都会先吃一个甜的，再吃一个咸的，这个习惯一直保持至今。

软糯好吃的圆子，除了馅料，皮子也很重要。第一要素是用当年的新米磨粉，揉粉时就香喷喷的，而陈米磨的粉就会有“陈米气”了。其次是淘米、浸米这一环技术活，一定得把握好浸米的时间，淘好的米晾在竹匾里，等干湿达到最合适时磨出来的粉才会细腻无比，因此还得用手感去准确把握。第三是揉粉这一环节的技术加体力活了，揉粉的第一步是“打浆头”这个技术活。所谓打浆头就是在一盆待揉的粉中心挖出一个坑，边慢慢倒入刚烧开的滚水，边用筷子搅拌出一个揉粉的芯子。浆头的大小很有讲究，得根据粉量的多少估摸着弄准，浆头大了后续要揉的整个粉团会瘫软，圆子很难做成形，所以经验不足的人揉粉时会预留一小部分干粉；浆头小了会成“冷吹粉”，粉团会失去黏性，很难做成形，煮熟后吃起来还会粘牙齿。旧时做这些手工活，不像现在精准地称个分量，全凭感觉去把握。浆头打好后，就开始揉粉团这个力气活了，要把浆头外围的粉渐渐揉成团，边揉边加入少许温水，等所有的粉都揉进粉团后，还得横着竖着两个方向轮换着揉。揉得越久，团子的皮韧性越好，一般揉到粉团一点都不粘手就差不多了。揉粉很累，揉完一大盆粉，在大冬天里人都会冒汗的。粉团揉成搓成长条，分成一个个小剂子后，就开始做圆子了。为了区分甜馅和咸馅，成品后再搓成圆形、椭圆形或带个小尖尖头。这一环节的技术就是圆子大小均匀，皮薄馅多。最后一环煮圆子，一大锅水先烧开，为了不粘锅底，还会用“团子布”（一块很大的四方形棉布）衬在锅底，圆子就倒在布里头，这样就不需要用锅铲去搅动，等再次煮开后只要捏住团子布的四个角，轻轻地晃动，同时减小火力，煮开后加少许冷水，再煮开再加少许冷水，直至一个个圆子浮起来再沉下去的趋势时就煮熟了。这样煮出来的圆子，既不会粘在一起，也不会破皮，更不会粘锅了。我们的老祖宗真是智慧啊！

我母亲是做圆子的高手，调制的馅料美味可口，磨的米粉细腻无比，揉的粉团劲道很足，做的圆子外观漂亮，她还常常帮着乡里乡亲做圆子。那个年代物质匮乏，吃一顿团子饺子或面条等都被视为改善伙食，因此同一个道地的邻舍，谁家偶尔吃一顿这类美食，都会给邻家盛一大碗，如此地相互照应，让各家的孩子经常有机会解解馋。如今回想起来，这样既能联络彼此的感情，又可以省时省力地为孩子们改善一下伙食，智者，善哉！

硬圆子用纯籼米、粳米粉做成，为了口感有时需要掺入少许糯米粉。每逢婚嫁喜事、建房上梁、生日做寿、送新客（“新客”是指第一次来家里做客的小孩、新媳妇、新女婿）、开星官（十六岁成人礼和成年人逢九的年岁必举办的仪式）等大事情，都会做圆子。圆子有白、黄、青三种颜色，形状多样，有欢喜团、寿桃等花式。黄圆子是在米粉里加入去皮蒸熟的老南瓜，青圆子则加入用南瓜藤叶子腌制的“青”。制“青”的程序很有讲究，夏天南瓜自然生长时节，采一些南瓜藤上的嫩叶，清水煮熟后在冷水里浸凉再滤干，一层南瓜叶一层散石灰放入陶甏或缸里，上面用石块压实，再注满水，存放一两年以上都不变质。做圆子时只要取出一点，洗净石灰，挤干水分，揉进粉团，做成的青圆子，碧绿清香，无论煮蒸多久都不会变色，要比艾叶制的“青”好多了。举办各类仪式用的圆子都是成对摆放，事先准备好粽叶，剪成两个圆子大小的长方形，一白一黄、一白一青或一黄一青摆成对。圆子蒸熟后，隔天装盘，一层一层垒成彩色的宝塔形状。仪式办完后，主家会把大部分的圆子分送给邻居和亲友，一直传承至今，出发点是分享和祈福。

说了“送新客”习俗，还得说说织里地域流行的“青白圆子送外甥”。新外甥第一次来外婆家，要比一般的“送新客”隆重得多，圆子做成青白两色，一青一白摆成对装成盘，这种装圆子的盘俗称“合子”。村里普通人家新媳妇的嫁妆里，也少不了由“箍桶匠”精工制作的“合子、条箱、粉桶”三样摆放糕点用的嫁妆。富裕人家送外甥的排场更讲究，有圆子、方糕、粽子等熟食，分别寓意着团圆、高升、包好，糕与粽子合在一起谐音为“高中”，祝福外甥在日后的考学、升迁上能“一举高中”。装熟食改用条箱，数量要比“合子”装多出几倍，条箱内摆上一圈用红线穿起来的铜钱，这样一次大排场的“送外甥”，得用一百多斤米，旧时百斤为

“担”，一次“送外甥”就要用上一担半米。外甥回家后，村上人家和亲戚家都会分到这些糕点。用青白圆子送外甥，寓意是孩子长大后清清白白做人。

除了新生儿“送外甥”，还有年底给外甥送元宝（用米粉做成元宝形状，吹年糕时一并做成）的旧俗，外婆家一直要送到孩子年满十六岁，因此“成人礼”后的元宝又称“满元宝”。元宝上面要放两个超级大的“人口团子”，一般要留到正月十五以后才吃。还有两个普通的圆子，是要回给外婆家的，俗称“回盘”。凡近亲戚家都要送“满元宝”，这一习俗是为小外甥祈福，希望他在富足平安的环境里长大成人。

“冬至”（俗称冬节）和“送灶”是农村的两个大节，做圆子祭祖和送灶的风俗，传承久远。

小时候常听大人们说“冬节大如年”，但孩提时代对冬节的感觉，就是这段时间天天有圆子吃了。那时候的小孩是没有如今那五花八门的零食可吃的，圆子就是稀罕物了。“冬节”并不像其他节气有一个固定的日子，一般是公历12月21、22、23日中的一天，在我们北半球是取一年中日照时间最短的一天为冬至日。文献记载，冬至祭祖由来已久，可追溯到唐宋时期，那时候，皇帝要在冬至日举行祭天大典，百姓则要向父母尊长祭拜，宋朝以后，冬至逐渐也成为普通百姓人家祭拜祖先和神灵的日子，家里老人们嘱咐我们在冬节前后几天里尽可能不外出。

冬节前的一两天，家家户户都开始淘米、磨粉、做豆沙，冬节祭拜祖先定然用豆沙馅的甜圆子，同时也会做一些咸菜馅、萝卜丝馅的咸圆子。做硬圆子的前几道程序自然跟前述的团子一样考究，只是圆子做好后的处理略微不同。首先圆子是蒸熟的。做圆子之前先在蒸笼底部或蒸架上铺一块大小刚好的圆子布，边做边把圆子放在上面，如果圆子的量比较多，没有那么多蒸笼和蒸架，就把做好的圆子先放在竹匾等器具里待蒸。蒸熟出锅的圆子在空气中风干十来分钟，把微干温热的圆子在事先炒熟的干米粉里滚上一圈，圆子就粘满了干粉，不会粘手，也不会相互粘连，经过此番处理的圆子称作“垒沙圆子”，寓意圆圆润润，团团圆圆。垒沙圆子一般冬节日前一天做好，有俗规，在没有祭拜之前不能吃的。冬节当天先祭奠祖先，祈祷祖先保佑全家人来年平安如意，然后一家人欢聚一桌喝酒吃菜，彼此祝福。那个年代没有用于存放食物的冰箱，垒沙圆子就放进口小腹大的陶制甏里面，这样的存放接触到的空气较少，不易被氧化腐蚀，圆子表面也不易开裂，可以吃个十天半月的。北风呼啸，雪花纷飞日，这硬圆子放在土灶里头用火钳架着烘一烘，那个滋味至今令人口水流涎。

吃完了垒沙圆子，又吃“送灶圆子”了。农历腊月廿三是“送灶”节，那天家家户户都要恭送灶王爷上天庭参加年会，期望灶王爷在玉帝面前述职时多多美言，祈求来年避灾纳福。送灶神时要先祭拜一番，祭品与一般祭神用的三牲四果不同，湖州一带都是用豆沙馅的甜圆子祭拜的，我家用黄南瓜圆子隆重祭送灶神。

乡里有民谣“廿三送灶，廿四掸檐尘”。送完灶神的第二天，家家户户大扫除，开开心心迎新年了。除夕日在灶头上供上新的灶神像，放炮仗迎接灶王爷回来。然后祭祖，吃团圆饭，给小孩子发压岁钱。

一路道来，所有的喜庆、做寿、祈福、祭祀等仪式里，都离不开糕点，圆子乃其中之一。在织里乡村，还有许多的圆子品类，四月初八有用纯糯米和“乌饭树叶”汁水做成的乌麻团，食后夏虫不叮咬；老人临终有“转床塌饼”，又称“长寿圆子”，据说吃了身体健康，人们争抢着吃；婴儿第一次理发有形状很小的甜馅“剃头圆子”，分发给村坊上幼儿吃，寓意成长过程友好同行。

食文化，更催生着人们念想各种“圆子”的乡愁。

老街上的西大众食堂，曾经是
一个时代的缩影。西大众食堂的
烧饼油条豆浆，至今让人们回味无尽

西大众食堂的味道

| 世　尧 |

有一种东西嵌在记忆里，总是魂牵梦绕，挥之不走。

织里老街拆掉后，人们怀念她的情感一天比一天浓烈。伫立于流淌如旧的织溪岸边，他们怀念起年代久远饱含沧桑的老宅，怀念曾经生活在这里相互扶助的街坊邻居，怀念朝夕相处的单位同事，怀念虹桥头夜晚忽明忽暗的渔火，更怀念扁担街上的一家家店铺。人们希望看到更多的老街照片与视频，读到更多怀旧老街的文章。

老街上的西大众食堂，曾经是一个时代的缩影。西大众食堂的烧饼油条豆浆，至今让人们回味无尽。曾经很熟悉的厨房掌勺，那些便宜又非常好吃的荤素炒菜，更是无法忘却的记忆。

怀揣着这个话题，笔者特别留意曾经在西大众食堂工作过的老人。

今年中秋节后，一个天气晴和的早晨。镇政府前的市民广场上，一位身手矫健、满首银霜的老人正在练拳练舞身材别致。

“这不是顾老五么?”我蓦地想起他上世纪 70 年代曾在西大众食堂工作，每天早晨在店门口用几块店板、两只长凳搭起小摊位，临街售卖油条豆浆，甚至在食堂内洗碗擦桌子。那个时候，干这种粗活总以为是劳动光荣。

我与顾先生是熟人，当年在织里大队工作时曾做过邻居。顾先生见到我也很高兴，立即停止练拳与我聊了起来。

顾先生出生于老街的大族，其伯父是民国年间织里镇首任镇长，而他非常熟悉老街解放前后时段的历史。他知道老街上的首家照相馆名字叫“霞光”，街上八家私营米行在工商业改造时，合并为“联穗”粮行，还知道狮子桥本名叫“睦嘉”桥。

说到西大众食堂的历史，顾先生说，这爿店原来是茶馆店，老板姓沈。1970 年以前是水廊廊棚，卖茶兼唱书（评话、评弹）场，生意闹猛。后来参加了集体性质的饮服商店，做起了餐饮生意。老街改建时，西大众食堂改成了三楼三底加后院的营业房。

笔者印象中，西大众食堂面临织溪，跨出窄窄的街路几步远，就是一个很大的块石垒叠的砃口。食堂工作人员在砃口洗菜，街坊大嫂大娘在砃口洗衣淘米。农船、渔船在织溪里来往穿梭，橹声悠扬。偶尔有机帆船驶过，发出“啪啪”的响声特别刺耳。

西大众食堂东邻供销社的小新华书店（兼卖文具），西隔壁是剃头店，大块头孙连喜、曹阿毛、王阿狗师傅理发技术高超，他们在这爿小小的店堂里，勤勤恳恳为街上居民、为农民兄弟服务了几十年。

根据顾先生的提示，开始向熟人打听，并在微信群中寻找西大众食堂原掌勺许泉林老人的线索。

在“织里大队知青群”里，秦光旭先生首先告知 87 岁的许掌勺身体很健康，现在商城路其儿子的饮食店里帮忙。随之，许老的女儿，曾经下乡在姚才缝生产队的群芳告诉了门牌和电话号码。

初冬暖阳。11 月 15 日下午，随伴镇志专家组许羽、施老师走访蚕桑专家唐女士毕，在许阿三饭店见到久违了的许泉林大掌勺。

许老正在后厨房忙碌，手中捏着面粉正做咸菜馅烧饼，手势那么的熟练，还是当年西大众掌勺模样。问他还认识我吗？老人摇了摇头说："不认得了。"我脱下帽子，他认真看了看，说很面熟，我报上自己大名，许老连说想起来了。

"你们先到店堂里吃茶，我这烧饼很快烘熟了，等会请大家吃烧饼。"老人边说边把刚做好的烧饼贴进了炉灶。

我们喝着刚沏的白茶，与许老的次子聊着天。他说父亲身体硬朗，天天来店里帮忙，记忆力也还好的。

"快吃烧饼，刚刚出炉的，尝尝看味道怎么样。"许老端上来半蒸达热气腾腾的烧饼，递给每人一个，笑眯眯地在我们对面的凳子上坐下。

"嗯，真香，真不错啊。这就是当年西大众的味道呵。"我们边吃烧饼，边听许老回忆往事。

"我是十五岁时从皖南来到织里街上的，一年多后织里解放了。那时老街水廓廊棚两面街，店铺很多，很繁荣的水乡小镇。"

许老回忆说，1952 年织里镇（集镇）成立了工会，下面有教工、手工业、店员三个工会。店员工会主席是杨德年，自己是店员工会的成员。

新中国成立初期，国家开展工商业改造。1957 年，织里镇成立了饮服（饮食服务行业）商店，由 50 多家个体户组织起来，西市的沈家茶馆改成了餐饮饭店，同时也卖茶水、卖早点心。1958 年办起了太湖人民公社，成了大公社的饮服商店，随后度过了国家的三年"困难时期"。

1962 年太湖公社调整规模后，织里公社把饮服商店分为两个大众食堂，意思是面向广大群众开办的食堂。在老街东村头的叫"东大众"，吴水法任负责人，顾槐庭任食堂会计；在西村头的叫"西大众"，闵连夫任负责人，秦希良当食堂会计。西大众食堂开办时是两面街，沿河的水阁店面卖点心，对面是食堂餐厅，再里面往西有一大厅，是唱书和小型演艺场所。食堂先后有多位大厨司炉炒菜，他们是张三官、闵连夫、韦阿水、许泉林、孙细毛等师傅，后期还有范大伟、蒲雪江、黄阿林等几个年轻人炒菜。那时食堂里炒菜品种不是很多，素菜有炒素、红烧豆腐等；荤菜有炒鱼块、炒肉丝、炒鳝丝，还有红烧大肠，蛋花汤等。炒菜价钿很便宜，3

角一盆的炒素，材料有青菜梗、油面筋、白豆干、猪油渣，味道极好。炒鱼、炒肉丝分大盆小盆，价格也分为4角和6角；炒鳝丝5角一盆。由于掌勺师傅的技艺在摸索中不断提高，炒的菜很适合织里人的口味。

许老说，那个年代人们收入低物价也低，而且长期保持稳定。鲜肉价格长时期7角4分1市斤；鲢鱼收购价2角左右；鲱鱼7分1市斤，最低的时候5分1市斤收进；甲鱼、毛脚蟹、河虾差不多6角1市斤，但很少有人买来吃。

卖糕点是西大众食堂的业务，要占很大的工作量。做早点的员工早晨二点多就到食堂上班，揉粉做糕圆、裹粽子、汆油条、磨豆浆。五点钟开店营业，店外已有人在排队等候，六七点钟时段，学生们蜂拥来买早点。那时买米面制成的食物要凭粮票，油条半两，方糕粽圆、馒头各1两，阳春面每碗收2两半粮票，大馄饨2角一碗1两粮票。

“农民没有粮票，我们就想了个办法，让他们用米换成饭票，在本店当粮票使用。”许先生认真回忆往事：那时食堂每天要收进七八百斤大米，有时超过一千市斤。我们与粮站商量好，用大米换来面粉，食堂做的面食需要大量面粉。

回忆旧事，往往撩起许多感慨。昔日的西大众食堂，虽然是计划经济年代，却是灵活经营的集体性质单位。夏天，店里从湖州批发来棒冰，派员工沿街叫卖；店里也制作绿豆汤、八宝汤（多样汤）、红枣汤等消暑饮品。记得有一次，笔者下乡回来，肚子饥饿，嘴巴也馋了，对女营业员说买碗大馄饨，可是摸遍口袋只有1角钱，很是尴尬相。这时已调在西大众当营业员的槐庭伯伯面带微笑给我解围：“你买半碗好了，粮票我帮垫了。”

结束与许老的聊天，我还慢慢品着那杯渐渐淡去的白茶，思绪依然沉浸在刚刚的对话之中。我在想，西大众食堂，存在于老街三十多年，后来在改制大潮中悄然湮没，而它在织里老百姓心中的地位，并不逊于上海人心里的锦江饭店，不亚于杭州人心目中的西湖饭店、湖州人念想中的同丰楼……

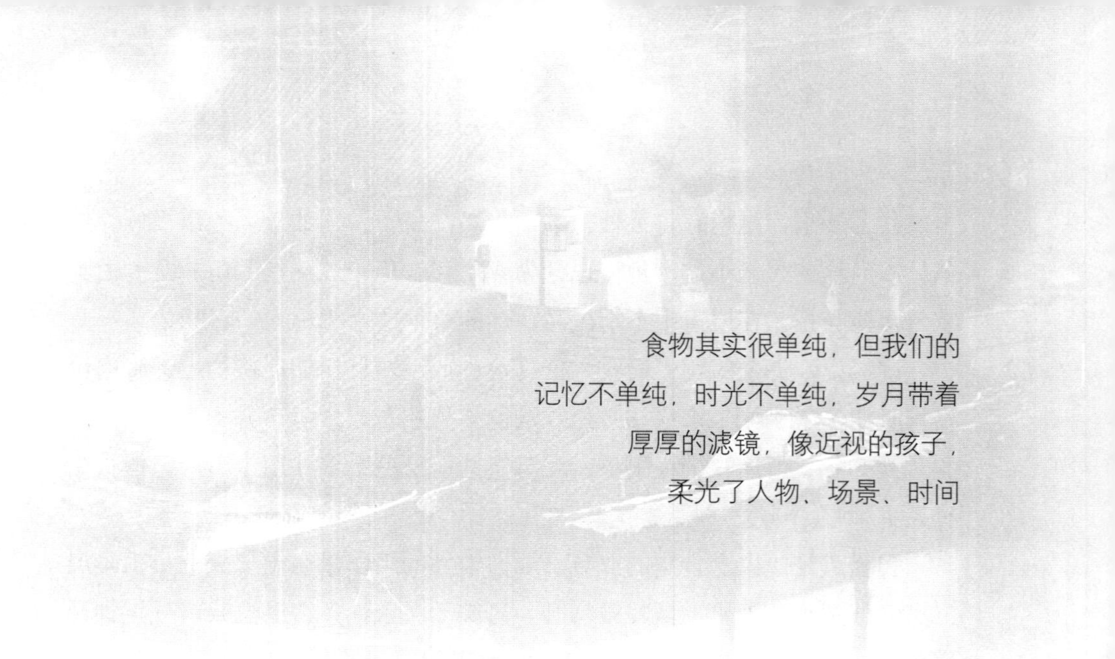

食物其实很单纯，但我们的
记忆不单纯，时光不单纯，岁月带着
厚厚的滤镜，像近视的孩子，
柔光了人物、场景、时间

野火饭——春天的味道

| 庆 庆 |

清明日距农历三月三，屈指可待。我又闻到了野火饭的味道。

近几年，每逢三月总有一种关于野趣的期盼：约上三五好友，找个有土灶台的村庄，就着一锅土灶，美美地烧一顿“变种”的野火饭。不知从何时起，这原本“偷得浮生半日闲”的聚会，似已变成了一种习惯。

人间烟火气，最抚凡人心。野火饭风俗的范围，大抵流行在太湖南岸，特别是湖州与桐乡及江苏吴江一带。而真正传统的野火饭，已渐渐消逝。

野火饭的历史已很久远。《鲁迅日记》中就有相关记载：“六日晴。午保宗来并赠《茅盾自选集》一本，饭后同至其寓，食野火饭而归。”

鲁迅的记述虽简约，但短短数字中，却道出了他和茅盾之间的友谊及两家朴素的交往。这种不事夸张的随意生活状态，在相互熟识的交往中透出真情和实意。难怪茅盾在他晚年的回忆录中也有相应的记录。

把历史的年轮往前推，民间传说野火饭的风俗还与明朝的末代皇帝崇祯有关呢。李自成当年攻陷北京城，据说崇祯皇帝在缢死煤山前，饥饿难忍，与随身太监自捡干柴树枝做了一顿野餐，然后上吊自缢。或许是这个悲怆故事，留给后人深刻的教育意义，于是就有了烧野火饭的习俗。

食物是人类生活中的一个代号，却又不仅仅是代号。它是我们最隐秘的心事，最悄然的改变，最平凡的热望。

闻着灶台上飘悠的饭香，我总会想到小时候吃过的野火饭。那时节，搬出家里的小矮灶，或搬几块砖三边搭起当临时灶头，小伙伴拿上锅盆碗勺和在各家讨来的米。这饭的美妙就在于“野趣盎然”，大家分工而作——挖荠菜马兰头、摘豌豆苗、割韭菜、摸螺蛳、扨鲈鲃、拾野柴、张黄鳝……就地取材，什么东西都自力更生，最后还对着树上的喜鹊窝吃饭。津津有味，至今回味无尽，乐趣无穷。

太湖南岸的村庄，还流行在三月三结拜小弟兄的民间习俗。十一二岁的小孩，年龄相仿，志趣相投，选择七到九人，对着关公神像宣誓，在结义盟书上签名画押。2020 年春节，央视国际频道播出了来自织里义皋的“七子结义”镜头。

而回看今日，很多地方野火饭似又演变成最原始的AA制了。

今年的野火饭与往年不同，“发起者”是织里老中医毛先生，也是这位96 岁的老人做东请客。先生点了菜，我们也点了菜。须臾，菜成饭熟——花椒小葱炒蚕豆，葱盐花椒囫囵蛋，蒸双臭（臭豆腐、臭苋菜梗子），马兰头、泥鳅等时令菜，还有野火饭必食的鲈鲃炖蛋，让人食欲大动……

说起这鲈鲃炖蛋，席间连江兄兴致勃勃地说起小辰光捕鲈鲃的趣事。

现在的很多年轻人，应该已不识“鲈鲃”为何物。其实鲈鲃，又名“荡孵”、“呆（ɑì）塘婆”。古谚云：“三月三，鲈鲃上岸滩。”每到三月，鲈鲃会游到岸边硚口边的石洞隙里产卵，繁殖后代。硚石洞里摸鲈鲃，无须任何工具，随时可为。有胆大者撸起袖子，将手伸到硚石洞里去抓。倘若是鲈鲃窠，便即刻闹出大动静，活蹦乱窜，掌指不停地有触碰之感，足以让人惊喜兴奋。但鲈鲃为了自保，往往会张开大扁嘴来啄入侵者的手指，一旦啄住不肯轻易松开。小孩们一边喊着“啊哇”，一边开心笑着。应了当今时髦话——痛并快乐着。

少时很顽皮，也很会动脑筋，不想被鲈鲃啄咬。于是找来很多瓦片，二片一对，一只草鞋堵住一头瓦口，一头口子留着，用草绳扎好；草绳留得很长，做了好多个，有时还放了曲鳝，美其名曰“荡孵窝”。独等天黑，将其沉入小河里，绳头系于岸上。三月三的清晨，小伙伴一起来到河边，满怀期待地拉起一个“荡孵窝”，空也；第二个，亦无；直至四个五个，想着少了“塘婆炖蛋”这野火饭的重头菜，小伙伴们面面相觑，失望得想哭。

此时，连江大喊一声“我来”，他小心翼翼地拉起草绳头端，小伙伴们屏住呼吸，只见他两手交替慢慢地一点一点往上拉，“荡孵窝”刚出水面，就听到“豁啦啦”响声，终于张到了一个大荡孵，几个小脑袋同时凑了过来，大喊大叫，雀跃不已。

故事很好听。我下意识地舀了一勺鲈鲃炖蛋，这个细节却被老先生注意到了。“小卢喜欢吃鲈鲃。”

卢鲈同音，寓意本家，吾食同类。先生的一句玩笑话，引起了哄堂大笑。被人们尊称为“仙人”的老先生思维敏捷，健康开朗，喝酒吃饭绝不亚于在座诸君。

席间，有人便讨教先生的长寿秘籍，老先生笑眯眯地慢慢道来：“动为纲，胸开朗。酒少量，蔬菜常。”

我坐在席间，忽然想起梁实秋的一篇文章，叫作《馋》。他说，人之最馋的时候是在想吃一样东西而又不可得那一段期间。好似执念，梦里见它，醒时想它，像无望爱情，日日思君不见君，共饮一江水。

其实，这“野火饭”又何尝不是。食物其实很单纯，但我们的记忆不单纯，时光不单纯，岁月带着厚厚的滤镜，像近视的孩子，柔光了人物、场景、时间，但最后落到筷头上的，只是那一道平凡的菜肴和背后尘土飞扬的回忆。

时间无声，岁月有痕。文末，我与朋友虔诚相约：来年三月三，再烧野火饭，再尝春天的味道。

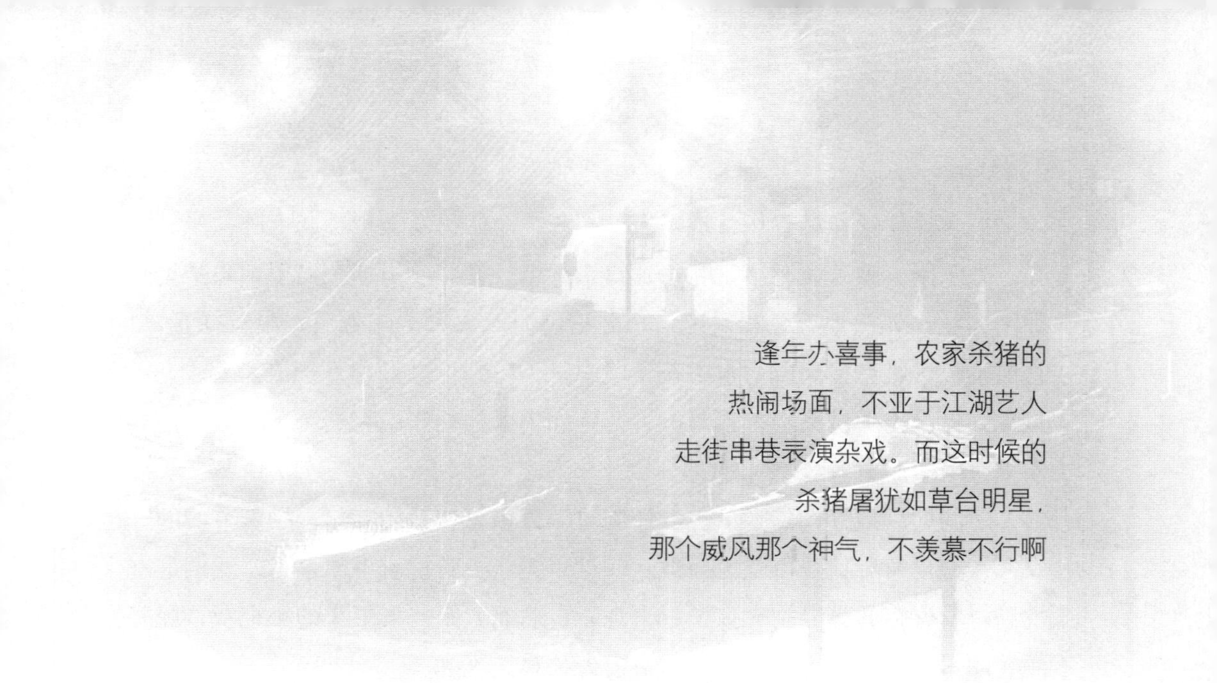

逢年办喜事，农家杀猪的
热闹场面，不亚于江湖艺人
走街串巷表演杂戏。而这时候的
杀猪屠犹如草台明星，
那个威风那个神气，不羡慕不行啊

乡村杀年猪

| 方红斌 |

说起小时候过年，上世纪八十年代初吧！一进腊月，太湖南岸这一带的农家活动一下子热闹起来。打年糕、车鱼塘、酿米酒、杀年猪等，节目单上丰富多彩，不需要排练，高潮迭起，年味气氛愈浓愈醉，每天沉浸在欢乐之中。而杀年猪是最为期盼的乐事之一。那是一场惊险舞台剧，能客串其中的一个小角色是我们的一大快事。而如今无法感受当时这种发自无欲世界的滋味，只能在童真记忆里寻找，杀猪饭等活动，眼下正成为怀旧的新热点。

杀猪过年这个风俗由来已久，而家家户户杀猪过年在农村承包责任制之前不只是一种奢望，简直是一种梦想。“大呼拢”年代，生产队杀猪过年，地点往往选在晒谷场，现场人气超旺，全队男女老少一起上阵，里三圈，外三圈，围着大肥猪，嘴角那口水那个长，肚子里那个渴望，眼睛里那个向往，无法形容，难以出口。分猪肉时，大家争先恐后，眼冒绿光，直射案板，唯恐猪肉成为水中花、镜中月，轮到自己只剩下一根猪毛。一旦拿到自己家那份猪肉，紧紧抱着，犹如中了福利彩票大奖，飞一般奔向家里，绝尘而去。

时间向后推移，到了承包责任制时，每家每户开始养猪，勤劳节约的农人，把自家年猪喂得膘肥肉颤。一近年关，一听说有谁家杀猪，我们这批满村子疯跑的鼻涕狗大孩子赶去观看，后面紧跟一群更小的小把戏，屁颠屁颠紧跟不放，不亦乐乎，队伍蔚为壮观。

杀猪为了过年，过年为了吃肉，“民以食为天”这条颠扑不灭的朴素真理足以解释。以前缺肉食吃，捕田鸡、挖泥鳅、钓鳝鱼，各出奇招，临时解解馋。运气好的话，捉只野兔子，套个黄鼠狼什么的开开荤，祭奠一下被咸菜浸淫的不知五味的“五脏庙”，那个幸福指数直往上蹿。谁家割点猪肉，昂首挺胸走过村子，显得挺有面子。而一旦自己拥有杀猪的决定权，可想而知那时候的心情。逢年办喜事，农家杀猪的热闹场面，不亚于江湖艺人走街串巷表演杂戏。而这时候的杀猪屠犹如草台明星，那个威风那个神气，不羡慕不行啊。老手更是吃香，哪户农家要杀猪，可是要提前预约哦！

杀猪前要准备好梯子、菱桶、水桶等家什，烧一大锅开水，杀猪屠腰围一条油黑发亮的围裙，携带一干杀猪工具，铁钩、通子、刮猪毛刀、尖刀、绳子、大砍刀，还有那把板斧，跟戏台上李逵那对板斧道具简直一模一样。杀猪工具一一摆开，粉墨登场！

看到那场面，顽童们直想长大后做个杀猪屠，原因很简单，天天可以吃肉。在众人手忙脚乱下，“二师兄”被五花大绑，估计情形不容乐观，嗷嗷大叫，拼命挣扎，被几个壮汉摁在倒过来的菱桶上，杀猪屠眼疾手快，刀光一闪，猪血像泉涌一般，哗哗流入早已准备好的盐水盆，那可是上佳的血豆腐。

死猪不怕开水烫，大肥猪泡在菱桶里，褪毛之后，用铁钩子吊在木梯上，杀猪佬拿板斧挥舞起来，手法娴熟，开膛剖腹，把肉身劈成两半，大卸八块，分离各个部分，大有庖丁解牛之势。一般农家大多卖掉其中一小部分猪肉，大部分用粗盐腌制成腊肉，考究的人家放入茴香桂皮、喷上烧酒，存在缸内，来年可以吃到大暑。对于当时当地而言，没有比猪更有食用价值的了。板油熬成油冻，可以加工到各种面米食物中，油渣烧菜饭，香喷喷的饭足以垂涎三尺。零零碎碎的骨头熬成汤，又是一道好佐料。猪头煮了拆下肉来加工，用当年稻草裹紧，高高挂起风干，白切猪头糕，一股夺人魂魄的肉香，咬起来别提多带劲，那是绝佳的下酒菜。

水乡人与山里人杀猪饭不同，仪式感略逊一筹，聚餐一般是晚上，主打菜烧法也不一样，山里猪肉是用咸菜烧，水乡是红烧肉。主人往往邀上一二桌亲朋好友，主妇在土灶台上一番忙碌，萝卜煮肉、黄豆炖猪脚、红烧大肠、大蒜炒猪肝；桌中间再放一盆滚烫滚烫的血豆腐汤，撒上一把太湖葱，香气四溢，就着土米酒，鲜味透彻舌头，直达五脏六腑，美味佳肴，欲罢不能。整个吃喝场面杯盘狼藉，而那杀猪屠往往最后一个离场，喝得酩酊大醉，拎着主人家给以当工钱的猪杂碎，叼着主人家的工钱烟，哼着小调，东倒西歪回家！

图书在版编目（CIP）数据

淡去的炊烟：太湖溇港古村落纪实散文集/陆铖伟主编；徐世尧，沈林江执编．— 北京：农村读物出版社，2022.3

ISBN 978-7-5048-5829-0

Ⅰ．①淡…　Ⅱ．①陆…　②徐…　③沈…　Ⅲ．①散文集－中国－当代　Ⅳ．①I267

中国版本图书馆CIP数据核字(2022)第042850号

淡去的炊烟：太湖溇港古村落纪实散文集
DANQU DE CHUIYAN: TAIHU LOUGANG GUCUNLUO JISHI SANWEN JI

农村读物出版社
CHINA RURAL READING PRESS　出版
中国农业出版社
地址：北京市朝阳区麦子店街18号楼
邮编：100125
责任编辑：马春辉　周益平
版式设计：王　晨　　责任校对：吴丽婷
印刷：北京通州皇家印刷厂
版次：2022年3月第1版
印次：2022年3月北京第1次印刷
发行：新华书店北京发行所
开本：700mm×1000mm　1/16
印张：18　插页：14
字数：260千字
定价：88.00元
